Miriam May

Sky High

Kampf um die Ewigkeit

MIRIAM MAY ist schon als Kind liebend gern in Bücherwelten versunken und hat schnell beschlossen, auch eigene Geschichten aufs Papier zu bringen. In diesen schickt sie ihre Protagonisten auf die Suche nach sich selbst und erschafft Welten, die auf den ersten Blick unserer Wirklichkeit ähneln, sich jedoch durch kleine Besonderheiten und bedeutungsvolle Details von ihr unterscheiden. Auf Instagram ist sie unter @miriammay_schreibt zu finden.

Miriam May

SKY HIGH
Kampf um die Ewigkeit

ROMAN

VAJONA

Dieser Artikel ist auch als E-Book erschienen.

FSC
www.fsc.org
MIX
Paper from responsible sources
FSC® C115691

Sky High – Kampf um die Ewigkeit

Druck und Verarbeitung: TOTEM.com.pl,
ul. Jacewska 89, 88-100 Inowrocław
Printed in Poland
Lektorat: Melina Streckert
Korrektorat: Désirée Kläschen
Umschlaggestaltung: Julia Gröchel,
unter Verwendung von Motiven von Rawpixel
Satz: VAJONA Verlag, Oelsnitz

ISBN: 978-3-948985-88-2
VAJONA Verlag

Für meine Familie,

die mir zeigt, dass man mit nichts alleine ist.

Playlist

Conqueror – AURORA
Shine A Light – BANNERS
Little Bit of Love – Tom Grennan
Our Kingdom – Hugo Barriol
Someone To You – BANNERS
Infinity – Jaymes Young
Half Light – BANNERS
Waves – Dean Lewis
Outnumbered – Dermot Kennedy
Better Days – Dermot Kennedy
Hold My Hand – Isak Danielson
Hold Me While You Wait – Lewis Capaldi
Falling Up – Dean Lewis

Prolog

Er war ausgelaugt. Erschöpfung kroch träge durch seine Adern und ließ seine Glieder schwer werden.

Doch Kace liebte dieses Gefühl und versuchte sich jede Einzelheit davon einzuprägen. Denn wann war ein unsterblicher Körper schon einmal müde? Wann hatte er das letzte Mal so viel von seiner Magie geopfert, dass er es wirklich gespürt hatte?

Der Wind pfiff ihm um die Ohren und wehte Strähnen seines blonden Haares gegen seine Wange. Er dachte an seine Zukunft, die zum Greifen nahe war. Und allein die Vorstellung, dass er am Ende der Woche wusste, welche Frau an seiner Seite stehen würde, beschwor ein sanftes und dennoch unsagbar aufregendes Kitzeln in seinem Inneren herauf.

Kace atmete tief in den Bauch ein und ließ die Luft dann langsam wieder zwischen seinen geschwungenen Lippen entweichen. Es war lächerlich, dass *er* so nervös war. Schließlich würde er nur zusehen, während die jungen Frauen darum kämpften, die Ewigkeit geschenkt zu bekommen.

Doch er konnte es nicht leugnen. Er war verdammt aufgeregt. Vielleicht so aufgeregt wie in hundert Jahren noch nie. Was, wenn die perfekte Frau für ihn nicht unter den Städterinnen war, die seine Familie ausgesucht hatte? Vor wenigen Minuten waren die

Briefe verschickt worden, die sein Leben auf den Kopf stellen würden. Er bildete sich ein, immer wieder Freudenschreie aus der Stadt zu hören, wenn eine Teilnehmerin ihren weißen Umschlag fand. Doch obwohl seine Sinne die der Menschen um Längen übertrafen, war das wohl eher seiner lebhaften Fantasie geschuldet, die von seiner Vorfreude beflügelt wurde.

Er hatte noch nie etwas so Spannendes erlebt wie seinen eigenen Wettkampf. Das Leben hier oben war wie zäh fließender Honig – süß, aber träge. Die nächste Woche hingegen würde wie ein Blitz einschlagen und seinen Alltag erleuchten.

Kace' Füße trugen ihn wie von selbst zum Rand der Insel und der Wind wurde immer stärker. Er hatte Evianna gesagt, er wolle das Geschehen in der Stadt beobachten, und sie hatte nur wissend gelächelt. Doch in Wirklichkeit befand er sich am anderen Ende der Insel, das hinaus in die Welt zeigte. Wenngleich seine Familie sich genauso sehr wie er selbst auf den Wettkampf freute, wurde das Ganze gerade noch von der Trauer über den Tod der Ältesten überschattet und er musste sich hin und wieder von ihnen distanzieren, um sich nicht ebenfalls davon gefangen nehmen zu lassen. Noch nie war ein Wettkampf mit dem Aufsteigen einer neuen Insel zusammengefallen. Bis jetzt.

Obwohl die Unsterblichen ihre gesamte Magie gebündelt hatten, reichte ihre Kraft ohne das Opfer der Ältesten nicht aus, um die gewaltigen Felsmassen für den neuen Lebensraum in den Himmel steigen zu lassen. Doch sie hatten es für die Jüngeren getan, so wie es schon seit Jahrhunderten Brauch war, und anstelle von Trauer verspürte Kace vorrangig Dankbarkeit. Er wusste, dass die, die gegangen waren, ihres ewigen Lebens müde gewesen waren und es freiwillig getan hatten …

Er stand mittlerweile so nah am Rand der schwebenden Formation, dass seine Fußspitzen beinahe über die Klippe reichten, doch sein Blick war nach vorne gerichtet. Zu Fallen war nichts, wovor er jemals hatte Angst haben müssen.

Kurz glitt Kace' Blick über die Berge, die er so sehr liebte und die über ihr Tal wachten wie unnachgiebige Riesen, doch dann wurde er von einer Bewegung zwischen den Feldern unter sich abgelenkt.

Dort rannte jemand so schnell, dass das ungewöhnliche Tempo sogar von hier oben zu erkennen war.

Kace kniff die Augen zusammen und blinzelte kurz, bevor sich seine Sicht auf diese weite Entfernung einstellen konnte. Für das menschliche Auge wäre dort unten kaum mehr als ein fliegender Punkt zu sehen gewesen, doch er konnte eine Person erkennen – eine junge Frau. Und als er sie genauer musterte, entfuhr ihm ein überraschtes Zischen. Es war genau das Mädchen, das seit dem Moment, in dem er es vor sich stehen gesehen hatte, seine Gedanken heimsuchte. Ihr Treffen hätte niemals stattfinden dürfen, aber Kace bekam sie nicht mehr aus dem Kopf. Wie sie sich lachend im Kreis gedreht hatte, während die Musik sie auf ihren Flügeln trug, als ob sie eins wären.

Heute waren ihre langen, schwarzen Haare zu einem Zopf gebunden, der ihr bei jedem Schritt über den Rücken schwang, und ihre Beine flogen geradezu über den staubigen Weg.

Das konnte kein Zufall sein. Und es schien nichts Gutes zu bedeuten, dass sie dort unten herumlief, fernab von der Stadt. Hatte seine Familie ihr etwa keinen Brief geschickt? Ausgerechnet ihr?

Obwohl er morgen mehr als ein Dutzend wunderschöne Frauen treffen würde, verpasste die Gewissheit, dass sie nicht darunter sein würde, ihm einen Stich.

Ja, es machte ihn geradezu wütend, dass er bei der Entscheidung über seine zukünftige Partnerin nicht das letzte Wort hatte.

Kace kräuselte frustriert die Lippen und konnte seinen Blick nicht von ihr abwenden, während sie sich immer weiter von der Insel und somit von ihm entfernte.

Doch plötzlich stoppte sie viel zu abrupt und stützte die Hände auf die Knie. Sein ganzer Körper spannte sich an.

Was war los? Ging es ihr nicht gut?

In diesem Moment drehte sie sich um, und obwohl er für sie nur ein winziger Punkt am Rande der Insel im Himmel sein konnte, sah es aus, als ob sie ihn direkt ansah. Nein, er war sich sicher, dass sie ihn direkt ansah. Ein Schauer lief ihm über den Rücken. Wieso wusste sie, dass er hier war?

Kace sog zittrig die Luft ein und taumelte überrumpelt einen Schritt zurück. Das Band ihrer Blicke zerriss und er schüttelte verwirrt den Kopf. Was zum Teufel war das gewesen?

Er dachte nur eine Sekunde darüber nach, was gerade geschehen war, bevor er entschied, dass der Wettkampf morgen nicht ohne sie stattfinden konnte.

Kapitel 1

Trotz ihrer Kraft sind ihre Bewegungen federleicht und sie scheinen beim Gehen durch den Himmel zu tanzen.

Bree löste ihre Hand von dem dicken Buch und ließ sie vor ihrem Gesicht durch die Luft gleiten. Dabei versuchte sie, ihren Arm locker schwingen zu lassen und die Finger elegant abzuspreizen. Doch es sah so gekünstelt aus, dass sie frustriert schnaubte und über sich selbst lachen musste. *Federleicht* war in ihrer Vorstellung etwas ganz anderes.

Ihre Augen wanderten zurück zu dem gelblichen und leicht durchscheinenden Papier des Wälzers aus der Stadtbibliothek und sie blätterte ein paar Seiten nach vorne.

Viele Teilnehmer haben noch Jahre nach ihrer Rückkehr mit der Enttäuschung über die Niederlage zu kämpfen. Doch die Ehre, den Unsterblichen begegnet zu sein, kann ihnen niemand mehr nehmen.

Was würde Bree dafür geben, einen von ihnen mit eigenen Augen zu sehen … Zwar fand einmal im Jahr das *Renova-Fest* statt, bei dem ein Unsterblicher auf die Erde kam und ihrer Stadt etwas von der Magie der Inseln schenkte, doch niemand außer dem Bürgermeister durfte dabei anwesend sein. Für die normalen Bewohner wurde das Ergebnis erst sichtbar, wenn sich am

Morgen nach den Feierlichkeiten die Köpfe ihrer Pflanzen wieder voller Energie hoben, das Getreide auf ihren Äckern höher spross als je zuvor und sich der Alltag mit einer Leichtigkeit bewältigen ließ, die man wirklich nur als magisch beschreiben konnte.

Bree ließ raschelnd weitere Seiten durch ihre Finger gleiten, bis sie zu dem Bild gelangte, das sie sich schon so oft angesehen hatte.

Evianna. Die Unsterbliche, für die der letzte Wettkampf vor vierzehn Jahren ausgerichtet worden war. Die Zeichnung zeigte sie in einem bodenlangen, weich fließenden Kleid, das ihren Körper einzigartig in Szene setzte. Doch das Augenmerk hatte der Künstler auf ihre blonden, wallenden Haare gelegt, die er mit einem goldenen Glanz versehen hatte.

Sie war wunderschön.

Gedankenverloren schielte Bree zu ihren eigenen schwarzen Haaren, die glatt über ihre Schultern fielen und für die sie ihr Leben lang bewundert worden war. Doch heute könnten sie ihr zum Verhängnis werden. Kein Friseur der Stadt würde es schaffen, sie derart hellblond einzufärben, wie es auf dem Bild zu sehen war. Wenn sie in dem Theaterstück zu Ehren der Unsterblichen Evianna spielen wollte, würde sie eine Perücke tragen müssen. Wieso also sollten sie sie auswählen und nicht ein Mädchen mit helleren Haaren?

»Da bist du ja.«

Das unterdrückte Flüstern war so nahe an ihrem Ohr, dass Bree erschrocken zusammenzuckte und ihr mit einem dumpfen Schlag, der das Gewicht der vielen Seiten erahnen ließ, das Buch aus der Hand fiel.

»Psst!« Zoela zog anklagend die Augenbrauen zusammen und schüttelte den Kopf, obwohl sie es war, die Bree derart erschreckt hatte. »Auch zukünftige Berühmtheiten der Stadt müssen in der

Bibliothek leise sein, sonst werden wir gleich einen Kopf kürzer gemacht.«

Brees Schultern sackten wieder nach unten und sie schüttelte lächelnd den Kopf. »Danke für den Hinweis. Dafür, dass du einmal im Jahr hier drinnen bist, kennst du dich aber sehr gut aus.« Sie hob den Wälzer auf und wuchtete ihn wieder zurück ins Regal.

Die schummerige Beleuchtung tauchte das Gesicht ihrer besten Freundin in ein dunkles Gelb, das ihren schmollenden Ausdruck wunderbar zur Geltung brachte.

»Orte, an denen ich nicht reden darf, sind mir suspekt«, nuschelte sie und griff nach Brees Arm. »Deshalb bin ich auch nur hier, um dich abzuholen. Du willst doch die Verkündung der Rollen nicht verpassen, oder?«

»Ich wollte dich auch gerade suchen«, flüsterte Bree zurück und warf der Bibliothekarin, an der sie auf dem Weg nach draußen vorbeikamen, ein entschuldigendes Lächeln zu. Sofort glättete sich ihre Miene. Man kannte Bree an der Universität und wusste, dass sie sich keinen groben Fehltritt zuschulden kommen lassen würde.

Sobald sie das klobige Gebäude aus Stein verlassen hatten, das bis zum Dach mit Büchern gefüllt war, die sich größtenteils um die Unsterblichen drehten, wurden die beiden jungen Frauen von den warmen Strahlen der Nachmittagssonne empfangen. Wie immer flogen Brees Augen zuerst nach oben zu den Inseln, die in einem perfekten Kreis, verbunden durch gläserne Brücken, über ihren Köpfen schwebten. Dieser Blick war für sie schon zu einem Ritual geworden und sie konnte gar nicht mehr anders, als sich eine Sekunde des Träumens zu gönnen, sobald sie nach draußen trat.

Egal wie weit weg sie erschienen, die Unsterblichen waren irgendwo dort oben. Und schon diese Gewissheit sandte ihr ein

Kribbeln über die Haut.

»Erde an Bree, wir müssen wirklich los!«, riss Zoela sie aus ihren Gedanken. »Ich will hören, wie Professor Baldacar deinen Namen sagt und die ganze Stadt dir zujubelt. Gönn mir einen Moment des Ruhms als deine beste Freundin.«

Bree grinste und aufgeregt kichernd steuerten sie auf eine der kleinen Gassen zu, die sie zum Festplatz direkt unter der größten Insel bringen würden. Am Ende der engen Straße krochen bereits dunkelgoldene Schatten über das dicht verlegte Kopfsteinpflaster und verrieten ihnen, dass sie sich wirklich beeilen mussten, wenn sie pünktlich da sein wollten.

Brees dünne Sandalen flogen über die unebenen Steine und sie spürte jede noch so kleine Erhebung. »Wieso bist du dir so sicher, dass ich es werde?« Mit jedem Schritt, den sie dem Platz näherkamen, wuchs ihre Nervosität und sie versuchte sich abzulenken, indem sie sich auf die Auslagen der vielen kleinen Läden konzentrierte, an denen sie vorbeikamen.

»Warst du bei deinem eigenen Vorsprechen dabei?«, gab Zoela entrüstet zurück und kniff Bree spielerisch in die Seite, sodass diese aufschrie und lachend von ihr wegsprang. »Sie *müssen* dich nehmen. Außerdem weiß jeder in dieser Stadt, dass du ihrer Perfektion am nächsten kommst. Schau dich an.« Der Blick ihrer Freundin wanderte anerkennend über Brees schlanken Körper, der durchs Laufen sportlich und fest war. Sie hatte extra ein enges blaues Kleid mit offenem Rücken für den heutigen Tag gewählt, das nichts der Vorstellung überließ, und vor dem Spiegel geübt, es beim Laufen elegant in Szene zu setzen.

Als ob sie durch den Himmel tanzen würden. Das und nicht weniger musste ihr Ziel sein, wenn sie Evianna überzeugend verkörpern wollte.

Doch trotz Zoelas Worten war da dieser kleine Funken Angst,

der sich fest in ihrem Bauch eingenistet hatte und der ihr sagte, dass sie sich nicht in Sicherheit wiegen durfte. Sonst würde die Enttäuschung am Ende noch größer sein.

»Ich wette, Lysander wird dein Partner«, plapperte Zoela unbeirrt weiter und sah an Bree vorbei. »Und so wie er dich anschaut, hätte er sicher nichts dagegen.« Ein freches Grinsen schlich sich auf das Gesicht ihrer besten Freundin und brachte ihre wunderschönen mandelförmigen Augen zum Strahlen.

Bree warf im Laufen einen Blick zur Seite und fand die Gruppe junger Männer, die Zoela ganz unverhohlen musterte. Tatsächlich sah Lysander, den sie von der Universität kannte, auffällig zu ihr herüber und sofort spürte sie, wie ihre Wangen rot wurden. Sie wusste, dass es stimmte. Keiner der Männer in ihrer Stadt wäre traurig darüber, mit ihr gemeinsam das Stück aufführen zu dürfen.

Sie presste lächelnd die Lippen zusammen und richtete sich noch ein wenig mehr auf. Wieso sollten sie auch? Ihr Ehrgeiz trug für alle gut sichtbare, verlockende Früchte und dafür würde sie sich nicht schämen.

Als sie endlich auf dem großen Platz ankamen, legte Bree den Kopf in den Nacken und ihre langen, glänzend schwarzen Haare strichen ihr über den nackten Rücken.

Das Licht der Abendsonne ließ die Insel direkt über ihnen funkeln wie einen Diamanten und die gelbgolden flimmernden Fäden, die von ihren Kanten aus in Richtung der Stadt strebten, schienen sich im Rhythmus von Brees Herzschlag zu bewegen. Wenn sie es wirklich schaffte, ausgewählt zu werden, würde sie vor den Augen der ganzen Stadt eine Unsterbliche spielen und dem Leben auf den Inseln so nahe sein, wie es hier unten möglich war.

Die Menschen um sie herum wurden mucksmäuschenstill, als die Spielleiter auf der Bühne auftauchten. Professor Baldacar trat nach vorne und rückte die runde Brille auf seiner winzigen Nase zurecht, bevor er zu sprechen begann. Bree kannte ihn sogar persönlich, weil er jeden Winter ein pompöses Dinner für die Jahrgangsbesten ihrer Universität veranstaltete. Während seine freundliche, ruhige Stimme alle Anwesenden begrüßte, spürte Bree, wie Zoela ihr vor Aufregung beinahe die Finger zerdrückte. Sie schwärmten beide schon seit Monaten von den Kleidern, die Bree tragen dürfte, wenn sie ausgewählt würde, und hatten stundenlang unter der alten Weide in ihrem Garten gesessen, um die Texte zu üben.

Ihr Professor verkündete, dass die weiblichen Rollen zuerst ausgerufen würden und Brees Herz rutschte ein klein wenig tiefer. Alle waren sich so sicher, dass sie es schaffte, aber war sie tatsächlich gut genug? Sie hatte sich beim Vorsprechen wirklich unsterblich gefühlt, aber wahrscheinlich hatten das alle von sich selbst gedacht …

»Und die Rolle der Evianna geht an …« Professor Baldacar machte eine dramatische Pause und plötzlich schien es Bree, als ob er sie mitten in der Menge ausmachen könnte und direkt ansah. »Brealynn Sypher!«

Die erwartungsvolle Stille um sie herum verwandelte sich in donnernden Applaus, der all ihre Zweifel innerhalb einer Millisekunde auslöschte und ihr Herz mit sich in die Höhe trug. Sie hatte es geschafft! In den Augen der Jury war sie perfekt genug, um eine Unsterbliche zu spielen! Bree sah aus dem Augenwinkel, wie ihre beste Freundin außer sich vor Freude in die Höhe sprang und dabei in die Hände klatschte.

»Brealynn, würdest du zu uns nach oben kommen?«

Bree ließ das selbstbewusste Strahlen zu, das sich seinen Weg auf ihr Gesicht bahnte, und schob sich mit Zoela im Schlepptau durch die Menschenmenge, die sich vor dem weißen Theatergebäude gebildet hatte. Erst kurz vor der Bühne trennte sie sich von ihrer besten Freundin und stieg alleine die polierten Stufen hinauf. Bree sah, wie Professor Baldacar sie mit einem eifrigen Winken dazu aufforderte, noch näher zu kommen, und machte sich gerade bereit, die perfekten Worte zu finden, um sich für die Rolle zu bedanken.

Doch dazu kam es nicht, denn auf einmal wurde die Luft um sie herum von einem ohrenbetäubenden Rumpeln zerrissen, das sogar den Boden zum Beben brachte.

Bree fiel die letzte Stufe hinauf und schrie erschrocken auf, als sie sich gerade noch mit den Händen abfangen konnte. Was passierte hier? Woher kam der Lärm?

Hektisch strampelte sie sich von ihrem Kleid frei, das sich um ihre Beine gewickelt hatte, und rettete sich auf das Podium, wo Professor Baldacar sie sofort am Arm packte und unter den von Säulen gestützten überdachten Teil des Gebäudes zerrte.

»Bleiben Sie hier, bleiben Sie hier«, murmelte er abwesend und tätschelte beruhigend ihren Arm, während er selbst sich nach vorne lehnte, um besser sehen zu können.

Die Leute, die gerade noch auf dem Platz gestanden hatten, waren in die angrenzenden Gassen geflüchtet und hatten sicherlich in den Läden Schutz gesucht. Sofort eilte Brees Blick hin und her, um Zoela zu finden, doch auch sie war verschwunden und Bree konnte nur beten, dass es ihr gut ging. Tatsächlich waren auch keine Schreie mehr zu hören, sondern nur vereinzelte ungläubige Ausrufe, die nicht zu ihrem vor Angst pochendem Herzen passen wollten.

Sie erinnerte sich, dass sie über ein ähnliches Ereignis neulich in einem Buch aus der Bibliothek gelesen hatte, und schnappte nach Luft. »Glauben Sie, es geschieht wirklich?«, stieß sie hervor und sah den Professor neben sich atemlos an.

»Es sieht alles danach aus«, sagte er ehrfürchtig und starrte unverwandt in den Himmel.

Jetzt konnte Bree nicht mehr an sich halten und machte zwei Schritte nach vorne unter dem schützenden Dach hervor. Sie musste es mit eigenen Augen sehen!

Das Beben wurde immer stärker und sogar in der erhöhten Position, in der sich Bree befand, fühlte es sich an, als ob der Boden entzweigerissen würde.

Erd- und Gesteinsbrocken fielen am westlichen Ende der Stadt vom Himmel wie Brotkrumen aus dem Schnabel eines Vogels. Brees Herz raste. Sie wurde gerade Zeugin eines Jahrhundertereignisses, das schon bald in den Büchern der Bibliothek nachzulesen sein würde!

Beim Anblick der neuen Insel, die umgeben von einem Kreis goldenen Lichts scheinbar schwerelos durch die Luft glitt und ihren Platz im Kreis der anderen fünf suchte, klappten ihr vor Fassungslosigkeit beinahe die Beine weg.

Den Leuten um sie herum schien es nicht anders zu gehen, denn als die Insel sich schließlich an ihren Platz schob und das goldene Glühen um sie herum langsam abebbte, schwollen die anfänglich noch überraschten Ausrufe zu einer riesigen Jubelwelle an, die über die ganze Stadt hinwegfegte.

Die engen Straßen waren überflutet von Menschen, die mit vor den Mund geschlagenen Händen und glänzenden Augen in den Himmel starrten. Eine neue Insel hatte sich erhoben und dieses Ereignis war so einzigartig, dass niemand mit einer sterblichen Lebensspanne es bereits am eigenen Leib erfahren hatte. Bis heute.

»Entschuldigung!«, rief Bree einer älteren Frau zu, die ihr gerade vor die Füße getaumelt war. Doch diese starrte unbeirrt weiter in den Himmel und schien es kaum bemerkt zu haben.

Das Haus von Brees Eltern lag am Rand der Stadt, eigentlich direkt unter einer der Inseln, und so hatte sie ihre Kindheit größtenteils im Schatten verbracht. Doch niemand hier unten störte sich daran, denn die Schatten, die die Inseln warfen, waren nicht wirklich schwarz, sondern von den goldgelben, tanzenden Lichtern durchzogen, die von ihren Kanten hinunterflossen. Sie hatten den Garten ihrer Familie strahlen lassen und Brees Spiele dort hatten sich immer magisch angefühlt.

Als sie jedoch heute atemlos vor das Tor schlitterte, wurde ihr Körper in das satte Licht der Abendsonne getaucht. Durch das Eintreten der neuen Insel in den perfekten Kreis hatte sich die Konstellation über ihnen verschoben und die Schatten von ihrem Zuhause verschwinden lassen.

Kurz starrte Bree perplex auf ihre lichtbeschienene Hand, die auf dem verschnörkelten Griff des Gartentörchens lag, doch sie wurde jäh aus ihrer Starre gerissen, als ihre Mutter freudestrahlend aus der Haustür gestürmt kam. Sie musste gerade das Abendessen vorbereitet haben, denn sie trug eine grüne, geblümte Schürze, mit der sie normalerweise nie das Haus verlassen hätte.

»Bree, hast du es gesehen? Hast du es gesehen?« Die dünnen Hausschuhe ihrer Mutter ließen die Kiesel auf dem kleinen Weg in ihrem Vorgarten in alle Richtungen davonfliegen.

»Ja, Mum, es ist kaum zu übersehen.« Bree ließ sich sofort von der Euphorie ihrer Mutter anstecken und ein breites Grinsen schlich sich auf ihr Gesicht.

Endlich hatte ihre Mutter sie erreicht, nahm Brees Gesicht in ihre Hände und küsste überschwänglich ihre Wangen. »Das ist deine Chance – unsere Chance. Sie schaffen Platz für neue Unsterbliche!«

Nun kamen auch ihr Vater und ihre Schwester aus dem Haus gelaufen und Bree schob sich endlich durch das Gartentor. »Seid ihr sicher, dass es dieses Mal ein Mann ist?«, fragte sie aufgeregt, doch eigentlich kannte sie die Antwort schon. Jeder in der Stadt wusste, welcher Unsterbliche als Nächstes mit dem Wettbewerb an der Reihe war. Doch dass es so schnell ging? Das hätte Bree sich niemals träumen lassen. Sie suchten wieder. Und sie war in der Blüte ihrer Jugend. Eine bessere Chance würden sie und ihre Familie niemals bekommen.

»Bree, es ist Kace! Kace ist als Nächster dran, das weißt du doch!« Die Stimme ihrer kleinen Schwester Talluha schraubte sich in unmenschliche Höhen und sie hüpfte um Bree herum, als ob sie nicht sechzehn, sondern fünf Jahre alt wäre.

Bei der Erwähnung seines Namens lief Bree ein Schauer über den Rücken und sie musste sich zügeln, nicht in die gleiche Stimmung zu verfallen wie der Rest ihrer Familie. Es schien, als ob sie und ihr Vater die Einzigen wären, die bemerkten, dass bisher noch gar nichts passiert war. Bisher hatte sie keine Einladung für den Wettkampf über den Wolken in der Hand.

Bree wollte diesen Gedanken gerade aussprechen, da hallte lauter Jubel und freudiges Geschrei durch ihre Straße und alle vier drehten ruckartig die Köpfe in die Richtung der Geräusche. Nur wenige Häuser weiter saß eine Bekannte von Bree vor Freude schluchzend auf dem Boden und streckte einen stechend weißen Umschlag in die Höhe, während ihre Familie neben ihr sich so laut über ihren Triumph freute, dass es sicher in der ganzen Stadt zu hören war.

Konnte es wirklich sein, dass es so schnell ging?

Die dunklen Augen von Brees Mutter weiteten sich erschrocken und sie sah ihre Tochter an.

»Der Briefkasten«, flüsterte sie plötzlich.

»Der Briefkasten!«, stimmte ihr Vater ein und sofort rannten alle drei hinüber zu dem sorgfältig lackierten Kästchen an ihrem Zaun. Doch Bree war auf einmal nicht mehr in der Lage, sich zu bewegen.

Man würde sie einladen. Ganz sicher.

Sie war eine der schönsten Frauen der Stadt, das war ihr ihr ganzes Leben lang versichert worden. Wenn jemand auf die Inseln eingeladen wurde, dann sie. Oder nicht?

Wie in Zeitlupe beobachtete sie, wie ihre Mutter die Klappe des Briefkastens aufriss und ihre Schwester ihr dabei beinahe auf den Rücken kletterte, um ebenfalls hineinsehen zu können.

Doch irgendwie spürte Bree es, noch bevor ihre Mutter sich wieder zu ihr umdrehen konnte. Ihr wurde von einer auf die andere Sekunde furchtbar kalt, als ob ihr Körper sie auf den Stich der Enttäuschung vorbereiten wollte, der sie kurz darauf ereilte.

»Die kommt noch. Ganz sicher!«. Der aufmunternde Blick von Tatty versetzte ihr den zweiten Stich und es kostete Bree beinahe unmenschliche Anstrengung, den Schock niederzuringen und sich dem hoffnungsvollen Lächeln ihrer Familie anzuschließen.

Sie war nicht eingeladen worden …! Was hatte sie sich auch eingebildet?

Obwohl Bree es nicht wollte, schoss ihr Blick für eine Millisekunde hinüber zu ihren Nachbarn, die immer noch für alle anderen gut sichtbar vor ihrem Haus standen und feierten. Wieso auch nicht? Ihre Tochter war ausgewählt worden.

»Ich …«, stammelte Bree, »ich gehe laufen. Vielleicht ist die Einladung ja da, wenn ich zurückkomme.«

Ohne auf die Antwort ihrer Eltern zu warten, rettete sie sich ins Haus und in ihr Zimmer. Doch sie gab sich keine Zeit, die

Enttäuschung über sich hereinbrechen zu lassen. Ohne auch nur eine Sekunde innezuhalten, riss sie sich das elegante blaue Kleid vom Körper, zwängte sich in ihre Laufkleidung und band sich die langen Haare zu einem Zopf zusammen. Sie musste raus, um ihren Kopf freizubekommen. Weg von den Jubelrufen der anderen, die sie sogar durch das geöffnete Fenster hier drinnen hören konnte.

Bree nahm die Hintertür ihres Hauses, durchquerte den Garten und sprang leichtfüßig über den niedrigen Zaun, der ihr Grundstück umschloss. Sobald sie draußen war, begann sie zu laufen und ließ zu, dass ihr Körper die Kontrolle übernahm.

Obwohl der Feldweg, den sie schnell erreichte, auf beiden Seiten von lilafarbenen und blauen Blumen umrahmt war, hatte sie kein Auge für die Schönheit um sie herum. Sie konzentrierte sich nur auf jeden weiteren Schritt und ihren Atem, der sich sofort ihrem Tempo anpasste. Sie war in der Vergangenheit häufig laufen gegangen, um sich fit zu halten, doch heute war die Bewegung so erleichternd wie eiskaltes Wasser auf ihren überhitzten Gedanken.

Die neue Insel und der Wettkampf waren eine Jahrhundertchance und sie verpasste sie. Selbst wenn es in ihrer Lebenszeit noch einmal vorkäme, dass ein Unsterblicher eine Partnerin suchte, würde es für sie keine Rolle mehr spielen, denn sie wäre alt und verbraucht und würde niemals eingeladen werden. Heute oder nie. Und ganz offensichtlich blieb nur ›nie‹ für sie übrig.

Bree erreichte die Mauer und den Wachturm viel zu schnell, um sich so weit von ihrer Enttäuschung freizumachen, dass sie dem Wachmann so freundlich entgegentreten könnte, wie er es verdient hätte. Um die Stadt herum gab es mehrere Hektar freier Fläche mit wunderschönen Wiesen, doch gleich dahinter wurde das Gebiet von dicken Mauern umringt, die verhindern sollten, dass Fremde hineingelangten. Die Inseln und das Privileg, hier leben zu dürfen, waren zu wertvoll, um sie mit der ganzen Welt zu teilen, und falls doch jemand ihr Tal zwischen den Bergen fand, dann wurde er hier aufgehalten.

Doch das kam fast nie vor, denn dass jemand die Kunde über ihre Stadt ungewollt verbreitete, war unmöglich. Wer hier lebte, durfte das Tal nicht verlassen, um die Botschaft in die Ferne zu tragen. Dafür hatten die Unsterblichen schon vor Jahrhunderten gesorgt, als sie den Bau der Mauer befohlen und das Gesetz veranlasst hatten. In der Stadt erzählte man sich, dass dies der einzige Tag gewesen sei, an dem man je einen ihrer Ältesten gesehen hatte. Das *Renova-Fest* wurde immer von Unsterblichen durchgeführt, die einst Städter gewesen waren und den Wettkampf gewonnen hatten.

Die Mauer verdeutlichte, welches Privileg es war, hier leben zu dürfen und die Chance zu bekommen, auf die Inseln eingeladen zu werden. Und Bree hatte sie verpasst … Dieser Gedanke trieb ihr beinahe die Tränen in die Augen.

»Dürfte ich bitte Ihr Tattoo sehen, Miss?«

Bree zwang ihren Körper, ruhig stehen zu bleiben, und schob ihren linken Ärmel hoch, um den kleinen tiefschwarzen Vogel auf ihrem Handgelenk vorzuzeigen. Als der Wachmann sofort nickte und das Tor für sie öffnete, eilte sie hindurch, ohne einen Blick zurückzuwerfen.

Obwohl sie nicht zu den Arbeitern gehörte, die die Felder draußen bestellten, kannte der Mann mit dem roten, buschigen Bart sie sicherlich schon durch ihre häufigen Ausflüge zum Laufen. Dennoch befolgte er strikt das Protokoll und würde ihr Tattoo noch viel konsequenter kontrollieren, wenn sie nachher wieder hineinwollte. Es war das Erkennungszeichen der Städter und jedes Motiv hatte zu Ehren der Himmelsbewohner etwas mit der Luft zu tun.

Bree liebte ihren fliegenden Vogel und die Leichtigkeit, die er verkörperte, doch heute schob sie ihren Ärmel schnell wieder nach unten.

Als die Felder, auf denen das Getreide erst zur Hälfte herangewachsen war, sich vor ihr auftaten, zögerte sie nicht lange und rannte sofort weiter. Raubte ihrem Kopf den Sauerstoff, um nicht in ihren Gefühlen zu ertrinken.

Trotzdem jagten ihr ihre Gedanken erbarmungslos hinterher. Bree presste ihre Fäuste so fest zusammen, dass ihre Knöchel weiß anliefen. Sie würde einfach immer weiterlaufen, bis zu den Bergen. Das war besser, als zu Hause in die enttäuschten Gesichter ihrer Familie zu blicken. Sie alle hatten Bree für ihre Chance auf ein Leben auf den Inseln gehalten. Aber damit hatten sie wohl mehr als nur danebengelegen.

Neben ihr zwitscherten Vögel, die sich in den dichten Feldern versteckten und hin und wieder wie Delfine daraus hervorstoben, nur um kurz darauf wieder abzutauchen.

Taumelnd kam Bree zum Stehen und stützte sich mit ihren Händen auf den Oberschenkeln ab. Ihr Brustkorb hob und senkte sich schwer, und als sie zurückblickte, bemerkte sie erst, wie weit sie sich schon von der Stadt entfernt hatte.

Mit einem Seufzen richtete sie sich auf und schob sich eine verschwitzte Haarsträhne aus der Stirn. Hier draußen, außerhalb des Rings, hatte man die perfekte Sicht auf die schwebenden Inseln. Obwohl sie schon immer zu Brees Leben gehört hatten, ließ der Anblick ihre Haut jedes Mal wieder aufs Neue kribbeln. Vielleicht, weil sie sie jeden Tag sah, aber doch nur aus Erzählungen wusste, was – und vor allem wer – sich darauf befand.

Bree spürte, wie die Enttäuschung wieder mit gierigen Fingern nach ihr griff, und wandte sich schnell ab. Doch noch bevor sie einen weiteren Schritt auf dem staubigen Feldweg machen konnte, nahm sie ein Kribbeln in ihrem Nacken wahr, bei dem sich ihre Armhärchen aufstellten. Ruckartig wirbelte sie herum und rechnete beinahe damit, hinter sich jemanden auf dem Weg stehen zu sehen, doch da war niemand.

Und dennoch ließ sie das Gefühl, beobachtet zu werden, nicht los.

Mit trockenen Lippen blickte sie sich um und ließ ihre Augen über die sanft im Wind wehenden Gräser und Blumen wandern. Sie sollte zurückgehen. Ihre Familie machte sich sicherlich schon Sorgen.

Plötzlich wurde das Gefühl so stark, dass sie keuchend die Luft einsog. Unwillkürlich schoss ihr Blick nach oben zu der Insel, die ihr am nächsten war.

War das …? Konnte das sein?

Brees Mund öffnete sich vor Erstaunen, als sie dachte, an der Kante der Insel eine Person stehen zu sehen. War das ein Unsterblicher? Oder doch nur einer der wenigen Menschen, die in dieser schwindelerregenden Höhe als Diener oder Familienmitglied eines Gewinners leben durften?

Das merkwürdige Gefühl wurde immer stärker und es schien, als ob ihr Körper so heftig nach dort oben strebte, dass es sie zu zerreißen drohte. Bree war unfähig, ihren Blick von der Person abzuwenden, die vor dem blendenden Licht der Abendsonne nicht mehr als ein dunkler Schemen war.

Gerade als sie dachte, sie würde es keine Sekunde länger aushalten, verschwand die Silhouette und die kribbelnden Berührungen auf ihrer nackten Haut rissen so plötzlich ab, dass Bree keuchend einen Schritt zurückwich. Was … was zum Teufel war das gewesen?

Sie schüttelte ungläubig den Kopf und machte einen Schritt

nach vorne, um ihr Gleichgewicht wiederzufinden, da landete ihr Fuß auf einer Unebenheit und ein raschelndes Geräusch drang an ihr Ohr. Verwundert blickte Bree nach unten und hob ihren Schuh. Ihren Schuh, der nicht, wie es sein sollte, auf der körnigen, hellen Erde des Feldweges stand, sondern auf einem strahlend weißen Briefumschlag, der da vorher ganz sicher noch nicht gelegen hatte.

Kapitel 2

»Au, Vorsicht, das ziept.« Bree wand sich auf dem Stuhl, doch ihre Mutter ließ die große Bürste unbeirrt weiter durch ihre Haare fahren.

»Wenn es ziept, sind noch Knoten drin. Also halt bitte still«, murmelte sie und Bree wusste, ohne es zu sehen, dass sie konzentriert auf der Unterlippe kaute. »Wer schön sein will, muss leiden. Und du wirst nicht nur schön, sondern atemberaubend aussehen.«

Seit Bree mit dem Brief in der Hand nach Hause gekommen war, strahlte ihre Mutter in einem fort. Und auch jetzt, während sie sowohl die Klamotten als auch die Frisur für morgen testeten, ähnelte ihre Stimme einem aufgeregten Singsang.

»Was ist mit dem hier?« Tatty hüpfte mit einem grünen Kleid in Brees Blickfeld und ließ es übermütig vor ihrem eigenen Körper hin- und herschwingen.

Doch Bree schüttelte den Kopf. »Nicht grün. Dann sehe ich mit den schwarzen Haaren aus wie eine Hexe.« Sie verzog das Gesicht, als ihre Mutter schon wieder rabiat einen Knoten in ihren ansonsten seidenglatten Längen löste.

Tatty verdrehte die Augen und verschwand wieder ins Schlafzimmer. »Wieso hast du es dann?«, hörte Bree sie noch im Gehen murmeln und lächelte über den ruppigen Tonfall. Sie wusste ganz genau, dass ihre Schwester sich ebenso freute wie der Rest ihrer Familie, doch sie würde es nie so zeigen wie ihre Mutter.

Mit ihren Fingerspitzen berührte Bree das weiche Papier des Briefes, der neben ihr auf dem kleinen Tischchen lag. Sie konnte ihn nicht aus den Augen lassen. Viel zu groß war die Angst, dass er genauso schnell wieder verschwand, wie er gekommen war. Sie berührte die Unterschrift, die am Ende der geschwungenen Zeilen stand, und ihr ganzer Körper kribbelte.

Kace.

War es wirklich er gewesen, den sie am Rand der Insel gesehen hatte? Hatte er sie beobachtet, dort in dem Feld so weit unter ihm?

Bree schüttelte unwillkürlich den Kopf und erntete dafür sofort ein verärgertes Schnauben von ihrer Mutter, die gerade angefangen hatte, ihre langen Haare zu einem Zopf zu flechten.

Doch sofort wanderten Brees Gedanken wieder zurück. Das konnte nicht sein, das war sicherlich purer Zufall gewesen. Die Unsterblichen hatten Besseres zu tun, als uninteressanten Menschen auf der Erde beim Laufen zuzusehen. Aber egal, ob er es gewesen war oder nicht, bald würde sie ihn kennenlernen und dieser Gedanken allein sorgte dafür, dass Brees Haut vor Aufregung glühte. Sie könnte seine Partnerin werden. Für die Ewigkeit …

»Bree, das hier ist es!«, rief ihre Schwester aus dem Nebenzimmer. »Mach die Augen zu!«

Bree schmunzelte belustigt. »Tatty, stell dir vor, ich kenne meine eigenen Kleider.«

»Halte ich bei der Menge hier drinnen für ein Gerücht«, gab Tatty trocken zurück. »Sind die Augen zu?«

»Ja«, sagte Bree und fügte sich der Bitte ihrer Schwester. Ganz unrecht hatte sie nicht. Ihre Eltern hatten früh erkannt, dass Brees Schönheit außergewöhnlich war, und sie schon immer darin bestärkt, das Beste aus sich herauszuholen – natürlich auch durch Kleidung. So war der Inhalt ihres Schrankes über die Jahre immer weiter gewachsen.

Brees Nase kitzelte, als ihre Mutter Glanzpuder in ihren Haaren verteilte.

»Warte, welches hast du genommen?«, rief Bree und drehte mit geschlossenen Augen ihren Kopf, als ob sie es dadurch herausfinden könnte. »Wir wissen doch noch gar nicht, welche Farbe das Kleid haben wird, das ich trage!«

»Silber«, gab ihre Mutter zurück und stellte dem Geräusch nach zu urteilen die kleine Dose wieder auf den Tisch. »Das sieht so wunderschön aus in deinen schwarzen Haaren und passt zu allem.«

Obwohl sie lieber gewartet hätte, musste Bree ihr zustimmen. Die Puder, die seit ein paar Jahren in ihrer Stadt in Mode gekommen waren und den Haaren einen sanften Glanz in der jeweiligen Farbe verliehen, waren alle wunderschön. Doch das Silberne gefiel ihr an sich selbst am besten.

»Augen auf!«

Bree blinzelte und stieß sofort einen freudigen Schrei aus. Das Kleid, das Talluha hervorgekramt hatte, war wirklich perfekt.

Sofort stand sie auf und ließ ihre Finger über den seidenweichen, fliederfarbenen Stoff gleiten. Sie hatte es monatelang nicht angefasst, weil es ihr immer als zu speziell für den jeweiligen Anlass vorgekommen war. Zu schlicht für eine große Feier, zu besonders für den Alltag. Doch für morgen hätte es keine bessere Wahl geben können. Der körperbetonte, aber dennoch weiche Schnitt würde ihre Figur zur Geltung bringen und der tiefe Rückenausschnitt, der bis kurz über den Po reichte und ansonsten nur aus zwei feinen Schnüren direkt unter den Schulterblättern bestand, würde dafür sorgen, dass sie genau im richtigen Maße auffiel.

»Wow, das wird gigantisch.«

Brees Kopf zuckte in Richtung der Tür, in der plötzlich Zoela aufgetaucht war. Sofort ließ sie den Stoff des Kleides los und rannte zu ihrer besten Freundin, um sie in eine feste Umarmung zu ziehen. »Zozo, ich bin wirklich eingeladen worden. Kannst du es glauben?«

Zoela drückte sie ein wenig von sich weg, um ihr in die Augen sehen zu können. »Bree, ganz im Ernst, ich wäre nur überrascht, wenn es nicht so wäre. Schau dich an! Kace wird dir zu Füßen liegen.«

Sofort blitzte in Brees Gedanken die Erinnerung auf, wie ihre Mutter nur wenige Stunden zuvor den leeren Briefkasten geöffnet hatte. Beinahe wäre sie nicht eingeladen worden. Aber darüber wollte sie jetzt wirklich nicht nachdenken. Also schob sie die Erinnerung schnell beiseite und widmete sich wieder ihrer strahlenden Freundin.

Ein paar Stunden später war die Sonne untergegangen und hatte die Schatten der Inseln mit sich genommen. Bree und Zoela lagen gemeinsam in Brees großem Bett mit dem himmelblauen Baldachin darüber und starrten an die Decke.

»Morgen Abend bist du da oben«, flüsterte Zoela.

»Mhm.« Bree drehte sich abrupt zu ihrer Freundin um und sah sie an. »Zozo, was ist, wenn ich komplett versage?«

Doch Zoela schüttelte nur den Kopf. »Du bist Brealynn, das Mädchen mit den besten Noten und dem Äußeren, das alle bewundern. Ich verspreche dir, dass auch Kace hin und weg von dir sein wird.«

Obwohl Bree sich eigentlich über diese Worte freuen sollte, zog sich der Knoten in ihrem Magen noch fester zusammen. War es nicht noch schlimmer zu scheitern, wenn alle das Gegenteil von einem erwarteten? Obwohl Menschen es nur gut mir ihr meinten, wenn sie sie derart lobten, steigerten sich Brees Versagensängste und ihr Perfektionismus dadurch nur noch mehr.

»Außerdem«, fuhr Zoela fort, »was ist die Alternative? Nicht zu gehen?« Nun drehte sie sich ebenfalls auf dem Bett zur Seite und sah Bree mit funkelnden Augen an.

Nein, nicht zu gehen, war keine Option. Das war die Chance ihres Lebens!

»Und was, wenn es zwischen uns absolut nicht funktioniert? Ich weiß nicht, ob ich meiner Familie die Möglichkeit, auf den Inseln zu leben, nehmen könnte, nur weil wir uns nicht verstehen.«

Zoela zog die Nase kraus. »Sie würden niemals von dir erwarten, die Ewigkeit mit einem Unsterblichen zu verbringen, den du nicht leiden kannst. Und das weißt du auch.« Ihre beste Freundin stützte sich auf einen Unterarm und sah Bree an. »Aber sind wir mal ehrlich, wenn Kace dir nicht gefällt, wer dann? Schon seit Jahren laufen dir ein Dutzend Kerle in dieser Stadt hinterher und du hast nicht einen von ihnen zweimal angesehen. Bis auf …«

»Fang nicht damit an!« Bree drehte sich ruckartig auf den Bauch und vergrub das Gesicht in ihrem Kissen. Die Geschichte war ihr immer noch peinlich.

Zoela lachte schallend und kitzelte Bree, bis diese nach Luft schnappen musste. »Du bist richtig versessen auf diesen Kerl in der Bar gewesen, obwohl ihr nicht einmal miteinander gesprochen habt. Außerdem war es damals so dunkel, dass man ihn gar nicht richtig erkennen konnte.«

Bree seufzte. »Ganz ehrlich, mittlerweile glaube ich, dass ich so betrunken war, dass ich ihn mir eingebildet habe.«

»Dieser Theorie schließe ich mich an. Wie zum Teufel sollte er sonst in dieser Stadt, die niemand verlässt, einfach spurlos verschwinden?«

Bree brummte, immer noch peinlich berührt von dieser Geschichte.

»Wage es ja nicht, jetzt schlechte Laune zu haben!«, rief Zoela plötzlich. »Du wirst die Unsterblichen treffen, Bree. Du wirst vielleicht sogar selbst eine von ihnen werden.«

Brees Stimme wurde zu einem Flüstern. »Aber das würde dann gleichzeitig bedeuten, dass wir uns nie wiedersehen.«

Kurz breitete sich staubtrockenes Schweigen zwischen ihnen aus. Beide wussten, dass nur der engsten Familie der Gewinnerin eine sterbliche Lebensspanne auf den Inseln geschenkt wurde. Sollte Bree wirklich gewinnen, würde sie Zoela zurücklassen müssen …

Ihre beste Freundin räusperte sich. »Ich komme schon klar. Außerdem werde ich so viel damit zu tun haben, den ganzen Historikern haarklein zu beschreiben, wie du aussiehst und wie viel Blödsinn hinter deiner perfekten Fassade steckt, dass ich kaum Zeit haben werde, dich zu vermissen«, gab sie schließlich zurück und grinste dabei albern.

Beim Anblick des Gesichtsausdrucks ihrer Freundin, bahnte sich ein nervöses Kichern seinen Weg durch Brees Kehle und sie schlug überfordert die Hände vors Gesicht. Zoela stimmte in ihr Lachen ein und umarmte sie übermütig.

Die nächste Woche könnte alles verändern. Für sie beide.

Kapitel 3

Bree war froh über den sanften Wind, der durch die Stadt strich. Auf ihrer Haut hatte sich vor Aufregung schon die ein oder andere Schweißperle gebildet und sie fächerte sich unentwegt Luft zu, um das Schlimmste zu verhindern. Sie hatte sich nicht in stundenlanger Arbeit zurechtgemacht, um jetzt alles zu ruinieren.

»Wo ist Pa mit meinem Beutel?« Bree schob sich an Tatty und ihrer Mutter vorbei, die seit Stunden an ihr klebten wie Kletten und ständig an ihren Haaren oder ihrem Kleid herumzupften, und hielt Ausschau nach ihrem Vater. »Wir haben nicht mehr viel Zeit. Es dämmert schon und in der Einladung stand, wir werden noch vor Sonnenuntergang geholt.«

»Er wird schon gleich kommen.« Ihre Mutter strahlte sie an wie schon die ganze Zeit und langsam ging es Bree auf die Nerven. Wenn sie ohne ihren Beutel und ihre Klamotten nach oben gehen müsste, weil ihr Vater trödelte, gäbe es keinen Grund zu lächeln. Dann wäre sie schneller wieder bei ihnen, als sie »unsterblich« sagen könnten.

Bree atmete tief durch, um sich zu beruhigen, und fächerte sich weiter Luft zu. Ihre Haare waren an den Schläfen eng an ihre Kopfhaut geflochten und fielen in den Längen in einen lockeren, geflochtenen Zopf, der von dem silbrigen Glanz ummantelt wurde, den das Puder erzeugte. Sie fühlte sich schön, und das war auch wichtig. Denn bei jedem Schritt spürte sie die Blicke aller Anwesenden auf sich ruhen. Was nicht gerade dazu beitrug, ihre Nervosität zu lindern.

Bei ihrer Ankunft am Treffpunkt direkt unter einer der kleineren Inseln hatte sie sich dazu hinreißen lassen, die anderen Frauen zu begutachten. Ein paar von ihnen kannte sie aus der Schule oder Universität, ein paar waren etwas älter oder jünger als sie und ihr daher nur flüchtig bekannt. Aber sie hatten alle etwas gemeinsam: Sie strahlten – jede auf ihre eigene Weise. Manche waren Bree gänzlich unähnlich und weckten deshalb die Angst in ihr, nicht gut genug zu sein. Andere hatten einen ähnlichen Typ und sorgten gleichermaßen dafür, dass sie krampfhaft darauf achtete, eine gute Figur zu machen und nicht zwischen ihnen unterzugehen.

Bree lächelte gefasst und streichelte ihrer Tante, die sie zur Verabschiedung umarmte, abwesend über den Rücken. Sie war so verdammt nervös, dass es schon fast an Panik grenzte. Was, wenn sie versagte? Obwohl bei diesem Gedanken die Tränen in ihren Augen brannten und sie sich am liebsten verkrochen hätte, schluckte sie alles hinunter – versuchte, stark und selbstbewusst zu wirken. Und es schien ihr zu gelingen, denn bislang hatte sie niemand auf ihren Gemütszustand angesprochen. Sie wünschte sich einfach, es wäre schon so weit und sie würden endlich nach oben gebracht.

»Bree!«

Sie wirbelte herum und sah Zoela auf sich zufliegen. Sie konnte gerade noch rechtzeitig die Arme ausbreiten, bevor der Körper ihrer besten Freundin gegen sie prallte.

»Ich wünsche dir die beste Zeit deines Lebens«, murmelte sie und druckte Bree so fest an sich, dass dieser fast die Luft wegblieb. »Und dass Kace in dir seine Partnerin für die Ewigkeit findet. Ich will dich jeden Morgen triumphierend über die Brücken gehen sehen wie eine Göttin!«

Trotz ihres eisernen Willens spürte Bree, wie ihr nun einzelne ungehorsame Tränen über die Wangen rollten. »Ich danke dir«, murmelte sie heiser und ließ Zoela los, um sich vorsichtig mit einem Finger ihr Gesicht trocken zu tupfen.

Und dann kam endlich ihr Vater und hatte ihren Beutel bei sich.

»Oh, Gott sei Dank«, stieß Bree hervor und riss ihn sofort an sich. Darin waren ihre ganzen Klamotten und Schminksachen, genauso wie einige persönliche Gegenstände, von denen sie sich nicht trennen konnte – auch nicht für eine Woche.

»Tut mir leid, ich habe mich verquatscht.« Ihr Vater zuckte entschuldigend mit den Schultern und seine buschigen Augenbrauen hoben sich. »Aber du glaubst doch nicht wirklich, dass ich dich an so einem Tag im Stich lassen würde, mein Taubchen.« Er sah sie so liebevoll an, dass Bree schlucken musste. Sie konnte sich denken, worüber er gesprochen hatte. Seit sie den Brief bekommen hatte, war sie Thema Nummer eins in ihrem Bekanntenkreis und das würde sich wohl auch so schnell nicht ändern. Entweder es lief gut und sie machte alle stolz. Oder sie scheiterte kolossal und würde somit auch wieder zum Zentrum der Aufmerksamkeit. An letzteres Szenario konnte sie kaum denken, ohne dass ihr speiübel wurde.

Bree lächelte tapfer und rang ihre Ängste nieder. Jetzt war nicht der Zeitpunkt, um sich herunterziehen zu lassen. Es konnte jede Sekunde losgehen und sie musste bereit sein.

Sie griff gerade mit einer Hand nach hinten, um zu überprüfen, ob ihr Zopf nach Zoelas stürmischer Umarmung noch ordentlich saß, da erklang ein lautes Zischen. Alle Anwesenden hielten die

Luft an und starrten erwartungsvoll nach oben. Und sie wurden nicht enttäuscht. Die goldenen Fäden, die normalerweise wie kleine Wasserfälle an den Rändern der Insel herunterflossen, änderten ihre Richtung und bündelten sich genau in der Mitte der schwebenden Fläche. Dort entstand ein Knäuel aus goldgelbem Licht, das sich nur wenige Sekunden später in einen Strahl verwandelte, der urplötzlich nach unten schoss und sanft summend und flimmernd den Platz erhellte.

O Gott. Es ging wirklich los.

Bree atmete tief durch, packte ihren Beutel fester und nahm nur am Rande wahr, wie jeder der Umstehenden sie noch einmal final umarmte. Denn ihre Aufmerksamkeit war einzig und allein auf die helle Lichtsäule gerichtet, die sie beinahe magisch anzuziehen schien. Schließlich machte sie ein paar Schritte darauf zu und bemerkte, dass die anderen ausgewählten Frauen es ihr gleichtaten, denn plötzlich standen sie alle um das helle Goldgelb herum und starrten mit glänzenden Augen hinein.

Bree konnte kaum beschreiben, wie das Licht sich für sie anfühlte, doch es kam ihr so lebendig vor, als ob eine Person vor ihr stehen und die Hand nach ihr ausstrecken würde, um sie nach oben auf die Inseln einzuladen.

Sie verharrte kurz und fing einige fragende Blicke der anderen Frauen auf, als auf einmal eine wunderschöne, kurvige Blondine, die ihr nur vage bekannt vorkam, einen Schritt nach vorne ins Licht machte. Sie wurde sofort gänzlich darin eingeschlossen und Bree sah gerade noch, wie sie verdutzt auf ihre Hände blickte, bevor sie vor ihren Augen verschwand.

Ein andächtiges Murmeln machte die Runde unter den Zuschauern und Brees Armhärchen stellten sich auf. Bisher machte noch keine der anderen Frauen Anstalten, ihrer Vorgängerin zu folgen, doch sie wusste nicht, ob sie es noch länger aushalten konnte. Das goldene Licht zog sie an, zerrte an ihr, rief nach ihr und ohne wirklich zu wissen, was sie tat, gab Bree diesem Gefühl nach. Sie überwand die wenigen Meter, die sie von der Säule trennten, und trat ohne innezuhalten mitten hinein.

Sobald die goldenen Lichtwogen Brees Körper in sich eingeschlossen hatten, fielen die ganze Angst und Anspannung von ihr ab. Die Welt um sie herum verschwand und es gab nur noch einen sanften Singsang in ihrem Kopf. Die Stimmen hatten keinen Körper, existierten nur durch das Licht um sie herum und kamen Bree doch viel realer vor als alles andere da draußen, das sich immer weiter von ihr entfernte. Sie versicherten ihr, dass alles gut werden würde. Dass sie dazu bestimmt war, diese Reise anzutreten.

Die Lichtumarmung war so weich und fühlte sich so sehr nach Geborgenheit an, dass Bree in ihren dünnen Riemchensandalen mehrere Schritte nach vorne stolperte, als sie plötzlich und viel zu schnell daraus entlassen wurde. Eine Hand nach vorne gestreckt, um einen Sturz zu verhindern, mit der anderen nach ihrem Beutel greifend, versuchte sie das Gleichgewicht zu halten. Sie konnte sich gerade noch fangen und fand wieder einen sicheren Stand, da realisierte sie, dass ihre zweite Hand ins Leere gegriffen hatte.

Ihr Beutel war weg.

Panisch sah sie hinter sich, um zu schauen, ob sie ihn aus Versehen fallen gelassen hatte, doch da war nichts auf dem Boden. Verwirrt hob Bree den Kopf.

»Oh«, entfuhr es ihr, als sie die vielen Menschen sah, die in einem Kreis um den Strahl herumstanden, aus dem sie gerade so unbeholfen herausgestolpert war. Und sofort darauf korrigierte sie sich selbst, denn das waren ganz sicher keine Sterblichen. Egal ob elfenbeinfarben oder samtschwarz, alle Gesichter der Wesen, die sie keines Blickes würdigten und nur mit von sich gestreckten Händen ins Licht sahen, waren perfekt geformt und bildeten den Abschluss von schlanken Körpern in außergewöhnlichen Kleidern, die Bree noch nie gesehen hatte.

Dort, nicht einmal einen Steinwurf von ihr entfernt, standen Unsterbliche.

Brees Hand, die nach dem Beutel hatte greifen wollen, rutschte schlaff wieder herunter und sie stand mit offenem Mund mitten auf dem Weg. Was sollte sie tun? Musste sie sich verbeugen? War Kace schon unter ihnen? Aber keiner beachtete sie auch nur im Geringsten und plötzlich zischte der Lichtstrahl vor ihr erneut.

Sie konnte sich gerade noch aus der Schusslinie bringen, als die nächste junge Frau ähnlich unsanft wie sie selbst auf die Insel gespuckt wurde. Reflexartig griff Bree nach ihrem Arm, um zu verhindern, dass sie fiel.

»Danke«, murmelte sie und fuhr sich überrumpelt mit den Fingern durch die Haare. Bree wollte sie gerade darauf aufmerksam machen, was sich in ihrem Rücken befand, da weiteten sich die Augen der jungen Frau erschrocken. »Meine Sachen sind weg!«, rief sie entgeistert und sah sofort an Bree herunter, deren Beutel ja ebenfalls verschwunden war.

Plötzlich ertönte über das Zischen der Lichtsäule hinweg eine klangvolle Stimme.

»Keine Sorge, an schönen Kleidern wird es euch nicht mangeln. Aber wir haben hier oben unseren eigenen Geschmack.«

Bree zuckte zusammen und wirbelte herum. Sie war so abgelenkt von den Unsterblichen um sie herum gewesen, dass sie keinen einzigen Blick nach rechts und links geworfen hatte. Der Garten, der sich in dieser Richtung vor ihr auftat, überflutete ihre Sinne mit der Wucht eines Wasserfalls, doch sie hatte keine Zeit, ihn genauer in Augenschein zu nehmen. Denn auf dem schmalen Kieselweg, der das wilde und doch wunderschöne Bild aus Bäumen, Büschen und bunten Blumen durchbrach, kam jemand auf sie zu. Die Frau zupfte gerade eine sternförmige weiße Blüte von einem Strauch, um sie zwischen ihren Fingern zu drehen und andächtig zu betrachten.

Bree musste all ihre Kraft aufbringen, um sie nicht mit offenem Mund anzustarren, und biss sich dafür beinahe auf die Lippe. Vor ihr stand eine weitere Unsterbliche. Und um das zu erkennen, brauchte es keinen Lichtstrahl, der aus ihren Fingern floss. Würde man diese Frau in die Straßen ihrer Stadt werfen, würde sie unter den Menschen hervorstechen wie ein Juwel aus einem Haufen Steine. Nicht nur war sie wunderschön und ging mit einer Anmut, die keinem Menschen innewohnen konnte, sie war auch von einer sanften, goldknisternden Aura umgeben, die dem Licht des magischen Strahls, aus dem Bree gerade getreten war, sehr nahekam.

Sie sah Bree aus ihren hellen Augen so direkt an, dass dieser ein Schauer über den Rücken lief. »Ihr wart die Ersten, die angekommen sind, ja?«

Bree nickte, unfähig, einen Ton herauszubekommen, und gab sich gleich darauf innerlich eine Ohrfeige. Wie sollte das erst werden, wenn sie Kace kennenlernte?

»Gut, schon mal keine Angsthasen.« Die unsterbliche Frau grinste breit und ihre roten kinnlangen Haare wehten sanft im Wind, während ihre Augen verschmitzt funkelten. »Ich bin übrigens Calliope und werde euch heute alles erklären.«

»Also, genau genommen war ich die Allererste!«, rief die Blondine und kam auf einem weiteren Weg zurück zum Platz gelaufen. Sie musste sich nach ihrer Ankunft bereits auf eigene Faust umgesehen haben und Bree hob überrascht über ihren vorlauten Einwurf eine Augenbraue.

Calliope warf der jungen Frau ebenfalls einen leicht irritierten Blick zu. »Das ist schön für dich. Und ich bin die Unsterbliche, die keine Lust hat, zu warten, bis alle angekommen sind. Also folgt mir zum Haus, die anderen werden uns schon sehen.« Mit diesen Worten drehte sie sich um und stolzierte den schmalen Weg zwischen all den Bäumen und Blumen wieder zurück. Erst jetzt bemerkte Bree, dass das weiße Kleid, das sie trug, beinahe komplett durchsichtig war und man ihre langen Beine beim Laufen hindurchschimmern sehen konnte.

Bei dem Gedanken daran, sich vielleicht auch so freizügig kleiden zu müssen, bildete sich ein kleiner Kloß in ihrem Hals. Denn es gab eine Stelle an ihrem Körper, die sie auf keinen Fall zeigen durfte …

Obwohl es sich komisch anfühlte, die anderen Unsterblichen einfach zu ignorieren, folgte sie Calliope durch den Garten und nutzte die Zeit, um sich genauer umzusehen.

Die verhältnismäßig kleine Insel schien beinahe komplett von Pflanzen eingenommen zu werden, deren magische Wildheit nur durch wenige Wege unterbrochen wurde. Diese liefen alle auf einem kreisrunden Platz zusammen – dort, wo sie und die anderen Frauen aus dem Lichtstrahl getreten waren. Bree wurde bewusst, wie wenig sie – abgesehen von ein paar Bäumen, die über den Rand der Insel lugten – in der Stadt von dem zu sehen bekamen, was das Leben zwischen den Wolken wirklich bereithielt. Und auch das hier war ja nur der Anfang.

Während sie mit ihren dünnen Schuhen über die Kiesel stakste, hielt sie Ausschau nach einer der vier Plattformen, die man ebenfalls von unten sehen konnte und die sie sich wie die Spitzen eines Kompasses in jede Himmelsrichtung über die Kanten der Insel erstrecken mussten. Schon als kleines Kind hatte Bree Stunden damit zugebracht, sich vorzustellen, wie atemberaubend der Ausblick sein musste und welche Szenen sich dort abspielten. Doch am Ende des Weges, auf dem sie gingen, war nur ein Gebäude zu sehen, das übersät war von kleinen Balkonen, die es schmückten wie Honigwaben. Brees Herz schlug höher. Es war strahlend weiß und seine Wände schienen alle Nuancen des Lichts hier im Himmel einzufangen – es schimmerte je nach Blickwinkel mal golden, mal bläulich oder auch lila.

Als sie beinahe bei dem Gebäude angekommen waren, warf sie einen kurzen Blick hinter sich und sah, dass ihnen in regelmäßigen Abständen die Neuankömmlinge folgten. Sie dankte sich selbst dafür, dass sie als Zweite in den Strahl getreten war und so wenigstens noch mitbekommen hatte, wie Calliope sie abholte. Sonst wäre sie sicherlich noch überforderter gewesen und hätte vermutlich versucht, einen der anderen Unsterblichen anzusprechen.

Calliope setzte sich lässig auf die Stufen vor dem Haus, das jetzt direkt vor ihnen in die Höhe ragte, und ließ ihr Kleid locker über die nackten Beine fallen. Im Schatten der Hauswand reihten sich Männer und Frauen in schwarzer, unauffälliger Kleidung aneinander und zuerst sog Bree erschrocken die Luft ein, weil sie dachte, es von einer Sekunde auf die andere mit allen anderen Unsterblichen zu tun zu haben. Doch auf den zweiten Blick ließ sich schnell erkennen, dass es Menschen waren, die dort regungslos beobachteten, wie die jungen Frauen auf das Gebäude zukamen.

»Für euer Wohlbefinden werden keine Kosten und Mühen gescheut.« Calliope, die die unsicheren Blicke der Frauen zu bemerken schien, zwinkerte ihnen zu und pustete sich eine rote Haarsträhne aus dem Gesicht.

»Also sind es unsere Diener?«, fragte die Blonde überheblich und musterte die Menschen vor sich, als ob sie tatsächlich ihr

Besitz wären.

»Es sind *unsere* Diener, meine Liebe, die wir euch gnädigerweise für den Wettkampf zur Verfügung stellen.« Calliope lächelte, doch ihre Augen waren ein wenig schmaler geworden.

Während sich der Platz langsam, aber stetig füllte und sich die rothaarige Unsterbliche keinen Zentimeter aus ihrer lungernden Position auf den Stufen wegbewegte, musterte Bree die Diener genauer und war erstaunt, wie wenig Interesse sie an ihnen zeigten. Vom Alter und Geschlecht her waren sie komplett durchmischt, doch sie hatten alle gemeinsam, dass sie ihren Blick nur auf den Garten vor sich richteten und die jungen, extravagant zurechtgemachten Frauen nicht ansahen. War ihnen verboten worden, sie zu betrachten?

Es dauerte nur wenige Minuten, bis die Luft um sie herum von aufgeregtem Geschnatter der Ausgewählten erfüllt wurde, das Calliope, die sich langsam erhob, schon jetzt zu nerven schien. Doch zu Brees Erleichterung waren die anderen wenigstens aufmerksam genug, um zu bemerken, dass sie nun zu sprechen begann. Kurz blickte Bree den Weg, den sie gekommen waren, hinunter und sah, dass sowohl der Lichtstrahl als auch die anderen Unsterblichen verschwunden waren.

»Ich überspringe den Teil, in dem ich euch versichere, wie sehr ich mich freue, dass ihr alle hier seid und so weiter«, sagte die rothaarige Schönheit und ließ ihren Blick über die zwanzig jungen Frauen schweifen. »Denn um ehrlich zu sein, werden sich die anderen Unsterblichen, mit denen ihr zu tun haben werdet, deutlich mehr von eurer Anwesenheit hier versprechen als ich oder die lieben Freiwilligen, die euch hier hochbefördert haben. Denn im Gegensatz zu uns werden sie mit dem wundervollen Kace verwandt oder befreundet sein und euch die Aufgaben stellen, die ihr in der nächsten Woche bewältigen müsst, um zu beweisen, dass es niemand bereuen wird, euch unsterblich zu machen. Ich begrüße euch heute nur, weil seine Familie noch so viel vorbereiten muss. Die neue Insel macht diesen Wettkampf noch mal zu einer größeren Herausforderung.«

Calliope begann, auf den weißen Stufen hin- und her zu stolzieren und gab sich nicht mehr die Mühe, den Blickkontakt mit ihnen aufrechtzuerhalten. »Da ich meine Aufgabe sehr ernst nehme und der lieben Familie von Kace das Leben so leicht wie möglich machen will, hier vorab ein paar Regeln für euch, an die ihr euch bitte haltet.«

Trotz des wenigen Respekts, den Calliope ihnen entgegenbrachte, musste Bree schmunzeln. Irgendwie mochte sie die Art der Unsterblichen. Den anderen schien es jedoch nicht so zu gehen, denn von der aufgekratzten Stimmung unter ihnen war nichts mehr zu spüren. Wahrscheinlich hatten sie erwartet, dass man sie hier oben empfing wie Prinzessinnen, und wurden nun mit der Nase darauf gestoßen, dass sie bisher mitnichten unter Beweis gestellt hatten, dass sie mehr als alberne, kichernde Städterinnen waren.

Calliope setzte grazil einen Fuß vor den anderen und demonstrierte mit ihren Bewegungen auf den Treppenstufen eine Eleganz, an die die Menschen niemals heranreichen könnten. »Erste Regel: Die Diener handeln nach unseren Anweisungen, deshalb wird nicht mit ihnen diskutiert. Falls ihr also zum Beispiel eine Aufgabe nicht besteht und angewiesen werdet, einem Diener zu folgen, dann werdet ihr dieser Anweisung widerstandslos Folge leisten.«

Die Stille auf dem Platz war mit Händen zu greifen und auch Bree lief ein Schauer über den Rücken. Sie waren noch keine halbe Stunde hier und wurden sofort daran erinnert, dass alle bis auf eine von ihnen unwillkürlich irgendwann scheitern würden.

Und dass sie im Falle dieses Scheiterns nicht einmal wichtig genug waren, um sich verabschieden zu dürfen.

»Zweite Regel: Ihr seid hier, weil Kace eine Partnerin sucht und nicht, um Freundschaften zu schließen. Euch gegenseitig bei den Aufgaben zu helfen, ist nicht Sinn der Sache. Ohnehin werdet ihr nicht viel Kontakt mit den anderen haben. Ihr seid auf jeder Insel in Einzelzimmern untergebracht und werdet euch meist nur beim Essen sehen.«

Damit konnte Bree gut leben. Es wäre schlimmer für sie gewesen, dem Konkurrenzdruck und der Missgunst, die sicherlich schnell aufkommen würden, dauerhaft ausgesetzt zu sein.

Calliope hielt inne und blickte wieder auf die jungen Frauen, fixierte einzelne Gesichter, bis diese eingeschüchtert den Blick senkten. »Gleichzeitig verabscheuen wir hinterlistige Charaktere, die sich gegenseitig ein Bein stellen wollen. Wer nicht fair spielen kann, hat die Unendlichkeit nicht verdient.« Ihre grünen Augen funkelten und Bree war sich sicher, dass gleich noch eine weitere große Ankündigung kommen würde, doch stattdessen winkte die Unsterbliche mit einer ihrer schmalen, feingliedrigen Hände.

»Aber nun, kommt. Ich zeige euch den Garten, bevor ihr auf eure Zimmer gebracht werdet. Jede Insel wird nur eine Aufgabe bereithalten, und wenn diese geschafft ist, geht es am nächsten Morgen über die Brücke zur nächsten Insel. Falls ihr gescheitert seid, werdet ihr umgehend wieder auf die Erde verfrachtet. Also genießt die Aussicht, solange ihr noch könnt!« Sie zwinkerte, bevor sie mit wehendem Rock von der Stufe sprang und einfach davonlief. Kaum war Calliope aus Brees Blickfeld verschwunden, setzte das Gemurmel unter den Mädchen wieder ein.

Sie atmete tief durch und widerstand dem Drang, der Unsterblichen sofort hinterherzueilen. Stattdessen ließ sie den Großteil der Gruppe vorangehen und stellte verwundert fest, dass die

Diener sich wie unruhig gewordene Schatten aus ihrer Formation an der Hauswand lösten und sich ihnen anschlossen. Wobei das vermutlich das falsche Wort war, denn anstatt hinter der Gruppe herzulaufen, gingen einige von ihnen strammen Schrittes nach vorne und rahmten sie beinahe von beiden Seiten ein, obwohl die Wege ohnehin schon schmal waren. Nur wenige blieben auf Brees Höhe zurück und sie bekam beinahe das Gefühl, dass sie dafür sorgen sollten, dass niemand sich zu weit entfernte – wie Hütehunde es bei einer Schafherde taten.

Aber wohin sollten sie denn gehen?

Der Großteil der Frauen schien die Diener nicht einmal zu bemerken, denn wie Bree aus ihren Gesprächen heraushörte, als sie ihnen langsam folgte, waren das verschwundene Gepäck und wann sie das erste Mal Kace sehen würden, die Themen Nummer eins.

Plötzlich bemerkte sie, wie ein junger Mann relativ nah neben ihr ging und ihr immer wieder Blicke zuwarf, die ihr sofort unangenehm waren. Bree war es gewöhnt, dass Männer sie beobachteten, doch in dieser sowieso angespannten Situation hätte sie ihm am liebsten gesagt, er solle verschwinden. Aber er war ein Diener der Unsterblichen, und das würde sie sich niemals trauen.

Also versuchte Bree sich auf die Schönheit des Gartens um sich herum zu konzentrieren und hoffentlich mitzubekommen, wenn Calliope am Kopf der Gruppe noch etwas sagte. Doch bisher hörte sie nur das Rascheln der Blätter im Wind und eine Frauenstimme, die durch ihre Lautstärke und den aufgebrachten Tonfall hervorstach. Doch sie konnte nicht erkennen, zu wem sie gehörte.

Andächtig ließ Bree ihre Finger über einen Strauch mit hellgelben Blüten gleiten, die sich so weich und fluffig anfühlten, wie die Wolken aussahen, die sie immer wieder zwischen den schmalen, aber doch hohen Bäumen erkennen konnte. Ihre Stämme waren so sehr ineinander verschlungen und knotig, als ob sie hier, so hoch oben in der Luft, keine Lust hätten, sich irgendwelchen Regeln zu beugen. Zwischen ihren Ästen flatterten kleine, bunte Vögel hin und her, was Brees Herz sofort höherschlagen ließ.

Was würde sie dafür geben, für immer hierbleiben zu dürfen und sich jeden Tag zwischen die Blumen zu setzen und die Vögel zu beobachten!

Als Bree jedoch bemerkte, dass der stille junge Mann mit den braunen Locken, die ihm ins Gesicht fielen, sie immer noch beobachtete, zog sie schnell die Hand zurück. Durften sie hier nichts berühren? Er sah so ernst aus und sie bekam bei seinem Blick sofort das Gefühl, etwas falsch zu machen. Konnte er nicht jemand anderen derart penetrant beobachten?

Bree sah ihm demonstrativ nicht in die Augen, doch als sie ihr Gesicht starr nach vorne wandte, bemerkte sie, dass die anderen Diener ein ähnliches Verhalten an den Tag legten und die jungen Frauen neben sich, die langsam wieder in ihre aufgeregte und überdrehte Stimmung zurückfanden, ebenfalls genauestens studierten.

Kurz runzelte sie verwundert die Stirn, doch dann erreichten sie die erste Plattform und all ihre Gedanken waren vergessen. Sofort schlängelte Bree sich zwischen den vielen Körpern hindurch bis an den filigranen Zaun, der die überstehende Fläche umrahmte. Ihre Finger schlossen sich um das kalte Metall und der Wind zerrte feine Strähnen aus ihrem sorgfältig geflochtenen Zopf. Vor ihr breitete sich ein Meer aus wattezarten Wolken aus, das hin und wieder von Streifen lilafarbenen Abendhimmels unterbrochen wurde, und beim Anblick der letzten Ausläufer ihrer Stadt zwischen den Wolkenbildern, musste Bree schlucken. Dieser Moment war beängstigend und überwältigend zugleich.

Sie hatte sich noch nie in ihrem Leben so frei gefühlt. Und plötzlich wusste sie, dass das hier ihr Leben sein würde. Sie gehörte hierher, hoch in die Wolken. Sie hatte das Herz eines Vogels, der fliegen wollte. Und sie würde es schaffen.

Der besondere Moment wurde jäh durchbrochen, als Bree durch die Bewegung der drängelnden Frauen, die natürlich auch alle etwas sehen wollten, rücksichtslos mit dem Bauch gegen das Geländer gedrückt wurde. Sofort keimte die Panik in ihr auf, sie könnte hinübergestoßen werden, und sie beeilte sich, schnell wieder in Richtung des sicheren Gartens zu verschwinden. Dabei hielt sie Ausschau nach Calliope, doch die Unsterbliche war nirgends zu entdecken. Stattdessen lief Bree wieder direkt in die Arme des jungen Dieners mit den braunen Locken und dunklen Augen, der sie beinahe zu verfolgen schien.

Sie runzelte erneut die Stirn und wollte gerade den Mund öffnen, um ihn zu fragen, wieso er sie so penetrant musterte, da ertönte die herausstechende Stimme erneut und dieses Mal konnte sie erkennen, von wem sie stammte. Eine blasse junge Frau mit langen hellbraunen Haaren und einem schmalen Körper, der in einem außergewöhnlichen grünen Kleid steckte, lief unruhig zwischen den anderen Teilnehmerinnen hin und her und versuchte immer wieder, eine von ihnen anzusprechen. Ihr Blick war gehetzt und sah irgendwie ängstlich aus.

Doch so sehr Bree auch die Ohren spitzte, sie konnte nicht verstehen, was die aufgeregte Frau sagen wollte. Stattdessen beobachtete sie mit zusammengekniffenen Augen, wie sie von einem Mädchen zum nächsten eilte und immer wieder ignoriert oder genervt zurückgewiesen wurde.

Hatte sie einen Nervenzusammenbruch? War das alles hier zu viel für sie?

Innerlich ertappte Bree sich dabei, zu hoffen, dass sie nicht zu ihr kommen würde, denn das würde sie in eine unangenehme Situation bringen. Calliope hatte gerade deutlich gemacht, dass sie sich nicht zu viel mit den anderen beschäftigen sollten und nur für sich selbst und Kace hier waren.

Sie würde sich hoffentlich schon wieder einkriegen. Außerdem sahen die vielen Diener, die sie immer noch umrundeten, aus, als ob sie im Zweifelsfall eingreifen würden. Wobei es eher so wirkte, als ob ihre Blicke auf die anderen Mädchen gerichtet waren, zu denen die junge Frau lief. Würden sie sie bestrafen, wenn sie zu viel mit ihr sprachen? Das kam Bree irgendwie auch nicht richtig vor – Wettbewerb hin oder her.

Sie wollte sich gerade abwenden und sich lieber wieder auf die Schönheit des Gartens konzentrieren, da sah sie aus dem Augenwinkel, wie die aufgeregte junge Frau von einem anderen Mädchen so grob zur Seite geschoben wurde, dass sie über ihre eigenen, dünnen Beine stolperte. Bree konnte erkennen, wie sich Tränen in ihren glasigen Augen sammelten, während sie auf einem Knie auf dem Boden saß, und plötzlich konnte sie nicht mehr an sich halten. Das ging zu weit. Würde man sie auch so behandeln, wenn ihre Nervosität es schaffen sollte, die Oberhand zu gewinnen? Das war ein erschreckender Gedanke.

Obwohl Bree den ernsten Blick des Dieners in ihrem Rücken spürte und er sicherlich alles, was sie falsch machte, direkt Calliope erzählen würde, lief sie zu der jungen Frau und reichte ihr eine Hand.

»Ist alles in Ordnung?«, fragte Bree und half ihr, ihr grünes Kleid abzuklopfen, das eine diffuse Erinnerung in ihr weckte, die sie aber nicht einordnen konnte.

»Ja, es ist nur alles so viel, ich …«, murmelte die Frau und fuhr sich fahrig mit einer blassen Hand über die Augen, um die Tränen fortzuwischen.

Bree nickte verständnisvoll und entschied, dass es besser war, die Situation zu entschärfen. Schließlich wollte sie sich nicht selbst in Schwierigkeiten bringen, indem sie zu viel Aufmerksamkeit auf sich zog. »Komm, lass uns ein Stück da rüber gehen und dann atmest du erst einmal in Ruhe durch.« Sie führte die junge Frau von den anderen fort und war froh, dass diese sofort etwas ruhiger wurde. Vielleicht würde sie sich ja wirklich gleich wieder unter Kontrolle haben und das Problem wäre gelöst.

Sie entfernten sich ein wenig von der Gruppe und Bree suchte einen Platz zwischen den Bäumen und Büschen, an dem sie einigermaßen unbeobachtet waren. Stattdessen fand sie erneut den Blick des jungen Dieners. Und dieses Mal war sein Gesichtsausdruck nicht mehr so starr und desinteressiert, denn in seinen Augen regte sich etwas.

War das wirklich schon zu viel gewesen? Hatte sie einen Fehler gemacht?

Gerade als sich diese Frage in Brees Kopf formte, spürte sie, wie sich die Körperhaltung der jungen Frau neben ihr von einer auf die andere Sekunde änderte. Plötzlich stand sie aufrecht und selbstbewusst und Brees Augen weiteten sich überrascht, als sich auf ihr gerade noch unsicheres und verweintes Gesicht ein selbstbewusstes Lächeln stahl.

»Gut gemacht, meine Liebe«, sagte sie plötzlich und grinste Bree an.

Verwirrt sah Bree zwischen ihr und dem Diener hin und her. Auf einmal dämmerte es ihr.

In dieser Sekunde klatschte Calliope, die sie überhaupt nicht gesehen hatte, nur wenige Meter neben ihr so fest in die Hände, dass Bree vor Schreck zusammenzuckte und das Geschnatter der anderen sofort verstummte.

»Glückwunsch«, sagte sie lächelnd und schaute Bree für eine

Sekunde zufrieden an, bevor ihr Blick auf der jungen Frau in dem grünen Kleid ruhte, die sofort zu ihr hinüberging und sich neben sie stellte. »Einige von euch, die meine liebe Sanny hier trotz ihrer Not besonders schlecht behandelt haben, haben sich soeben für eine Reise zurück in die Stadt qualifiziert.« Ihr Grinsen wurde noch breiter und stand in direktem Kontrast zu den geschockten Gesichtern der Mädchen.

Bree jedoch stieß ein überraschtes, aber freudiges Lachen aus. Sie hatte soeben, ohne es zu wissen, die erste Prüfung bestanden.

Kapitel 4

Einige Zeit später standen sie wieder an derselben Stelle vor dem Elfenbeingebäude, von dem aus sie gestartet waren. Doch anstatt aufgeregten Gekichers hörte man jetzt nur das hemmungslose Schluchzen der drei Mädchen, die zurück in die Stadt geschickt wurden. Nach nicht einmal einer Stunde auf den Inseln …

Bree versuchte sich darauf zu konzentrieren, dass sie es geschafft hatte und an dem Dinner teilnehmen würde, von dem Calliope ihnen gerade erzählt hatte. Doch sie konnte sich zu gut in die Gemütslage der Verliererinnen hineinversetzen, um das Geschehen in ihrem Rücken gänzlich zu ignorieren.

»Würdest du mir bitte folgen?«

Bree zuckte zusammen, als sie die Stimme direkt neben sich hörte, und fuhr herum. Ihre Augen waren auf Calliope gerichtet gewesen, die gerade mit rauschendem weißem Rock ins Innere des Hauses verschwunden war, sodass sie nicht bemerkt hatte, wie die Diener an sie und die anderen Frauen herangetreten waren. Und natürlich stand neben ihr wieder der junge Mann mit den braunen Locken.

»Bringst du mich auf mein Zimmer?«, fragte sie und beobachtete aus dem Augenwinkel, dass einige der anderen Frauen bereits mit den schwarz gekleideten Menschen durch die große Doppeltür nach drinnen verschwanden.

»Ja.« Er nickte und Bree fragte sich, wie man es schaffen konnte, derart teilnahmslos zu wirken. Das interessierte Funkeln war aus seinen Augen verschwunden und nun sah er wieder beinahe genervt aus. Und irgendwie störte sie das.

Sie wollte in dem warmen Gefühl ihres kleinen, ersten Triumphes baden und er war kurz davor, ihre Stimmung mit seinem kühlen Verhalten noch weiter nach unten zu ziehen, als es die weinenden Mädchen sowieso schon getan hatten. Er war eindeutig kein Unsterblicher und somit nicht automatisch etwas Besseres als sie. Wieso also legte er so eine Attitude an den Tag? War der Wettkampf nicht auch für die Menschen hier etwas Besonderes?

Er ging einfach los und zwang Bree so dazu, ihm zu folgen. Sie sah, wie einige der Diener anfingen, mit den anderen Teilnehmerinnen zu sprechen. Doch sie beide teilten nur Schweigen miteinander.

Schnell wurde deutlich, dass sie alle in unterschiedliche Teile des Gebäudes geführt wurden. Der Diener mit den braunen Locken steuerte auf eine der beiden großen Treppen zu, die von der Eingangshalle abgingen. Sie erklommen eine Etage nach der anderen, bis Bree aufhörte zu zählen und das Gefühl hatte, das Elfenbeinhaus könne nicht noch höher in den Himmel ragen. Ihre Beine schmerzten bereits und sie wurde immer sicherer, dass ihre Schuhe mit der papierdünnen Sohle nicht zum Laufen gemacht waren.

Als sie endlich in einen langen Flur einbogen, konnte Bree die Stille zwischen ihnen nicht mehr aushalten.

»Du wusstest, dass es bereits eine Prüfung war, oder?«

Ihr Diener warf ihr einen kurzen Blick über die Schulter zu und sein schwarzes Hemd schlug Falten. Dann trat er vor eine große, schwere Tür aus dunklem Holz und zeigte mit einer Hand darauf, anstatt ihr direkt zu antworten. »Das ist dein Zimmer. Und ja, natürlich wusste ich es. Wir hatten die Anweisung, darauf zu achten, wie ihr euch der Schauspielerin gegenüber verhaltet.«

Obwohl Bree sicher war, dass er die Wahrheit sagte, fühlte sie sich unwohl. »Wird das jetzt immer so sein? Dass du mich mit versteinerter Miene beobachtest, bis ich es schaffe oder versage?« Zu spät bemerkte sie, dass in dieser Frage ein wenig zu viel der Unsicherheit hervorblitzte, die sie so krampfhaft zu bekämpfen versuchte.

»Wurde dir nicht gerade gesagt, dass du nicht mit mir diskutieren sollst?«

»Ich diskutiere doch gar nicht!« Brees Augen, die gerade noch auf ihn gerichtet gewesen waren, flogen zu der Tür, die plötzlich von alleine aufschwang und den Blick auf ihr Zimmer freigab. Dann erinnerte sie sich daran, dass sie es sich besser nicht mit ihm verscherzen sollte, und versuchte ruhiger zu klingen. »Aber du verstehst sicherlich, dass das Wissen, dauerhaft beschattet zu werden, meine ohnehin schon angespannten Nerven nicht gerade beruhigt.«

Er schüttelte leicht den Kopf und eine Locke fiel ihm in die Stirn. Er war nur wenige Zentimeter größer als Bree, aber es fühlte sich trotzdem nicht nach einem Gespräch auf Augenhöhe an. In der Stadt hätte sie ihre Zeit niemals mit jemandem verschwendet, der so abweisend war.

»Nein, ich denke nicht, dass es so sein wird. Aber wir bekommen auch nur die nötigsten Informationen.«

Er wirkte auch nicht, als ob er besonders scharf darauf wäre, mehr zu wissen als das.

»Außerdem hast du mit deiner Schleimerei von gerade sicherlich schon einige Pluspunkte gesammelt …«, fügte er hinzu und Bree klappte der Mund auf.

Das hatte er gerade nicht wirklich gesagt, oder?

»Entschuldige bitte, aber das ist doch nicht …«, schoss es sofort empört aus ihrem Mund, doch seine schmaler werdenden Augen ließen sie verstummen. Sie wusste nicht, welche Nachteile es für sie mit sich bringen würde, wenn sie ihren Diener verärgerte. Und so oder so, dieses Gespräch waren sie nicht wert. Sie konnte sich gut vorstellen, dass er zu allen so unfreundlich war wie zu ihr.

»Ich hole dich ab, wenn das Fest beginnt.« Ihr Diener ignorierte, dass ein halber Satz zwischen ihnen in der Luft hing, und drehte sich auf dem Absatz um.

Bree nickte nur und schlüpfte in den Raum, bevor die Tür sich wieder genauso magisch von selbst schließen konnte, wie sie sich gerade geöffnet hatte. Und plötzlich war sie zum ersten Mal ganz allein in dieser neuen Welt, die sie noch gar nicht so richtig begreifen konnte.

Sie machte vorsichtig ein paar Schritte auf dem weißen Teppich, der so flauschig war wie die Wolken selbst und so sauber, als ob noch nie jemand auf ihm gegangen wäre. Seine langen Fasern kitzelten ihre Füße in den Sandalen und lenkten sie beinahe von dem riesigen Himmelbett ab, das das Zentrum des Raumes bildete und mit ebenfalls cremeweißer, fluffiger Bettwäsche ausgestattet war. Für einen Augenblick blieb Bree stehen und ließ den Blick durch das Zimmer schweifen. Hinter der Tür rechts neben ihr würde sich hoffentlich ein Bad verbergen, doch alle menschlichen Bedürfnisse waren sofort vergessen, als sie das riesige, oben abgerundete Fenster sah und ihr einfiel, was sich dahinter verbergen musste. Bislang wurde es von einem langen Vorhang verdeckt, der leicht wie der Wind aussah und dennoch blickdicht zu sein schien, denn sie konnte den Balkon, den sie dahinter vermutete, nicht erkennen.

Mit wenigen Schritten durchquerte sie das Zimmer und riss den Stoff zur Seite. Und tatsächlich entpuppte sich das riesige Fenster als eine große Tür, die hinaus auf einen kleinen runden Balkon mit einem filigranen Metallgeländer führte. Sofort schlossen sich ihre Finger um den Türgriff, während ihr Herz bereits voller Vorfreude höherschlug. Denn schon von hier aus war zu erkennen, dass der Ausblick ihres Zimmers den Himmel für sie bereithalten würde, der vom letzten bisschen Tageslicht geküsst wurde.

Als der Wind Brees Haut berührte und ihre Sinne sich mit einem Hechtsprung in die dunkellila Wolken vor ihr warfen, wurde sie sofort wieder von dem gleichen wohligen Zuhausegefühl wie vorhin erfasst. Nur dass sie es dieses Mal voll auskosten konnte und nicht von anderen gestört wurde.

Sie liebte alles an dieser Insel. Sie liebte die Pflanzen, sie liebte die Vögel und sie liebte das Gefühl, fliegen zu können. Sie sah nach unten und betrachtete die äußeren Ausläufer der Stadt, die bis vor Kurzem noch ihr einziges Zuhause gewesen war, von oben.

Sie konnte ihr Haus nicht sehen, doch sie wusste, dass ihre Familie da unten war und an sie dachte. Und Bree hatte sich fest vorgenommen, sie nicht zu enttäuschen. Sie würde sich und ihnen das Leben hier nicht mehr nehmen lassen, nachdem sie seine einzigartige Schönheit gekostet hatte.

Erst jetzt bemerkte sie die Stimmen der anderen Mädchen, die genau wie sie anscheinend zuallererst nach draußen gegangen waren. Bree blickte sich um und sah mehrere Teilnehmerinnen auf den Balkonen unter sich. War sie ganz alleine auf dieser Etage oder waren die anderen nur nicht zu sehen? Hatte es damit zu tun, dass sie die erste Prüfung nicht nur bestanden, sondern quasi gewonnen hatte?

Bei diesem Gedanken fiel Bree ein, dass der Tag noch lange nicht zu Ende war. Sie würden alle im Festsaal zu Abend essen und Calliope hatte nicht genauer gesagt, was genau das bedeutete. Vielleicht würde noch einer der Unsterblichen anwesend sein. Vielleicht würde Kace da sein!

Sofort wurde Bree vor Aufregung heiß und kalt zugleich und sie riss sich widerwillig von ihrem Platz am Balkongeländer los. Sie hatte keine Ahnung, wann genau sie abgeholt werden würde, also musste sie vorbereitet sein. Aber sie fragte sich, wie sie das anstellen sollte. Immerhin war ihr gesamtes Gepäck in der Lichtsäule verschwunden.

Neugierig öffnete Bree die Tür, hinter der sie das Badezimmer vermutet hatte. Doch anstelle eines einfachen gefliesten Raumes tat sich ein kleiner Saal vor ihr auf, bei dessen Anblick ihr der Mund offenstand. Direkt vor ihr, an einer gefühlt endlos langen Stange, hingen unzählige funkelnde und schimmernde Kleider, die unmöglich alle für sie sein konnten. Erst als ihre vor Überraschung weit geöffneten Augen etwas weiter nach links wanderten, sah sie, dass sich hinter einer gläsernen Wand noch das tatsächliche Badezimmer befand. Doch auch die riesige, frei stehende Wanne mit den geschwungenen goldenen Füßen sorgte nicht gerade dafür, dass Bree sich vorstellen konnte, dass das hier alles zu ihrer freien Verfügung stand. Wieso genau durfte sie nur eine Nacht bleiben?

Andächtig ließ sie ihre Hand über die verschiedenen Stoffe der Kleider gleiten. Ein azurblaues Modell weckte so sehr ihre Aufmerksamkeit, dass sie nicht mehr an sich halten konnte und es herauszog. Sofort stieß Bree ein überraschtes Zischen aus. Obwohl das Kleid von der Seite ausgesehen hatte, als ob es dem Stil, den sie in der Stadt trugen, gar nicht mal so unähnlich war, zeigte es nun einen ganz anderen Schnitt. Während das Oberteil sehr eng aussah und sich sicherlich gut dazu eignete, Brüste delikat in Szene zu setzen, war der Rock nach dem gleichen Prinzip wie Calliopes Kleid gestaltet – weniger ist mehr. Zwar zogen sich mehrere Bahnen aus blickdichtem, butterweichem, blauem Stoff bis auf den Boden, doch sie wechselten sich mit komplett durchsichtigen Partien ab, die genauso hoch nach oben reichten und sicherlich einiges an Bein zeigen würden.

Obwohl sie normalerweise niemals so unpfleglich mit einem derart wunderschönen Kleidungsstück umgegangen wäre, lies sie das blaue Kleid einfach fallen und zerrte andere nach vorne, um sie genauer ansehen zu können. Mit Schrecken musste Bree feststellen, dass sie allesamt ähnlich freizügig geschnitten waren. Und sie hatte ihre Tasche nicht dabei!

Hier musste doch irgendwo auch Schminke sein, oder nicht? Schließlich wollten sie, dass sie sich so herausputzten, dass sie als Unsterbliche durchgehen konnten …

Ohne auf den wunderschönen Marmor im Bad zu achten, der im Licht der Abendsonne beinahe rosa aussah, rissen Brees Finger ein Schränkchen nach dem anderen auf und knallten es frustriert wieder zu, als sie darin nur Haarbürsten und durchsichtige Cremes fanden. Ihre Hände begannen bereits zu zittern und sie spürte, wie die Panik unaufhaltsam in ihr aufstieg. Wieso mussten die Kleider auch so viel Bein zeigen? Wie sollte sie so vor Kace treten?

Gerade als sich ein verzweifeltes Wimmern seinen Weg aus ihrer Kehle bahnte, stieß sie endlich auf einen kleinen Tiegel, der vielversprechend aussah. Sie riss den Deckel herunter und seufzte erleichtert, als sie darin eine hautfarbene Tinktur erkannte.

Jetzt musste es nur noch funktionieren.

Ohne zu zögern, schob Bree ihr eigenes Kleid nach oben, bis sie die verhasste Stelle an ihrem Oberschenkel sehen konnte. Dort bildete ein dunkelbrauner Pigmentfleck, der sich über die gesamte Innenseite ihres Beines zog, einen starken Kontrast zu ihrer ansonsten makellosen, weißen Haut. Und er würde in all diesen Kleidern wunderbar zur Geltung kommen, wenn sie keine Lösung fand.

Mit zittrigen Fingern rieb Bree die Creme auf die besagte Stelle. Zuerst biss sie sich verzweifelt auf die Lippe, als sie sah, dass der Farbton nicht annähernd so gut zu ihrer Haut passte wie der des Make-ups, das sie zu Hause benutzte. Doch innerhalb einer Sekunde war der Rand, den die Creme gebildet hatte, plötzlich verschwunden und mit ihr die Verfärbung ihrer Haut darunter. Sie war nicht nur abgedeckt, sie war einfach verschwunden. Mit großen Augen strich Bree mit der Hand über die Stelle, die sich anfühlte, als ob sich rein gar nichts auf ihr befand.

Himmel sei Dank, hier oben war sogar das perfekt!

Wenn sie diese Creme schon in der Stadt gehabt hätte, hätte ihr das einige Hänseleien in ihrer Kindheit erspart. Sie rubbelte mehrmals über die Stelle und sah dann erleichtert zur Decke hinauf, als sich wirklich nichts von ihrer eigenen Haut zeigte. Erst durch eine Handvoll Wasser aus dem Hahn kam sie wieder zum Vorschein. Aber das war in Ordnung. Sie hatte nicht vor, heute Abend schwimmen zu gehen.

Sie würde das blaue Kleid tragen können!

Plötzlich wieder voller Vorfreude sprang Bree zurück in das angrenzende Ankleidezimmer, hielt sich das gerade noch achtlos zu Boden geworfene Kleidungsstück an den Körper und ließ es vor sich hin- und herschwingen.

Mit einem Grinsen auf dem Gesicht öffnete sie den Verschluss ihres eigenen Kleides und ließ ihre Beine kurz darauf mit grazil gestreckten Füßen in den neuen Stoff gleiten. Als sie sich eine gefühlte Ewigkeit danach durch den halben Inhalt der Badezimmerschränke probiert hatte, trat sie zufrieden wieder zurück in ihr Zimmer und lächelte sich selbst in dem großen, wandhohen Spiegel zu, der vor ihr stand. Ihre schwarzen Haare fielen ihr sanft gelockt von dem Zopf, den sie getragen hatte, offen über die Schultern. Nur die vordersten Strähnen hatte sie an der Kopfhaut nach hinten geflochten gelassen, um das Gesicht frei zu haben, das von dem neuen Make-up einen Glanz verliehen bekommen hatte, der sie wirklich fast ein wenig magisch aussehen ließ.

Bree konnte es kaum erwarten, sich so der Welt über den Wolken zu stellen. Sie war bereit.

Brees Diener kam erst zurück, als sich der lila gefärbte Horizont in ein samtiges Nachthimmelschwarz verwandelt hatte und ihr Magen sich anfühlte, als ob er auf die Größe einer Rosine zusammengeschrumpft wäre. Heute Morgen war sie so aufgeregt gewesen, dass sie kaum einen Bissen heruntergebracht hatte, und erst jetzt erinnerte sie ihr Körper daran, dass sie nicht nur von Adrenalin leben konnte.

Je dunkler es wurde, desto häufiger musste sie sich selbst versichern, dass man sie nicht vergessen hatte.

Als es endlich klopfte, stieß Bree einen Seufzer aus und sprang sofort auf. Kurz bevor sie die Tür öffnete, überprüfte sie noch einmal, ob ihr Pigmentfleck wirklich gut abgedeckt war, und schüttelte erneut verblüfft den Kopf. Zu sehen war nur die Lüge ihrer scheinbar makellosen Haut. Würde der Fleck verschwinden, wenn man sie zu einer Unsterblichen machte?

»Endlich«, sagte Bree erleichtert, als sie den Türgriff zu sich zog und in das Gesicht ihres Dieners blickte. Doch dieser musterte sie nur kurz, drehte sich dann kommentarlos um und bedeutete ihr mit einem Kopfnicken, ihm zu folgen.

Vielleicht kam seine schlechte Laune dieses Mal daher, dass nun auch er einen schicken schwarzen Anzug trug und sich darin sichtlich unwohl fühlte. Was Bree jedoch mehr verärgerte, war, dass er kein Wort über ihr Aussehen verloren hatte. Sein Blick war eindeutig über ihr Gesicht und ihr Kleid geglitten, doch er hatte es scheinbar nicht für nötig gehalten, ihr zu sagen, dass sie gut aussah.

Bree reckte das Kinn und lockerte mit ihren Händen den Rock ihres Kleides auf. Eigentlich scherte es sie nicht – sie war schließlich nicht für ihn hier. Da fiel ihr plötzlich ein, dass er mittlerweile vielleicht mehr über das Dinner wusste.

»Wird Kace beim Abendessen sein?«, platzte sie mitten im Flur heraus und sah erwartungsvoll zu ihm hinüber.

Sie hatte mit einer ausweichenden oder gar keiner Antwort gerechnet, weshalb das »Ja«, das er ihr hinwarf wie einem Hund ein Stöckchen, sie komplett aus der Bahn warf.

»Wirklich?« Bree blieb erschrocken stehen und ihre Stimme war kaum mehr als ein Piepsen.

Der Diener ging noch ein paar Schritte weiter, bis er mit einer eindeutig genervten Geste ebenfalls anhielt. »Ja, du wirst ihn treffen. Das wolltest du doch eigentlich hören, oder?«

Bree schüttelte den Kopf und ging langsam weiter. Wenn sie so tat, als ob nichts wäre, würde ihr Körper ihr vielleicht glauben und die aufgeregte Röte in ihrem Gesicht in eine hübsche, gesunde Farbe verwandeln. »Natürlich, aber es ist trotzdem mehr als aufregend.« Sie schloss wieder zu ihm auf und sah ihm direkt ins Gesicht. »Kannst du das nicht verstehen?«

Er machte ein abfälliges Geräusch. »Ob ich verstehen kann, dass man nervös ist, wenn man irgendwie beschlossen hat, die Ewigkeit mit einem Mann verbringen zu wollen, den man noch nie gesehen hat?« Er schnaubte erneut, beantwortete die Frage aber nicht.

Mittlerweile waren sie an der Treppe angekommen und Bree raffte ihren Rock mit beiden Händen, um ja nicht zu stürzen. Im ganzen Gebäude war es gespenstisch still. Wo waren wohl die anderen Frauen?

»Wie heißt du eigentlich?«, fragte sie in einem Versuch, die Stimmung aufzulockern.

Er warf ihr mit hochgezogener Augenbraue einen Blick zu, als ob er ihr nicht abkaufte, dass es sie wirklich interessierte. »Adrien«, sagte er dann und zerrte gleich darauf an dem engen Kragen seines Hemdes, bevor er begann, die Treppen hinunterzugehen.

»Ich bin Bree«, gab sie betont freundlich zurück und folgte ihm nach unten.

Wieder schnaubte er. »Als ob ich das nicht wüsste.«

Sie verdrehte hinter seinem Rücken die Augen und entschied, dass es ihr mehr bringen würde, sich auf die steile Treppe zu konzentrieren, als sich mit ihm zu unterhalten. Dann eben nicht! Schließlich musste sie ja nicht ihn von sich überzeugen, sondern jemand ganz anderen.

Schon alleine bei dem Gedanken daran, dass sie tatsächlich gleich auf Kace treffen würde, rutschte ihr das Herz in die Hose.

Kurze Zeit später betrat sie mit ihrem Diener die ansonsten leere Eingangshalle, in deren poliertem Boden sich nur sie beide spiegelten. Bree knetete nervös ihre zitternden Hände und versuchte sich selbst davon abzuhalten, auf der Unterlippe herumzukauen. Nicht weit von ihnen entfernt konnte sie zwei Flügeltüren sehen, die wie der Eingang zu einem großen Saal wirkten, doch sie waren geschlossen und kein Geräusch war zu hören. Hatte Adrien sie zu spät geholt? Das würde ihr gerade noch fehlen …

»Was … was passiert jetzt?«, fragte Bree und drehte sich

unschlüssig einmal um die eigene Achse.

Adrien stand wie eine Salzsäule neben ihr und bildete einen starken Kontrast zu ihrem nervösen Verhalten.

»Wir warten«, gab er knapp zurück, sah sie dabei aber wenigstens kurz an.

»Worauf …?«

Bree wollte gerade ihre Frage zu Ende stellen, da öffnete sich eine Tür in ihrem Rücken und ihr Kleid wirbelte ihr um die Beine, als sie sich ruckartig umdrehte, um zu sehen, woher die vielen Stimmen kamen. Zunächst sah sie zwar nur eine einzige Person, doch dann erkannte sie sie und ihr Mund wurde staubtrocken.

Vor ihr stand die Unsterbliche, die sie gestern in der Bibliothek bewundert hatte: Evianna. Kace' Schwester.

Ihre langen blonden Haare waren zwar nicht offen wie auf dem Bild, sondern aufwendig zu einem Zopf geflochten, doch der Rest entsprach zu hundert Prozent der Beschreibung. Während Evianna die wenigen Meter, die sie voneinander trennten, überwand, blinzelte Bree überfordert und konnte an nichts anderes denken als an die Beschreibung, sie würde durch den Himmel tanzen. Ihr Herz pochte wie wild geworden in ihrer Brust.

»Du bist Brealynn, nicht wahr?« Kace' Schwester lächelte sie sanft an und ihre Stimme füllte den großen Raum vollends aus, obwohl sie nicht laut gesprochen hatte.

»Ja, ja bin ich. Bree.« Schnell sank sie in einen kurzen Knicks, bei dem ihr Kleid sich wie eine Pfütze über das Parkett ausbreitete, und gab sich innerlich eine Ohrfeige. Sie hatte sich diese Momente so oft ausgemalt, dass sie es sich nicht leisten durfte, stammelnd vor einer Unsterblichen zu stehen. Ab jetzt zählte jede Sekunde.

»Dann komm bitte mit mir. Wir wollen dich kurz kennenlernen, bevor alle Teilnehmerinnen gemeinsam zu Abend essen.«

Jetzt verstand Bree, wieso sie hier ganz alleine war. Sie wurden nacheinander zu ihnen gerufen. Und der Plural, den Eviannas Aussage beinhaltete, ließ ihre die Knie noch weicher werden.

Äußerlich jedoch setzte sie ihr strahlendstes Lächeln auf und folgte der Unsterblichen in den Raum, aus dem diese gerade gekommen war. Erst als sie hilfesuchend zur Seite sah, bemerkte Bree, dass Adrien in der Eingangshalle zurückgeblieben war. Jetzt war sie wirklich auf sich allein gestellt. Obwohl er ihr bisher wenig sympathisch gewesen war, wäre sie froh darum gewesen, wenn wenigstens ein bekanntes und vor allem menschliches Gesicht diese furchteinflößende Situation entschärft hätte.

Brees Beine fühlten sich an wie aus Gummi, und obwohl sie sich die größte Mühe gab, elegant auszusehen, wurde ihr Eintreten in den Raum von einem kleinen Stolperer begleitet. Sofort spürte sie, wie ihr das Blut in die Wangen schoss. Sie versuchte sich auf ihre Füße zu konzentrieren, doch ihr Blick wurde wie fremdgesteuert von dem riesigen Kronleuchter angezogen, der beinahe den halben Raum einnahm. Anstelle von Glühbirnen sorgten Lichtstrahlen für Helligkeit, die lebendig in den Raum hineinflossen wie bei einem Wasserfall.

Als Bree ihren Blick von dem Lichtschauspiel lösen konnte, sah sie, dass sich die vier Unsterblichen, die sich in dem Raum befanden, von dem großen Tisch unter dem Kronleuchter erhoben hatten und sie allesamt betrachteten.

Es kostete sie beinahe unmenschliche Kraft, vor Nervosität nicht einfach wie angewurzelt stehen zu bleiben, sondern Evianna weiter in den Raum hinein zu folgen. Doch dann sah sie einen jungen Mann mit blonden Haaren, die denen seiner Schwester so ähnlich waren, dass es keinen Zweifel geben konnte. Der Unsterbliche am Kopfende des Tisches in dem silbernen Anzug, dessen weißblonde Haare ihm beinahe in die ungewöhnlich hellen

Augen fielen, musste Kace sein. Der Kace, dessen Partnerin sie werden könnte.

Und bei seinem Anblick drohten ihr nun vollends die Beine wegzuknicken. Wieso kam er ihr so bekannt vor?

»Setz dich bitte, meine Liebe.« Ein weiterer Mann, der den anderen ebenfalls sehr ähnlich sah, zeigte mit der Hand auf einen der freien Stühle an dem ovalen Tisch aus dunklem, edlem Holz. Und als Bree bemerkte, dass sie gleich ganz alleine verloren im Raum stehen würde, da auch Evianna zielstrebig den Tisch ansteuerte und sich neben den einzigen Unsterblichen setzte, der dunkles Haar hatte, beeilte sie sich, der Bitte nachzukommen.

Sie krallte ihre Hände in ihr Kleid und hob es an, da ihr ein fremder Diener den Stuhl zurückschob. Brees Wangen wurden erneut rot, als sie förmlich spürte, wie alle Augen auf ihr ruhten. Sie war überwältigt von diesem Moment, der über ihre Zukunft bestimmen würde. Überwältigt von der Schönheit der Unsterblichen – und überwältigt von Kace. Unwillkürlich fand ihr Blick seine hellen Augen und bei dem Lächeln auf seinem Gesicht wurde ihr heiß und kalt zugleich.

Bree würde am liebsten jede Sekunde, die ihr hier geschenkt wurde, darauf verwenden, sich jeden Zentimeter seines Gesichtes einzuprägen. Die beinahe weißblonden Haare, die geschwungenen Lippen, die hellen Augen. Selbst wenn er nicht diese Ausstrahlung hätte, die ihn eindeutig als Unsterblichen kennzeichnete, sähe er wunderschön aus. Er sähe aus wie …

Bree gefror das Blut in den Adern und eine Sekunde später fing ihr Herz wie verrückt an zu pochen. Das konnte nicht wahr sein …! Sie musste sich das einbilden, anders war es nicht zu erklären.

Die Gedanken rasten durch ihren Kopf, doch äußerlich versuchte sie, sich nichts anmerken zu lassen. Wussten die Unsterblichen, dass Bree die ganze Stadt nach dem jungen Mann abgesucht hatte, der jetzt hier in seiner ganzen Perfektion vor ihr saß?

Wahrscheinlich erinnerte er sich nicht einmal an sie. Es war schon so lange her.

Bree zwang sich dazu zu lächeln, als wäre gerade nichts geschehen. Als hätte sie gerade nicht festgestellt, dass sie heimlich in einen Unsterblichen – genauer gesagt: den Unsterblichen, dessen Partnerin sie jetzt werden könnte – vernarrt gewesen war, der sich aus welchem Grund auch immer in einer Bar auf der Erde herumgetrieben hatte.

Sicherlich hatte Kace' Familie im Laufe des Abends schon so viele nervöse junge Frauen gesehen, dass sie nur einen guten Eindruck machen konnte, wenn sie die Nerven behielt. Doch das war gerade leichter gesagt als getan.

Nun hatten sich auch alle anderen wieder gesetzt und Bree beschloss, sich erst mal voll und ganz auf seine Familie zu konzentrieren. Sie hatte eine Sekunde Zeit, um wirklich zu verstehen, mit wem sie hier am Tisch saß. Zwar sahen alle Unsterblichen jung und wunderschön aus, doch Bree hatte ihre Beschreibungen in den Büchern lange genug studiert, um die Gesichter zuordnen zu können. Sie war sich sicher, dass es Kace' Vater gewesen war, der sie gerade gebeten hatte, sich zu setzen. Seine Mutter Persephone saß rechts von ihrem Mann, direkt neben ihrem Sohn und trug die blonden Haare, die nur wenig kürzer waren als die ihrer Tochter, sanft über die Schultern fallend. Bei dem Unsterblichen, der neben Evianna saß, war Bree sich unsicher, doch es konnte eigentlich nur ihr Partner Ery sein – der junge Mann, der vor vierzehn Jahren den Wettbewerb gewonnen hatte. Das würde auch erklären, warum es bisher kaum Abbildungen von ihm gab.

Sofort fühlte sie eine Verbundenheit zu ihm, weil er wissen

musste, was sie gerade durchmachte, doch als sie ihn ansah, musterte er nur mit schmalen Augen den Tisch vor sich, als ob ihm komplett egal wäre, dass hier gerade die x-te Frau des Abends vorgestellt wurde.

Bree schluckte und durch das dauerhafte Lächeln, das wie festgetackert auf ihren Lippen lag, zuckte ihr Mundwinkel ein wenig.

Plötzlich blitzte es vor ihren Augen und eine Millisekunde später standen sechs Gläser mit einer hellen Flüssigkeit darin auf dem Tisch. Sie musste sehr verdutzt dreingeschaut haben, denn die Unsterblichen lächelten ihr aufmunternd zu, was die Stimmung ein wenig lockerte.

Als Kace höchstpersönlich nach seinem Glas griff und ihr damit zuprostete, rauschte ein wahrer Gefühlssturm durch Brees Körper.

Dieser Raum, diese Wesen waren einfach nur magisch. Sie zu treffen und vielleicht irgendwann zu sein wie sie, war alles, was Bree sich jemals hätte erträumen können.

Das Glas war kühl unter ihren Fingern, doch das Getränk darin prickelte angenehm auf der Zunge und erinnerte sie vage an etwas, das sie auch unten in der Stadt schon einmal getrunken hatte. Dennoch war der Geschmack nicht zu vergleichen – er war so intensiv, dass er alles, was ihre Zunge jemals berührt hatte, in den Schatten stellte.

»Ich hoffe, du hattest bisher einen angenehmen Tag«, sagte Kace' Vater und nippte ebenfalls an dem langstieligen Glas.

»Calliope hat erzählt, dass Bree die erste Prüfung mit Bravour gemeistert hat«, sagte Kace, bevor sie selbst antworten konnte, und Bree nickte stolz. Sie konnte nicht anders, als zu ihm hinüberzusehen, und ihr Blick verfing sich in dem fröhlichen Funkeln seiner hellen, warmen Augen, die die Farbe von Bernstein hatten.

Bree strich sich eine lange Haarsträhne, die ihre Schulter kitzelte, nach hinten und lächelte in die Runde. »Ich hatte einen wundervollen Tag, danke.« Sie ließ ihren Blick durch den Raum gleiten und versuchte halbwegs entspannt zu wirken. »Es ist alles sehr … überwältigend.«

Sie hoffte, dass die Unsterblichen verstanden, wie positiv das gemeint war.

Evianna sah sie freundlich an und der Kontrast zu ihrem Partner, der immer noch mit emotionsloser Miene neben ihr saß und Bree kaum beachtete, hätte nicht größer sein können.

»Hast du es dir so vorgestellt?«, wollte sie wissen und Bree hätte bei diesen Worten beinahe aufgelacht.

Sollte sie ihr erzählen, dass sie gestern noch Stunden damit verbracht hatte, alles über sie in Erfahrung zu bringen, was die Menschen in der Stadt zusammengetragen hatten?

Bree faltete die Hände im Schoß zusammen und fühlte den weichen Stoff des Kleides. »Ja und nein. Ich wollte in dem jährlichen Theaterstück mitspielen, das euch zu Ehren in der Stadt veranstaltet wird, und habe deshalb viel über die Inseln gelesen. Aber es mit eigenen Augen zu sehen, das übertrifft alles.«

Kace mit eigenen Augen zu sehen und festzustellen, dass er derjenige war, der ihr seit Monaten nicht aus dem Kopf ging, übertraf alles.

Immer wieder spürte sie auch seinen Blick auf sich, der ihr einen prickelnden Schauer über die Haut schickte. Gefiel sie ihm? Es wirkte definitiv nicht, als ob er enttäuscht wäre, und das ließ ihr Herz einen Hüpfer nach dem anderen machen.

»Ein Theaterstück? Das ist ja interessant.« Die Stimme von Kace' Mutter schnitt durch die kurze Stille und Bree wandte sich ihr sofort zu. Sie wirkte weniger entspannt als ihre Kinder.

»Ja, das gibt es seit beinahe zehn Jahren.« Bree fuhr sich mit der Zunge über die trockene Unterlippe. Ihr war nicht bewusst gewesen, dass die Unsterblichen davon nichts wussten. Aber woher sollten sie das auch, wenn sie nur einmal im Jahr mit der Stadt in Berührung kamen?

»Wovon handelt es?« Kace' Mutter sah sie interessiert an, doch das Lächeln erreichte ihre Augen nicht ganz, als sie mit einer eleganten Bewegung Schmutz von dem dunklen Holztisch wischte, den Bree mit ihrem menschlichen Auge nicht erkennen konnte. »Weißt du das, Ery?«

Der dunkelhaarige junge Mann hob den Kopf und Bree konnte ihn zum ersten Mal richtig sehen. Er kam ihr irgendwie bekannt vor. Vielleicht aus der Stadt? Aber eigentlich musste sie damals noch viel zu jung gewesen sein …

»Wenn es das erst seit zehn Jahren gibt, nicht«, antwortete er schlicht und Bree sah, wie Evianna an seiner Seite angespannt lächelte.

»Natürlich nicht, ich vergaß. Hier oben verliert man das Gefühl für die Zeit.« Kace' Mutter wandte sich wieder Bree zu, die erschrocken die Augen weitete, da sie erst nach einem Moment der Stille bemerkte, dass sie es nun erklären sollte.

»Es … es handelt davon, wie ihr aus dem Himmel gekommen seid und euch auf den Inseln niedergelassen habt. Und natürlich auch von heute.«

Als Kace' Vater laut loslachte und auch der Rest der Familie zu schmunzeln begann, wurde Bree schlagartig heiß.

Hatte sie etwas Falsches gesagt?

»Diese Geschichte erzählt ihr euch über uns, ja?« Kace' Vater lehnte sich in seinem Stuhl zurück und hob eine Augenbraue in die Höhe. »Da können wir dir hier oben noch etwas beibringen.«

Bree wollte gerade etwas antworten, da kam ihr Kace' Mutter zuvor. »Nicht jetzt, Tarquin. Die Zeit ist um und die anderen jungen Frauen warten.«

Wie auf ein Kommando, das Bree nicht hören konnte, traten die Diener an ihre Stühle heran und zogen sie nach hinten, sodass sie aufstehen konnten. Bree gab sich alle Mühe, das Gefühl, sich blamiert zu haben, wieder abzuschütteln, doch es gelang ihr nicht ganz. Plötzlich kam es ihr lächerlich vor, dass ihr Leben sich die ganzen letzten Wochen nur um diese Aufführung gedreht hatte. Wahrscheinlich erschien den Unsterblichen solch eine stümperhafte Nachahmung einfach nur absurd.

Bree blieb etwas länger stehen als die anderen und wartete geduldig, bis die Unsterblichen sich ein wenig entfernt hatten. Sobald sie den Tisch verlassen hatten, war sie selbst aus dem Fokus gerückt und es hatten sich unter ihnen Gespräche ergeben, deren Inhalt sie aus der Entfernung nicht hören konnte.

Doch Kace war ein Stück hinter den anderen zurückgeblieben und schlenderte nun ganz locker neben ihr her, als sie ihnen vorsichtig folgte.

»Mein Vater wollte dich sicher nicht verunsichern. Es ist nur sehr amüsant, welche Geschichten ihr in der Stadt über unsere Herkunft erzählt.«

Bree sah ihm in die Augen und spürte seine Präsenz neben sich so deutlich, als ob er sie berühren würde. Sie konnte nicht länger warten. Sie musste sich versichern, dass sie sich das alles nicht eingebildet hatte. »Kennst du sie denn? Die Geschichten aus der Stadt, meine ich?«, fragte sie vorsichtig.

Sein Gesichtsausdruck war Antwort genug. Sie hatte also wirklich recht. Aber wie konnte das sein?

»Ich kenne sie so gut, dass ich weiß, dass sie nicht der Wahrheit entsprechen.« In seinen Augen blitzte etwas auf, das sich nach dem Prickeln eines geteilten Geheimnisses anfühlte.

»Also ist es nicht so? Ihr seid nicht aus dem Himmel auf die Inseln gekommen, um beide Welten vollends auskosten zu können?«

Kace streckte eine Hand aus und bedeutete ihr, zuerst über die Türschwelle zu treten. Sie ging voran, drückte den Rücken durch und hielt sich betont aufrecht. Erst als sie hörte, wie sich die Tür hinter ihr schloss, wandte sie sich wieder um und ließ dabei ihre langen Haare schwingen.

»Eher im Gegenteil.« Kurz sah es danach aus, dass Kace ihr seinen Arm anbieten würde, und Bree sah ihre Hand schon auf dem hellen Stoff seines Ärmels liegen, doch dann drangen Stimmen an ihr Ohr und auch er schien sich zu besinnen, dass sie nicht alleine waren. »Aber das muss ich dir ein anderes Mal erzählen.«

»Sehr gerne.« Bree musste aufpassen, nicht auf ihren Rock zu treten, weil sie den Blickkontakt nicht abbrechen wollte.

Durch die Blase, die sich um sie gebildet hatte, bemerkte sie erst spät, dass sie nun tatsächlich auf die großen Flügeltüren zusteuerten, die sie schon vorhin gesehen hatte. Jetzt waren sie geöffnet und gaben den Blick auf die anderen Mädchen frei, die bereits dahinter warteten.

Bree zuckte erschrocken zusammen, als Kace plötzlich nach ihrer Hand griff und ihr einen schnellen Kuss darauf hauchte. Sie verstand erst, was die Berührung bedeutet hatte, nachdem er schon verschwunden war. Es war alles so schnell gegangen, dass die anderen sie vermutlich nicht einmal zusammen gesehen hatten.

Doch sie würde dieses kribbelnde Gefühl ihr Leben lang nicht mehr vergessen, da war sie sich sicher.

Kapitel 5

Kace' Verschwinden fühlte sich an wie das Erwachen aus einem Traum und katapultierte Bree zurück in die Realität – mitten hinein in den Festsaal voller Frauen.

Zuerst sah sie die vielen Körper, die in funkelnde und glänzende Kleider gehüllt im Raum standen und die lange Tafel in der Mitte teilweise vor ihr verbargen. Dennoch konnte sie erkennen, dass sich darauf Essen türmte und ihr leer gefegter Magen begann bei diesem Anblick schmerzhaft zu ziehen. Bree wollte gerade auf den Tisch zusteuern und erkunden, was es auf der großen Etagere alles zu entdecken gab, da blieb ihr Blick an der hinteren Seite des Raumes hängen.

Ihre Augen wurden groß und ihre Hände griffen sofort wieder in ihr Kleid, als sich ihre Füße wie von selbst zu bewegen anfingen. Es war ein ähnliches Gefühl wie vorhin auf dem Balkon im Garten, das sie dazu veranlasste, dem vehementen Drängen ihres Körpers nachzugeben. Sie musste näher ran, um sich zu vergewissern, dass ihre Sinne sie nicht trogen.

Vorsichtig bahnte Bree sich einen Weg durch die anderen Frauen hindurch, die so sehr in ihre Gespräche und ihr Gekicher vertieft waren, dass sie sie kaum bemerkten. Am Ende des Raumes angekommen, streckte sie eine Hand von sich und hielt gebannt die Luft an, als sich ihre Fingerspitzen immer mehr der Stelle näherten, an der eigentlich eine Wand sein müsste.

Denn obwohl ihr Bauch ihr sagen wollte, dass da nichts war, dass sie mit einem Schritt hinaus in die von unzähligen Sternen gespickte Schwärze steigen könnte, hielt ihr Kopf dagegen, dass das gar nicht sein konnte. Es war kein bisschen kalt hier drinnen, die Gänsehaut auf ihren nackten Armen kam nur von der Aufregung. Außerdem flackerten die hohen weißen Kerzen auf dem Tisch nicht.

Genau an der Schwelle zwischen Boden und Luft stießen ihre Finger gegen eine unsichtbare Barriere, die auch unter ihrem prüfenden Druck nicht nachgab. Eine Wand, die für das bloße Auge nicht existierte und ihren Körper vor der Höhe schützte. Nicht jedoch ihr Herz, das sich schon wieder komplett in dem Anblick verloren hatte.

Der Nachthimmel sah so wunderschön aus und ihre Augen zuckten in dem Versuch, möglichst viel von ihm aufzunehmen, von links nach rechts.

Das hier könnte ihr Zuhause werden …

»Beeindruckend, nicht?« Die Stimme in ihrem Rücken ließ Bree zusammenzucken und sie wandte sich widerwillig von der magischen Wand ab.

Sie war überrascht, als sie das blonde Mädchen dort stehen sah, das als Erstes in den Lichtstrahl getreten war.

»Kann man so sagen, ja«, antwortete sie und lächelte freundlich. Am liebsten hätte sie diesen Moment nur für sich selbst gehabt, doch sie wollte nicht unhöflich sein und es sich gleich zu Beginn mit den anderen Mädchen verscherzen.

Allerdings hätte sie sich diese Bemühung vermutlich sparen können, denn die Blonde erwiderte ihr Lächeln nicht. Stattdessen waren ihre Augen von einem harten Glanz überzogen und sie feuerte gleich die nächste Frage hinterher. »Habe ich richtig gesehen, dass Kace dich bis zur Tür gebracht hat?«

Seinen Namen aus ihrem Mund zu hören, fühlte sich falsch an. Wie eine Nadel, die die Blase, in der sie sich bis gerade eben mit Kace befunden hatte, mit einem kleinen Piks platzen ließ und Bree damit wieder ins Gedächtnis rief, dass auch alle anderen Mädchen vor ihr mit ihm gesprochen hatten. Doch obwohl der anklagende Tonfall, in dem die Frage gestellt war, ihr Gegenüber nicht gerade sympathischer machte, zeigte es ihr, dass nicht alle so vertraut mit ihm gewesen waren.

Dennoch wunderte es Bree, dass die Blondine sie überhaupt hatte sehen können, so schnell wie Kace verschwunden war. Sie musste schon sehr gezielt nach ihnen Ausschau gehalten haben.

»Ja, weil ich wohl die Letzte gewesen bin und er mir noch den Weg zeigen wollte.« Bree sah sich weiter im Raum um und hoffte, dass sie durch ihr subtiles Desinteresse das unangenehme Gespräch schneller beenden konnte.

»Wird er wieder auftauchen? Uns Gesellschaft leisten?«

Es fehlte nicht viel und Bree hätte die Augen verdreht. »Das weiß ich genauso wenig wie du.« Sie zuckte mit den Schultern. »Entschuldige mich bitte, ich habe so großen Hunger, das kannst du dir gar nicht vorstellen.« Sie warf der Blonden zum Abschluss des Verhörs noch ein flüchtiges Lächeln zu und ging dann tatsächlich zu der langen Tafel, die schon sehr laut nach ihr und ihrem grummelnden Magen rief. Wenn sie nicht bald etwas aß, würde ihr Kreislauf sie noch in die Knie zwingen und das wäre das Letzte, was sie heute Abend gebrauchen konnte.

Brees Absätze klackerten über den dunklen Marmorboden und sie suchte sich einen Platz in der Mitte des Tisches aus, der durch die Nähe zu der großen Etagere bestechen konnte. Zum Glück saß schon ein anderes Mädchen an der langen Tafel, sodass sie sich nicht ganz so komisch fühlte, als sie sich neben der jungen Frau mit dem dunklen, dicht gelockten Haarschopf auf einen Stuhl sinken ließ.

»O Gott, zum Glück kommst du.«

Bree drehte sich überrascht zu ihr um und sah, dass sie sie so herzlich anlächelte, dass das unangenehme Gefühl von gerade eben sich in Luft auflöste.

»Ich dachte schon, ich wäre die Einzige, die noch etwas anderes als einen weißblonden Unsterblichen im Kopf hat.« Sie lächelte Bree weiter an und zauberte dabei so süße Lachfalten auf ihr rundes Gesicht mit der dunklen Hautfarbe, dass Bree gleich mitgrinsen musste. Sie verstand sofort, wieso die junge Frau eingeladen worden war. Ihre Kurven sahen atemberaubend schön aus und passten perfekt zu ihr. Und dank der offenen Art, mit der sie Bree gerade begrüßt hatte, wurde ihre Gesprächspartnerin zu dem ersten Mädchen hier, das sie wirklich mögen könnte.

»Denkst du, wir dürfen schon? Ich sterbe vor Hunger!«, sagte Bree und warf einen sehnsüchtigen Blick von dem Essen direkt vor ihrer Nase zurück zu den anderen Mädchen, die immer noch im Raum herumstanden und keine Anstalten machten, sich etwas zu holen.

Ihre Frage wurde indirekt beantwortet, indem ihr Gegenüber nach einem Schälchen griff, den kleinen Löffel in den Teig darin versenkte und anschließend in den Mund schob. Kurz darauf seufzte sie mit geschlossenen Augen. »Ist mir egal. Ich habe den ganzen Tag nichts gegessen und das hier schmeckt, als wäre es nicht von dieser Welt.«

Bree lachte. »Genau genommen sind wir ja auch in den Wolken.« Und obwohl sie immer noch ein wenig Angst hatte, dass es negativ auffallen könnte, griff sie auch nach einem der kleinen Gefäße. Sich gestelzt und ängstlich zu verhalten, würde ihr sicherlich auch keine Pluspunkte einbringen. Am liebsten hätte sie Adrien gefragt, ob sie schon essen durften, doch der war seit ihrem Gespräch mit Kace' Familie wie vom Erdboden verschluckt.

Vorsichtig ließ Bree den verschnörkelten Löffel aus dunklem Metall in das Schälchen sinken und hob etwas von dem fluffigen Teig heraus. Er sah saftig aus und war innen mit kleinen Stückchen eines Obstes gefüllt, das Bree nicht kannte. Das tat jedoch absolut nichts mehr zur Sache, als ihre Geschmacksnerven damit in Berührung kamen und von einer Sekunde auf die andere explodierten. Bree erwiderte den erwartungsvollen Blick ihrer Sitznachbarin mit einem nachdrücklichen Nicken, als sie kaute und schluckte. »Wow, so was habe ich, glaube ich, in meinem ganzen Leben noch nie geschmeckt«, sagte sie und versenkte den Löffel sofort wieder in dem Schälchen.

Plötzlich erklang wie aus dem Nichts leise Musik im Saal, und als Bree sich umsah, lief die gesamte unsterbliche Familie, mit der sie gerade noch an einem Tisch gesessen hatte, in den Raum. Lange Beine in Anzügen und wehende Kleider ließen die vor Magie strahlenden Wesen unecht wirken und erinnerten Bree an eine Szene aus dem Theaterstück des letzten Jahres, die ihr noch lebhaft im Gedächtnis geblieben war.

»Holla«, flüsterte das Mädchen neben ihr und ihr Tonfall erinnerte Bree daran, ihren Mund zu schließen.

Sofort umschwärmten alle jungen Frauen, die gerade noch im Raum verteilt gewesen waren, die Familie und verdeckten sie beinahe vollends vor ihnen.

So hungrig sie auch war, einen derart großen Vorsprung konnte sie ihnen nicht lassen!

»Komm!« Bree stupste ihre Nachbarin leicht an. »Lass uns auch hingehen und im Stehen essen. Die Chance sollten wir uns nicht entgehen lassen.« Sie stand auf und überprüfte, ob ihr Kleid richtig fiel. Bei einem derart großen Anteil an durchsichtigen Partien war das nicht gerade unwichtig. »Wie heißt du eigentlich?«

»Delaney«, gab das Mädchen zurück, verzog dabei aber das Gesicht. »Müssen wir wirklich da rüber?«

Bree lachte leise. »Du musst gar nichts, aber ich werde gehen.« Sie warf sich ihre Haare über die Schulter und schielte aus dem Augenwinkel zu Kace, der mittlerweile so schlimm wie keiner der anderen belagert wurde. »Bist du gar nicht neugierig, wie sie so sind?«

Delaney verzog den Mund, stand aber trotzdem auf. »Doch, schon. In dem anderen Raum war ja kaum Zeit für ein Wort. Aber meine Chancen, hier oben zu bleiben, stehen im Gegensatz zu deinen eher schlecht. Also weiß ich nicht, wie viel es mir nützen wird, sie wirklich kennenzulernen.«

Auch sie schüttelte den weiten, bauschigen Rock ihres Kleides zurecht, hielt aber einen Finger in die Höhe, als Bree gerade Luft holte, um ihr zu widersprechen. »Stopp, ich will keine Versicherungen, wie toll ich bin und wie sehr Kace mich lieben wird. Ich hätte im Leben nicht damit gerechnet, diese Einladung zu bekommen, und hätte sie vor lauter Überforderung beinahe abgelehnt. Aber dann hätte mich meine Familie wahrscheinlich gelyncht … Also ja, ich finde ihn genauso beeindruckend wie wir wahrscheinlich alle, aber für mich zerbricht kein Lebenstraum, wenn ich wieder nach unten geschickt werde. Ich mag unsere Stadt.« Sie kniff eines ihrer großen, dunklen Augen zusammen. »Aber vielleicht sterbe ich gleich vor Aufregung, wenn wir da hingehen und wäre deshalb lieber bei meinem sicheren Essen geblieben.«

Bei diesem Satz sah sie wirklich so unsicher und süß aus, dass Bree sie am liebsten in den Arm genommen hätte. In ihren bisherigen Freundschaften war es normal gewesen, sich gegenseitig anzufeuern und dazu zu bringen, das Optimum aus jeder Situation herauszuholen, weshalb sie kurz unsicher war, wie sie sich Delany gegenüber verhalten sollte. Doch diese wirkte nicht, als ob sie irgendeine Reaktion von ihr brauchte. Außerdem war da noch Calliopes Regel, dass sie nicht hier waren, um Freundschaften zu schließen, die in Brees Kopf widerhallte.

»Lass uns hier drüben bleiben. Sie können ja ohnehin schon kaum atmen«, murmelte Bree mit einem Seitenblick auf die Traube aus Frauen, die die Unsterblichen verschluckt hatte. Da Delaney nichts dagegen zu haben schien, erst einmal auf Abstand zu bleiben, stellten sie sich zwar in Sichtweite der Gruppe, aber nicht direkt zu ihnen hin. Stattdessen wurde Brees Aufmerksamkeit sofort wieder von dem Himmel angezogen, der sich in all seiner Pracht vor ihr ausbreitete, sobald sie zur Seite sah.

Es vergingen ein paar Minuten, in denen jede von ihnen schweigend aß und hin und wieder die Sterne betrachtete. Bree warf einen Blick zu den anderen hinüber. Während der Rest seiner Familie noch beisammen stand, war Kace von ihnen getrennt worden. Und weil er trotz ihrer hohen Schuhe größer war als die meisten Frauen, sah Bree, wie sein Kopf bei jeder neuen Frage, mit der er bombardiert wurde, von einer Seite zur anderen flog.

Sie seufzte innerlich bei dem Gedanken daran, wie lange es dauern würde, bis er sich wieder frei bewegen konnte.

»Es ist wirklich einfach der Wahnsinn. Stell dir mal vor, ich hätte die Einladung tatsächlich ausgeschlagen.«

Bree sah zu Delaney herüber, die sich mittlerweile komplett zu der durchsichtigen Wand gedreht hatte.

»Egal wie es ausgeht, das hier wird das Ereignis deines Lebens sein«, sagte Bree mit voller Überzeugung. Sicherlich würde man auch sie über jedes Detail ihrer Reise ausquetschen, sollte sie wieder in die Stadt zurückkehren. Und dann wäre der Nachthimmel eines der Bilder, die die Maler würden anfertigen müssen.

»Glaubst du, man gewöhnt sich jemals daran?«, fragte Delaney und ihre Locken bewegten sich, als sie sich scheinbar schon selbst eine Antwort gab und ungläubig den Kopf schüttelte.

»Das wirst du die Unsterblichen fragen müssen«, sagte Bree lächelnd und ihre Finger strichen geistesabwesend über den Rand der kleinen Schale, die sie immer noch in der Hand hielt. Ihre Gedanken wanderten gerade zurück zum Essen, da ließ eine Stimme in ihrem Rücken sie zusammenzucken.

»Man gewöhnt sich daran, aber das schmälert die Schönheit nicht.«

Bree wirbelte herum und ihr Herz vergaß für einen Takt zu schlagen, als sie Kace direkt hinter sich stehen sah.

Er lächelte sie beide an. »Das ist noch ein Vorteil des Wettbewerbes. Euer Staunen erinnert uns daran, wie besonders das alles hier ist.«

Schnell straffte Bree die Schultern und ein Blick zur Seite verriet ihr, dass Delaney sich ebenfalls automatisch aufrichtete.

»Es ist wirklich unglaublich«, antwortete sie für sie beide, denn ihre neue Freundin schien nicht mehr in der Lage, auch nur ein Wort herauszubekommen.

Kace hatte ein Getränk in der Hand und die Bewegung der hellen Flüssigkeit darin, als er es leicht schwenkte, ließ Lichtfunken über den Boden vor seinen Füßen tanzen. »Ich hoffe, ihr habt einen schönen Abend?«

»Sehr schön«, piepste Delaney und Bree musste sich ein Lächeln verkneifen. Ihre Selbstsicherheit von gerade war wie weggeblasen.

»Das freut mich.« Kace zögerte kurz und schien zu überlegen. Doch dann sah er Bree an und fragte: »Darf ich dich kurz entführen? Wenn du dich erinnerst, war noch eine Frage offengeblieben.« Seine Augen funkelten und Brees ganzer Körper kribbelte. Wenn er sie ansah, fühlte sie sich, als ob sein Blick über jeden Zentimeter ihres Körpers fuhr.

»Natürlich.« Doch dann erinnerte sie sich daran, dass sie nicht alleine waren. »Also, wenn das für dich in Ordnung ist, Delaney.«

Diese hob sofort eine Hand und winkte ab. »Klar, klar. Ich wollte mir sowieso noch etwas zu essen holen. Soll ich deine Schale wegbringen?« Obwohl ihr Mund vor Nervosität leicht zuckte, schaffte sie es, Bree aufmunternd anzulächeln. Sie lächelte ebenfalls und übergab ihr das Schälchen. »Ich danke dir, Delaney. Bis später!«

Auch Kace nickte ihr dankbar zu und Bree folgte ihm zum anderen Ende des Raumes. Ihr Rücken kribbelte, als ob sie die Blicke der anderen direkt auf der nackten Haut spüren könnte. Hoffentlich ließen sie ihnen wenigstens ein kurzes, ungestörtes Gespräch.

»Also stammt ihr nicht aus dem Himmel?«, fragte sie unvermittelt.

Kace drehte sich mit seinem Getränk so zu ihr, dass er sowohl sie als auch den Himmel sehen konnte, und wieder bewunderte sie seine schlanke und dennoch muskulöse Figur in dem hellen Anzug.

»Im Gegenteil, wir kommen von der Erde.« Er nahm lächelnd einen Schluck und musterte sie interessiert.

Also runzelte sie neugierig die Stirn und legte den Kopf schief, sodass sich ihre langen Haare über ihre Brust legten. Ihr lief ein Schauer über den Rücken, als sie spürte, wie Kace' Augen ebenfalls kurz dorthin rutschten.

Das Kleid schien die erhoffte Wirkung zu haben.

»Dann musst du mir jetzt gut erklären, wieso aus euch das

hier …« Sie machte eine Bewegung, die den ganzen Raum einschloss und noch so viel mehr bedeutete. »… geworden ist und aus uns Städtern das, was wir eben sind.«

Seine Stimme wurde samtig weich. »Wenn ich dich ansehe, habe ich nicht das Gefühl, dass es einen so großen Unterschied gibt. Das hatte ich schon damals nicht.«

Brees Atem stockte. Er war es also wirklich gewesen.

»Du kannst dich an mich erinnern?«, fragte sie mit klopfendem Herzen.

»Erinnern ist untertrieben ...«, sagte er und lächelte vieldeutig.

Bree wurde so heiß, dass sie sich am liebsten Luft zugefächelt hätte. »Aber wie ist das möglich? Ihr strahlt alle vor Magie, und das war damals nicht so. Egal wie betrunken ich war, das hätte ich bemerkt.«

Er grinste. »Und trotzdem hast du mich wiedererkannt.«

»Natürlich.« Bree nahm ihren ganzen Mut zusammen. »Du warst auch ohne diese Aura wunderschön.«

Kace schwieg und sie spürte ihr eigenes Herz so deutlich schlagen, dass ihr ganz schwummerig wurde. Sein Lächeln wurde weniger breit, doch der Ausdruck in seinen Augen so intensiv, dass sie das Gefühl hatte, zwischen ihnen würde ganz sicher etwas passieren, wenn sie allein im Raum wären. Und der bloße Gedanke jagte ihr eine Gänsehaut über den Körper.

Kace schien es ähnlich zu gehen, denn er schüttelte plötzlich den Kopf, wie um seine Gedanken zu sortieren, und antwortete dann: »Es sind die Inseln. Wenn wir den Kontakt zu ihnen verlieren, dann verschwindet langsam die Magie aus uns. Deshalb sehe ich in der Stadt aus wie ein ganz normaler Mensch.« Er räusperte sich und sah sich kurz um. »Und das ist ebenfalls der Grund, weshalb ich so schnell verschwunden bin an diesem Abend. Wir können ohne die Inseln nicht existieren. Meine letzte

Erinnerung an dich ist verschwommen, weil ich schon so benommen war, dass ich nicht mehr richtig sehen konnte. Als ich in diesem kritischen Zustand zurückkehrte, haben die Ältesten nicht mehr zugelassen, dass ich auch nur einen Gedanken daran verschwende, noch einmal nach unten zu gehen. Nicht einmal mein Cousin Bellamy, dessen Idee es war, hat es erneut versucht.«

Bree stand der Mund offen. Die Unsterblichen konnten auf dem Boden nicht überleben? Das wusste niemand in der Stadt. Sie hatte immer gedacht, es gäbe für sie einfach keinen Grund, zu ihnen nach unten zu kommen. »Aber die Zeremonie beim *Renova-Fest*?«

»Wird nur von Unsterblichen durchgeführt, die einst Menschen waren. Für sie ist die Gefahr gering, denn sie kehren nur zu ihrem sterblichen Dasein zurück, wenn die Magie aus ihnen verschwindet. Ich hingegen bin direkt nach meiner Geburt unsterblich geworden. Ohne die Magie bleibt nichts von mir.«

Während Bree noch dabei war, diese Informationen zu verarbeiten, bemerkte sie, wie Kace' Blick an ihr vorbeiglitt und sich seine Augen kurz verengten. Als sie ebenfalls in die Richtung sah, erkannte sie, dass seine Mutter nähergekommen war und mit einer Gruppe Frauen unweit von ihnen sprach. Und so rasch wie Kace das Gesprächsthema wechselte, schien das ein Problem zu sein.

»Aber ich will dir auch deine eigentliche Frage über unsere Herkunft ernsthaft beantworten.« Er sah kurz hinaus in den Sternenhimmel. »Natürlich ist die Geschichte, die wir von unseren Eltern erzählt bekommen, auch nur eine Geschichte. Sogar für unsere Lebensspannen ist es zu lange her, als dass es wirklich jemand wissen könnte. Alle, die damals dabei waren, haben ihre Magie und somit auch ihr Dasein schon längst für uns Jüngere und den Erhalt der Inseln aufgegeben.«

Kurz stutzte Bree, denn ihr war nicht klar gewesen, dass es

Unsterbliche gab, die ihr ewiges Leben freiwillig beendeten. Doch sie wagte nicht, ihn zu unterbrechen und nachzufragen.

»Bei uns erzählt man sich jedoch, dass der erste Unsterbliche ein Städter war, genau wie ihr es seid. Als ein schlimmes Unwetter im Tal wütete, war er auf der Jagd in den Bergen und riskierte alles, indem er sich nicht schnell genug auf den Rückweg machte. Als der Donner und die Blitze ihn bei lebendigem Leib zu verschlingen drohten, bat er die Götter, ihn zu verschonen. Er würde der stärkste, ehrlichste und beste Mensch überhaupt werden, wenn sie ihm nur sein Leben ließen.

Eine Sekunde später wurde er von einem Blitz getroffen, und als er wie durch ein Wunder wiedererwachte, war sein Körper nicht mehr derselbe.« Kace sah Bree an, die gebannt an seinen Lippen hing. Diese Version hatte sie wirklich noch nie gehört. »Er kehrte in die Stadt zurück, doch die anderen Menschen verstanden nicht, was für ein Geschenk ihm zuteilgeworden war. Sie hatten Angst vor seiner Kraft und jagten ihn. Eines Tages hatten sie ihn in die Enge getrieben und die Angst entfesselte seine gesamte Magie. Die Erde bebte und erhob sich unter ihm, um ihn zu retten. So entstand die erste Insel.

Nachdem er verstanden hatte, wozu er fähig war, holte er seine Familie zu sich, die fortan mit ihm in den Wolken lebte. Die Insel hatte sich aus seiner Kraft erhoben, ein Teil von ihm lebte in ihr, weshalb sie auch seiner Familie Magie schenkte.

Diese ersten Unsterblichen waren jedoch genau genommen noch nicht ›unsterblich‹, denn das Erheben der Insel hatte zu viel von ihnen gefordert. Doch die nächsten Generationen erkannten, dass sie das ewige Leben erlangen konnten, wenn sie die Inseln immer wieder mit kleinen Dosen ihrer Kräfte speisten und wie bei einem Kreislauf im Gegenzug durch den ständigen Kontakt mit ihr gestärkt wurden. Auch heute noch sorgen die Inseln, die sie damals geschaffen haben, für uns – ihre Nachkommen.«

»Wow, das ist …« Bree suchte nach Worten. »… wunderschön und schrecklich zugleich. Hätten die Städter nicht so grausam gehandelt, dann wärt ihr heute für uns nicht so unerreichbar wie die Götter selbst.«

Kace lächelte immer noch, doch auch er runzelte nachdenklich die Stirn. »Darüber habe ich noch gar nicht nachgedacht. Das alles hier hätte auch auf der Erde stattfinden können.« Er strich sich mit der freien Hand die Haare aus der Stirn. »Aber ich denke, an irgendeinem Punkt wäre es immer wieder so gekommen. Vielleicht hätte der erste Unsterbliche sonst nie herausgefunden, wie groß seine Magie wirklich war. Jedenfalls hat es Jahrhunderte gedauert, bis meine Vorfahren euch Menschen so weit verziehen hatten, dass sie die ersten Diener nach oben holten und mit dem Wettbewerb begannen.«

»Vermutlich hast du recht. Umso mehr Glück habe ich, dass ich hier sein darf.«

Kace' Augen funkelten. »Ich ebenso. Ich hätte es mir nie verziehen, wenn ich dich nicht noch eingeladen hätte.«

»Das warst wirklich du?« Brees Stimme war nur ein Hauchen und sie sah ihn mit großen Augen an. Die Person, die sie am Rande der Insel gesehen hatte und die ihr Kopf sofort zu Kace gemacht hatte, war wirklich er gewesen.

Da ertönte die Stimme seiner Mutter über die Geräuschkulisse des Raumes hinweg und holte sie zurück in die Gegenwart. Durch die kurze Willkommensrede, die nun begann, war Bree gezwungen, zur Gruppe zurückzukehren. Sie sah Kace wehmütig hinterher, als er sich von ihr entfernte und zu seiner Familie stellte.

»Wir freuen uns, euch nun alle auf den Inseln begrüßen zu dürfen«, sagte Persephone und ließ ihren Blick über die vor ihr versammelten jungen Frauen schweifen. »Wir haben euch nicht ohne Grund ausgewählt, jede von euch ist auf ihre eigene Art besonders. Manche sind vielleicht eher ruhig wie Guinevere und flüchten sich in ihrer Freizeit in dazu passende Aktivitäten wie das Backen.« Sie warf einer jungen Frau mit hellen, kinnlangen Haaren ein Lächeln zu und diese überwand ihren kurzen Schreckmoment schnell genug, um es zu erwidern. »Manche sind sehr präsente Charaktere mit großen Zielen, so wie Palica.« Nun sah Kace' Mutter die Blondine an und Bree musste sich beherrschen, nicht das Gesicht zu verziehen.

Sie hörte Verwunderung aus dem leisen Tuscheln heraus, das sich in der Gruppe ausbreitete. Niemand konnte sich erklären, wie die Unsterblichen so viel von ihnen wussten, ohne jemals in der Stadt gewesen zu sein. Doch bevor Bree herausfinden konnte, was Persephone über sie sagen würde, war dieser persönliche Teil der Rede zu Ende und sie sprach nur noch darüber, dass sie sich auf die kommenden Prüfungen verlassen würden, um herauszufinden, wer zu Kace passte.

Wenn sie ihn richtig verstanden hatte, war sie ja auch ursprünglich gar nicht von seiner Familie ausgewählt worden – vermutlich wurde sie deshalb nicht persönlich angesprochen. Aber Bree würde ihnen schon beweisen, dass sie genauso gut oder noch viel besser zu ihm passte als alle anderen hier. Welche ihrer Konkurrentinnen konnte schon von sich behaupten, dass sie trotz den Hunderten Metern Entfernung zwischen ihnen bereits durch Kace' Gedanken getanzt war?

Erst als Delaney sie anstupste, bemerkte Bree, dass sich alle wieder verteilten. Oder genau genommen eher in Kace' Richtung drängten.

»Na, du Glückliche? Alles okay?«, fragte sie grinsend und Bree nickte. »Komm, wir gehen zum Tisch. Du hast doch bisher immer noch fast nichts gegessen.«

Wie aufs Kommando machte sich ein schmerzhaftes Ziehen in Brees Magen breit. »Du hast mehr als recht«, sagte sie und folgte ihr nur zu gerne.

Doch mittlerweile hatte sie fast noch mehr Durst als Hunger. Bree lehnte sich über den breiten Tisch und angelte sich eine dünnwandige hellrosa Kugel mit einer Flüssigkeit darin von der obersten Ebene der Etagere.

Sie hielt die glänzende Kugel gerade vor sich, um sie Delaney zu zeigen, da bekam sie plötzlich einen kräftigen Stoß in den Rücken und spürte zu ihrem Entsetzen, wie ihr das glatte, runde Ding aus den Händen zu gleiten drohte. Reflexartig griff sie mit ihrer anderen Hand nach vorne, doch die Kugel prallte nur auf ihren Fingern ab, um dann wie in Zeitlupe vor ihren Augen Richtung Boden zu segeln. Kurz hatte sie noch Hoffnung, dass die Hülle stabil genug wäre, um den Aufprall auszuhalten, doch als sie schließlich auf den harten Marmor auftraf, zersprang sie in mehrere Stücke und die pinke Flüssigkeit schoss in alle Richtungen.

Vor Schreck stand Bree der Mund offen und ihr Herz zog sich zusammen. Doch das Ausmaß der Katastrophe wurde ihr erst bewusst, als sie wieder nach oben sah. Nicht nur waren alle Augen auf sie gerichtet, auch hatte das farbige Getränk es geschafft, den Saum des weißen Kleides von Kace' Mutter zu beschmutzen, die nur wenige Schritte von ihr entfernt stand.

Brees Atem wurde zittrig und sie war kurz davor, unter den vielen Blicken in Tränen auszubrechen.

Das konnte doch jetzt wirklich nicht wahr sein, oder? Wieso passierte das ausgerechnet ihr?

Auch Delaney sah sie erschrocken an, doch dann tat sie etwas, das Bree dabei half, sich aus ihrer Schockstarre zu befreien. Sie bückte sich und begann, die auf dem Boden verteilten Splitter der Kugel aufzuheben.

Bree schüttelte kaum merklich den Kopf und rüttelte sich damit selbst wach. Das hier war schlimm, aber ob es eine Katastrophe werden würde, hing von ihrer Reaktion ab.

Obwohl sie nichts lieber getan hätte, als aus dem Raum zu fliehen, sah sie Kace' Mutter an und murmelte: »Entschuldigen Sie vielmals«, bevor sie sich suchend nach einem Diener umsah. Unweit von ihnen stand eine junge Frau in schwarzen Klamotten, die sich genauso wenig wie alle anderen bewegte, doch wenigstens erwiderte sie Brees Blickkontakt.

»Könnten Sie mir Tücher zum Aufwischen bringen?«, fragte Bree und hatte dabei das Gefühl, dass jeder im ganzen Raum ihr zuhörte.

Doch noch bevor die Dienerin etwas antworten konnte, spürte Bree eine sanfte Berührung an ihrem Arm.

»Das ist nicht nötig.«

Bree fuhr herum und sah direkt in das Gesicht von Persephone, die Kace von Nahem so ähnlich sah, dass es beinahe gruselig war. Sie machte eine kleine Bewegung mit der Hand, die Bree nicht zuordnen konnte.

»Doch«, murmelte Bree überfordert, »ich werde das selbst aufwischen, das ist kein Problem.«

Wieso redeten die anderen nicht einfach weiter und hüllten den Raum in diese peinliche Stille? Schnattern konnten sie doch sonst so gut!

Doch Persephone schüttelte den Kopf. »Schau noch mal hin, dann weißt du, was ich meine.« Sie lächelte ähnlich verhalten wie vorhin und deutete auf die Pfütze, die gerade noch strahlend pink gewesen war und nun immer durchsichtiger wurde. Nur ein leicht goldener Glanz blieb zurück. Auch die Splitter hatten sich vor ihren Augen wortwörtlich in Luft aufgelöst.

Noch während Bree ungläubig auf die Stelle vor sich starrte, verschwand die Pfütze komplett und auch die Flecken auf dem Kleid der Unsterblichen waren wie durch Zauberhand ausgelöscht.

»Oh, ich verstehe. Danke«, stotterte Bree überfordert und spürte die Hitze in ihrem Gesicht aufsteigen. Obwohl nun endlich wieder ein paar Leute begannen, sich von ihr abzuwenden, wurde der Drang zu fliehen immer größer und sie traute sich nicht, zu Kace hinüberzusehen.

»Entschuldigt mich«, murmelte sie und gab ihrem Instinkt nach. Mit gesenktem Blick und vor Scham brennenden Wangen eilte sie in Richtung des Ausgangs.

Brees Hand zitterte, als sie an einem der großen Bäume im Garten Halt suchte. Die Rinde war rau unter ihren Fingern und sie versuchte sich auf dieses Gefühl zu konzentrieren, während sie tief ein- und langsam wieder ausatmete.

Es war alles gut. Es war nichts Schlimmes passiert.

Nur, dass sie sich gleich am ersten Abend vor allen blamiert hatte! Sie verzog das Gesicht und fuhr sich mit den Händen über die geflochtenen Haare an ihren Schläfen.

Dabei war es nicht einmal ihre Schuld gewesen! Obwohl die ganze Szene in ihrem Kopf bereits zu einem Wirbel aus Emotionen verschwamm, war sie sich ganz sicher, dass sie gestoßen worden war. Ob mit Absicht oder nicht, war schwer zu sagen, da sie vor Schreck ja nicht einmal geistesgegenwärtig genug gewesen war, sich umzudrehen. Doch nach den Blicken, die sie den ganzen Abend lang auf sich gespürt hatte, würde es sie nicht allzu sehr wundern, wenn es kein Versehen gewesen war.

Plötzlich wurde Bree wütend und hätte am liebsten etwas durch die Luft und bis über den Rand der Insel gepfeffert. Sie hatte sich in keiner Weise besonders aufgespielt, war sogar freundlich zu Blondie gewesen, die offensichtlich nicht gut auf sie zu sprechen war. Und Kace war von selbst zu ihr gekommen!

»Hey, da bist du ja.«

Bree fuhr herum und sah, dass zwei der Mädchen in langen, wallenden Kleidern auf sie zukamen. Kurz kam in ihr das Bedürfnis auf, sich einfach umzudrehen und zu gehen – niemand sollte sie so sehen. Doch dann riss sie sich zusammen und lächelte so freundlich, wie sie konnte.

»Wir wollten nur sehen, ob bei dir alles in Ordnung ist. Delaney meinte, du könntest vielleicht ein offenes Ohr gebrauchen.«

Jetzt, wo sie vor ihr stand, erkannte Bree die junge Frau, die Kace' Mutter gerade als Guinevere vorgestellt hatte – die Bäckerin. Ihre hellen Haare umrahmten ein rundes Gesicht mit rosigen Wangen und Bree konnte sich niemanden vorstellen, der besser in eine Welt aus rosa Zuckerguss und süßen Leckereien gepasst hätte.

Ihre Begleiterin, ein Mädchen mit nur leicht gewellten, dunklen Haaren und einem gedrungeneren Körperbau, grinste sie an. Sie war diejenige gewesen, die direkt nach Bree aus dem Lichtstrahl gekommen war. »Ja, sie macht gerade Palica einen Kopf kürzer, weil sie dich angerempelt hat. Aber ich befürchte, da wird sogar sie auf taube Ohren stoßen.«

»Ich wusste es. Also hat sie mich doch geschubst!«, rief Bree und gab sich Mühe, ihren Zorn nicht allzu sehr an die Oberfläche dringen zu lassen. Wie konnte man nur so sein?

»Hat sie definitiv, aber außer uns hat es kaum jemand gesehen und … es wäre sicherlich unklug, schon am ersten Abend eine Szene zu machen«, sagte Guinevere vorsichtig und behielt Bree genau im Blick.

»Keine Sorge, das würde ich nie tun. Ich muss nur wissen, dass ich sie im Auge behalten sollte, wenn sie schon am ersten Abend eine derartige Aktion bringt.« Bree schüttelte verständnislos den Kopf.

»Ich bin übrigens Manila«, sagte die braunhaarige junge Frau und streckte ihr die Hand hin. »Und wir sind hauptsächlich nach draußen gekommen, um dir zu sagen, dass es wirklich nicht so schlimm war, wie es sich für dich vermutlich anfühlt. Die Unsterblichen haben sofort danach ihre Gespräche wieder aufgenommen.«

»Bree.« Sie schüttelte die Hand, die ihr hingehalten wurde. »Und ich danke euch. Es war wohl für den ersten Abend einfach zu viel für mich.»

Zu dritt schlenderten sie wieder in Richtung des Elfenbeinhauses, während um sie herum die Sterne durch die kleinen Lücken zwischen den Bäumen blitzten.

Guineveres Stimme war so zart und leise wie die Blüten um sie herum. »Kann ich total verstehen.« Sie seufzte. »Ich habe so Angst vor den ganzen Prüfungen. Das heute war sicherlich nur ein Vorgeschmack und wir sind nicht alle wie du.« Sie lächelte Bree zaghaft an.

»Wie meinst du das?«

»Wir sind in der Schule einen Jahrgang unter dir gewesen und wissen, wie sportlich du bist. Du warst immer die beste Läuferin von allen. Und ich mache mir keine Illusionen, dass nicht wenigstens eine der sechs Prüfungen irgendetwas in diese Richtung sein wird.« Guinevere klang ehrlich besorgt und sofort hatte Bree das Bedürfnis, sie zu beruhigen. Gerade weil sie selbst viel zu oft von ihren Versagensängsten eingeholt wurde, konnte sie es kaum ertragen, diese Angst bei anderen zu sehen.

»Da hast du sicherlich recht, wenn man von den Berichten der letzten Teilnehmer ausgeht, aber bestimmt nicht alle. Und es muss ja nicht gleich heißen, dass du sofort draußen bist, nur weil es was mit Sport zu tun hat.« Bree verzog das Gesicht zu einem ironischen Grinsen. »Sonst wäre Blondie ja nach der Prüfung heute auch direkt rausgewesen. Immerhin ging es darum, den Charakter zu testen, und eine schlimmere Persönlichkeit als ihre ist mir schon lange nicht mehr untergekommen.«

Nun lachten sie alle drei.

»Also, wir lernen«, fügte Manila hinzu, »man kann sich immer irgendwie durchmogeln.«

»Definitiv.« Bree grinste und genoss das kurze Gefühl der Leichtigkeit.

Sie kamen zu dritt wieder auf dem Kieselweg an, der direkt zum Elfenbeinhaus führte, und Bree sah, wie eine schwarz gekleidete Person im Schatten vor dessen Fassade stand und Rauch in einer merkwürdigen Farbe in die Luft blies.

Gerade als sie erkannte, dass es Adrien war, den sie drinnen schon länger vermisst hatte, kam eine weitere Person aus dem Haus und hielt direkt auf ihn zu. Es war der Unsterbliche Ery, der sie vorhin als Einziger so vehement ignoriert hatte. Seine Körpersprache wirkte verärgert.

O je, das sah aus, als hätte Adrien sich Ärger eingefangen. Das Ganze war doch nicht wegen ihr, oder? Hätte er besser aufpassen müssen und bekam nun Probleme, weil er nicht bei ihr gewesen war?

»Geht bitte schon mal vor und sagt Delaney, dass ich sofort nachkomme«, bat sie Manila und Guinevere. Die beiden nickten und huschten die wenigen Treppenstufen hinauf ins Haus.

Bree ging langsam weiter, bis sie die beiden Männer fast erreicht hatte. Ery, dessen Körper in einem mitternachtsblauen Anzug steckte, redete nachdrücklich auf Adrien ein und sie biss sich verunsichert auf die Unterlippe.

Sollte sie etwas sagen? Ihn traf schließlich wirklich keine Schuld, obwohl er vermutlich hätte da sein müssen … Bree konnte sich nicht vorstellen, was der Unsterbliche sonst von ihrem Diener wollen könnte. Sicherlich hatten sie selbst eine ganze Entourage zur Verfügung.

Obwohl Ery mit dem Rücken zu ihr stand, drehte er sich bereits zu ihr um, als sie noch ein gutes Stück entfernt war. Seine glänzenden braunen Augen musterten sie von oben bis unten und er schien abzuwägen, ob er für sie das Gespräch unterbrechen sollte.

»Ich …«, setzte Bree an, als sie vor ihnen stand. »Ich weiß nicht, um was es geht, aber das mit dem Getränk war ganz allein meine Schuld.« Obwohl er nicht besonders nett zu ihr gewesen war, hatte Adrien es nicht verdient, ihren Fehler auszubaden. Wie hätte er das Missgeschick auch verhindern sollen?

Als ihr Diener daraufhin jedoch belustigt schnaubte und den Unsterblichen vor sich, dem er den Rauch beinahe ins Gesicht blies, gekonnt ignorierte, runzelte Bree verdutzt die Stirn.

Ery sah sie an und seine Züge wurden minimal weicher. »Bemühen Sie sich nicht, das war nicht das Problem.« Er nickte zum Abschied und verschwand so schnell wieder nach drinnen, dass Bree keine Zeit hatte, um zu verstehen, was hier vor sich ging.

»Wie kannst du dich so vor ihm verhalten?«, fragte sie Adrien entsetzt und sah dem Unsterblichen hinterher.

»Mach dir keine Sorgen, es hat nichts mit dir zu tun und er wird nicht zu deinem Prinzen Kace rennen, um sich zu beschweren.« Adriens Stimme triefte vor Ironie, und obwohl Bree in seinen Augen sehen konnte, dass ihn das Gespräch doch mehr mitgenommen hatte, als er zeigen wollte, brachten seine Worte sie zum Kochen. Ihre Ermüdung und die angeschlagenen Nerven taten ihr Übriges.

»Mein Prinz Kace?«, zischte sie.

»Ach, komm.« Adrien stieß sich von der Wand ab und begann ebenfalls, in Richtung des Eingangs zu laufen. In der Hand hielt er ein kleines silbernes Gerät, das Bree noch nie gesehen hatte und das der Verursacher des Rauches sein musste. »Jeder hat doch gesehen, dass er sofort zu dir gekommen ist. Ich gratuliere.«

Also war er doch im Saal gewesen …

Bree ballte wütend die Hände zu Fäusten. Ja, das war wirklich ein Grund, ihr zu gratulieren, und keiner, das Ganze so in den Dreck zu ziehen! »Ich danke dir vielmals«, rief sie ihm hinterher. »Entschuldige, dass ich im Gegensatz zu dir zu wissen scheine, wieso ich hier oben bin, und es nicht darauf anlege, es mir mit den Unsterblichen zu versauen!«

Adrien hielt kurz inne und warf ihr einen genervten Blick zu. »Mach dir um mich keine Sorgen, Brealynn.« Er trat durch die Eingangstüren und sie sah nur seinen Rücken in dem schwarzen Hemd, als er hinzufügte: »Das gerade war übrigens mein Bruder, der froh sein kann, dass ich mir das Ganze hier für ihn antue.«

Kapitel 6

Brees Bewusstsein kitzelte sie sanft aus ihrer Traumwelt und sie streckte schlaftrunken ihre Glieder von sich, während sie sich in der flauschigen Bettwäsche rekelte. Erst als sie zwischen ihren Wimpern hindurchblinzelte und sich ein fremder Raum vor ihr auftat, wurde sie richtig wach und riss ihre noch geschwollenen Augen auf.

O Gott, hatte sie verschlafen?

So schnell es ihr überrumpelter Körper zuließ, sprang Bree aus dem Bett. Hastig riss sie die bodenlangen Vorhänge auf und stieß ein erleichtertes Seufzen aus, als sie den goldenen Schimmer der gerade erst aufgehenden Sonne sah.

Sie gähnte herzhaft und ließ ihren Kopf kreisen, sodass der Nacken leise knackte. Niemals hätte sie gedacht, dass sie nach solch einem Abend so tief schlafen würde, doch ihr Körper hatte keine Sekunde verstreichen lassen und bei der ersten Berührung mit den weichen Laken sofort in den Ruhemodus geschaltet.

Bree öffnete die Balkontüren und sofort strömte ihr kühle Morgenluft entgegen. Obwohl sie in ihrer Unterwäsche fröstelte, trat sie nach draußen und genoss den gigantischen Ausblick, der nach und nach auch ihren Kopf klarer werden ließ. Sie sah sich um, ob noch jemand außer ihr bereits wach und draußen war, doch sie konnte keine der anderen Frauen entdecken. Mittlerweile war sie sich ziemlich sicher, dass sie als Einzige auf dieser Etage des Elfenbeingebäudes untergebracht war.

Noch weiter im Himmel als die anderen.

Bree schloss die Augen und ließ zu, dass sich ein Lächeln auf ihre Lippen schlich. Obwohl der Abend gestern eine nervenaufreibende Wendung für sie genommen hatte, war sie sich sicher, dass sie und Kace einen guten, vielleicht sogar sehr guten Start gehabt hatten. Zwar hatte sie danach keine Chance mehr gehabt, mit ihm zu sprechen, doch sie hatte mehr als einmal den Blick seiner bernsteinfarbenen Augen auf sich gespürt. Und auch jetzt sandte der Gedanke daran, dass er sich nach all den Monaten an sie erinnern konnte und sie sogar persönlich eingeladen hatte, einen kribbelnden Schauer über den Körper.

Und dann war da noch diese Sache mit Adrien gewesen …

Bree schüttelte den Kopf und ihre Haare, die bisher zu einem losen Knoten auf ihrem Kopf aufgetürmt gewesen waren, rutschten ihr in den Nacken. Wie hatte er ihr verheimlichen können, dass er der Bruder von Ery war? Wie konnte man darauf nicht stolz sein?

Vielleicht war es die Tatsache, dass er trotzdem als Diener arbeiten musste? Soweit sie wusste, taten das die Familien der Gewinner eigentlich nicht. Dafür gab es die Nachkommen der ersten Menschen, von denen Kace gestern gesprochen hatte, die Generation für Generation die Diener der Unsterblichen hervorbrachten und nur dann durch neue Mitglieder erweitert wurden, wenn sich die Blutlinien zu vermischen drohten.

Aus einem unbekannten Grund waren diese neuen Mitglieder immer nur Fremde, die die Unsterblichen in den Ortschaften hinter den Bergen fanden, und nie Städter, obwohl diese sich ein Bein dafür ausreißen würden, die Arbeit zu übernehmen. Bree hatte sich schon immer gefragt, was man den Familien erzählte, wenn ein Unsterblicher neue Diener abholte – denn außerhalb des Tals wusste ja niemand von den Inseln und ihren Bewohnern. Doch darauf konnten ihr die Geschichtsbücher bislang keine Antwort geben. Höchstens Ery könnte es wissen, denn in Anbetracht dessen, was Kace ihr gestern erzählt hatte, konnten es auch nur einstige Menschen unter den Unsterblichen sein, die sie auswählten. Denn alle anderen waren ja nicht in der Lage, die Inseln zu verlassen.

Aber wieso war Adrien für sie verantwortlich, wenn er kein geborener Diener und noch dazu mit Ery verwandt war?

Obwohl der Anblick der in tieforanges Licht getauchten Wolken sie faszinierte, fror Bree in ihrer Unterwäsche mittlerweile so sehr, dass sie wieder hineingehen musste. Doch sie ließ die Tür angelehnt, denn das Vogelgezwitscher, das immer dann an ihr Ohr drang, wenn ein kleiner Schwarm an ihrem Fenster vorbeisauste, beruhigte ihre Gedanken so sehr wie nichts anderes auf der Welt.

Beinahe wünschte sie sich nun doch, ein Zimmer zu haben, dessen Balkon zum Garten rausging. Vielleicht würde sie später noch einmal die Chance bekommen, zwischen den dichten Hecken und knorrigen Bäumen spazieren zu gehen. Und wer wusste, wie wunderschön die Flora und Fauna auf den anderen Inseln sein würde!

Bree durchquerte ihr Ankleidezimmer, um ins Bad zu gelangen, und öffnete einige Schubladen, bis sie eine kleine metallene Dose fand, deren Inhalt nach Zahnpasta aussah.

Geistesabwesend putzte sie sich die Zähne, während sie darüber nachdachte, wie das mit Adrien und Ery zusammenpasste. Ihr Diener musste noch ein Kind gewesen sein, als sein Bruder vor vierzehn Jahren den Wettbewerb gewonnen hatte und seine ganze

Familie auf die Inseln ziehen durfte. Aber wieso arbeitete Adrien als Diener? Bree hatte immer gedacht, die Familien dürften ihr Leben hier oben einfach genießen und es wirkte ganz und gar nicht so, als ob Adrien seinen Job gerne machte. Vielmehr schien er alles zu verachten, was mit dem Wettbewerb zu tun hatte.

Bree spuckte die Zahnpasta aus, wusch sich schnell das Gesicht und band sich ihre langen Haare zu einem losen Zopf zusammen. Plötzlich klopfte es an der Tür und sie fuhr erschrocken zusammen.

Jetzt schon? Es war doch noch nicht einmal richtig hell!

Panisch sah sie von ihrem Spiegelbild in Richtung der Tür und zurück.

Die Chancen waren zwar mehr als gering, aber was, wenn es einer der Unsterblichen war? Was, wenn es Kace war? Bree wusste nicht einmal, ob er einfach zu ihr kommen durfte, aber schon allein die Vorstellung, dass sie ihm so gegenübertreten müsste, jagte ihr einen kalten Schauer über den Rücken.

Es klopfte erneut, dieses Mal fester und definitiv genervter. Bree verzog überfordert das Gesicht und rannte zurück ins Ankleidezimmer, wo sie einen Morgenmantel aus cremefarbenem Satin fand, ihn hastig überwarf und den Stoffgürtel um ihre Taille band. Er verdeckte nur ganz knapp ihre Oberschenkel.

»Komme!«, rief sie dann und rannte zu der dunklen, schweren Tür, die jetzt zum Glück nicht von selbst aufging, so wie bei ihrer Ankunft. Sie griff nach dem schweren Knauf und zog gerade so fest daran, dass sie sich einen winzigen Spalt breit öffnete. »Wer ist da?«, piepste sie und ihre nackten Füße tippelten unruhig auf dem kalten Boden herum.

»Jetzt mach bitte die Tür auf, das Ding ist verdammt schwer«, schallte es ihr entgegen und Bree atmete innerlich auf, als sie Adriens Stimme erkannte.

»Warte eine Sekunde, ich bin noch nicht fertig«, sagte sie und überlegte dabei, mit welchen Handgriffen sie sich am schnellsten halbwegs ansehnlich zaubern konnte.

»Bree, glaubst du allen Ernstes, das interessiert mich? Jetzt mach endlich die verdammte Tür auf, sonst landet dein Frühstück gleich auf dem Boden.«

Das Ächzen, das diesen Worten folgte, überzeugte sie davon, Adriens Drohung ernst zu nehmen, und sie öffnete schnell die Tür. Sofort taumelte er mit einem riesigen Tablett in den Raum, auf dem eine so große Kanne stand, dass sie alleine wahrscheinlich bereits mehrere Kilos wog.

Mit großen Augen beobachtete Bree, wie er ihr Frühstück wankend auf ihrem Bett abstellte und das Ganze sofort mehrere Zentimeter in die weiche Matratze einsank. Anstelle des schwarzen Anzugs trug er heute nur eine dunkle, etwas weitere Hose und ein helles Hemd, das ein Bügeleisen vertragen könnte und am Kragen etwas zu weit offenstand, um wirklich angezogen auszu sehen.

Erst jetzt fiel Bree wieder ein, wie knapp bekleidet sie selbst war, und sofort schlang sie die Arme um ihren Oberkörper, als Adrien sich nach dem Abstellen des Tabletts zu ihr umdrehte. Sein Blick blieb etwas zu lange an ihr hängen, sodass Bree errötete und sofort einen Schritt in Richtung des Ankleidezimmers machte. »Ich … ich danke dir«, nuschelte sie. »Ich werde mich dann mal zu Ende fertig machen.«

Adrien strich sich seine lockigen Haare aus der Stirn, machte aber keine Anstalten, ihr Zimmer zu verlassen. »Warte, ich muss dir noch etwas geben«, murmelte er schließlich und kramte in seiner linken Hosentasche.

Sichtlich unwohl trat Bree von einem Fuß auf den anderen, bis er ihr endlich ein kleines, schwarzes Stoffknäuel hinhielt. Doch anstatt zu ihr zu gehen und es ihr zu geben, wartete er anscheinend darauf, dass sie zu ihm kam.

Launischer Mistkerl.

Bree verdrehte die Augen und schnappte sich den Inhalt seiner ausgestreckten Hand. Sie faltete das Knäuel auseinander und stellte fest, dass es zwei Handschuhe waren, die mit einem ihr fremden Stoff überzogen waren. »Was soll ich damit?«, fragte sie verwundert. Die Dinger waren unwahrscheinlich hässlich und würden ganz sicher nicht zu einem Kleid passen.

Doch Adrien zuckte nur mit den Schultern. »Keine Ahnung. Ich habe dir schon mal gesagt, dass wir Diener in nichts eingeweiht werden. Vielleicht sollt ihr vorher noch beim Gärtnern helfen.« Ein kleines Lächeln schlich sich auf sein Gesicht. »Das wäre das Highlight meines Tages.« Dann ging er endlich in Richtung der Tür und ließ Bree mit ihren verwundert hochgezogenen Augenbrauen im Raum stehen.

Sie sah sich das Tablett, das wirklich mit Unmengen an Essen beladen war, genauer an. Einiges kam ihr bekannt vor, anderes hatte sie noch nie gesehen. »Willst du dir davon was mitnehmen?«, fragte sie unvermittelt und deutete auf den Nahrungsberg. »Du hast es schließlich die ganzen Stockwerke hochgetragen.« Sie würde sowieso niemals alles alleine essen können und es konnte nicht schaden, sich nach ihrem schwierigen Start mit ihm gutzustellen.

Adrien drehte sich um und sah sie verwundert an. Bree hatte den Eindruck, in seinem mürrischen Blick auch eine Spur Überraschung zu erkennen. Dann sagte er: »Nein, passt schon. Ich kann um diese Uhrzeit noch nichts essen.« Er runzelte die Stirn. »Außerdem wirst du heute Energie brauchen. Kace' Cousin Bellamy wird die Aufgabe stellen und das könnte bedeuten, dass du dich auf einiges gefasst machen musst.«

Der Bellamy, mit dem Kace in der Stadt gewesen war? Aber was meinte Adrien damit? Bree hob fragend die Augenbrauen, doch er verschwand so schnell durch die Tür, als ob er bereute, was er gerade gesagt hatte. Hatte er ihr einen Hinweis gegeben?

So viel zu ›die Diener wissen von nichts‹.

Als die Tür wieder wie von selbst ins Schloss fiel, stand Bree noch immer unverändert da und drehte die komischen Handschuhe zwischen ihren Fingern hin und her. Bedeutete das, dass sie sich auf eine körperliche Aufgabe gefasst machen musste? Vielleicht waren sie zum Schutz gedacht.

Sie seufzte und entschied in Anbetracht des köstlichen Geruchs, der sich mittlerweile im Zimmer ausgebreitet hatte, dass das Fertigmachen und damit die Gedanken an die heutige Aufgabe warten konnten.

Bree warf die Handschuhe unachtsam aufs Bett und ließ sich direkt daneben in die weichen Daunen fallen. Dann inspizierte sie das randvolle Tablett und kostete die verschiedenen Leckereien, die allesamt eine Geschmacksexplosion in ihrem Mund auslösten. Das Highlight war jedoch ein kleines Küchlein, das schmeckte, als ob sie in eine süße, gezuckerte Wolke vor ihrem Fenster beißen würde.

In der Kanne befand sich eine heiße Flüssigkeit, die nach fruchtigem Tee roch, aber eine viel dickflüssigere Konsistenz hatte, die mehr an Kakao erinnerte.

Erst als Bree keinen weiteren Bissen mehr herunterbekam, stellte sich die angemessene Nervosität wieder ein. Nicht nur könnte ihr die Aufgabe heute gefährlich werden, auch das Überqueren der gläsernen Brücke zur nächsten Insel würde etwas Besonderes sein. Es war Tradition, dass die verbliebenen Teilnehmerinnen ihren Familien von der Brücke aus zuwinkten, um zu zeigen, dass sie noch dabei waren. Als Bree sich vorstellte, wie sie in wenigen Stunden dort oben stehen würde, wurde ihr ganz warm ums Herz. Sie würden alle so stolz sein!

Sie leckte ihre klebrigen Finger ab und ging hinüber zum Ankleidezimmer. Da es hier sowieso nur Kleider zur Auswahl gab, war es von vornherein ausgeschlossen, dass sie sich etwas Praktisches für eine körperliche Herausforderung anziehen würde. Vielleicht lag Adrien auch einfach falsch und es gab gar keinen Grund, sich Sorgen zu machen. Und falls doch, dann würde sie sicherlich angemessene Klamotten bekommen, wenn es so weit war.

Bree hatte sich für ein goldenes Kleid entschieden, das mit der Morgensonne um die Wette strahlte, als sie hinter Adrien herlief. Die Haare trug sie offen, denn sie wollte um jeden Preis, dass ihre Familie sie erkannte, wenn sie die Brücke überquerte.

Um sie herum erwachte trällernd der Garten zum Leben, den sie bereits jetzt vermisste, und zelebrierte genau wie sie die Verheißungen des neuen Tages. Bree konnte es gar nicht erwarten, wirklich einen Fuß auf die Brücke zu setzen und somit genau das zu tun, wovon sie jahrelang geträumt hatte.

»Kann es sein, dass wir ein wenig spät sind?«, fragte sie Adrien, als sie erkannte, dass so gut wie alle anderen Mädchen bereits vor der Brücke standen und nur noch darauf zu warten schienen, dass es losging.

»Wir sind nicht *zu* spät, also beruhige dich.« Er verlangsamte seine Schritte, sobald sie zu der Gruppe stießen, und wischte sich mit dem Handrücken über die Stirn. Der Morgen war warm und Adrien wirkte sogar noch schlechter gelaunt als sonst. Das hauchdünne Band, das sie heute Morgen geknüpft hatten, schien so plötzlich verschwunden zu sein, wie es entstanden war.

Je mehr Kontakt sie zu ihm hatte, desto sicherer war sich Bree, dass er wirklich so gar keine Lust auf das alles hier hatte. Oder genauer gesagt, dass er keine Lust darauf hatte, sich ständig um sie zu kümmern. Das Ereignis, das ihr ganzes Leben verändern könnte, schien für ihn nur lästig zu sein.

Sie sah, wie Adrien einen Blick auf die Handschuhe warf, die sie mangels einer Tasche in der Hand trug, und sein Mund zu einer schmalen, wütenden Linie wurde. Bree wollte ihn gerade darauf hinweisen, dass sie die Handschuhe ganz sicher nicht zu diesem wundervollen Kleid tragen würde, da hörte sie eine bekannte Stimme und drehte sich um.

»Wow, du siehst aus wie eine Sonnengöttin«, staunte Delaney und musterte Bree von oben bis unten.

»Ich kann das Kompliment nur zurückgeben«, sagte Bree und nahm einen der eng geflochtenen, kurzen Zöpfe zwischen die Finger, die zu beiden Seiten des Halses der hübschen jungen Frau hinunterfielen. Nur bei den komischen Handschuhen, die so gar nicht zu dem roten Kleid passen wollten, das Delaney trug, blieb sie hängen.

»Du hast sie wirklich angezogen?«

Diese zuckte mit den Schultern. »Wieso sollten sie sie uns jetzt schon geben, wenn wir sie nicht tragen sollen?«

Bree warf einen genervten Blick auf die Dinger in ihrer Hand. »Aber sie werden das schöne Outfit komplett zunichtemachen«, maulte sie und machte theatralisch einen Schmollmund. Sie blickte sich um und sah, dass nur ein paar wenige Frauen die gleiche Entscheidung getroffen hatten wie Delaney und die Handschuhe wirklich trugen.

»Viel Glück euch beiden!« Manila lief an ihnen vorbei und drückte ihnen jeweils einen schnellen Kuss auf die Wange, bevor sie ihrem Diener folgte. Bree erwiderte den Wunsch sofort. Dann blieb ihr Blick an dem fließenden, salbeigrünen Kleid hängen, das die junge Frau trug – mitsamt den Handschuhen.

»Ich bezweifle, dass man solche Details von unten erkennen kann«, sagte Delaney, der Brees Blick nicht entgangen war, nachdem sie Manila hinterhergewunken hatte. Dann trat sie einen Schritt zur Seite, um zu sehen, ob sich am Anfang der Gruppe etwas tat. »Hast du Guinevere schon entdeckt?«

»Nein, ich bin gerade erst gekommen. Aber sie ist sicherlich irgendwo da vorne.«

Falls Delaney recht hatte und sie die Handschuhe wirklich jetzt schon brauchten, würde Bree es sich selbst nicht verzeihen, wenn sie nur aus Eitelkeit einen dummen Fehler machte. So etwas konnte sie Mädchen wie denen da drüben überlassen. Sie schielte mit schmalen Augen zu Blondie.

»Na gut, ich sehe es ein«, sagte sie und streifte sich die Handschuhe über die Finger. Wenigstens passten sie perfekt und schmiegten sich eng an ihre Haut.

Im Gegensatz zu gestern Abend hielt Adrien sich dieses Mal betont deutlicher in ihrer Nähe auf und folgte ihnen sogar direkt, als sie etwas weiter nach vorne in Richtung der Brücke gingen, die im Licht der Sonne glitzerte, als bestünde sie aus Kristallen.

Bree hätte liebend gerne einen Blick nach unten auf die Stadt geworfen, um zu sehen, wie viele Menschen dort versammelt waren. Doch von hier aus konnte man noch nicht über die Kante schauen. Sie musste sich also gedulden, bis sie wirklich auf der Brücke war. Bereits jetzt konnte sie vor Aufregung kaum stillstehen und trat ständig von einem Fuß auf den anderen.

Plötzlich tat sich etwas, und als eine der Teilnehmerinnen in Richtung der nächsten Insel zeigte, folgten siebzehn Augenpaare ihrem Finger. Und tatsächlich, von da drüben kam jemand zu ihnen herübergelaufen. Jubel drang von unten herauf und Brees

Herz machte einen Satz. Die Stadtbewohner waren wirklich da, um sie zu anzufeuern. Und konnte das da drüben Kace sein?

Sie kniff die Augen zusammen, um weniger von der Sonne geblendet zu werden, doch als der Mann der Menge unten zuwinkte, war sie sich ziemlich sicher, dass es nicht Kace, sondern Bellamy war, von dem Adrien vorhin gesprochen hatte. Im Gegensatz zu der eleganten Ruhe, die Kace gestern ausgestrahlt hatte, war dieser Unsterbliche hier viel energetischer und joggte beinahe über die gläserne Brücke. Obwohl er angeblich damals mit Kace in der Stadt gewesen war, hatte Bree ihn noch nie gesehen – daran hätte sie sich erinnert.

Je näher er kam, desto stiller wurde es um sie herum, und alle warteten gebannt darauf, dass er ihnen die Erlaubnis geben würde, die Brücke zu überqueren.

»Meine Damen!« Der junge Mann mit den schulterlangen dunklen Haaren breitete mit einem Grinsen auf dem Gesicht die Arme aus und blieb nur wenige Meter vor ihnen in der schwindelerregenden Höhe stehen, als ob er gar nicht bemerken würde, dass es einen Schritt in jede Richtung nur noch freien Fall gab. »So ein Anblick am frühen Morgen, womit habe ich das verdient?«

Unter den Frauen machte sich Gekicher breit und Bree konnte es ihnen nicht verdenken. Bellamy hatte einen Körper, der nur aus breiten Schultern und schmalen Hüften zu bestehen schien, und wirkte mit seinen langen Haaren wie ein Frauenschwarm. Doch irgendetwas an ihm sorgte dafür, dass Bree die Begeisterung der anderen nicht teilen konnte. Vielleicht war es auch die Art, wie Adrien den Unsterblichen musterte, die sie dazu veranlasste, ihm gegenüber misstrauisch zu sein.

Bellamy fuhr fort: »Wobei, ich weiß es doch. Es ist die Tatsache, dass ich der Cousin des wundervollen Kace bin, wegen dem ich jetzt hier stehen und euch in Empfang nehmen darf.«

Seine dunklen Augen funkelten und im Gegensatz zu den anderen Unsterblichen, denen Bree bisher begegnet war, schien er sich wirklich außerordentlich darüber zu freuen, heute für sie verantwortlich zu sein. »Und ich habe vor, meine Aufgabe sehr ernst zu nehmen.« Er ließ sein Lächeln über die Frauen vor ihm wandern. »Ich will nicht nur herausfinden, wer von euch am besten zu meinem lieben Kace passt, ich will auch jetzt schon dabei helfen, euch auf das Leben hier oben vorzubereiten. Schließlich könnte es jede von euch werden.«

Bree warf einen kurzen Blick hinüber zu Delaney, doch auch sie hing gebannt an Bellamys Lippen.

»Aber zuerst …« Der Unsterbliche rieb sich freudig die Hände. »… kommt das, worauf ihr euch sicherlich schon den ganzen Morgen freut. Quasi euer Siegeszug.« Er drehte seinen Oberkörper zur Seite und deutete mit einem ausgestreckten Arm auf die Brücke. »Wobei, nachdem mir Calliope erzählt hat, was die erste Aufgabe war, ist es wohl eher ein Beweis dafür, dass ihr keine Arschlöcher seid, als ein wirklicher Sieg.«

Die Mädchen lachten, doch Bree schluckte schwer, da Bellamys Grinsen sich kurz an ihr festbiss.

»Alles Weitere, wenn wir auf der nächsten Insel sind.« Er machte ein paar Schritte zurück auf die Brücke und seine schwarzen, glänzenden Schuhe klackerten auf dem Glasboden. Sofort begann die Menge unten wieder, sich bemerkbar zu machen. »Genießt den Moment, er gehört ganz euch. Meine einzige Bitte ist, dass ihr nacheinander und mit euren Dienern gemeinsam hinübergeht, damit alles seine Ordnung hat.«

Bellamy begann, die Brücke wieder zurückzulaufen, und Bree hielt die Luft an, als die erste Frau mitsamt ihres Dieners ihm folgte. Sie erkannte Manila und innerlich feuerte sie sie an. Gleich würden sie unten in der Stadt sicherlich ausrasten.

»Ich kann meine Dienerin nicht sehen«, murmelte Delaney verunsichert und reckte suchend den Kopf.

»Wie sieht sie denn aus?«, fragte Bree abwesend, während sie ihren Blick nicht von den ersten Frauen abwenden konnte, die vorsichtig einen Fuß vor den anderen setzten und starr nach unten sahen. Im ersten Moment musste die durchsichtige Brücke mehr als einschüchternd sein.

»Blonde Haare, relativ klein«, sagte Delaney und langsam klang sie nervös.

Plötzlich ertönte eine fremde Stimme direkt neben ihnen und beide zuckten zusammen. »Ich werde Sie hinüberbegleiten, Miss Taylor.« Ein Mann um die vierzig hatte sich zu ihnen gestellt und sprach Delaney an.

Diese sah völlig perplex aus. »Aber, aber Lylah war doch gerade noch da«, sagte sie und sah sich immer noch suchend um.

»Sie wird drüben wieder zu uns stoßen, sie ist nur für den Moment verhindert.« Der Mann lächelte ihr freundlich zu und Delaney nickte wenig beruhigt.

Als Manila circa die Mitte der Brücke erreicht hatte und der Jubel von unten deutlich anschwoll, kribbelte Brees Haut vor Vorfreude. Langsam rückten sie immer weiter nach vorne und gleich würde sie an der Reihe sein.

Sie warf einen Blick zu Adrien, der still neben ihr stand. Zwar ärgerte es sie, dass sein Blick so verbissen war und er ihrer Laune damit einen kleinen Dämpfer versetzte, doch eigentlich war es egal. Er musste nur hier sein, damit sie hinübergehen durfte.

»Ich glaube, mir wird gleich schlecht.«

Bree drehte sich zu Delaney um und konnte nicht verhindern, dass sie lachen musste. »Du nimmst an einem Wettbewerb teil, dessen Ziel es ist, über den Wolken leben zu dürfen, und du hast Höhenangst?«

»Gott bewahre«, brummte Adrien neben ihr, doch Bree ignorierte ihn und sah stattdessen zu Delaney, die das Gesicht verzog.

»Hatte ich nicht erwähnt, dass ich eigentlich nicht geplant hatte, hier hochzukommen?«, sagte sie mit piepsiger Stimme und fingerte nervös an ihren eng geflochtenen Zöpfen herum.

Doch ihr Gespräch verstummte, als sich zwischen Bree und der Brücke kein weiterer Körper mehr befand und sie freie Sicht auf die Weite des Himmels hatte, die alles war, was sich zwischen den beiden Inseln befand. Abgesehen von den anderen Frauen natürlich, die schon auf der Brücke waren, winkten und Kusshände nach unten warfen. Bree konnte gar nicht in Worte fassen, wie sehr sie sich auf diesen Moment freute. Sie reckte den Hals, um einen Blick auf die andere Seite zu erhaschen, doch es war zu voll vor ihr. Sie konnte nur erkennen, dass die nächste Insel etwas größer als diese zu sein schien und ebenfalls von Grün dominiert wurde.

Und dann war es so weit.

»Bist du bereit?«, fragte Adrien und kurz sah es so aus, als ob er ihr seine Hand hinstrecken wollte, doch dann schüttelte er nur den Kopf.

»Mehr als bereit«, flüsterte Bree und warf der offensichtlich leidenden Delaney noch einen aufmunternden Blick zu, bevor sie einen Fuß auf die Brücke setzte.

Während der ersten vorsichtigen Schritte wagte sie es nicht, ihre Augen von dem durchsichtigen Glas abzuwenden und versicherte sich bei jeder Berührung mit dem Untergrund, dass er halten würde. Doch nach ein paar Metern wanderte ihr Blick ein wenig zur Seite und sie sah die Flut an Leuten, die die Straßen der Stadt unter ihr überschwemmte. Die Zuschauer mussten vor Freude springen und sich anrempeln, denn das Menschenmeer wogte hin und her, während sein Rauschen als Jubel hier im

Freien noch ungefilterter an ihre Ohren drang.

In ihrer Vorstellung hatte sie immer gewunken und gestrahlt wie die anderen, wenn sie über die Brücke gelaufen war, doch jetzt kamen ihr nur die Freudentränen, die sie schnell mit ihrem Handrücken wegwischte. Irgendwo da unten applaudierten ihre Familie und Zoela und sie waren sicherlich stolz auf sie. Und Bree würde sie weiterhin stolz machen, indem sie von einer Insel auf die andere zog.

Sie atmete tief durch und ließ dann zu, dass das Strahlen in ihrem Inneren nach außen drang. Die Brücke war breit genug, dass Adrien direkt neben ihr gehen konnte. Brees goldenes Kleid wehte ihr um die Beine, als sie sich mutig ein wenig umdrehte, um zu sehen, ob Delaney hinter ihr war. Als sie sie nur wenige Schritte von sich entfernt mit kalkweißem Gesicht, aber dennoch einem verhaltenen Lächeln auf den Lippen sah, wurde ihr eigenes Grinsen noch breiter. Nach ihnen kamen nur noch drei weitere Mädchen mit ihren Dienern, dann würden sie alle gleichzeitig auf der Brücke sein, denn wenn sie es richtig sah, war sie so lang, dass sogar Manila noch nicht die nächste Insel erreicht hatte.

Bree spreizte ihre Arme ein wenig vom Körper ab und genoss das Gefühl der Freiheit, das sie unwillkürlich ergriff, als der Wind ihr sanft um den Körper wehte. Sie spürte Adriens Blick auf sich und wollte sich gerade vergewissern, dass er wenigstens jetzt, in diesem einzigartigen Moment, lächelte, da wurde die Luft um sie herum von einem schrillen Pfeifen durchbrochen.

Bree blickte nach unten, weil sie sofort annahm, dass es aus der Stadt kam, doch gerade als sie realisierte, dass es dafür viel zu nah gewesen war, spürte sie eine Hand an ihrem Körper. Ihr Mund öffnete sich erschrocken, als sie zur Seite gedrängt wurde, und sie versuchte hektisch, einen Fuß unter ihren Schwerpunkt zu bringen, um nicht zu stolpern. »Was …?«, rief sie panisch, doch anstelle von Halt bekam sie den nächsten Stoß und schrie auf, als die Angst zu fallen mit lähmender Macht über sie hinwegrollte.

Adriens Hand schloss sich wie ein Schraubstock um Brees Arm, während er ihr mit der anderen einen so heftigen letzten Stoß gegen die Hüfte verpasste, dass Bree unabwendbar ihr Gleichgewicht verlor und ihr Fuß über den Rand der Brücke glitt.

Wollte er sie umbringen?

Panik floss eisig durch ihre Adern und bohrte sich in ihr Herz, das durch den freien Fall, der sie für eine Millisekunde ergriff, nach unten rutschte. Doch kurz bevor sie wirklich in den Abgrund stürzte, spürte sie einen unglaublichen Druck auf ihrem Arm, der ihr beinahe das Schultergelenk auskugelte.

Adrien hielt sie an einer Hand fest.

Bree gab ein verzweifeltes Wimmern von sich, als sie spürte, wie ihr Körper hin- und herschwankte.

»Greif die Brücke«, stieß ihr Diener zwischen zusammengebissenen Zähnen hervor.

Doch die Worte kamen nicht in Brees Kopf an. Wieso tat Adrien das?

»Verdammt, Bree, halt dich fest, oder der Wettkampf ist vorbei!«, rief er und verzog dabei unter der Anstrengung, ihr ganzes Gewicht mit einem Arm zu halten, das Gesicht. »Nur festhalten, sonst nichts!«

Der Wettkampf?

Brees Blick zuckte nach rechts. Und tatsächlich, die ganze Brücke neben ihr war erfüllt von dem Betteln und Flehen der anderen Mädchen, die ebenfalls heruntergestoßen worden waren.

Und dann verstand sie endlich und zwang ihre behandschuhten Hände dazu, sich um den Rand der Brücke zu schließen. Ihre Finger krallten sich um die Kante wie Schraubstöcke, doch ihr Herzschlag setzte trotzdem kurz aus, als Adrien ihr einen letzten, schmerzerfüllten Blick zuwarf und dann seinen Griff um ihr Handgelenk löste.

Sie realisierte, dass sie nur von ihren eigenen Händen gehalten von der Brücke baumelte, und ihr ganzer Körper zitterte vor Angst. Das war die zweite Aufgabe …! Wie konnte Bellamy ihnen das antun?

Ihr Atem ging schneller, als ein Windstoß an ihrem Körper zerrte, und sie musste die Augen schließen, um sich zu beruhigen. Sie konnte das, sie konnte das. Die Handschuhe waren besonders und hafteten fest an der Brücke. Wenn ihre Arme durchhielten, würde sie nicht fallen.

Sie würde es schaffen.

Delaney! Was war mit Delaney?

Brees Kopf zuckte nach links, wo sich nur wenige Meter entfernt ihre Freundin mit aller Kraft an die Brücke klammerte.

»Alles ist gut, Delaney! Halt dich einfach fest!«, rief Bree so laut sie konnte zu ihr hinüber und versuchte dabei alle Angst aus ihrer Stimme zu verbannen.

Plötzlich schrie eines der anderen Mädchen auf, und gerade als Bree ihren Kopf drehte, um zu sehen, was geschehen war, sah sie einen schmalen Körper in einem aufgebauschten Kleid in die Tiefe fallen.

O mein Gott! O mein Gott! Niemand würde sie retten, wenn sie sich nicht mehr halten konnte.

Nur wenige Sekunden später rutschte ein Mädchen zwei Plätze weiter rechts von ihr mit einem schmerzerfüllten Aufschrei immer weiter ab und dieses Mal riskierte es Bree mit klopfendem Herzen, ihren Kopf so weit zu drehen, dass sie den Sturz beobachten konnte. Der Körper in dem schwarzen Kleid fiel, begleitet von den Schreien der Menge unter ihnen, ein ganzes Stück in die Tiefe, bis die junge Frau an einer unsichtbaren

Grenze verschwand. Sie war einfach weg.

Es musste ein Zauber der Unsterblichen sein. Sie würden niemals zulassen, dass sie wirklich auf dem Boden aufprallten. Oder?

»Bree, ich kann das nicht! Ich kann nicht ...!« Delaneys Schluchzer drangen trotz der Geräuschkulisse um sie herum klar an ihr Ohr.

»Doch, du kannst das, wir haben die Handschuhe an!« Noch während Bree das sagte, spürte sie selbst, wie sich langsam ein stechender Schmerz in ihren Schultern und Unterarmen ausbreitete. »Und wenn es nicht mehr geht, dann lass einfach los, dir passiert nichts!«

Bree atmete zittrig ein und blickte in der Hoffnung, Adriens Gesicht zu sehen, nach oben, doch da war niemand. Sie war ganz allein dafür verantwortlich, ob sie es schaffte.

»Nein, ich kann nicht loslassen, das geht nicht«, schluchzte Delaney und ihre Stimme war die pure Verzweiflung.

Immer häufiger ertönte der spitze Schrei eines Mädchens, das sich nicht mehr hatte halten können. Sicherlich waren es diejenigen, die die Handschuhe nicht getragen hatten.

Bree schloss die Augen, um nicht an den Schmerz in ihren Armen zu denken, und biss sich auf die Lippe, bis sie Blut schmeckte. Lass es vorbei sein. Lass es einfach vorbei sein. Ihre Beine baumelten leicht in der frischen Brise, wodurch es noch schwieriger war, sich zu halten.

Verdammt, so würde sie diesen Wettkampf nicht verlassen!

Delaneys immer lauter werdende Schluchzer drangen an ihr Ohr und steigerten den Horror der Situation noch weiter.

Plötzlich hörte sie, wie einige der Mädchen, die genau wie sie noch an der Brücke hingen, zu rufen begannen. Und kurz darauf erkannte sie auch, warum.

Es war Bellamys Stimme, die über ihren Köpfen schwebte und

sagte: »Los, Kace, such dir jemanden aus, den du erlösen willst.«

Kace war hier?

Brees Herz zog sich hoffnungsvoll zusammen. Was meinte Bellamy mit erlösen? Konnte Kace die zweite Prüfung für sie beenden?

Wie auf Kommando tauchte sein schönes Gesicht in ihrem Blickfeld auf und Bree kamen beinahe die Tränen, als sie erkannte, dass auch seine Züge zu einer starren Maske verzogen waren. Er mochte nicht, was Bellamy hier mit ihnen veranstaltete, wie er sie leiden ließ …

Und in seinen hellen, bernsteinfarbenen Augen konnte sie sehen, dass er sie auswählen würde.

Kace öffnete gerade den Mund, da rief Bree unter ihm: »Nein!«

Seine geschwungenen Brauen verzogen sich verwundert und Bree musste kurz die Augen zukneifen und genügend Luft für ihren nächsten Satz sammeln, um den Schmerz in ihren Armen beim Sprechen unter Kontrolle zu bringen. »Nicht mich, nimm Delaney!« Sie deutete mit ihrem Kopf nach links und sendete Stoßgebete an ihre Hände, dass sie sich nicht öffnen und somit diesen Satz zum größten Fehler ihres Lebens machen würden.

Kurz sah Kace so aus, als wollte er ihr widersprechen, doch dann folgte er ihrem Blick und sah, wie verzweifelt Delaney schluchzte. Ein Funke des Verstehens huschte über sein Gesicht. Schnell überwand er die Entfernung zu ihrer Freundin und streckte einen langen Arm nach unten, um Delaneys Handgelenk zu greifen. Mit einer fließenden Bewegung zog er sie nach oben und erlöste sie von ihrem Elend. Als Bree sah, wie Delaney völlig fertig auf der Brücke in sich zusammensank, ehe Bellamy sie unsanft nach oben zog und auf die andere Seite führte, wusste sie, dass sie das Richtige getan hatte.

Bevor Kace den beiden mit ernster Miene folgte, blickte er

noch einmal zu Bree über den Rand und sagte: »Wage es ja nicht, loszulassen, Brealynn.«

Und obwohl Bree eine Träne in den Augenwinkel trat, weil sie nicht wusste, wie sie das schaffen sollte, nickte sie und sah zu, wie er wieder verschwand.

Die nächsten Sekunden verschwammen in ihrem Kopf zu einem Wirbel aus Schmerzen. Schmerzen in ihren Schultern. Schmerzen in ihren Unterarmen. Schmerzen in ihren Fingern, die in dem engen Stoff der Handschuhe zu glühen schienen, und Schmerzen in ihrem Herzen, weil sie es sich nicht verzeihen würde, ihr Versprechen zu brechen.

Als sie endlich Adriens Hand an ihrem Arm spürte, war ihr Körper bereits so taub, dass sie kaum wahrnahm, wie sie nach oben gezogen wurde. Sie kam mit den Knien auf der Brücke auf und konnte nicht anders, als ihr Gesicht in den Händen zu vergraben und zu schluchzen.

»Du musst aufstehen, Bree.«

Sie hörte die Worte und nahm wahr, wie Adrien sanft an ihrem Arm zog, doch sie zitterte so sehr, dass sie sich nicht rühren konnte.

»Ich zweifle zwar nicht daran, dass dich dein Prinz gerne eigenhändig aufs Zimmer tragen würde, aber so wie es aussieht, darf er nicht herkommen.«

Bree schaffte es, ihren tränenverschmierten Blick nach oben zu richten und Adrien zu finden, der wiederum zum anderen Ende der Brücke sah. Der Wind riss immer noch heftig an ihren Haaren und eine kräftigere Böe ließ sie so sehr zusammenzucken, als ob man sie geschlagen hätte.

»Ich kann keine Sekunde länger hierbleiben. Bitte, bring mich weg«, flüsterte sie und war trotz dieser Worte kurz davor, sich einfach an Ort und Stelle zusammenzurollen und liegen zu bleiben. Wenn sie sich nicht bewegte, konnte sie auch unmöglich fallen, oder?

»Das habe ich vor, aber dafür musst du aufstehen«, presste ihr Diener zwischen zusammengebissenen Zähnen hervor, und ehe Bree Gegenwehr leisten konnte, hievte er sie auf die Füße und legte einen Arm um ihre Taille.

Sobald es wieder von Brees butterweichen Beinen abhing, ob sie den Weg durch die Luft schaffte, erfasste sie Panik und ihre Hände zitterten wie Espenlaub. Ohne die anderen Frauen darauf sah die gläserne Brücke endlos lang aus. »Ich kann nicht … ich …«, stammelte sie und krallte die Finger in Adriens Ärmel.

»Das Netz ist immer noch da«, sagte er und schob sie langsam vorwärts. »Sogar falls wir fallen, würde nichts passieren.«

Falls wir fallen … Er würde sie nicht noch einmal alleine in die Tiefe rauschen lassen.

»Abgesehen davon habe ich da auch keine große Lust drauf, also lass uns bitte einfach laufen«, grummelte Adrien vor sich hin und stützte sie den Rest des Weges mit seinem Körper, sodass sie kaum selbst vorwärtsgehen musste.

Als sie das Gras auf dem Boden der zweiten Insel vor sich sah und auch die Unsterblichen sowie zwei andere Frauen, die dort auf sie warteten, löste sich der Knoten in Brees Magen so plötzlich, dass ihr erneut schlecht wurde. Oder es kam davon, dass sie Bellamy ansehen musste. Wie hatte er ihnen das antun können?

»Danke«, flüsterte sie leise.

»Vergiss nicht, dass ich dich erst heruntergestoßen habe.« Adriens Stimme klang beinahe wütend.

Bree sah ihn verwundert an. »Weil du musstest«, fügte sie hinzu.

Er senkte den Kopf und kam ihr so nahe, dass sie seinen Atem an ihrer Wange spürte. »Ich hätte dich warnen können.«

Bree schauderte. Wollte er nicht, dass die Unsterblichen ihn hörten?

Sie traute sich nicht, ihm zu antworten, weil sie ihnen immer näher kamen, doch wenn sie an den heutigen Morgen zurückdachte, realisierte sie, dass Adrien das eigentlich getan hatte. Seine Stimmung und das, was er über Bellamy gesagt hatte, hätten ihr Hinweis genug sein können, was die Art der Prüfung anging …

»Ich bin beeindruckt.«

Bellamy höchstpersönlich kam auf sie zu und sofort versteifte Bree sich. Reflexartig wollte sie sich von ihrem Diener lösen, um nicht schwach zu erscheinen, doch er lockerte seinen Griff nicht und zwang sie somit, sich weiterhin von ihm stützen zu lassen. Schon alleine ihr Arm, der auf seiner Schulter lag, löste unglaubliche Schmerzen in ihrem Gelenk aus und Bree war immer noch so schwindelig, dass sie vermutlich sowieso nicht alleine hätte stehen können.

»Erst die Rettung ausgeschlagen und dann noch bis zum Ende durchgehalten, Hut ab.« Er lupfte mit einem breiten Grinsen eine imaginäre Kopfbedeckung und Bree hätte sich am liebsten vor seine Füße übergeben, so sehr ekelte sein Verhalten sie an.

Schnell richtete sie ihren Blick auf Kace, der ebenfalls herübergekommen war, aber zum Glück weitaus weniger euphorisch aussah.

»Ich bin sehr froh, dass du es geschafft hast«, sagte er nüchtern und musterte kurz Adrien an ihrer Seite, als missfiele es ihm, wie eng er sie stützte. »Dein Diener wird dich auf das neue Zimmer bringen, damit du dich ausruhen kannst, und dir etwas gegen die Schmerzen geben.«

Plötzlich kam Bree eine Frage in den Sinn, die ihr unglaublich wichtig erschien. »Haben Guinevere und Manila es geschafft?«

Kace runzelte kurz verwundert die Stirn. »Ich glaube, die Bäckerin nicht. Wieso ist das wichtig für dich?«

›Die Bäckerin‹? Bree stiegen die Tränen in die Augen und sie musste kräftig schlucken. Gestern noch hatte sie Guinevere versichert, dass auch sie die sportlichen Prüfungen schaffen könne. Nun fühlte es sich an, als ob sie sie belogen und im Stich gelassen hätte. Und obwohl Bree wusste, wie irrational dieser Gedanke war, begann sie wieder zu zittern.

»Kace, komm jetzt!« Die Stimme seines Vaters hallte zu ihnen herüber und Kace' Kopf zuckte kurz zur Seite, bevor er und Bellamy sich mit einem Nicken verabschiedeten.

Bree stieß mit bebenden Lippen die Luft aus und sah sich um. Neben ihr stützte eine Teilnehmerin mit hellbraunen Haaren, die ihr gestern kaum aufgefallen war, die Hände auf den Oberschenkeln ab. Sie schien ebenso fertig zu sein wie sie selbst.

»Diese Prüfung gerade war einfach irrsinnig.« Es scherte Bree nicht, ob Bellamy sie noch hören konnte. Sollte er ruhig …

»Definitiv, aber wir haben es geschafft.« Die junge Frau rang sich ein Lächeln ab, das Bree zaghaft erwiderte.

Wenige Meter von ihnen entfernt stand noch eine großgewachsene Teilnehmerin mit dunkler Haut und kurzen Haaren, doch sonst war wirklich niemand mehr da. Unmöglich konnten alle, die gefallen waren, automatisch ausgeschieden sein. Wo zogen sie die Grenze, wer zurück in die Stadt musste? Bree konnte kaum in Worte fassen, wie froh sie war, wenigstens Delaney davor gerettet zu haben.

»Lillith, folge mir bitte.« Eine Dienerin sprach die junge Frau neben Bree an und diese nickte ihr noch einmal zu, bevor sie der Bitte nachkam.

Auch Adrien ließ keine Zeit mehr verstreichen und führte Bree zu ihrem neuen Haus, das nur ein Stück weiter im Inneren der Insel lag. Als sie das kleine, von Pflanzen überwucherte Gebäude erreichten, musste sie sich so schwer auf ihn stützen, dass sie das Gefühl hatte, sie würden gleich beide stürzen. Doch Adrien beschwerte sich nicht und ließ sie nicht los, bevor sie sich auf ihr Bett fallen lassen konnte.

Kapitel 7

Brees Unterlippe zitterte und sie vergrub so lange ihre Zähne in dem weichen Fleisch, bis sie wieder einen halbwegs klaren Gedanken fassen konnte.

Sie würde verdammt noch mal nicht heulen! Weil das hier alles war, was sie jemals gewollt hatte. Weil sie die Prüfung bestanden hatte und Kace sie sogar vorzeitig gerettet hätte, wenn Delaney nicht gewesen wäre.

Doch sie fühlte sich einfach nur furchtbar und irgendwann reichte ihre Willenskraft nicht mehr aus, um zu verhindern, dass ihr die Tränen über die Wangen kullerten.

Sie hob eine Hand und wischte sich so fahrig übers Gesicht, dass sie ihre Haare durch die Tränenspur zog. Im Gegensatz zu den Schmerzen in ihrer Schulter trat das dadurch entstandene nervige Kitzeln jedoch weit in den Hintergrund. Sofort bereute Bree die unüberlegte Bewegung und ließ den Arm mit einem unterdrückten Stöhnen wieder sinken. Obwohl Adrien ihr direkt nach der Prüfung ein merkwürdiges Getränk gegeben hatte, das bis morgen angeblich alle Schmerzen verschluckt haben sollte, fühlten sich ihre Schultern wie ausgekugelt an.

Aber natürlich sollte sie so schnell wie möglich wieder fit sein, damit der nächste Unsterbliche sich an ihnen austoben konnte …

Brees Finger krallten sich in die Bettdecke und sie presste den weichen Stoff auf ihre Augen. Diese Gedanken waren so unnütz. Was hatte sie erwartet? Sie war nicht hier, um sich verwöhnen zu lassen und in schönen Kleidern über die Inseln zu tanzen. Sie war hier, um sich zu beweisen.

Doch sie wurde das Gefühl nicht los, dass Bellamy diese zweite Aufgabe nur genutzt hatte, um sie zu schikanieren. Oder würde alles, was jetzt noch kam, so werden? Das würde sie nicht durchhalten.

Vor ihrem inneren Auge formte sich sofort die Erinnerung an Delaneys panischen Gesichtsausdruck und Bree konnte nur beten, dass es ihr wieder etwas besser ging. Das Erlebnis musste für ihre Freundin die Hölle gewesen sein und sie konnte sich nicht vorstellen, dass die Unsterblichkeit Bellamy jegliches Gefühl für derartige Ängste geraubt hatte. Und ihn würde sie ihr ganzes restliches Leben lang – die Ewigkeit lang – sehen müssen, falls sie gewinnen sollte.

Mit einem frustrierten Schnauben riss Bree die Decke wieder nach unten. Nein, sie würde die Ewigkeit mit Kace verbringen. Kace, dem man deutlich angesehen hatte, was er von dem hielt, was sein Cousin ihnen angetan hatte. Kace, der so etwas sicherlich niemals veranlasst hätte.

Wie viele von ihnen würden übrig sein, um um ihn zu kämpfen? Wenn sie alle nach Hause schickten, deren Hände sich geöffnet hatten, dann nicht mehr viele. Ohne die Handschuhe war es praktisch unmöglich gewesen. War das der Sinn der Prüfung gewesen? Über den Schatten der Eitelkeit zu springen und darauf zu vertrauen, was die Diener einem rieten?

Bree stand auf und schüttelte den Kopf. Nein, Bellamy hatte sie einfach nur drangsalieren wollen. So ein Wettbewerb war für eine Persönlichkeit wie seine, die auch noch in der Unendlichkeit gefangen war, sicherlich ein spaßiger Zeitvertreib.

Doch sie würde nichts daran ändern können. Das Einzige, was sie tun konnte, war Kace zu beweisen, dass sie das alles für ihn und den Traum von ihrer gemeinsamen Zukunft durchstehen würde. Und jetzt musste sie diesen Raum verlassen, bevor sie sich komplett in ihren negativen Gedanken verstrickte.

Brees nackte Füße tapsten über den dunklen Holzboden und den wild gemusterten Teppich, bevor sie ins Bad gelangte. Ihr neues Zimmer war ganz anders als das alte, doch gerade war sie dankbar für die heimelige Atmosphäre. Dennoch musste sie raus an die frische Luft, obwohl sie sich nicht einmal sicher war, ob sie das durfte. Sie wusste nur, dass das Gefühl, das sie hier oben am meisten liebte, das Gefühl war, fliegen zu können, wenn sie beim Laufen die Arme ausbreitete und den Wind darunter greifen ließ. Doch dieses Gefühl war gerade ganz weit weg und konnte ihr nicht helfen, ihren Kopf wieder mit der gleichen unbändigen Freude wie bei ihrer Ankunft zu füllen. Im Gegenteil, fliegen war heute zu fallen geworden …

Bree riss den Kleiderschrank auf, der im Vergleich zu dem vorigen winzig war. Darin befanden sich nur ein paar lange Hosen in schlichten Farben und enge Oberteile, die an ihr sitzen würden wie eine zweite Haut, sowie ein einziges weißes Kleid aus einem fließenden Stoff.

Diese geringe Auswahl bestätigte das, was Adrien ihr versichert hatte: dass heute nichts mehr geschehen würde und sie erst morgen auf die nächste Insel gebracht würden. Bei der Erinnerung an seinen Blick, als er ihr gesagt hatte, sie solle den Rest des Tages nutzen, um sich auszuruhen, wurde ihr klar, wie dankbar sie ihm war. Er hatte versucht, sie zu warnen, und nun konnte sie seine Laune, kurz bevor sie gemeinsam die Brücke überquert hatten, auch verstehen. Da hatte er schließlich schon gewusst, dass ihm gleich die ehrenvolle Aufgabe zuteilwerden würde, sie über den Rand zu stoßen.

Ein kalter Schauer lief Bree über den Rücken und sie zerrte schnell eine lange beige Hose sowie ein passendes Oberteil aus dem kleinen Holzschrank. Wie erwartet passten sich die Sachen perfekt an ihren Körper an und würden zum Laufen taugen.

Als Bree vor die verschnörkelte Tür trat, dachte sie, dass diese erneut von selbst aufschwingen würde, doch nichts rührte sich. Kurz überkam sie ein beklemmendes Gefühl und sie erwartete beinahe, dass sie abgeschlossen war, als sie hastig an dem metallenen Türgriff riss. Doch zu ihrer großen Erleichterung gab sie ihrem Zerren nach und schwang nach innen auf.

Das Haus, in dem sie dieses Mal untergebracht waren, war deutlich überschaubarer als das letzte und ähnelte beinahe den Gebäuden unten in der Stadt. Nach kurzer Zeit hatte Bree die Eingangstür erreicht, ohne irgendjemandem begegnet zu sein. Sowieso wirkte alles wie ausgestorben. Auch die anderen Mädchen schienen über den Schock von Aufgabe zwei ihre Euphorie verloren zu haben.

Als Bree aus der Eingangstür hinaustrat, brauchte sie eine Sekunde, um sich zu orientieren.

Wenn sie nach links sah, konnte sie zwischen den dicht wachsenden Bäumen mit dem breiten Blätterdach das Funkeln von Lichtern erkennen und es schien, als ob sich in einiger Entfernung mehrere große Häuser im beinahe tropisch anmutenden Wald versteckten. Pflanzen wie hier kannte Bree nur aus Büchern, doch sie wusste, dass es in anderen Teilen der Welt, vielleicht sogar gar nicht so weit weg von ihrer Stadt, ähnlich aussah. Menschen oder Unsterbliche konnte sie jedoch nicht erkennen, was ihr für ihre Mission aber gerade gelegen kam.

Brees Haut fühlte sich klamm an und sie zerrte ihren Zopf

noch einmal fester, damit ihr ja keine Haare im Gesicht hingen. Die Luft war genauso aufgeladen wie ihre Stimmung und Bree konnte es kaum erwarten, ihren Körper in Bewegung zu bringen und ihren Gedanken davonzulaufen. Also wandte sie sich in die entgegengesetzte Richtung und es dauerte nicht lange, bis sich unter ihren Füßen kein Pflaster mehr, sondern Erde befand.

Bree lief einfach blindlings in den dichten Wald hinter ihrem Haus, der von seiner Struktur her wie der wilde Gegenpart zu der wundervollen, kultivierten Pflanzenwelt der anderen Insel wirkte. Von der Berührung unzähliger Füße hatte sich ein schmaler Weg geformt, dem sie nun intuitiv folgte, doch die Natur um sie herum war so dicht, dass sie sich trotzdem fühlte, als wäre sie der einzige Mensch auf dieser Insel. Der Farn auf dem Boden war von einem satten Grün und die wurzeligen Bäume schossen dem Himmel entgegen, dem sie hier oben so viel näher sein durften. Überall um sie herum zwitscherten Vögel und die lebhaften Geräusche der unbesorgten Tiere ließen ihr Herz sofort wieder weicher werden.

Wenngleich Bree ein beachtliches Tempo anschlug und sich nur so sehr zurückhielt, dass sie auf dem unebenen Terrain nicht stolperte, verlangsamte sich ihr Pulsschlag und das Gefühl, das sie so schmerzlich vermisst hatte, stellte sich wieder ein. Sie wollte das hier. Sie wollte das hier so sehr, dass es schmerzte, und wenn sie dafür schwere Prüfungen bestehen musste, dann würde sie im Nachhinein stolz auf das zurückblicken, was sie geschafft hatte. Obwohl sie so unglaublich fertig gewesen war, hatte sie heute objektiv gesehen alles perfekt gemeistert. Sie war nicht gefallen.

Zwar schmerzten ihre Arme bei der Schwungbewegung des Laufens immer noch leicht, doch Bree konnte spüren, dass die Medizin langsam wirkte. Sie ließ probehalber ihre rechte Schulter kreisen und musste dabei nur leicht die Zähne zusammenbeißen, da ertönte ein abgehackter Schrei in ihrem Rücken und sie wäre vor Schreck beinahe über eine Wurzel gestolpert.

Was zur Hölle war das gewesen? Was für Tiere gab es hier oben? Bree schauderte und fühlte die Panik in sich aufsteigen. Vielleicht war das Laufen doch eine dumme Idee gewesen.

Mit pochendem Herzen starrte sie hinter sich in den Wald und spürte, wie ihr eigener Atem ihr über die geöffneten Lippen strich. »Ist da wer?«, rief sie und lauschte über ihren Puls hinweg. Wenn sie keine Antwort bekam, würde sie einfach weiterlaufen und hoffentlich schnell genug sein, um nicht herauszufinden, ob sie sich das Geräusch nur eingebildet hatte.

»Ich bin's nur! Greif mich nicht mit irgendwelchen versteckten Kampfkünsten an, ich hab mich schon selbst genug außer Gefecht gesetzt!«

Als Bree die bekannte Stimme hörte und Delaney wenige Sekunden später auf dem Weg auftauchte, atmete sie erleichtert auf und konnte sich ein kleines Lächeln nicht verkneifen. Ihre Verfolgerin hingegen fischte sich mit leidendem Gesichtsausdruck einen Zweig aus den Haaren.

»Was machst du hier?«, fragte Bree überrascht, als sie endlich bei ihr ankam.

Delaney warf den Zweig mit einem Fluchen zurück in den dichten Farn. »Ich habe am Fenster gesehen, wie du dich rausgeschlichen hast, und bin dir gefolgt. Aber du rennst so verdammt schnell.« Sie stemmte die Hände in die Hüften und Bree erkannte, dass sie fast die gleichen Klamotten trug wie sie selbst. »Ich wollte mich bei dir bedanken … für vorhin.«

»Da gibt es nichts zu danken«, sagte Bree und meinte es auch so. »Ich habe keine Höhenangst und es war das einzig Richtige. Ich hoffe, es geht dir besser.«

Delaney nickte. »Ich weiß es noch mehr zu schätzen, weil mir bewusst ist, wie wichtig dir das hier ist. Ich hätte schwören können, dass jemand so Ehrgeiziges wie du sich selbst rettet.«

Als Bree die Brauen hob, schien Delaney bewusst zu werden, dass man das auch falsch auffassen konnte. »Ich werde das Gefühl, gleich zu fallen, immer noch nicht ganz los, aber es wird besser«, plapperte sie schnell weiter. Sie sah an Bree vorbei auf den Weg. »Das war wirklich das Schlimmste, was ich in meinem Leben jemals durchgestanden habe.«

»Es war einfach nur furchtbar und es tut mir so leid, dass Guinevere schon gehen musste«, stimmte Bree ihr zu und setzte sich wieder in Bewegung. Delaney folgte ihr und wich einer Wurzel aus. Da fiel Bree noch etwas ein. »Außerdem«, sagte sie und sah zu Delaney herüber, die ihre lockigen Haare zu einem hohen Zopf zusammengebunden hatte, »habe ich eigentlich auch dir zu danken. Wenn du mir nicht geraten hättest, die Handschuhe zu tragen, hätte ich keine Minute durchgehalten.«

»Du hast es also bis zum Ende geschafft, ja?«, fragte Delaney und in ihrer Stimme schwang ein Hauch von Stolz mit.

»Ja, hab ich.« Bree hatte ganz vergessen, dass ihre Freundin ja sofort weggebracht worden war, nachdem Kace sie hochgezogen hatte. »Aber ich war danach so am Ende, dass Adrien mich beinahe tragen musste.«

»Adrien?«, fragte Delaney, während sie einem tief hängenden Ast auswich.

»Mein Diener.« Bree wollte gerade fortfahren und ihr erzählen, dass sie Erys Bruder höchstpersönlich zur Seite gestellt bekommen hatte, da machte der Weg eine scharfe Kurve und das dichte Grün vor ihnen wurde von einem strahlenden Blau durchbrochen, das nichts anderes als der Himmel sein konnte. Sie mussten ganz nah am Rand der Insel sein.

»Vorsicht«, murmelte Bree und verlangsamte ihre Schritte.

»Nicht, dass wir gleich einfach so über den Rand stolpern. Ich bezweifle, dass wir hier von der magischen Barriere aufgefangen werden.«

Als sie sah, wie blass Delaney sofort wurde, bereute sie ihre Worte. »Tut mir leid, das wollte ich nicht. Warte, ich gehe vor und schaue mal.«

Sichtbar zufrieden mit diesem Vorschlag blieb Delaney ein paar Schritte zurück, während Bree vorsichtig das augenscheinliche Ende des Weges ansteuerte. Von ihrem Standpunkt sah es wirklich so aus, als ob er einfach in der Luft endete. Wie ein von Farnen gesäumtes Tor zum Wolkenhimmel. Doch Bree erkannte schnell, dass das Ende des Wegs keine glatte Kante war, sondern viele kleine Felsvorsprünge verwinkelte Klippen bildeten, von denen die obersten beinahe noch sicher zu passieren waren. Bis zu einer Ebene, die breiter war als die anderen, schlängelte sich sogar eine schmale Treppe hinunter. Sofort begann ihr Herz vor Freude höherzuschlagen und das Bedürfnis, dem Himmel genauso nahe zu sein wie die Vögel, die auf den steileren Klippen neben dem flachen Vorsprung nisteten, wurde beinahe übermächtig. Sie wollte ihre Freude an der Höhe wiederfinden und den Gedanken an die Brücke auslöschen. Gestern hätte sie sich noch ohne zu zögern auf den Vorsprung gesetzt, und wenn sie hier leben wollte, musste das wieder so sein.

»Du denkst nicht wirklich darüber nach, dort runterzugehen, oder?«, fragte Delaney direkt hinter ihr und Bree zuckte erschrocken zusammen.

»Ich dachte, du wolltest da hinten warten?«

Delaney zuckte mit den Schultern. »Ich bin zwar ein Angsthase, aber leider auch furchtbar neugierig. Außerdem bin ich überzeugt davon, dass mir nichts passieren kann, solange du als Puffer vor mir stehst.«

Bree ging bei den ersten Schritten auf die in den Stein gehöhlten Stufen leicht in die Knie und ließ eine Hand als Stütze für ihr Gleichgewicht an der Felswand entlanglaufen. Die Höhe machte sie ganz schwindelig, doch es war ein euphorischer Schwindel, der nicht endete, als sie auf dem kleinen Plateau angekommen war. Bree entfuhr ein Lachen und sie traute sich für eine Sekunde, sich aufrecht hinzustellen und tatsächlich die Arme auszubreiten. Doch sobald der Wind auffrischte und ihr die Haare wild um den Kopf herumwirbelte, siegte die Vernunft und sie ließ sich vorsichtig in die Hocke und dann auf ihren Hintern gleiten. Um sie herum flatterten winzige bunte Vögel und schrien in hohen Tönen in den Himmel, was in ihren Ohren wie Applaus klang. Sie war sich sicher, dass sie ihr zujubelten, weil sie sich getraut hatte.

»Ich bleibe dann mal hier oben«, murmelte Delaney, und als Bree sich umdrehte, sah sie, wie sich ihre Freundin in sicherer Entfernung zur Klippe auf einem Stein niederließ. Doch auch sie blickte mit großen Augen in den Himmel, der ihnen zuflüsterte, was sie alles haben könnten, wenn sie hierbleiben durften.

»Hat dir deine Dienerin auch dieses Getränk gegeben?«, fragte Bree. »Ich hab das Gefühl, es hilft wirklich gegen die Schmerzen in den Armen.«

Delaney nahm einen winzigen Stein vom Boden neben sich auf und schleuderte ihn mit aller Kraft in den Himmel. »Ja, ich schätze, sonst könnte ich das hier gar nicht machen.« Sie wischte sich die staubigen Hände an ihrer Hose ab. »Sie hat sich auch dafür entschuldigt, dass dieser große Klotz mich extra schwungvoll von der Brücke befördert hat.«

Bree machte große Augen und blieb mit nach hinten gedrehtem Oberkörper sitzen. »Hat er das?«

»Ich hatte zumindest das Gefühl«, brummelte Delaney. »Ha mir fast die Schulter ausgerenkt. Aber ich hätte schon früher misstrauisch werden sollen, als der Kerl anstatt ihr aufgetaucht ist. Mussten sie wahrscheinlich machen, weil sie mich nicht hätte halten können. Sie hat mir vorhin sogar erzählt, dass sie den Männern einen besonderen Stoff an die Schuhsohle geklebt haben, damit sie nicht wegrutschen, wenn sie uns schubsen. Stell dir das mal vor …«

Bree schüttelte den Kopf. »Ich weiß auch nicht, wie wir so viele Zeichen haben übersehen können«, sagte sie leise und streckte ihre Füße gerade so weit aus, dass sie ein winziges Stückchen über den Rand hingen. Bildete sie es sich nur ein oder wurde der Himmel dort hinten etwas dunkler? »Schon alleine wegen der Handschuhe hätten wir uns Gedanken machen müssen. Aber ich war mir so sicher, dass sie uns wenigstens den Gang über die Brücke einfach genießen lassen würden.«

Delaney öffnete ihren hohen Zopf und massierte sich mit den Fingern die Kopfhaut. Dann fuhr sie vorsichtig durch die aufgedröselten Strähnen, die nun in engen Locken lagen. »Mach dir keine Gedanken darüber, du wirst noch mehrere Chancen haben, die Brücken zu genießen«, sagte sie gedankenverloren und klemmte sich den durchsichtigen Haargummi zwischen die Zähne.

»Du ganz sicher auch.« Bree reckte die Nase in den Wind, als dieser auffrischte und die Vögel noch lauter zwitscherten. Bei einem kurzen Blick nach hinten sah sie, wie Delaney gutmütig lächelte.

»Danke, dass du so höflich bist, aber das bezweifle ich. Ich passe nicht wirklich hierher. Ich werde niemals so perfekt sein wie du und die anderen.« In ihren Worten schwang keine Traurigkeit mit und Bree spürte, dass Delaney keine Gegenversicherung brauchte.

»Ich bin definitiv nicht perfekt«, sagte sie stattdessen und schlang die Hände um ihre nackten Arme, als es frisch wurde. In ihrem Kopf spielte sich die Szene von gestern wieder ab, wie sie panisch nach einer Möglichkeit gesucht hatte, ihre Pigmentstörung abzudecken. Sie war sich sicher, den Schandfleck auf ihrer Haut unter der langen Hose spüren zu können, doch was sie beinahe noch mehr störte, war die Tatsache, dass sie sich so sehr davon aus der Bahn hatte werfen lassen. Wenn sie hier erfolgreich sein wollte, musste sie lernen, solche Dinge besser zu überspielen. Niemand durfte merken, wie sehr es sie einschränkte.

»Kace würde mich wahrscheinlich nicht einmal mit dem Hintern anschauen, wenn er wüsste, wie unsicher ich sein kann.« Diesen Satz auszusprechen, tat weh und Bree spürte, wie ihre Augen zu brennen begannen. Heute hatten sich so viele Gefühle angestaut, dass sie nur schwer an sich halten konnte.

Doch Delaney schnaubte nur. »Hauptsache, du bist besser als diese Schnepfen, die dich schon jetzt ansehen, als ob sie dich am liebsten fressen würden. Bah …« Sie schüttelte sich in gespieltem Ekel. »Konkurrenzkampf ist wirklich nichts für mich.«

Bree musste lachen und war plötzlich sehr dankbar dafür, dass sie sich gestern Abend neben Delaney gesetzt hatte. Sie konnten hier oben wirklich Stützen füreinander sein.

Plötzlich hörte sie etwas, das sich deutlich von dem Vogelgezwitscher um sie herum abhob und Stimmen verdächtig ähnelte. Und das Geräusch kam näher. Bree tauschte einen erschrockenen Blick mit Delaney. Sie wussten beide, dass es ganz und gar nicht gut war, sich außerhalb ihrer Zimmer erwischen zu lassen.

Kurz hegte Bree die Hoffnung, dass es Adrien war, der nach ihr suchte. Doch als sie den lachenden jungen Mann aus dem Wald kommen sah, wusste sie sofort, dass hier kein Mensch vor ihr stand. Vor Schreck hielt sie mitten in der Bewegung inne und auch Delaney blieb erstarrt auf dem Boden sitzen, als der

Unsterbliche sie erspähte und abrupt stehen blieb.

»Ehm …«, setzte der junge Mann mit den kurzen braunen Haaren, den sie noch nie gesehen hatte, überrascht an. »Was tut ihr hier?«

Bree zermarterte sich gerade das Gehirn nach einer Antwort und begann, vorsichtig wieder ihre Füße unter ihren Körper zu schieben, da sah sie, dass der Fremde nicht alleine war. Hinter ihm kam noch jemand aus dem Wald, der ihm freundschaftlich auf die Schulter schlug und lachte, bis er bemerkte, was los war.

Beinahe verschluckte sich Bree an ihrem eigenen Atem, als sie Kace erkannte, und auch Delaney entfuhr ein überraschter Ton. Das war jetzt nicht wahr, oder?

Während ihre Augen an seinem lässigen Outfit und dem wunderschönen und nun mehr als überrascht dreinblickenden Gesicht hängen blieben, versuchte ihr Körper hektisch sich aufzurichten. Ihr Kopf war so damit beschäftigt, ihr sehr deutlich vor Augen zu halten, dass sie quasi nur einen Sportanzug trug und er sie so niemals hätte sehen sollen, dass darin kein Platz mehr war, um sich Sorgen darüber zu machen, dass ein überstürztes Aufstehen an der Klippe vielleicht keine so gute Idee war.

»Was zum Teufel machst du da?« Kace machte einen schnellen Schritt an seinem Begleiter vorbei und fixierte Bree mit weit geöffneten Bernsteinaugen. Eine Hand streckte er in ihre Richtung.

»Wir wollten nur … Wir brauchten nur frische Luft«, sagte Bree hastig und bemerkte zu spät, dass Kace nicht sie beide angesprochen hatte und deshalb vermutlich auch nicht die Tatsache meinte, dass sie nicht auf ihren Zimmern waren. Vielmehr konnte er wohl nicht glauben, dass Bree gerade die engen Stufen hinaufzuklettern versuchte, ohne dabei den Blick von ihm abzuwenden.

Und es war ihr Glück, dass er ihre Dummheit viel schneller erkannte als sie selbst, denn während sie immer noch nach den richtigen Worten suchte und überfordert zu Delaney herübersah, glitt ihr Fuß an einer glatten Kante in den Stufen ab. Brees Herz rutschte ihr in die Hose, als sie spürte, wie ihr Körper von der Schwerkraft in die falsche Richtung gezogen wurde. Mit einem überraschten Keuchen ruderte sie mit den Armen und ihre Finger fuhren suchend durch die Luft, aber die Felswand war zu glatt und sie fand keinen Halt.

Doch bevor es wirklich bei ihr ankommen konnte, dass der Platz, der für sie gerade das pure Glück bedeutet hatte, innerhalb eines Wimpernschlages das Entsetzen des Vormittages zurückbrachte, schnellte Kace mit einer Geschwindigkeit nach vorne, die eindeutig unmenschlich war. Seine Finger schlossen sich um ihren Unterarm und mit einem entschlossenen Knurren zog er sie in Richtung der Insel.

Als Brees Hände wieder den Felsen vor ihr berührten, stand ihr Mund vor Schreck offen und sie hatte mehrere Sekunden nicht geatmet. Erst als Kace ihren Arm vorsichtig losließ und stattdessen ihre Hand nahm, überwand sie mit weichen Knien die letzten beiden Stufen und hob den Blick.

Kace berührte sie. Ihre Finger ruhten in seinen und sandten prickelnde Schauer über ihre Haut, die mit ihrem vor Schreck noch hektisch pochenden Herzen konkurrierten. Sie waren sich so nahe, dass sie sehen konnte, wie sich seine Brust unter dem lockeren weißen Hemd ebenso schnell hob und senkte wie die ihre.

»Was hast du dir dabei gedacht?«, murmelte er mit tiefer Stimme und seine hellen Augen fixierten ihre.

»Es tut mir leid. Ich habe da nur gesessen, bis ihr kamt«, antwortete Bree verwirrt und musste den Blickkontakt abbrechen, denn ihr Kopf schwirrte bereits. Was passierte hier?

Kace' ernster Gesichtsausdruck wurde von dem kleinen, schiefen Lächeln durchbrochen, das sie bereits gestern gesehen hatte. »Du hast wohl vergessen, dass du noch nicht unsterblich bist«, sagte er und trat einen kleinen Schritt zurück, während sich seine Brauen amüsiert anhoben.

Noch nicht unsterblich …

Bree zwang sich, ihren Mund zu schließen. Sie wollte ihm gerade danken, da fuhr sein Freund dazwischen.

»Eh, ich unterbreche ja nur ungern, aber ich bin mir ziemlich sicher, dass du sie nicht sehen dürftest, Kace. Wir sollten zurück zu Eviannas Haus gehen und diese beiden jungen Frauen schnellstens dorthin, wo sie untergebracht sind.«

Kace' Kopf ruckte nach rechts, als ob er ebenso wie Bree vergessen hatte, dass sie nicht alleine waren. »Wie du vielleicht gesehen hast, war es nicht geplant«, antwortete er seinem Freund, »aber du hast recht.« Er machte einen Schritt nach hinten und Bree kämpfte gegen das Bedürfnis, die Distanz zwischen ihnen wieder zu verringern. Am liebsten hätte sie die Hand nach seinem Arm ausgestreckt, um zu sehen, ob seine Haut wirklich genauso weich war, wie es sich gerade angefühlt hatte. »Wir gehen wieder zurück«, sagte er und es schwang deutlich in seinen Worten mit, dass sie das Gleiche tun mussten.

Bevor Bree etwas einwenden konnte, hatte Delaney sie an der Hand gepackt und zerrte sie wieder in Richtung des Waldes. »Wir auch, sind schon weg. Man … eh … sieht sich«, rief sie Kace hinterher, der ein Lächeln nicht unterdrücken konnte.

Erst nachdem sie ein gutes Stück des Weges hinter sich gebracht hatten und sicher sein konnten, dass die zwei Unsterblichen nicht direkt hinter ihnen waren, ließ Delaney Bree los, als ob sie vorher befürchtet hatte, dass sie einfach wieder zurücklaufen würde.

»O mein Gott!« Delaney schlug sich ungläubig grinsend eine Hand vor den Mund.

»Das kannst du aber laut sagen«, sagte Bree und starrte ihre Freundin mit großen Augen an. »Kannst du mir versichern, dass ich das gerade nicht geträumt habe?«

Kapitel 8

Bree sah zu Adrien herüber. »Versprichst du mir, dass du mich dieses Mal nicht von der Brücke schubst?«

Sein Gesicht gab kaum eine Regung preis, nur sein Mundwinkel zuckte kurz. »Das würde doch den ganzen Nervenkitzel verderben, oder?«

Sie schnaubte empört, doch trotz seiner Antwort war Bree sich sicher, dass sie die gläserne Fläche heute unbehelligt überqueren würde. Im Gegensatz zu gestern wirkte Adrien diesmal komplett entspannt und nicht so, als ob er gleich etwas tun müsste, was sie an den Rand eines Nervenzusammenbruchs bringen würde.

Trotzdem konnte Bree nicht verhindern, dass ihr ein unwohler Schauer über den Rücken lief, als sie den ersten Fuß auf die Brücke setzte. Doch sie wusste, dass Kace drüben warten und sie beobachten würde, also zwang sie ein selbstbewusstes Lächeln auf ihr Gesicht, machte es den anderen Mädchen vor ihr nach und sprang über ihren Schatten.

Delaney und sie waren beide mehr als erleichtert gewesen, als sie Manila heute Morgen getroffen hatten.

Mittlerweile waren sie nur noch vierzehn Frauen und alle, die jetzt noch übrig waren, hatten bewiesen, dass sie mindestens Kampfgeist besaßen.

Auch dieses Mal wurden sie von der jubelnden Menge in der Stadt unter ihnen empfangen, und als Bree ein paar sichere Schritte hinter sich hatte, drehte sie sich nach rechts und hob ihre Hand zu einem zögerlichen Winken. Sofort schwoll die Geräuschkulisse an und ein breites Grinsen erschien in ihrem Gesicht. Ihre Freunde und Familie erkannten sie ganz sicher. Was für ein unvergleichliches Gefühl!

Vom Wind getragen, bauschte sich Brees langes, aber leichtes weißes Kleid hinter ihr auf und in ihrem Kopf begann die Musik zu spielen. Das hier war ihr Moment und heute durfte sie ihn genießen. Trunken vor Euphorie hob Bree beide Arme und winkte so ausschweifend, dass man es in ihrer Vorstellung sogar am anderen Ende der Stadt sehen musste.

Irrte sie sich, oder hielt da unten jemand ein großes Tuch mit einer Aufschrift über den Kopf? Konnte es Zoela oder ihre Familie sein? Es war ein aussichtsloses Unterfangen, das zu erkennen, da sie viel zu weit oben waren. Doch plötzlich wollte sie unbedingt herausfinden, ob das Plakat für sie war. Immer noch winkend beugte Bree sich ein Stück nach rechts, als eine Windböe in den Rock ihres Kleides fuhr. Ihr erster Gedanken war, wie imposant es aussehen musste, wenn der Rock derart frei nach hinten flog, doch der verschwand schneller wieder, als sie sich das Szenario wirklich vorstellen konnte. Denn plötzlich wickelte sich ein Teil des leichten Stoffes um ihren Knöchel und sorgte dafür, dass Bree bei ihrem nächsten Schritt darauf trat.

Mit der Sohle ihres hohen Schuhes rutschte sie prompt auf dem glatten Stoff aus, und obwohl sie sich gleich darauf wieder fangen konnte, gab sie ein unelegantes Quieken von sich, als sie für eine Sekunde zu schlittern begann. Sofort schoss ihr Arm haltsuchend zur Seite und sie krallte sich hilfesuchend an Adriens Ärmel fest.

Peinlich berührt ließ sie ihn sofort wieder los. Hoffentlich hatte Kace das nicht gesehen …

»Alles okay?« Adrien ließ die Hand, die in ihre Richtung gezuckt war, wieder sinken.

»Ja.« Brees Wangen glühten. Sie sah bewusst nach unten und wackelte mit dem Bein, um den störrischen Stoff freizubekommen. »Ich habe mich nur erschrocken.« Doch ihre Beine zitterten trotzdem noch. Wie konnte sie sich gestern an diese Klippe setzen und heute ließ ihr die Brücke sofort wieder die Knie schlottern?

Als sie weitergingen, fuhr sie sich nervös über die Unterlippe. »Ist da heute eigentlich immer noch …?«

»… ein magisches Netz drunter?«, beendete Adrien ihren Satz und ging unbeeindruckt weiter. »Nein, sie gehen davon aus, dass ihr schlau genug seid, nicht aus Tollpatschigkeit herunterzufallen.«

Bree wollte gerade durch eine schnippische Antwort das mulmige Gefühl in ihrem Bauch überspielen, da spürte sie Stoff an ihrer nackten Haut. Als sie hinuntersah, erkannte sie, dass Adrien ihr seinen Arm hinhielt, ohne sie anzusehen. Erleichtert schob sie ihre Hand unter seinem Ellenbogen hindurch und legte sie auf seinen Unterarm. Durch sein dünnes weißes Hemd spürte sie die festen Armmuskeln darunter, von denen sie wusste, dass sie sie im Zweifelsfall halten könnten – so wie sie es auch gestern getan hatten.

Doch sie würde nicht fallen, das waren unnütze Hirngespinste. Einfach weiterlaufen. Wenn sogar Delaney ihre Angst überwinden konnte, würde sie das auch schaffen.

Sie überquerten die zweite Hälfte der Brücke sicheren Schrittes und ohne weitere Schreckmomente, und als die Teilnehmerin vor ihr von der gläsernen Fläche auf den festen Boden der nächsten Insel schritt, hatte Bree plötzlich freie Sicht auf die Unsterblichen, die dort standen und auf sie warteten. Hinter Kace und seiner Familie erstreckte sich eine weitläufige Landschaft, die besonders durch einen See vor einem imposanten Berg geprägt wurde. Schon von der Stadt aus hatte Bree sich immer gefragt, wie die Insel mit dieser Last darauf schweben konnte.

Bei Kace' Lächeln erhoben sich die Schmetterlinge in ihrem Bauch. Doch als sein Blick etwas tiefer wanderte und an ihrem linken Arm hängen blieb, löste sie sich hastig von Adrien.

Im Gegensatz zu gestern lief die Begrüßung auf der neuen Insel geordnet und ruhig ab, und als Kace nach vorne trat und auf sie zukam, begann Brees Haut zu kribbeln. Hatte er das bei den anderen auch gemacht? Sie war so abgelenkt gewesen.

Sie spürte, wie Adrien einen Schritt zur Seite machte, doch bei der leichten Berührung von Kace' Lippen auf ihren Wangen, verblassten alle anderen Gedanken. Beinahe vergaß sie, die Begrüßung zu erwidern.

Als er wieder ein Stück zurückwich, fühlten sich ihre Wangen heiß an und sie konnte sich nicht vorstellen, gleich weiterzugehen, um dem nächsten Mädchen Platz zu machen. Konnten sie nicht einfach hier und jetzt den Wettbewerb für beendet erklären und zusammen glücklich werden? War es nicht von Anfang an eindeutig gewesen, dass sie zusammengehörten?

»Du siehst wieder wunderschön aus in diesem Kleid.« Kace' Stimme war so leise, dass die anderen sie nicht hören konnten, und Bree spürte, wie sie leicht errötete. Sofort ärgerte sie sich darüber, dass er sie gestern ohne Make-up und in den Sportsachen gesehen hatte.

»Danke, das kann ich nur zurückgeben.« Kurz darauf bemerkte sie, was sie gesagt hatte. »Also, natürlich ohne den Aspekt des Kleides …«, schob Bree schnell hinterher, doch zum Glück lachte Kace.

»Ich sage es ja nur ungern, aber du müsstest zu den anderen rübergehen. Ich glaube, Genevy wird gleich verkünden, um was es heute geht.«

Ihr Blick glitt an seiner Schulter vorbei. Bei seiner Familie stand eine Unsterbliche, die sie vorher noch nie gesehen hatte. Es war eine zierliche, gertenschlanke Frau, die noch sehr jung wirkte und deren braune Haare zu einem Zopf geflochten waren, der ihr bis zu den Oberschenkeln reichte.

Bree nickte und kam dann seiner Bitte nach. Als Kace' Arm im Vorbeigehen ihre nackte Haut streifte, kribbelte die Stelle.

Direkt nachdem sie sich von ihm entfernt hatte, war Adrien wieder an ihrer Seite und Bree erschrak beinahe darüber, so sehr hing sie in ihren Gedanken noch dem Moment von gerade nach.

»Der scheint ja wirklich hin und weg von dir zu sein.«

Bree wandte sich überrascht nach links. »Und warum genau hat dieser Satz schon wieder so einen ironischen Unterton verdient?«

Sie stellten sich gemeinsam zu dem kleinen Grüppchen aus jungen Frauen und ihren Dienern, das sich bereits im Schatten eines hohen Baumes gebildet hatte.

Adrien sah sie nicht an, doch sein Tonfall war für ihren Geschmack viel zu bissig. »Weil es absolut lächerlich ist. Ihr habt euch dreimal gesehen und keine zehn Wörter miteinander gewechselt. Ich hoffe, du bildest dir nicht ein, dass das hier über körperliche Anziehung hinausgeht.«

Besonders der letzte Satz verpasste Bree einen Stich. Hatte er damit recht? »Und wie sollen wir uns bitte in diesem Wettbewerb häufiger sehen?«, zischte sie wütend. Wieso musste er ihr das hier schon wieder kaputtmachen? Gerade war doch noch alles gut gewesen. »Wieso ziehst du das Ganze immer so in den Dreck? Du darfst doch selbst nur hier oben sein, weil dein Bruder gewonnen hat.«

Adriens Mundwinkel verzogen sich zu einem bitteren Lächeln. »Und es wirkt so, als ob mich das freut, ja?«

Bree atmete tief durch und wandte sich von ihm ab. Ihr Blick fiel auf Kace, der auch die anderen Frauen begrüßte und sie nach und nach zu ihnen schickte. »Das ist aber nicht mein Problem, Adrien. So wie ich das verstanden habe, bist du hier, um mich zu unterstützen, und nicht, um mir den Wettkampf mies zu machen.«

»Habe ich das bisher nicht gut genug getan?«

Auf diese Frage wusste Bree keine Antwort, die sie ihm ihrer Laune angemessen an den Kopf werfen konnte, denn um ehrlich zu sein, hatte er ihr wirklich geholfen. Also schwieg sie und konzentrierte sich stattdessen auf das Geschehen um sie herum. Denn langsam kamen die letzten Teilnehmerinnen an und die kleine Gruppe, bestehend aus Kace' Familie sowie der Frau, die anscheinend Genevy war, wandte sich von der Brücke ab und schlenderte gemütlich zu ihnen herüber.

Als endlich alle da waren, trat Letztere nach vorne und ihr langer Zopf strich ihr dabei über den Rücken. Das Lächeln, das sie den vierzehn Mädchen vor sich zuwarf, war beinahe schüchtern und nach der eher unschönen Begegnung mit Bellamy gestern machte sie das sofort sympathisch.

»Ich freue mich, dass ihr eure Ankunft heute genießen durftet«, sagte sie mit einer sanften Stimme, die leicht singend klang.

War das eine Spitze gegen Bellamys Prüfung gewesen?

»Die letzten Tage waren sicherlich stressig für euch, deshalb möchte ich heute sofort die Karten auf den Tisch legen und euch sagen, was die dritte Prüfung sein wird.« Kace kam zu ihr gelaufen und legte ihr in einer vertrauten Geste, die sofort ein unterdrücktes Murmeln durch die Reihen der Mädchen schickte, einen Arm um die schmale Schulter.

»Ich bin nicht mit Kace verwandt, aber wir verbringen viel Zeit miteinander – unter anderem auch, um auf dieser Insel Sport zu machen.« Sie lächelte ihm zu und sofort bildete sich ein kleiner Stachel der Eifersucht in Brees Brust. Sie waren nicht einmal verwandt und wirkten trotzdem so vertraut? Doch wahrscheinlich konnte sie sich nicht einmal vorstellen, wie sehr einen die Ewigkeit an andere Unsterbliche binden konnte. Diesen Vorsprung würde jede von ihnen erst einmal aufholen müssen.

Kace ließ seine Bernsteinaugen mit einem dezenten Lächeln über ihre Reihen wandern und Bree musste dem Drang, seinen Blick direkt zu erwidern, als er bei ihr ankam, widerstehen. Sie musste sich konzentrieren und zuhören.

»Wie ihr vielleicht gesehen habt, ist diese Insel hier nicht bewohnt, sondern dient eher unseren Freizeitaktivitäten. Die Natur ist weitgehend unberührt, man kann im See schwimmen oder in den Bergen klettern, und anstatt eines großen Hauses für euch gibt es ein paar Hütten, die aber auch sehr schön sind.« Genevy sah nach rechts, wo sich das Gestein so weit in den Himmel hob, dass der Gipfel vollends in den Wolken verschwand. »Deshalb wird eure Prüfung heute eine kleine Rallye, die euch hoffentlich auch etwas Spaß macht und zeigen wird, ob ihr später mit Kace' Energie mithalten könnt. Dafür dürft ihr zum ersten Mal auch in kleinen Gruppen zusammenarbeiten.«

Es klang wirklich, als ob Genevy davon ausging, dass die Teilnehmerinnen das freuen würde, doch Bree verzog innerlich das Gesicht. Sie waren nicht gerade in einer Situation, in der man es den anderen wünschte, besonders gut abzuschneiden – auch nicht, wenn man in einem Team war.

»Ihr habt jetzt kurz Zeit, um euch in den Hütten auszuruhen und fertig zu machen. Dann werdet ihr von euren Dienern abgeholt und wir warten gespannt auf euch.«

Die Unsterbliche nickte lächelnd und wollte sich bereits

umdrehen, da sagte Kace' Vater etwas, das Bree von ihrem Platz aus nicht verstehen konnte, und Genevy rief: »Oh ja, stimmt!« Sie wandte sich ihnen noch einmal zu. »Das hätte ich beinahe vergessen. Kann jemand von euch nicht schwimmen?«

Bree wurde schlagartig eiskalt.

Sie hatte gebetet, dass sich bei der Frage von Genevy eine Hand hob und war kurz davor gewesen, es selbst zu tun. Doch Bree konnte schwimmen – genau wie scheinbar alle dreizehn anderen Mädchen auch.

Trotzdem musste sie gerade das Zittern ihrer Hände verstecken, indem sie sie fest in ihr Kleid krallte. Das Make-up hier oben war zwar perfekt deckend, aber wasserlöslich. Bei dem Gedanken daran, dass sie damit ihre Pigmentstörung beim Schwimmen nicht verdecken konnte, wurde ihr schlecht.

Vor ihr quietschte ein Mädchen erschrocken und Bree sah, wie sie von einer Dienerin eilig wieder auf die Füße gezogen wurde. Blondie trat einen Schritt aus der Gruppe heraus und rief nach hinten: »Mädels, gut gemeinter Tipp, im Wald hohe Schuhe ausziehen!« Sie erntete dankendes Gemurmel, doch Bree verdrehte nur genervt die Augen. Warum musste man sich so aufspielen?

Sie schüttelte den Kopf, aber blieb dennoch stehen und bückte sich. Egal wer es vorgeschlagen hatte, sie konnte sich keinen verstauchten Knöchel leisten, nur weil sie sich zu schade war, ihre Schuhe auszuziehen.

Bree sah sich unauffällig nach Delaney um, doch konnte sie nirgends entdecken. Aus irgendeinem Grund hatte Adrien beim Losgehen ziemlich getrödelt und nun waren sie fast ganz hinten in der Gruppe. Hoffentlich wurde das bei der Verteilung der Hütten nicht zu einem Nachteil für sie.

Als ihre nun nackten Füße durch das vom Morgentau noch feuchte Moos strichen, sah Bree, wie das Mädchen, an dem sie gerade vorbeigingen, sich ebenfalls ihre Schuhe auszog. Dabei streckte sie ein Bein zur Seite und der Stoff des Kleides rutschte nach oben, sodass die reine, gebräunte Haut darunter zum Vorschein kam.

Bree atmete zittrig aus. Wie zum Teufel sollte sie ihren Fleck bei so einer Prüfung verstecken? Kace fand sie schön, so wie sie sich bisher präsentiert hatte. Perfekt und makellos. Was würde er denken, wenn er die riesige Verfärbung auf ihrem Bein sah? Würde es ihn ekeln? Das wäre das Allerschlimmste für sie. Ihre Haut war Bree schon ihr ganzes Leben lang ein Dorn im Auge und sie wollte nicht, dass sie ihr auch hier zum Verhängnis wurde. Also durfte es einfach niemand sehen!

»Adrien, gibt es hier …?« Bree hielt inne, als das Mädchen von gerade sie wieder überholte und zu ihrem Diener eilte, der nicht auf sie gewartet hatte. Auf keinen Fall durfte eine der anderen davon erfahren und es weitererzählen.

»Was?« Adrien sah zu ihr und runzelte die Stirn, als sie mitten im Satz abbrach. »Alles in Ordnung? Du siehst … blass aus.«

Na, vielen Dank auch.

»Ja, es ist nichts.« Bree verfluchte sich selbst dafür, dass sie es beinahe einfach so herausposaunt hätte. Sie würde warten, bis sie in der Hütte waren. Bisher hatte Adrien sie immer hineinbegleitet, dort wären sie wenigstens vor den Ohren der anderen geschützt. Sie würde ihn einfach fragen, ob es eine andere, noch bessere Creme gab. Das musste es doch, oder? Hier oben gab es schließlich allerlei Besonderes.

Bree warf Adrien, der sie mit skeptisch zusammengezogenen Augenbrauen ansah, ein betont lockeres Lächeln zu, doch sie spürte den feinen Schweißfilm, der sich auf ihrer Oberlippe gebildet hatte. Plötzlich knackte es im Wald und Bree fuhr erschrocken zusammen. Wie aus dem Nichts tauchte ein junger Mann zwischen den Bäumen auf und lief neben ihnen auf dem schmalen Pfad her.

»Wer …?«

»Ignoriere ihn und gehe einfach weiter«, sagte Adrien ganz ruhig und legte Bree dabei lässig eine Hand auf den Rücken, um zu verhindern, dass sie stehen blieb. Sanft schob er sie weiter und sie war zu überrumpelt, um sich ihm zu widersetzen. »Ich will nur kurz mit ihm reden, und wenn wir einfach weiterlaufen, wird jeder denken, er wäre auch ein Diener.« Adriens Stimme war unaufgeregt, doch er sah sich kurz nach hinten um.

»Ich …« Bree musterte den fremden Mann mit gerunzelter Stirn, doch er beachtete sie kaum. »Ich kann es mir nicht leisten, in Schwierigkeiten zu geraten, Adrien. Wir sollten hier unter uns sein.«

Seine Hand glitt von ihrem Rücken, als er merkte, dass sie auch ohne sein Zutun weiterlief. »Entspann dich, es hat mit dir gar nichts zu tun, wir müssen nur kurz reden.« Mit diesen Worten ließ er sich selbst einen Schritt zurückfallen und der Fremde tat es ihm gleich. Bree hingegen zwang sich, sich nicht noch mal umzudrehen.

Verdammt sollte Adrien sein, wenn sie hierfür wirklich Ärger bekommen würden!

Langsam wurden ihre Füße durch den feuchten Untergrund kalt und Bree wurde immer frustrierter. Das war bisher wirklich nicht ihr Tag …

Obwohl sie starr nach vorne sah und die Mädchen vor ihr beobachtete, die sich mit ihren langen Kleidern tapfer durch den Wald kämpften, lauschte sie mit einem Ohr nach hinten. Doch die beiden sprachen so leise, dass sie kaum etwas verstehen konnte.

Nur einmal dachte sie, das Wort ›Pillen‹ aufgeschnappt zu haben, aber bevor sie noch einmal genauer hinhören konnte, war Adrien schon wieder an ihrer Seite und ein Blick nach hinten zeigte, dass der junge Mann verschwunden war.

Pillen? Nahm Adrien irgendwelche Drogen? Das hätte ihr ja gerade noch gefehlt. Aber er hatte vorgestern ja auch etwas geraucht …

»Was bitte war das gerade?«, zischte Bree so leise wie möglich und richtete ihren Blick weiterhin auf den Wald vor sich. Je tiefer sie hineingingen, desto unpassender erschien ihr jedes gesprochene Wort. Der Wald war so dicht und schirmte sie mit seinem moosbewachsenen Boden so sehr von den Geräuschen der Außenwelt ab, dass es ihr falsch vorkam, diese in sich ruhende Stille durch Stimmen zu zerstören. Doch sie musste wissen, wer das gerade gewesen war.

»Nichts, was dich etwas angeht«, gab Adrien knapp zurück und damit schien das Gespräch für ihn beendet zu sein.

Bree öffnete gerade den Mund, um etwas zu erwidern, da begann sich ihre Gruppe mit aufgeregtem Gekreische aufzulösen. Die ersten Mädchen stürmten los, und als Bree ihren Schritt ebenfalls ein wenig anzog, sah auch sie die Hütten, die direkt neben dem See platziert waren, den sie vorhin gesehen hatte. Doch beim Näherkommen erkannte sie, dass die kleinen Häuser aus hellem Holz nicht *neben* dem See standen, sondern über dessen Oberfläche schwebten und eine Hälfte des silbrig glitzernden Wassers umrahmten wie ein Kranz.

Es sah einfach atemberaubend aus und Bree wünschte, sie könnte es einfach genießen, ohne von ihrer gedankenfressenden Unsicherheit abgelenkt zu werden.

Die meisten Türen waren schon geöffnet und von den Mädchen vor ihr besetzt worden, weshalb Bree beinahe ganz nach hinten zum Fuß des Berges laufen musste, der wie eine Wand zwischen ihnen und dem Himmel aufragte, um noch eine freie Hütte zu finden. Doch es war ihr egal, es sahen sowieso alle gleich aus und beim Anblick des glasklaren Wassers waren ihre Sorgen wieder präsenter denn je.

Schnell lief Bree die hölzernen Stufen hinauf und stolperte direkt, weil ihr Kopf nicht verarbeiten konnte, welcher Anblick sich ihr bot. Denn der Raum im Inneren der Hütte passte nicht annähernd zu der Größe, die man von außen vermutete. Mit weit geöffneten Augen ließ sie ihren Blick durch das Zimmer schweifen, das etwa so groß sein musste wie die untere Etage ihres Zuhauses in der Stadt. Das Äußere musste eine Illusion gewesen sein. Mit ihren schmutzigen Füßen ging sie ein kleines Stück weiter in den riesigen Raum hinein und sah hinaus auf den See.

Doch als die Holztür hinter ihr knarzte, wirbelte Bree herum und sah, wie Adrien sie gerade hinter sich schließen wollte.

»Halt, warte!« Sie rannte zurück und riss die Tür wieder auf.

»Keine Sorge, ich hole dich schon pünktlich ab.«

»Nein, das ist es nicht.« Bree kickte den Saum ihres Kleides, der sich schon wieder um ihre Füße geschlungen hatte, von sich und pustete sich eine Haarsträhne aus der Stirn. »Kannst du noch mal kurz reinkommen?«

Verwirrung schlich sich in Adriens Gesicht und seine Brauen hoben sich bis unter die Locken, die ihm wie immer in die Stirn fielen. Doch schließlich fügte er sich ihrer Bitte und trat unschlüssig in die Hütte, die von innen keine war.

»Du musst mir helfen. Ich brauche eine hautfarbene Creme, die deckend und vor allem wasserfest ist.«

Ihr Diener schlenderte ungerührt durch den großen Raum bis zu dem riesigen Panoramafenster, das den Blick auf den See freigab. »Verdammt, hiervon hätte Ery mir auch mal erzählen können«, sagte er bewundernd und blickte nach draußen. Dann sah er kurz zu Bree zurück. »Du fragst mich gerade nicht ernsthaft nach Make-up, oder?«

Brees Haut begann zu kribbeln. »Doch, ich brauche es zum Schwimmen.«

Adrien lachte und Wut loderte in ihr auf. »Schön, dass das für dich ein Witz ist!« Ihre Hände zitterten. Außer ihm gab es niemanden, der es für sie beschaffen konnte. Und ohne konnte sie sich nicht ausziehen, um zu schwimmen. Ausgeschlossen!

»Adrien, ich brauche so eine dumme Creme!« Ihr Tonfall wurde flehender und sie spürte, wie in ihren Augen die Tränen brannten. Mit zusammengepressten Lippen drängte sie sie zurück, doch ihre Nerven waren hier oben dauerhaft so angespannt, dass es ihr schwerfiel.

Nun drehte Adrien sich ganz zu ihr um und sah endlich angemessen besorgt aus. »Ich weiß nicht, wieso dir das so wichtig ist, aber es macht keinen Unterschied. Ich darf dir nichts bringen, was sie dir nicht selbst zur Verfügung stellen.«

Hinter Brees Stirn begann es zu pochen. Kace würde den Fleck auf ihrem Bein sehen. Alle anderen Mädchen, die nur darauf warteten, dass sie eine Schwäche offenbarte, würden den Fleck auf ihrem Bein sehen. »Adrien, bitte. Wie soll mir so etwas einen Vorteil verschaffen?« Sie ging zu ihm und griff in ihrer Verzweiflung nach seinen Unterarmen.

Als Brees Hände seine Haut berührten, zuckte Adrien zusammen und seine Augen weiteten sich, als er sah, wie nah sie ihm gekommen war. Kurz dachte Bree, dass er nachgeben würde, denn über seinen sonst so ironischen Blick legte sich ein anderer Ausdruck, doch dann schüttelte er nur den Kopf. »Es geht nicht, Bree. Ich weiß nicht, worüber du dir solche Gedanken machst, aber es ist sicherlich nicht so schlimm, wie du es dir gerade ein redest.«

Bree stieß einen frustrierten Ton aus. »Da zählt wohl meine Ansicht und für mich ist es schlimm!« Sie ließ ruckartig von ihm ab und fuhr sich verzweifelt durch die Haare.

Adriens Gesichtsausdruck wurde immer ernster. Kurz dachte sie, er würde einfach gehen, doch dann sagte er plötzlich und mit einer Intensität, die sie so von ihm nicht kannte: »Wenn du dir so sicher bist, dass die Voraussetzung für ein Leben hier oben ist, sich niemals auch nur den winzigsten Fehler zu erlauben, wird es dich zugrunde richten. Das kann ich dir versprechen.«

Obwohl aus seiner Stimme ehrliche Besorgnis sprach, konnte Bree die Worte nicht an sich heranlassen. »Ich muss sie davon überzeugen, dass ich es wert bin, die Ewigkeit geschenkt zu bekommen, Adrien. Da ist eine Woche nur seine beste Seite zu zeigen wohl ein angemessener Preis. Auch wenn du das offensichtlich von Anfang an nicht verstehen konntest.«

Er schüttelte nur den Kopf und ging zurück zur Tür. Seine Schultern wirkten verkrampft und waren nach vorne gebeugt, als ob er sich zurückhalten müsste. »Glaub mir, ich bin viel näher an diesem Leben dran, als du es dir vorstellen kannst.« Seine Hände schlossen sich zu Fäusten zusammen, die er jedoch sofort wieder öffnete. »Schau dir Ery an, dann siehst du, was der Preis ist, den du auf diese Art zahlen wirst.«

Brees Mund öffnete sich, doch Adrien machte einen ruckartigen Schritt weiter von ihr weg und schüttelte den Kopf. Er schien verärgert über das, was er gerade gesagt hatte.

»Vergiss es«, brummte er. »Und geh verdammt noch mal ohne diese dumme Creme schwimmen. Du wirst ihm auch so gefallen.«

Dann öffnete er die Tür und verschwand nach draußen, ohne ihr noch einen weiteren Blick zuzuwerfen.

Kapitel 9

»Brealynn, Josephin und Vanea.«

Bree fuhr sich nervös über die Lippen und zwang sich, ihren Blick nur auf Genevy gerichtet zu lassen. Direkt neben dieser stand Kace und machte einen so freudigen Eindruck, dass es ihr beinahe den Magen umdrehte. Anscheinend war diese Art von Prüfung hier wirklich genau sein Ding und er konnte es kaum abwarten, zu sehen, wie ihre sportlichen Fähigkeiten auf die Probe gestellt wurden.

Bree konnte es auch kaum erwarten, ihren hautengen Sportanzug auszuziehen, der sie von seinem Material her viel zu sehr an die Handschuhe erinnerte, und dann nur noch im Bikini dazustehen …

»Du machst dir nicht ernsthaft immer noch Gedanken über diese dumme Sache, oder?«

Adrien stand irgendwo hinter ihr und musste ihre verkrampft hinter dem Rücken verschränkten Hände bemerkt haben, denn er klang überrascht und besorgt zugleich.

Bree ignorierte seine Frage vollends und sah sich stattdessen um, um zu erkennen, mit welchen beiden Mädchen sie die dritte Aufgabe bestreiten musste. Sie standen alle vor den Hütten am Rand des Sees, Genevy und Kace auf einem kleinen Steg vor ihnen. Als Bree erkannte, dass sich ein rothaariges, etwas kleineres Mädchen ebenfalls suchend nach vorne lehnte, gab sie sich einen Ruck und ging zu ihr hinüber. Dabei schmatzten ihre engen, dünn besohlten Schuhe auf dem feuchten Boden. Als sie bei ihr ankam, nickte die Rothaarige und sah dabei genauso entschlossen aus, ihre Aufregung unter Kontrolle zu halten, wie Bree. Kurz darauf stieß eine weitere junge Frau zu ihnen, deren großer, gertenschlanker Körper mit der dunklen Haut in dem engen Sportanzug einfach nur atemberaubend aussah. Wenn Bree sich richtig erinnerte, war sie neben Lillith das andere Mädchen gewesen, das die zweite Prüfung auf der Brücke bis zum Ende geschafft hatte.

Sie schwiegen diszipliniert und kommunizierten nur durch ihre Blicke, während Genevy die anderen Gruppenkonstellationen vorlas – zwei von ihnen würden als Paar antreten, während die anderen immer zu dritt waren.

Die Luft, die sich heute zwischen den dicken Wattewolken aufstaute, kam ihr beinahe unerträglich stickig vor und sie zerrte ständig an ihrem Ganzkörperanzug herum, den sie neben einem ihr so verhassten Bikini als einziges Kleidungsstück in ihrem Zimmer vorgefunden hatte. Sofort schnalzte der enge Stoff zu ihrer Haut zurück und erinnerte sie daran, dass der halbe Liter Creme, den sie wider besseres Wissen auf dem Pigmentfleck verteilt hatte, wahrscheinlich schon vor dem Ausziehen und Eintauchen ins Wasser durch die Reibung verschwunden sein würde.

Vielleicht konnte sie sich hinter den anderen Körpern verstecken, wenn sie aus dem Wasser kam, und bewusst Kace' Blick ausweichen, auf den sie bisher zu stolz gewesen war.

Ach verdammt, sie wollte einfach nur, dass das hier vorbei war!

Bree unterdrückte das Bedürfnis, einen wütenden Blick zurück zu Adrien zu werfen, der nicht versucht hatte, ihr zu helfen, doch stattdessen blieb sie an Manilas Gesicht hängen, die eindeutig nicht glücklich mit ihrer Gruppe zu sein schien. Doch bevor Bree herausfinden konnte, wieso, wurde sie von ihrer eigenen abgelenkt.

»Sie verteilen Umschläge«, flüsterte plötzlich die Rothaarige neben ihr und man hörte deutlich, wie die Nervosität ihre Stimme an sich riss.

Bree sah nach vorne. Tatsächlich ging Genevy, die immer noch so lieb lächelte, dass es Bree im Herzen wehtat, diese Vorfreude so gar nicht teilen zu können, die Gruppen entlang und drückte jeweils einem Mädchen einen Umschlag in die Hand.

»Macht euch schon mal warm«, sagte die Dritte in ihrer Gruppe und begann prompt, ihr Bein zu dehnen. »Ich bin übrigens Vanea und habe vor, das hier gut zu machen.«

Halbherzig hob Bree ihren linken Arm hinter den Rücken und schluckte den Kloß in ihrem Hals hinunter, der direkt in ihr Herz wanderte und dort zu einem heftigen Pochen wurde. Sie musste sich zusammenreißen. Obwohl sie Adrien für seine Reaktion hasste, hatte er mit einem recht: Es wäre falsch, sich deswegen aus dem Rennen kicken zu lassen. Außerdem wäre es nicht fair ihren Teamkameradinnen gegenüber. »Wir geben unser Bestes«, murmelte Bree während des Dehnens und ließ dabei ihre Augen auf den Umschlägen in Genevys Hand ruhen.

Vanea sah sie an und sagte trocken: »Ich hatte eigentlich gehofft, dich nicht in der Gruppe zu haben. Neid entfacht meinen Kampfgeist immer erst so richtig.«

Bree hob überrascht eine Augenbraue, doch als sie sah, wie sich ein kleines Lächeln auf Vaneas Gesicht bildete, vergaß sie kurz ihr Gedankenkarussell und musste lächeln. »Das nenne ich mal eine Begrüßung«, sagte sie und ließ ihren Arm wieder fallen.

Die Rothaarige verfolgte ihr Gespräch nur mit großen Augen.

Als Genevy bei ihnen ankam, warf sie jedem von ihnen ein

sanftes Lächeln zu und drückte dann Vanea, die sofort die Hand danach ausstreckte, den Brief zwischen die Finger.

»Bitte erst aufmachen, wenn ich es sage.« Sie zwinkerte ihnen zu und ging dann weiter.

»Ihr könnt mich gerne Josy nennen«, sagte die Dritte im Bunde. »Was glaubt ihr, was wir machen müssen? Ich bin nicht gerade die Sportskanone und hoffe, es reicht, wenn eine von uns es schafft.«

Bree wollte ihr gerade reflexartig versichern, dass es schon klappen würde, da fuhr Vanea dazwischen.

»Wie zum Teufel hast du dann die Brücke geschafft?«

Josy schien kurz zu überlegen, ob der schroffe Tonfall ernst gemeint war, zuckte dann jedoch nur mit den Schultern. »Ich wiege zum Glück nicht viel und hatte die Handschuhe an. Am Ende bin ich gefallen, aber es hat wohl noch gereicht.«

Bei dem Gedanken daran, wie viele Mädchen wirklich ins Nichts gerauscht waren, lief Bree ein Schauer über den Rücken. Josy konnte sich glücklich schätzen, dass sie danach nicht noch wie Guinevere einfach aussortiert worden war.

»Viel Glück euch dreien.«

Alle zuckten zusammen und drehten sich um. Sie waren so mit dem Brief und ihrem Gespräch beschäftigt gewesen, dass sie nicht bemerkt hatten, wie Kace die Gruppen ebenfalls abgeschritten war.

»Danke, wir werden dich nicht enttäuschen.« Vanea grinste selbstbewusst und richtete ihren langen Körper sofort etwas mehr auf, um sich gut zu präsentieren.

Brees Augenbrauen wanderten noch weiter nach oben, als Kace Vaneas freches Grinsen sofort erwiderte und seinen Blick genüsslich über ihren Körper gleiten ließ. Sie hatte ihre Überraschung gerade wieder unter Kontrolle, als seine bernsteinfarbenen

Augen bei ihr ankamen und sie mit einem Funkeln festhielten. Doch der Moment war so schnell wieder vorbei, dass Bree immer noch ganz verwirrt war, als er Josy, die sofort rot anlief, noch schnell zunickte und dann weiterging.

Was war das denn gerade gewesen? Hatte er sie extra provozieren wollen?

Bree schüttelte den Kopf und sah wieder auf den Brief in Vaneas Händen. Natürlich machte sie sich nicht die Illusion, dass sie die Einzige hier war, die Kace gefiel, aber das … Ihm musste bewusst gewesen sein, wie es auf sie wirken würde.

»Öffnen!« Genevys helle Stimme schallte durch die Reihen und lenkte Bree von ihren Gedanken ab.

»Los, schnell!«, rief Josy, doch das wäre nicht nötig gewesen. Vanea riss bereits eilig den schönen Umschlag auf und hätte dabei beinahe den Zettel zerfetzt, der sich darin befand. Bree schob sich schnell hinter sie, um ebenfalls hineinschauen zu können. Zuerst war sie überfordert von der Menge an elegant geschwungenen Worten, die sich darauf befand, doch schnell hatte sie die ersten Zeilen überflogen.

Willkommen zu Prüfung Nummer drei. Ihr habt es bis hierhin geschafft und könnt stolz auf euch sein.

Wenn du mit uns in den Wolken leben willst, liebst du die Höhe und den Nervenkitzel. Erklimme den Felsvorsprung und spring. Du wirst deine Kleider hinter dir lassen müssen, aber die Insel kümmert sich um dich und jedes ihrer kleinsten Teilchen wird dafür sorgen, dass du sicher unten ankommst. Hast du dich getraut, wirst du finden, was du zum Gewinnen brauchst.

Bei dem Wort ›Felsvorsprung‹ wandte Bree ihren Kopf bereits nach rechts, bevor sie den Rest des Briefes richtig gelesen hatte. Tatsächlich, der Berg hinter dem See hatte einen schmalen Zacken aus Stein, den er wie eine Zunge von sich streckte. Er befand sich ein gutes Stück in der Höhe, war aber nicht unmöglich zu erreichen. Von dort sollten sie also ins Wasser springen.

Zuerst ließ ihr der Gedanke an einen Sprung aus dieser Höhe einen unwohlen Schauer über den Rücken laufen, doch dann erkannte sie, dass es zu ihrem Vorteil sein konnte. Der Vorsprung war weit genug vom Ufer weg, um ihren Makel vor Kace verbergen zu können, und wenn sie es geschickt anstellte, konnte sie vielleicht wieder schnell genug an ihren Anzug kommen, damit es auch dabei blieb.

Aus dem Augenwinkel sah sie, wie die ersten Mädchen sich bereits in Bewegung setzten, während ihre Mitstreiterinnen noch am Lesen waren.

»Los, wir müssen zum Berg!«, rief Bree aufgeregt und packte Josy am Arm, um sie mit sich zu ziehen. Vanea würde von sich aus folgen, da war sie sich sicher.

Es war ein komisches Gefühl, in dem engen Anzug zu rennen und zu wissen, dass sowohl die Augen von Kace als auch die aller anderen Anwesenden auf sie gerichtet waren, doch nach ein paar Metern vergaß Bree alles um sich herum und rannte nur noch. Laufen war auch eines der Dinge, die ihr das Gefühl von Freiheit vermittelten, und sie genoss es, die Muskeln in ihren Beinen zu spüren und den Boden durch die dünne Sohle der Schuhe zu fühlen. Sie hörte Vanea irgendwo neben sich. Sicherlich würden sie auf Josy warten müssen, sobald sie den Berg erreicht hatten, doch es konnte nicht schaden, vorher schon Zeit zu haben, um den Aufstieg zum Vorsprung genauer in Augenschein zu nehmen. Niemand hatte gesagt, ob sie zu dritt finden mussten, was auch immer sich im See befinden würde, doch Bree ging davon aus, dass die Unsterblichen es nicht gerne sehen würden, wenn sie eine von ihnen in einer Gruppenaufgabe ganz außen vorließen. Besonders Genevy nicht.

All diese Gedanken schwirrten Bree durch den Kopf, während sie Meter für Meter an den schwebenden Hütten vorbeiflog und dem Berg immer näher kam. Während ihr Körper automatisch den ihm bekannten Bewegungsablauf abspulte und sich ihr Atem dem schnellen Laufen anpasste, scannten ihre Augen die zu ihnen gewandte Seite des grauen Steins ab. Wie zur Hölle sollten sie da hinaufkommen? Der Berg war nirgends flach genug, um einen Weg oder Ähnliches zu haben, der zum Felsvorsprung führte.

Im Rennen blickte sie an sich herunter und auf den schwarzen Anzug, der sich so eng an sie schmiegte und sich doch befremdlich anfühlte. Er war aus demselben Material wie die Handschuhe und es schien genauso an ihrer Haut zu haften, wie es an der Brücke gehaftet hatte.

Bree drehte sich im Laufen um und sah, dass Vanea direkt hinter ihr war. Und zu ihrer Erleichterung schlug sich auch Josy wacker. Obwohl man sogar aus der Entfernung ihr hochrotes Gesicht sehen konnte, hatte sie noch einen kleinen Vorsprung auf die große Gruppe an Mädchen hinter ihr, in der man die einzelnen Teams schon gar nicht mehr ausmachen konnte. Bree hatte keine Ahnung, wo Delaney und Manila waren, doch sie waren ziemlich sicher unterschiedlichen Teams zugeteilt worden.

Bree ließ ihre eigene Hütte hinter sich und bog nur wenige Sekunden später schlitternd hinter dem letzten kleinen Haus ab, das unweit von den ersten Ausläufern des Berges stand. Doch während dieser sich weiter rechts von ihnen sanft in eine größere Steigung schmiegte, lag der Felsvorsprung scharf links.

»Scheiße, ist das steil«, murmelte Bree. Alles in ihr protestierte, als sie stehen blieb und somit wertvolle Sekunden ihres Vorsprungs verstreichen ließ, doch sie musste sich erst einmal ein Bild von der Lage machen.

»Da sollen wir hoch?«, fragte Vanea und erschien plötzlich mit den Händen auf die Oberschenkel gestützt und nach Luft ringend neben Bree.

»Ich wüsste nicht, wo sonst.« Bree warf einen Blick hinter sich, doch bisher waren sie die Einzigen, die es hinter die letzte Hütte geschafft hatten. »Außer du willst wandern gehen und schauen, ob es einen besseren Weg gibt.«

Gemeinsam traten sie näher an die senkrechte Felswand heran und Bree ließ ihre Finger über den Stein direkt vor sich gleiten. »Das geht!«, stieß sie plötzlich hervor. »Schau, hier sind Hilfen. Genevy hat doch gesagt, sie benutzen diese Insel für Sport. Praktisch eine naturbelassene Kletterwand.«

Vanea sah trotz dieser Feststellung mäßig begeistert aus. Doch dann stieß sie ein »Scheiß drauf!« aus und überquerte die letzten Meter bis zur Wand. Mit ihren langen Armen griff sie so weit nach oben, wie es ging, und zog ihren Körper hinterher, als sie mit den Händen eine sichere Mulde gefunden zu haben schien.

Noch während Bree Vanea zusah, hörte sie ein Geräusch in ihrem Rücken und sah aus dem Augenwinkel, wie ein Schatten an ihr vorbeihuschte. Es war Lillith, das Mädchen von der Brückenaufgabe, die auch hier kurz nach ihnen losgelaufen war. Sie fackelte nicht lange und folgte Vanea an die Wand.

Genau das Gleiche müsste Bree auch tun, doch die Tatsache, dass das Ganze hier als Gruppenaufgabe gestellt worden war, nagte immer noch an ihr. »Was ist mit Josy?«, rief sie Vanea hinterher, doch die ächzte nur, als ihr Körpergewicht für eine Millisekunde nur an ihren Armen hing, während sie einen sicheren Stand für ihren Fuß suchte.

»Kümmere du dich um sie«, zischte sie dann zwischen zwei kurzen Atemzügen und Bree trat unruhig von einem Fuß auf den anderen. Alles in ihr strebte nach vorne, wollte los. Just in diesem Moment stolperte die zierliche, rothaarige Frau um die Ecke.

»Sind … sind auch gleich da«, keuchte sie und fiel beinahe nach vorne über, als sie endlich bei Bree ankam. Ihr Atem ging schwer und Strähnen ihres Haares klebten ihr im Gesicht.

Bree verlor keine Zeit. »Wir müssen da rauf«, sagte sie hastig und zeigte auf die Felswand, mit der die anderen beiden bereits kämpften. »Schaffst du das?«

Josy lachte verzweifelt auf und sah nach oben. »Habe ich eine Wahl?«, fragte sie und in Brees Magengegend machte sich ein ungutes Gefühl breit. Doch man musste Josy zugutehalten, dass sie sofort zu der Wand rannte und versuchte, Vanea hinterherzukommen.

»Ich bin zu klein!«, stieß sie zwischen zusammengebissenen Zähnen hervor, während ihre Finger immer wieder an der Steinwand entlangglitten, ohne Halt zu finden.

Mittlerweile waren weitere Mädchen angekommen und es waren vereinzelte Rufe von denen zu hören, die in der Masse ihre Teamkameradinnen verloren hatten.

»Vanea hat sich da oben irgendwo festgehalten«, murmelte Bree und griff nach Josys Bein, ohne deren Einverständnis einzuholen. Diese quietschte kurz erschrocken auf, als Bree sie nach oben stemmte, doch dann verstand sie und balancierte ihr Körpergewicht so aus, dass sie nicht gemeinsam umkippen würden.

Und tatsächlich schienen ihre Hände kurz darauf ein Ziel zu finden, denn das Gewicht, das Bree die Zähne zusammenbeißen ließ, ließ nach. Als sie sah, dass Josy wenigstens für den Moment sicher an der Wand hing und alleine weiterzukommen versuchte, atmete auch sie tief durch und machte sich bereit. Ab jetzt konnte sie ihr, wenn überhaupt, sowieso nur noch von oben helfen. Den Rest musste Josy alleine schaffen.

Mit einem entschlossenen Grunzen zog Bree sich nur einen Meter rechts von Josy an einem winzigen Vorsprung nach oben, der ihr zwar in die Finger schnitt, aber seinen Zweck erfüllte. Ihre Zehen protestierten in den dünnen Schuhen, als sie sie auf einen winzigen Fleck zwängte. Mit zusammengekniffenen Augen sah sie nach oben zu Vanea, die bereits mehr als die Hälfte der Klippe geschafft hatte; Lillith war nur knapp hinter ihr.

Es war machbar, also würde sie es auch hinbekommen.

Bree stieß angespannt die Luft aus, als sie ihren Körper für die nächste Etappe seitlich an die Wand pressen musste, um ihr Gleichgewicht nicht zu sehr nach hinten zu verlagern. Die gummiartige Beschichtung ihres Anzuges half, sich beinahe an die Wand zu kleben, und gab ihr die Sicherheit, einen Arm zu lösen, um nach dem nächsten Vorsprung zu tasten, den sie bisher noch nicht sehen konnte.

»Scheiße verdammte, wie soll das gehen?«, hörte Bree plötzlich Vanea fluchen und wagte es, den Blick zu heben. Ihre Teamkameradin war beinahe oben angelangt und befand sich mittlerweile in einer Höhe, die einem die Beine weich werden lassen konnte. Doch Bree erkannte schnell, wieso sie nicht mehr vorankam. Die Felswand lief dort so eng zusammen, dass sie alle eine bestimmte Stelle passieren mussten, um ganz nach oben zu gelangen. Und diese eine Stelle war beinahe wie ein Schlauch geformt, die Wände waren glatt, ohne Halt für Fuß oder Hand.

Bree biss sich auf die Unterlippe und hievte sich noch einmal mit Schwung nach oben. Von hier aus konnte sie nichts tun, sie musste näher heran.

Sie zog das Tempo an und verließ sich darauf, dass ihre Hände und Füße sie sicher an der Wand halten würden. Als sie direkt hinter Vanea angelangt war, hatte sie zwar den Rest der Mädchen, die schon am Felsen waren, noch deutlicher hinter sich gelassen, aber ihr standen auch Schweißperlen auf der Stirn. Der Tag heute war unglaublich schwül und das Klettern, gepaart mit dem Nervenkitzel, den das Ganze mit sich brachte, extrem anstrengend.

Bree warf einen kurzen Blick nach unten und stellte erleichtert fest, dass Josy sich immer noch tapfer vorankämpfte. Durch den Engpass stauten sie sich nun zu dritt vor der Stelle, und obwohl Lillith, die sich schon von Beginn an ein Kopf-an-Kopf-Rennen mit ihnen lieferte, nun die Chance hatte, an ihnen vorbeizuziehen, zögerte sie genauso wie Vanea. Ein Sturz von hier oben konnte schnell zu einem gebrochenen Arm oder Schlimmerem führen, was für den Rest des Wettkampfes fatal wäre.

»Verdammt, da sind ja wirklich gar keine Griffe«, sagte Bree, während sich ihre Finger in eine kleine Wölbung im Felsen krallten, um ihrem Körper Halt zu geben. Ihre Zehen schmerzten bereits von der verkrampften Position auf den immer viel zu kleinen Vorsprüngen, doch gerade war ihr Stand relativ sicher.

»Ja, du Genie. Sonst würde ich nicht feststecken«, gab Vanea ruppig zurück und aus ihrer Stimme sprach pure Anspannung. Sie mussten schnell weiter, wenn sie nicht alle drei den Mut verlieren wollten, sich der schwierigen Passage zu stellen.

Angespannt blickte Bree wieder nach unten und spürte dabei, wie der Stoff ihres Anzugs am Stein rieb. Da kam ihr plötzlich eine Idee. »Schnell, lass mich an dir vorbei«, rief sie Vanea zu, die zuerst misstrauisch dreinschaute, aber dann ihren Schwerpunkt doch ein wenig nach links verlagerte, sodass Bree sich an ihr vorbeischieben konnte.

Ihr Herz pochte bis zum Hals und sie traute sich nicht, nachzusehen, ob Kace sie beobachtete, während sie ihren Körper an die Wand presste und dann ihren Rücken zuerst langsam in den Schacht schob, der sich durch die Form des Felsens ergeben hatte. Mit all ihrer Kraft drückte Bree sich von dem Vorsprung ab, auf dem ihr Fuß stand, und versuchte, mit ihrem Kreuz eine möglichst große Fläche zu berühren. Probehalber ruckelte sie ein paar Mal hin und her und spürte, wie der Stoff des Anzugs mehr als gewöhnlich an der Oberfläche haftete.

Bree atmete zittrig ein und löste dann ganz vorsichtig einen Fuß von unten, um auch ihn in den Schacht zu schieben. Sofort gab sie so viel Druck wie möglich darauf und zog schnell den zweiten Fuß hinterher. Nun klemmte sie mitten im Schacht, den Rücken an die eine Seite gepresst, während sie mit den Füßen auf der anderen Seite die Spannung hielt. Entweder das hier klappte oder sie schmierte gleich glorreich ab und riss noch andere Mädchen unter sich mit.

Für ihr Empfinden dauerte es eine Ewigkeit, in der sie sich mit winzigen Schritten weiter nach oben schob. Doch als sie das Ende des Schachtes erreicht hatte und sich mit zittrigen Armen und Beinen über die Kante hievte, entwich mit einem Zischen die Luft aus ihrer Lunge. Sie hatte es geschafft.

Schwer atmend sah Bree nach unten und erkannte, dass die anderen immer noch nicht an der Stelle angelangt waren. Vanea jedoch hatte nicht lange gefackelt und war direkt hinter ihr. Wäre Bree abgerutscht, hätte sie sie unvermeidbar mit sich gerissen.

Auch ihrer Teamkameradin stand der Schweiß auf der Stirn, als sie kurz darauf hinter Bree auf den Felsen kletterte und sich die schmutzigen Hände an der Hose abwischte. »Heilige … das war ziemlich beängstigend.«

Bree nickte, bevor sie sich die Zeit nahm, sich hier oben umzusehen. »Ja, das wird sicher einige aufhalten. Wir müssen schauen, wie wir Josy hier hochbekommen.«

Während Vanea bereits das kleine Plateau erkundete, behielt Bree immer noch die Felswand im Auge. Natürlich tat Lillith es ihnen gleich und schob sich kurz darauf keuchend den schmalen Spalt hinauf. Bree musste das Bedürfnis bekämpfen, ihr eine Hand hinzustrecken. Natürlich wollte sie gewinnen, aber von hier oben zuzusehen und sich vorzustellen, wie sie abrutschte, war nicht gerade leicht. Doch sie hielt sich zurück – die Unsterblichen würden es nicht gutheißen. Sie legten offensichtlich Wert auf Fairness, aber auch auf Siegeswillen. Jede von ihnen wollte Kace. Sonst würde das Ganze hier ja auch keinen Sinn machen.

Das hieß aber nicht, dass sie Josy nicht helfen konnte.

Während Lillith sich in einem letzten Kraftakt über den Rand hievte, hockte Bree sich so nah an die Kante, wie sie konnte, und spähte über den Rand.

»Komm schon, Josy, du schaffst das!«, rief sie aufgeregt, als sie erkannte, dass es besser lief, als sie gedacht hatte. Ihre Teamkameradin sah zwar vollkommen fertig aus und Angst spiegelte sich in ihren Augen, doch sie hielt sich wacker an der Wand und hatte noch einen kleinen Vorsprung auf die anderen. »Du musst es nur bis zu dem Schlauch schaffen, dann helfe ich dir!«

»Bree, komm jetzt!«, rief Vanea hinter ihr und Bree drehte sich um. Lillith war schon an ihr vorbeigelaufen und Vanea stand ungeduldig vor dem kleinen Pfad, der scheinbar in Richtung des Vorsprungs führte.

Doch Bree schüttelte den Kopf. »Das bringt doch nichts, Josy muss auch mit!« Plötzlich kam ihr eine Idee. »Sie ist die Nächste an der Schleuse, komm wieder hier her!«

Man sah an Vaneas Körpersprache, wie sehr ihr diese Aufforderung gegen den Strich ging. Doch schlussendlich rang sie sich mit einer unwirschen Bewegung dazu durch und joggte genervt wieder zurück.

»Was sollen wir denn von hier aus tun?«

»Ich lehne mich nach vorne und helfe ihr über den Rand; das war das Schwerste. Kannst du mich festhalten?«

Vaneas dunkle Augen weiteten sich. »Das ist nicht dein Ernst, oder? Was, wenn ihr beide runterknallt?«

»So weit nach vorne lehne ich mich nun auch wieder nicht«, murmelte Bree und robbte wieder an den Rand. Tatsächlich, Josy war fast da.

»Du musst dich dazwischen klemmen, mit dem Rücken an die eine Seite und den Füßen an die andere!«, rief Bree hoffentlich nur so laut, dass Josy es hören konnte, aber die anderen hinter ihr nicht.

»Wie bitte?« Aus Josys Stimme sprach pures Entsetzen.

»So haben wir es auch gemacht, es geht nicht anders. Das Material des Anzugs haftet, versprochen.«

Als Brees Blick weiter nach unten schweifte, erkannte sie, dass mittlerweile alle Mädchen an der Wand waren. Doch auf dem Boden hatten sich ein paar Leute versammelt und sahen ihnen zu. Kace, Genevy und ein paar der Diener. Von hier oben konnte sie nicht erkennen, ob Adrien auch da war. Hatten sie auch schon zugesehen, als sie nach oben geklettert war?

»Bree, ich kann das nicht«, wimmerte Josy und nun kamen ihr tatsächlich die Tränen, als sie kurz vor der engen Passage innehielt.

»Du hast keine Wahl, Josy. Zurück kannst du nicht mehr.« Manchmal half nur die Wahrheit, denn es stimmte. Unter ihr waren so viele andere Körper, dass sie niemals unfallfrei an ihnen vorbeikommen würde. »Ich helfe dir und ziehe dich über die

Kante.«

Josys Unterlippe zitterte, doch endlich gab sie sich einen Ruck und schob sich seitwärts so weit nach oben, wie es ging, ohne ihre Füße zu lösen.

»Und jetzt den ersten Fuß reinstemmen«, ermutigte Bree sie, während sie gleichzeitig Vanea winkte und auf dem Bauch genau über Josys Position robbte. »Du kannst es an deinem Rücken testen, der Anzug hält dich.«

Josy schloss kurz die Augen, doch dann stieß sie sich beherzt mit dem Fuß ab und drückte ihre Sohle an die Wand gegenüber. »O mein Gott«, flüsterte sie zittrig, während sie schnell den zweiten Fuß nachzog, um sich aus der undankbaren Position zu befreien.

Bree sah hinter sich und spürte, wie Vanea ihre beiden Knöchel umfasste. »Das ist eine verdammt dumme Idee«, murmelte sie, doch solange sie tat, was getan werden musste, war es Bree egal.

»Ich kann nicht … Ich kann nicht weiter!«, rief plötzlich Josy von unten.

Bree sah über den Rand. »Doch, schieb dich Stück für Stück nach oben!«

Josy schüttelte den Kopf und ihre Locken flogen hin und her. »Ich bin zu klein, ich kann die Spannung nicht halten.«

Bree presste frustriert die Zähne aufeinander. Unter Josy kamen schon die Nächsten in die Nähe der Passage. Was würden sie tun, wenn sie blockiert blieb?

»Mist«, presste sie hervor und sah dann zu Vanea. »Bitte gut festhalten.« Sie schob sich noch weiter nach vorne und ließ ihre Arme über den Rand baumeln. An ihren Knöcheln fühlte sie Vaneas Hände.

»Kommst du an mich dran?«

Josy sah zu ihr hoch und streckte ihre eigenen Arme so weit

nach oben, wie sie es sich traute. Doch einige Zentimeter fehlten – sie war nicht weit genug oben in der Spalte eingestiegen.

»Wir müssen weiter runter«, rief Bree nach hinten und schob sich noch ein Stück vor. »Der Anzug haftet auch hier am Boden.« Ihr einziger Gedanke war es, das hier jetzt endlich zu dritt zu schaffen und diese dumme Prüfung hinter sich zu bringen.

»Du bist doch nicht ganz dicht«, rief Vanea, rutschte aber mit ihr gemeinsam nach vorne.

Nun ragte Brees Oberkörper zur Hälfte in die Luft und sie streckte sich so weit, dass sie Josys Hände knapp erreichen konnte. Was würde Kace über diese Aktion denken? War das für ihn schummeln oder gutes Teamwork?

»Du kannst nicht dein ganzes Gewicht an mich hängen, sonst fallen wir«, sagte Bree ernst und sah Josy fest in die Augen. »Du musst trotzdem deine Beine benutzen und mit aller Kraft gegen die Wand drücken.«

Josy nickte und ihre Augen schwammen vor Tränen. Doch sie blieb stark und griff nach Brees Fingern. Als sie sah, wie Josy sich bereit machte, um den ersten Schritt zu machen, rutschte Bree dann doch kurz das Herz in die Hose. Hatte sie recht? Würden Vaneas Griff und der Anzug reichen, um sie nicht beide über die Kante stürzen zu lassen? Würde Kace sie im Zweifelsfall fangen?

Josy drückte sich nach oben und Bree zog sofort mit, als sie es spürte. Gemeinsam schafften sie ein gutes Stück der Passage und innerlich jubelte sie. Ja, das würde klappen! »Okay, okay …!«, rief sie erleichtert.

Von dem Erfolg ermutigt, setzte Josy sofort nach und Bree biss die Zähne zusammen, als der Druck auf ihre Arme wieder heftiger wurde. Nur noch einmal, dann würde sie sie über den Rand ziehen können.

Anscheinend konnte Josy das ebenfalls nicht erwarten, denn sie gönnte Bree keine Pause, sondern arbeitete sich weiter vor. Doch sie war zu hektisch gewesen, denn plötzlich rutschte ihr Fuß ab und sie trat mit einem Aufschrei ins Leere.

Brees wurde vor Schreck eiskalt, als sie mit Josy ein gutes Stück nach unten gerissen wurde. Das war's, sie würde fallen! Sie spürte, wie ihr Oberkörper trotz des Anzugs innerhalb von Millisekunden über den rauen Boden rutschte und sie gleich so weit über der Klippe hängen würde, dass es kein Zurück mehr gab.

Doch plötzlich hörte sie ein lautes Keuchen direkt hinter sich und es fühlte sich an, als ob ihre Beine abgerissen würden. Mit einer unglaublichen Kraft zerrte Vanea sie nach hinten, und als Bree einen hektischen Blick dorthin warf, sah sie, dass sie beide Füße in den Boden stemmte und mit verzerrtem Gesicht an ihr zog. Und sie hörte nicht auf, bis Bree wieder in Sicherheit war. Zwar brannte Brees Oberkörper von der Reibung, doch sie schaffte es wirklich, sie beide so weit nach oben zu ziehen, dass Josy eine Hand über den Rand brachte. Wenn sie sich jetzt gut anstellte, war das hier vorbei.

Ohne nachzudenken, packte Bree den Stoff von Josys Anzug am Rücken und zerrte so heftig daran, dass diese sich über die Kante hieven konnte. Sie atmete tief aus und rollte sich von ihrem sich heftig hebenden und senkenden Bauch auf den Rücken.

Verdammt, das war knapp gewesen!

Bree sah schwer atmend zur Seite, Josy kauerte neben ihr. Doch sie war oben, das zählte.

Vaneas Stimme zerriss den Moment. »Das war die dümmste Idee des Jahrtausends. Aber wenn ihr eure Hintern jetzt nicht hochbekommt, war alles umsonst!«

Bree hatte das Gefühl, durch die Sohle ihrer dünnen Schuhe jede einzelne Erhebung im Stein spüren zu können, als sie zu dritt den schmalen Weg in Richtung des Felsvorsprungs entlangjoggten. Der Wind fuhr ihr unwirsch ins Gesicht, riss ihr Strähnen aus dem Zopf und peitschte sie ihr gegen die Wangen. Doch all das bemerkte sie kaum, denn ihr Blick war nur nach vorne gerichtet.

Obwohl die Angst, gemeinsam mit Josy die Felswand hinunterzustürzen, noch immer nicht komplett abgeklungen war, hatte sich bereits eine weitere und gut bekannte Furcht in Brees Kopf geschlichen. Gleich würde sie den Anzug ausziehen und ins Wasser springen müssen.

Trotz des frischen Windes traten ihr Schweißperlen auf die Stirn und sie zwang sich, sich auf Josy und Vanea zu konzentrieren, die direkt vor ihr liefen. Plötzlich legte Josy einen Schritt zu, um näher an Vanea heranzukommen. »Hast du den Brief noch? Gib mal her!«, keuchte sie.

Vanea sah sie nur verwundert an. »Was zur Hölle willst du jetzt damit? Wir müssen die Klippe runterspringen!«

»Ja, und dann? Zum Ufer schwimmen? Nach etwas tauchen?« Josy hielt sich die Seite, blieb aber tapfer knapp hinter Vanea.

Diese seufzte und fummelte an einer Tasche an ihrem Anzug herum, von der Bree nicht einmal gewusst hatte, dass sie existierte. Dann überreichte sie Josy das Papier.

Erstaunt beobachtete Bree, wie Josy es schaffte, den Weg entlangzurennen und dabei den Brief zu überfliegen, ohne zu stolpern.

Kurz darauf konnte sie neben sich das silbrige Wasser glitzern sehen und einige Schritte später erreichten sie gemeinsam die Stelle, von der aus der Felsvorsprung ein gutes Stück in den See hineinragte. Es war wirklich schwindelerregend hoch. Vanea verzog das Gesicht, bevor sie begann, sich den Anzug von ihrem

Körper zu schälen. Lillith, die die Stelle vor ihnen erreicht hatte, war schon nicht mehr zu sehen.

Bree lief zum Rand der Zunge und sah hinunter. Tatsächlich, da war sie – bereits im Wasser. Doch auch sie schien unschlüssig zu sein, ob die Prüfung nach dem Sprung bereits geschafft war, und paddelte deshalb mitten im See auf der Stelle. »Josy, was genau stand da?«, rief Bree und schlang sich fröstelnd die Arme um den Oberkörper.

»Klamotten aus, spring, finde, was wir zum Gewinnen brauchen …«, murmelte diese so leise vor sich hin, dass Bree sie kaum verstand.

Konnte sie nicht auch mit dem Anzug ins Wasser springen? Kurz zog sie es in Erwägung, doch in dem Brief stand explizit, dass sie ihn ausziehen sollten, und Bree hatte zu großen Respekt davor, wie das unbekannte Material auf die Nässe reagieren würde. Was, wenn sie damit unterging?

»Zieht euch aus, verdammt! Wir müssen da runter«, knurrte Vanea, die bereits im Bikini dastand. Reflexartig fuhr Bree mit den Augen ihre dunkle und vor allem makellose Haut entlang. Ihre Finger zitterten und sie konnte sich noch nicht dazu durchringen, es ihr gleichzutun.

»Aber was meinen sie mit *jedes kleinste Teilchen der Insel wird euch beschützen*? Klingt das nicht komisch?«, fragte Josy und begann, den Reißverschluss des Anzugs aufzuziehen.

Bree sah wieder nach unten. Die Oberfläche des Wassers glitzerte überall, doch nirgends war ein Anzeichen dafür zu sehen, dass sie nach etwas tauchen sollten.

»Hallo, Miss. Haben Sie auch vor, sich uns anzuschließen?« Vanea stand mit in die Hüfte gestemmten Händen vor ihr.

»Ja doch, gleich«, brummte Bree, sah sie jedoch nicht an. Bisher war noch keines der anderen Mädchen oben angekommen. Hoffentlich hatten sie nicht gesehen, wie man am besten die enge Passage überwand, und waren sich nun alle gegenseitig im Weg.

»Aber wenn unter der Oberfläche etwas ist, das wir suchen sollen, entdecken wir es eher von hier oben. Oder willst du so verloren sein wie sie da unten?«, fragte Bree mit angespannten Nerven und zeigte mit dem Finger auf Lillith.

»*Jedes kleinste Teilchen* …«, murmelte Josy immer noch. »Es wäre doch viel zu leicht, wenn es so offensichtlich wäre.«

Bree fixierte noch einige Sekunden mit pochendem Herzen das Wasser, bis sie sich wieder umdrehte und sah, dass ihre Teamkameradin mit bis zur Hüfte geöffnetem Anzug gerade in die genau falsche Richtung davonlief. »Josy, was machst du?«

Ob sie wollte oder nicht, sie musste Vanea recht geben. Viel Zeit durften sie nicht mehr verlieren.

»Ich will nur eine Sache nachsehen. Wenn es eine Sackgasse ist, springe ich euch direkt hinterher!«

Bree sah, wie Vanea bereits mit wütendem Gesicht dazu ansetzte, etwas zu brüllen, doch sie packte sie am Arm und schüttelte den Kopf. »Lass gut sein. Wenn sie recht hat, werden wir es bereuen.« Vanea verzog den Mund und schnaubte, während Bree nach dem Reißverschluss an ihrem Schlüsselbein griff. »Spring schon, wenn du willst. Ich komme sofort nach. Ich sehe nur schnell nach Josy.«

Sie wusste, dass sie sich selbst betrog. Sie öffnete den Anzug ebenfalls nur bis zu ihrem Bauchnabel und drückte sich vor dem unteren Teil, indem sie Josy folgte. Vanea sah sie als Konkurrentin. Schon allein vor ihr ihren Oberschenkel zu zeigen, konnte Bree kaum ertragen. Sie machte sich keine Illusionen, dass das Make-up gehalten hatte.

Als sie Josy hinterherlief, die den Weg weiterverfolgte, der sie zum Felsvorsprung geführt hatte, hörte sie ein lautes Platschen.

Vanea war also wirklich gesprungen. Vielleicht fand sie ja, wonach sie tauchen sollten, bevor Josy und sie nachkamen.

»Bree, schau dir das an!« Josys Stimme riss sie aus ihren Gedanken und sie schüttelte den Kopf, um das Gefühl des Wassers auf ihrer eigenen Haut abzuschütteln, das bei dem Geräusch sofort aufgekommen war. Sie war auch zu Hause nie Schwimmen gegangen, wenn sie mit ihren Freunden den See neben der Stadt besucht hatte.

Bree bog um eine Ecke und das rothaarige Mädchen kam wieder in ihr Blickfeld. Doch das, was sich um sie herum abspielte, zog sofort ihre ganze Aufmerksamkeit auf sich. »Was zur …?«

Brees Mund klappte auf. Rund um Josys ausgestreckte Hand herum flirrten unzählige kleine leuchtende Wesen, die aussahen wie Glühwürmchen, aber viel heller strahlten, zumal es draußen hell war. Und direkt neben Josy war ein Loch im Boden, beinahe eine Grube, die man mit bloßem Auge kaum ansehen konnte, da sie komplett vom Leuchten der kleinen Insekten erfüllt war.

»Sie kleben regelrecht an mir«, murmelte Josy und bewegte vorsichtig ihren Arm nach oben. Und tatsächlich folgten die kleinen Tierchen ihren Fingern, tanzten um sie herum und liebkosten sie. Ein paar schwebten auch um den Rest ihres Körpers, doch der Anzug schien ihnen zu missfallen. »Das muss es sein, Bree. Du kannst mir nicht erzählen, dass das hier nichts mit der Prüfung zu tun hat.« Ihre Stimme wurde höher, aufgeregter und sie beugte sich über den Rand der Grube.

Bree wollte gerade antworten, da quietschte Josy laut und schlug die Hände vor den Mund, was die leuchtenden Tierchen kurz aufscheuchte und von ihrer Hand vertrieb. Mittlerweile schwebten auch die ersten zu Bree herüber und sie spürte mit einer Gänsehaut, wie sie ganz sanft ihre Haut berührten und jeden Zentimeter ihres nur in einem Bikinioberteil steckenden

Oberkörpers zu erkunden schienen. Durch die Berührung fühlten sich Brees Arme beinahe schwerelos an. Hoben diese besonderen Tierchen sie etwa mit ihren winzigen Flügeln an?

»Da unten ist etwas, Bree! Da ist eine Kiste!«

Sie riss ihre Augen von dem leuchtenden Schwarm los und sah zu Josy hinüber, die am Rand der Grube stand und regelrecht auf der Stelle hüpfte.

»Du hast recht«, sagte Bree. »*Jedes kleinste Teilchen der Insel wird uns helfen*, damit sind die Tierchen gemeint. Und sie scheinen Haut zu lieben, deshalb sollen wir uns ausziehen. Vielleicht tragen sie uns nach unten?«

Josy riss die Augen auf, als auch sie verstand, was Bree da gerade gesagt hatte. »Ja, ja«, murmelte sie nur und begann, ihren Anzug von sich zu reißen.

In diesem Moment sprintete ein anderes Mädchen um die Ecke, das beinahe in Bree hineinstolperte.

»Nein!«, kreischte Josy auf und sah nach unten in die Grube. Die Hektik war ihr anzusehen. Sie wollte anscheinend um jeden Preis gewinnen und Bree konnte es ihr nicht verdenken. Dennoch erkannte sie zu spät, wie groß der Ehrgeiz war, den ihre Teamkameradin entwickelt hatte.

Bree bekam nur noch ein: »Nein, der Anzug!« heraus, bevor Josy sich mit dem Oberkörper so weit nach vorne lehnte, dass die Glühwürmchen sie umfingen wie eine Umarmung, und dann mit geschlossenen Augen einen Schritt nach vorne machte.

Kurz sah es so aus, als ob die kleinen Tierchen es schaffen würden. Josys zierlicher Körper sackte nur langsam nach unten und schwankte dabei wie betrunken, doch dann forderte ihre vollkommen bekleidete und daher für ihre Helfer unbrauchbare untere Hälfte ihren Tribut und sie kippte komplett zur linken Seite. Die winzigen Insekten konnten diesen Schwung unmöglich ausgleichen und mit einem ungläubigen Aufschrei fiel Josy in die Tiefe.

»Nein!«, rief Bree geschockt und rannte so schnell zu der Grube, dass die Glühwürmchen auf ihren Armen erschrocken aufstoben. Noch bevor sie hinuntersehen konnte, hörte sie Josys Wimmern. Sie lag auf dem Boden der Grube und hielt sich ihr Bein, während sie von hektischen Lichtern umschwärmt wurde, die genau wie Bree zu spüren schienen, dass hier etwas gewaltig schiefgelaufen war. Das sah gar nicht gut aus.

»Josy, alles okay?«

Anstatt zu antworten, warf die kleine, rothaarige Frau den Kopf in den Nacken und stöhnte so laut auf, dass Bree ein Schauer über den Rücken lief. Wie sollte sie sie wieder hinaufbekommen?

Noch während es in Brees Kopf ratterte und sie aus Angst, sich übergeben zu müssen, den Blick von dem verdächtig verrenkten Bein ihrer Mitstreiterin abwandte, sah sie, wie deren Blick ins Leere glitt und sie von einer Sekunde auf die andere von ihrer sitzenden Position nach hinten kippte.

Scheiße, scheiße, scheiße! Jetzt war sie auch noch ohnmächtig geworden. Das sah übel aus!

»Verdammt!«, rief Bree und fuhr sich mit den Händen durch die Haare. Ihre Beine zitterten, während ihre Gedanken sich überschlugen. Sie würde Josy so nicht nach oben bekommen. Sie wusste nicht einmal, ob die Tierchen sie überhaupt nach oben transportieren konnten, und selbst wenn, wie sollte sie ihr den hautengen Anzug ausziehen, wenn sie ohnmächtig und ihr Bein gebrochen war? Das hier war nicht geplant und sie brauchten Hilfe!

Bree wandte sich nach hinten zu dem braunhaarigen Mädchen, das mit geschocktem Gesicht hinter ihr stand. »Bleib bei ihr, aber geh nicht auch rein! Ich hole sofort Hilfe!«

Ohne eine Antwort abzuwarten, wirbelte sie auf der Stelle herum und rannte so schnell sie konnte den Weg zurück. An der Klippe wimmelte es mittlerweile von Mädchen, die sich hektisch auszogen, und Bree rempelte einige von ihnen so unwirsch an, dass sie stolperten und sich auf ihren Hosenboden setzten. Ihr Herz pochte ihr bis zum Hals, als sie die wütenden Rufe ignorierte, bis zum Rand lief und unten ihre Vermutung bestätigt befand. Mittlerweile hatte sich die kleine Gruppe an Zuschauern hier herbewegt und beobachtete, welche Mädchen auf die Falle hereinfielen und ins Wasser sprangen.

Ohne zu zögern, nahm Bree ein paar Schritte Anlauf und katapultierte ihren Körper mit Schwung ins Nichts, das sie sofort überfallartig nach unten zog. Die Luft rauschte um sie herum und der Fall kam ihr ewig vor, bevor sie mit einem lauten Knall auf dem Wasser auftraf und so tief nach unten sank, dass sie das Gefühl hatte, nie wieder nach oben zu finden. Zog der Anzug sie runter? Hektisch schlug Bree mit den Beinen und nahm einen keuchenden Atemzug, als ihr Kopf endlich die Wasseroberfläche durchbrach.

Ohne auf die anderen zu achten, die immer wieder nach unten tauchten und nach etwas suchten, das nicht da war, begann sie sofort, die Strecke zum Ufer zu schwimmen. Ihr Körper protestierte bereits nach wenigen Metern wegen der ungewohnten Bewegung und dem halb offenen Anzug, der sie behinderte, und sie rutschte aus, als sie endlich am Ufer neben einer der Hütten ankam.

»Hilfe! Wir brauchen Hilfe!« Brees Stimme war kratzig und sie rappelte sich gerade wieder auf, da wurde die Gruppe auf sie aufmerksam.

Zunächst sahen Genevy und Kace, die ganz vorne standen, sie

verblüfft an, wie sie dort klitschnass und halb angezogen aus dem Wasser stolperte, doch zum ersten Mal hier oben war es ihr egal, wie sie aussah. Wasser spritzte von ihrem Körper, als sie zu ihnen herüberlief. »Ihr müsst helfen!«, rief sie, während ihr ganzer Körper bei dem Gedanken daran, dass Josy dort oben ohnmächtig lag, zu zittern begann. Sofort war Kace bei ihr und packte sie am Arm. Seine hellen Augen fixierten sie.

»Bree, was ist los? Was machst du hier?«

Unterbewusst nahm sie wahr, wie sein Arm sie stützte und wie sich seine Haut auf der ihren anfühlte, doch der Moment verschwamm vor ihr. Sie musste nur die Worte herausbekommen!

»Wir haben die Grube gefunden, aber Josy ist abgestürzt, hat sich etwas gebrochen und ist ohnmächtig geworden. Sie liegt bewusstlos da oben!«, stammelte sie und versuchte danach sofort, so viel Sauerstoff in ihre Lungen zu pumpen wie möglich.

»Ohnmächtig? Das ist nicht gut«, sagte Genevy sofort und sah ehrlich erschrocken aus.

Aus dem Augenwinkel sah Bree, wie Adrien auf sie zugelaufen kam. Sein besorgter Blick fuhr sofort ihren Körper ab, als ob er fürchtete, sie hätte sich verletzt.

»Ihr könnt ihr helfen, oder?«, keuchte Bree verzweifelt. Falls nicht, wäre die Entscheidung, Josy allein zu lassen, fatal gewesen.

»Eigentlich dürfen wir nicht eingreifen«, sagte Kace mehr zu sich selbst als zu ihr. »Aber wenn es stimmt, was du sagst, schwebt sie in Lebensgefahr.«

»Keine Frage, wir gehen da hoch!« Genevy wandte sich bereits zum Gehen, drehte sich dann aber doch noch einmal zu Bree um. »Kommst du klar?«

Sie nickte schnell.

Kace sah sie noch ein letztes Mal an, wartete ebenfalls auf ihr Nicken und ließ dann beinahe widerwillig ihren Arm los. Er zögerte nur kurz, bevor die beiden in einem Tempo, das Brees Schwindel noch schlimmer machte, davonstoben und in Richtung der Felswand rannten, die Bree selbst kurz zuvor erklommen hatte. Nur wenige Sekunden später sah sie zwei verschwommene Schemen über den Weg hinter dem Vorsprung fliegen.

Vor Erleichterung sackten ihre Schultern nach unten und sie spürte, wie ihre weichen Knie langsam nachgaben. Völlig fertig ließ sie sich auf den feuchten Boden direkt neben dem See sinken und klemmte ihre zitternden Finger in ihre Kniekehlen. Verdammt, wie hatte das so schieflaufen können?

War es unverantwortlich, dass sie Josy einfach so in der Grube hatte liegen lassen? Bree lief ein Schauer über den Rücken. Aber wenn sie auch dort unten festgesteckt hätte, wären sie aufgeschmissen gewesen.

Sie begann, in ihrem klitschnassen Anzug mit dem nackten Oberkörper zu frieren und schlang die Arme um sich. Plötzlich ertönte lautes Gekreische von oben auf dem Berg, das sich, bis es bei Bree ankam, zu undeutlichen Tonschlieren vermischt hatte, doch eindeutig war dort etwas los. Kam es von vorne auf der Klippe? Oder von hinten? Kace und Genevy mussten schon längst dort sein, oder?

»Es wird alles gut, mach dir keine Sorgen.«

Bree zuckte zusammen und sah Adrien neben sich stehen. Er sah aus, als ob er gerne näherkommen würde, jedoch mit sich haderte.

Bree rappelte sich auf und klopfte sich den Schmutz vom Anzug, bevor sie besorgt nach oben sah. »Woher willst du das wissen? Ihr Bein könnte hinüber sein.«

Doch Adrien schüttelte den Kopf. »Nicht mit den Mitteln hier oben.«

»Wieso waren die zwei dann eben so besorgt?«

Er kam noch ein Stück näher und Bree schob sich die nassen Haare aus der Stirn.

»Nur wegen der Licht-Quirrlinge. Die können nicht unterscheiden, ob sie bei Bewusstsein ist oder nicht, und wenn sich zu viele auf ihrem Gesicht niederlassen, könnte sie ersticken.»

Bree schauderte und sah wieder nach oben. Mittlerweile waren alle Mädchen von dem Felsvorsprung verschwunden und entweder im Wasser oder bei der Grube. Was würden sie dort sehen? Hatten die Unsterblichen Josy schon herausgeholt?

»Schau, sie kommen wieder.«

Brees Kopf zuckte nach rechts und tatsächlich, dort kamen Genevy und Kace hinter den Häusern hervorgelaufen – aber alleine.

»Wo ist sie?«, fragte Bree sofort, als die beiden in ihrer Nähe waren, doch Genevy warf ihr nur ein beruhigendes Lächeln zu und ging dann weiter zum Ufer, während Kace zu ihr herüberkam.

Wo war Josy? »Was waren das für Schreie?« Bree wusste, dass sie keinen Unsterblichen – schon gar nicht Kace – so bedrängen sollte, doch sie konnte nicht an sich halten.

Bevor sie überhaupt realisierte, was geschah, breitete Kace plötzlich seine Arme aus und zog sie in eine kurze, aber feste Umarmung. »Es ist alles gut«, flüsterte er leise und wiederholte somit Adriens Worte. »Sie ist schon längst bei meinem Vater und der Heilerin.«

Die plötzliche Nähe ließ Bree schaudern und jagte ihr ein Kribbeln durch den ganzen Körper. Sie trug nur ihr Bikini-Oberteil und spürte Kace so nah an sich, dass ihr Gehirn es gar nicht begreifen konnte. Überall um sie herum war sein wundervoller, dezenter Duft.

Obwohl es das Unpassendste überhaupt war, wurde Bree rot,

als er sie kurz darauf wieder losließ und sich mit einem Räuspern die beinahe weißen Haare aus der Stirn strich.

»Wir haben sie aus der Grube geholt und wieder runtergebracht. Ein gebrochenes Bein ist hier oben wirklich keine große Sache, aber du hast richtig gehandelt, Bree. Dass sie ohnmächtig war, war gefährlich.« Er sah hinüber zu Genevy, die gerade den Mädchen im See, die immer noch fanatisch nach einem versunkenen Schatz suchten, zurief, dass sie herauskommen sollten. »Die Schreie kamen von einer anderen Gruppe, die kurz vor uns bei ihr angekommen war. Tatsächlich haben sie versucht, eine von ihnen nach unten zu bekommen, während Josy noch dort war.« Bree sah, wie seine Lippen sich abfällig kräuselten.

»Wir werden diese Gruppe zu den Verlierern machen«, fuhr er fort. »Ihr Verhalten war nicht akzeptabel. Sie hätten auf sie fallen und sie so noch schlimmer verletzen können.«

Mittlerweile kamen die ersten Mädchen aus dem Wasser und Genevy stieß wieder zu Bree und Kace. Auf ihrem schmalen Gesicht lag ein entschuldigendes Lächeln. »So hatte ich mir meine Prüfung nicht vorgestellt. Ich dachte, ihr versteht, wie die Licht-Quirrlinge funktionieren.«

Als die anderen näher kamen, wurde Bree wieder allzu bewusst, mit wem sie hier gerade sprach. »Haben wir auch, aber dann kam jemand nach und Josy wollte sich den Sieg nicht nehmen lassen, also ist sie halb bekleidet gesprungen.«

Genevy nickte nur und wandte sich dann der vor ihnen entstehenden Gruppe zu. »Die Prüfung ist beendet. Bis auf die drei von oben habt ihr sie alle geschafft. Entschuldigt das Chaos, eure Mitstreiterin kann euch sicher gleich erklären, was passiert ist.« Sie hielt kurz inne, als ob sie über etwas nachdachte. »Ihr werdet heute Abend wieder alle zusammen essen, eure Diener sagen euch Bescheid.«

Sofort wurde sie von einer Horde klitschnasser und verwirrter Mädchen umzingelt, die alle wissen wollten, was geschehen war, und Bree spürte, wie Adrien sich vorsichtig entfernte. Bree entdeckte Delaney, die mit nassen, dunklen Locken zwischen den anderen Frauen stand. Doch Manila war nicht zu sehen und Bree wurde klar, dass sie in der Gruppe sein musste, die versucht hatte, in die Grube zu gelangen. War sie auch dafür gewesen, obwohl es für Josy sehr gefährlich hätte werden können? Oder hatte sie die anderen nur nicht aufhalten können?

Bree hatte sich gerade noch kurz zu Adrien umgedreht und über ihre Schulter gesehen, da hörte sie ihren Namen aus den vielen fragenden Stimmen heraus.

»Wie bitte?», fragte sie verwirrt und suchte in der Menge nach der Person, die sie angesprochen hatte. Und wie sollte es auch anders sein, trat Blondie zwischen den Mädchen hervor und stellte sich mit in die Hüften gestemmten Händen direkt vor Kace und Genevy. Von ihren langen Haaren tropfte das Wassers und der Bikini drückte ihre Brüste so sehr nach oben, dass sie einem beinahe ins Gesicht sprangen.

»Du hast schon richtig gehört«, sagte sie zu Bree und sah dann Kace herausfordernd an. »Sie hat das Ganze extra gemacht, um sich ins Rampenlicht zu rücken. Ein Gruppensieg war wohl nicht genug.«

Das war jetzt nicht ihr Ernst, oder? Gerade sie wollte ihr etwas über Ins-Rampenlicht-Drängen erzählen? »Was zur Hölle soll das bedeuten?«, fauchte Bree und spürte, wie ihre Hände vor Zorn zu zittern begannen. Alle Anwesenden, die beiden Unsterblichen eingeschlossen, beobachteten sie. »Willst du jetzt wirklich behaupten, ich hätte Josy geschubst oder so was?« Brees Blick flog über die jungen Frauen, bis sie das braunhaarige Mädchen gefunden hatte, das direkt nach Josy und ihr bei der Grube angekommen war. Sie zeigte mit einem zittrigen Finger auf sie. »Sie war da und hat gesehen, wie Josy gefallen ist.«

Als hätte Blondie nur auf diese Aussage gewartet, hob sie triumphierend eine Augenbraue. »Ganz recht, Violet war da und hat gesehen, wie du sie einfach hast springen lassen, obwohl du scheinbar genau wusstest, wie diese Lichtviecher funktionieren.« Und dann hatte sie wirklich noch die Dreistigkeit, Kace erneut direkt anzusehen. »Ihr habt am ersten Tag gesagt, anderen ein Bein zu stellen, ist für euch ein Grund, jemanden nach Hause zu schicken. Das sollte auch für sie gelten.«

Sofort verdunkelte sich Kace' Blick und flog kurz zu Bree. Hatte sie da wirklich einen Hauch von Zweifel gesehen?

Sie schnaubte und nun stand ihr wirklich der Mund offen. Doch bevor sie noch etwas sagen konnte, antwortete Genevy: »Bevor wir jemanden nach Hause schicken, müssen wir uns schon wirklich sicher sein. Wie kommst du darauf, dass Bree es wusste?«

»Abgesehen davon, dass ihr Triumph für sich spricht? Sie hat wieder die ganze Aufmerksamkeit und steht wie die alleinige Siegerin da.« Blondies Augen wurden schmaler, doch auf ihren Lippen lag ein Lächeln. »Warum hat sie den Anzug nie ausgezogen, obwohl sie schon zu dritt an der Klippe standen? Wieso hat Bree Vanea als Erste alleine springen lassen, ohne ihr zu folgen, wenn sie doch eine Gruppe sind? Wieso rennt Bree so dramatisch zu euch zurück, anstatt ihrer Teamkameradin in der Grube zu helfen? Mir scheint es so, als ob sie die Aufgabe und den Weg, die Kiste mithilfe dieser Glühwürmchen herauszuholen, sofort durchschaut hat. Nur anscheinend hat sie ihr Wissen nicht mit dem armen Mädchen geteilt, das somit jetzt einen Unfall hatte …«

Dass Kace und Genevy nun Bree ansahen, als ob sie auf eine Reaktion von ihr warteten, gab ihr den Rest. »Hörst du dir eigentlich selbst zu?«, rief sie aufgebracht und ihr ganzer Körper war angespannt wie eine Bogensehne. »Du unterstellst mir gerade, dass ich Josy mutwillig in eine Situation gelockt hätte, in der sie im schlimmsten Fall hätte sterben können!« Sie sah Kace direkt an und versuchte verzweifelt auszublenden, was für eine Szene hier gerade veranstaltet wurde. »Muss ich euch jetzt wirklich erklären, dass das nicht der Fall war? Ich würde so etwas nie tun!«

»Wieso hast du dich dann derart gesträubt, deinen Anzug auszuziehen und mit Vanea ins Wasser zu springen?« Blondie hörte nicht auf und Bree wäre am liebsten vor den Augen aller auf sie losgegangen. Stattdessen spuckte sie innerlich Feuer. »Ja, Vanea hat es mir erzählt und man hat es sicher auch von hier unten gesehen. Du wolltest unbedingt mit Josy alleine nach hinten gehen.«

Fast noch schlimmer als die Anschuldigungen war für Bree, dass Kace dieses Theater nicht beendete. Wieso ließ er zu, dass ihr so etwas unterstellt wurde? Wieso sah er sich das an, als ob es ein interessantes Spektakel wäre?

»Ich bin nicht gesprungen, weil Josy sich sicher war, dass noch mehr zu der Aufgabe gehört als das. Sie war es, die alles durchschaut hat, nicht ich«, presste Bree zwischen zusammengebissenen Zähnen hervor und wollte mittlerweile einfach nur noch zurück in ihre Hütte.

»Und wieso ist dein Anzug immer noch nicht aus, obwohl ihr die Grube mit den Lichtern darin gesehen habt?« Blondie deutete auf Brees Körper. »Du hattest nie vor, selbst zu springen und die Kiste zu öffnen. Das ganze Drama hier war so ja auch viel ergiebiger für dich.«

Gerade als Bree dachte, dass sie gleich explodieren würde, spürte sie eine Bewegung hinter sich. Wie beiläufig streifte Adrien ihre Seite. Seine Augen waren auf den Boden gerichtet und er verhielt sich, als ob ihn der Streit vor seinen Augen kein bisschen interessieren würde. Er ging einfach, als ob seine Aufgabe hier beendet wäre. Und es war das Beste, was er für sie hätte tun können. Denn auch Bree fand nun den Mut, sich aus ihrer Starre zu lösen, in der sie nur vor Zorn zittern und sich einer Anschuldigung nach der nächsten stellen konnte. »Ich muss mir das nicht länger anhören. Kann ich bitte in meine Hütte gehen? Ich bin müde«, sagte sie leise und sah dabei nur Kace und Genevy an; Blondie würdigte sie keines Blickes.

»Natürlich. Ohne wirkliche Beweise wird hier sowieso gar nichts passieren«, gab Genevy zurück und ihre Stimme war so freundlich, dass Bree ihr glaubte. Das wäre ja auch noch schöner gewesen. Kace nickte nur und trotz seiner ernsten Fassade konnte Bree sehen, dass er die Szene von gerade alles andere als schlimm fand. Es gab ihr die Bestätigung, dass man sie nicht wegen Blondie rausschmeißen würde, doch es machte sie wütend, dass er dieses Gekeife anscheinend belustigend fand.

Sie drehte sich auf dem Absatz um und stakste in ihrem durchnässten Anzug zurück zur Hütte. Wenn diese Schnepfe noch einmal so etwas abzuziehen versuchte, konnte sie was erleben …

Kapitel 10

Sie alle hier waren Konkurrentinnen und jede kämpfte für sich. Doch erst an diesem Abend und nach der furchtbaren Szene von vorhin spürte Bree das beinahe schmerzhafte Gefühl, komplett alleine sein zu wollen. Die nie enden wollenden Gespräche über Kace und die Prüfungen auszuschalten und den Gedanken, sich dauerhaft beweisen zu müssen, abstreifen zu können wie eine alte Haut.

Bree streckte ihre Hand ins Dunkel der Nacht und ein Licht-Quirrling ließ sich sofort darauf nieder. Jetzt, wo sie in der Dunkelheit miteinander durch die Luft tanzten, brauchte es schon ein wenig mehr Überzeugungskraft, damit sie zu einem kamen. Die Berührung des winzigen Tieres auf Brees Haut war ungewohnt und doch vermisste sie sie, sobald sie verschwand. Sie sah dem Wesen hinterher, wie es in der Masse der leuchtenden Funken über dem tiefschwarzen See verschwand.

Die Licht-Quirrlinge fühlten sich trotz ihrer Fremdartigkeit für Bree sogar noch mehr nach Heimat an als Vögel – sie strahlten nicht nur Freiheit aus, sondern auch Zusammenhalt in ihrem großen Ball aus hellem Licht.

Wenn sie endlich den Wettkampf hinter sich gebracht hätte, würde sie das hier oben auch finden, da war sie sich ganz sicher.

Ihr unsterblicher Körper würde es ihr möglich machen, sich einzufügen und genauso schnell zu reagieren, wie Genevy und Kace es heute getan hatten. Sie hatten Josy innerhalb weniger Sekunden aus der Grube befreit, während sie total überfordert gewesen war. Die Perfektion der Unsterblichkeit betraf so viel mehr als die bloße Hülle – sie würde sie von ihren Zweifeln und ihren Grenzen befreien.

»Bree, kommst du?«

Delaneys Stimme riss sie aus ihren Gedanken und Bree klopfte sich schnell die Erde von den Fingern, nachdem sie aus ihrer sitzenden Position am Wasser aufgestanden war. Sie trug ein knöchellanges, weiches Kleid mit langen Ärmeln, die in weit fallendem Stoff endeten, der ihre Handgelenke umschwebte, und hatte ihre Haare zu einem Kranz nach oben geflochten.

Doch eigentlich hätte sie sich die Mühe sparen können, denn außer den neun Frauen, die bisher noch ohne sie und Delaney um ein großes Lagerfeuer herumsaßen, war niemand anwesend. Nur die Diener tauchten immer wieder wie aus dem Nichts auf, stellten ihnen Getränke hin oder legten Decken auf die klammen Holzstämme, die um das Feuer herum verteilt waren. Adrien war jedoch verschwunden, direkt nachdem er sie wie bei einem Kindergeburtstag abgeliefert hatte.

»Nach diesem Tag habe ich mir das Abendessen aber so was von verdient«, murmelte Bree und verzog den Mund zu einem schiefen Lächeln, während sie Delaney zurück zur Gruppe folgte.

»Definitiv. Meine Dienerin hat mir erzählt, dass Josys Bein bis zum Ende des Tages wieder so geheilt sein wird, dass man nicht erkennt, dass jemals etwas gewesen war.«

»Das hoffe ich für sie. Sie war so mutig an der Klippe.«

Sogar hier drüben, in der Nähe des Feuers, schwirrten noch vereinzelt Licht-Quirrlinge hin und her, doch es war nichts im

Gegensatz zu dem magischen Anblick, den die tanzenden Lichtkugeln auf dem See boten. Deshalb suchte Bree sich extra einen Platz auf einem der Holzstämme, von dem aus sie das Schauspiel sehen konnte. So musste sie nur den Blick heben und flog für eine winzige Sekunde mit ihnen davon.

»Es tut mir so leid für Manila«, sagte Bree leise und starrte ins Feuer. Sie hatten sich nicht mehr verabschieden können, denn als sie und Delaney gemeinsam zu ihrer Hütte gegangen waren, war Manila schon verschwunden gewesen.

»Wir sind nur noch so wenige, es war klar, dass es früher oder später eine von uns trifft.« Delaney lachte auf. »Aber um ehrlich zu sein, hätte ich nie gedacht, dass ich diejenige sein würde, die noch mit dir hier sitzt.«

Plötzlich wehte ihnen ein himmlischer Duft um die Nase und sie drehten sich beide danach um.

»Was ist das?«, fragte Bree, als eine Dienerin mit blonden kurzen Haaren ihr ein merkwürdig geformtes Brot hinhielt, das innen ausgehöhlt und mit einer undefinierbaren Masse gefüllt war.

»Es wird dir schmecken«, sagte sie nur und ging dann weiter zu Delaney, die schon mit glänzenden Augen auf den Inhalt ihrer Hände starrte.

Vorsichtig knabberte Bree an einer Ecke. Das Brot war weich und fluffig, während die Füllung sie vage an Pilze erinnerte, aber viel würziger war und somit kaum mit einem ihr bekannten Geschmack in Verbindung gebracht werden konnte.

Delaney seufzte genüsslich und auch Bree nahm sofort einen weiteren Bissen. Sie hatte das Gefühl, dass diese Art der Zusammenkunft nicht geplant gewesen war und sie es Genevy zu verdanken hatten, die sich für den Verlauf der Prüfung entschuldigen wollte. Ihre freundliche Art bewies ganz deutlich, dass die Unsterblichen mitnichten alle wie Bellamy waren und ihre unendliche Zeit dafür nutzen wollten, sie zu drangsalieren. Das Hinunterschweben in die Grube, getragen von Abertausenden winzigen Körpern, wäre sicherlich ein wunderschönes Erlebnis gewesen, hätte Josys Unfall nicht dafür gesorgt, dass die Prüfung vorzeitig beendet wurde.

»Die sind doch einfach nur eklig«, nuschelte Delaney mit vollem Mund und Bree strich ihr lächelnd eine gelockte Haarsträhne, die ins Essen hing, zurück hinters Ohr, damit sie ihr Brot nicht loslassen musste. »Danke.«

»Wen meinst du?«

Als Antwort warf Delaney nur ein abschätziges Kopfnicken auf die andere Seite des Lagerfeuers. Dort tanzten die Schatten der Flammen auf Blondies Gesicht, die man trotz ihrer Aktion vorhin zu Brees Ärger nicht nach Hause geschickt hatte. Aber Vanea saß auch neben ihr; genauso wie Lillith, die ihnen heute bei der Prüfung davongelaufen war.

Bree biss noch einmal ab und kaute genüsslich, bevor sie sprach. »Vanea ist ruppig, aber in Ordnung. Zumindest hat es heute so gewirkt. Schließlich hat sie mich davor bewahrt, kopfüber von der Klippe zu fallen.« Bei der Erinnerung an die Situation lief ihr ein kalter Schauer über den Rücken. Dort oben war sie noch so von Adrenalin gepusht gewesen, dass sie kaum wahrgenommen hatte, wie knapp es wirklich gewesen war, aber jetzt … Bree schüttelte sich.

Auch Delaney schauderte es sichtlich. »Bei den Göttern, ja. Was hast du dir nur dabei gedacht?«

Bree zuckte gelassener, als sie wirklich war, mit den Schultern. »Wir hätten Josy sonst niemals da hochbekommen.«

Delaney schnaubte. »Mein Team hat auch keinen zweiten Gedanken an mich verschwendet. Ich glaube, ich war die Letzte, die tatsächlich ins Wasser gesprungen ist, und dann hat Genevy auch schon gerufen.« Sie leckte sich würzige Soße von den Lippen. »Aber deinen süßen Diener hast du damit anscheinend auch ganz schön erschreckt.«

Bree verschluckte sich beinahe an ihrem Brot. »Bitte was?«

»Lylah hat ein wenig getratscht.« Delaney grinste. »Anscheinend hat er seine Fassade etwas fallen gelassen, als du fast gestürzt bist, und sie stand direkt neben ihm.«

Bree lief rot an und betete dafür, dass der Schein des Feuers es nicht weiter auffallen ließ. »Das muss von unten auch noch schlimmer ausgesehen haben«, sagte sie schnell und versuchte dann, das Thema zu wechseln.

Hatte Delaney Adrien gerade ›süß‹ genannt?

Zum Glück schien ihre Freundin wirklich nur einen Spaß gemacht zu haben, denn sie ließ das Thema bereitwillig fallen und sprach wieder über Vanea. »Ob sie dir geholfen hat hin oder her, diese Blicke gehen gar nicht und sie hätte dich auch vor Blondie verteidigen müssen. Wir alle hier wissen, dass du die Favoritin bist, aber die schauen dich an, als ob sie dich fressen wollen.«

Bree sah zu der Gruppe hinüber. Tatsächlich warf Blondie ihr bissige Blicke zu, doch auch Vanea beobachtete sie ganz unverhohlen beim Essen. In ihren Augen lag jedoch ein Ausdruck, den Bree von vorhin wiedererkannte.

»Vanea ist einfach unglaublich ehrgeizig, was es ihr unmöglich macht, wirklich freundlich zu mir zu sein, aber das ist nun mal der Wettbewerb.« Sie zuckte mit den Achseln und schob sich den letzten Bissen des Brotes in den Mund. »Zumindest spielt sie bis jetzt fair. Was die anderen angeht, keine Ahnung. Solange sie nicht wieder versuchen, mich zu sabotieren … Noch so eine Aktion und ich garantiere für nichts.«

»Gut so. Zeig deine Krallen! Auch ein Wettkampf verhindert nicht, dass man nett zueinander ist«, sagte Delaney bestimmt und drehte der Dreiergruppe so demonstrativ den Rücken zu, dass Bree lachen musste.

Sie streckte ihre Beine näher in Richtung der sanft knisternden Wärme und das weiche Kleid schmiegte sich um ihre Haut. Der Stoff war wie eine Umarmung und die bodenlosen Zweifel von heute Morgen fast vergessen.

Plötzlich schoben sich ein paar Diener wie üblich als stumme Schatten zwischen ihnen hindurch und Bree erkannte gerade, dass den anderen Mädchen etwas gereicht wurde, da legte sich etwas um ihre Schultern und sie zuckte erschrocken zusammen. Sie drehte sich nach hinten und sah, wie Adrien kommentarlos eine weiche Decke um sie wickelte. Bree sah ihn überrascht an und tatsächlich formte sich ein kleines Lächeln auf seinen Lippen.

»Anweisung von oben«, sagte er amüsiert, und als er die Hand wieder wegzog, streiften seine Finger ihren Nacken.

»Danke«, gab sie schnell zurück, bevor sie der Berührung nachspüren konnte.

Adrien steckte die Hände in die Taschen seiner schwarzen Hose und legte den Kopf schief. »War bei dir heute auch ganz schön knapp.«

Sofort erinnerte sich Bree an Delaneys Kommentar, doch sie würde nicht weiter darauf eingehen; auf keinen Fall.

»Man hat es von unten sicherlich nicht gesehen, aber Vanea hatte mich an den Füßen. Ich konnte quasi gar nicht fallen.« Das war eine ziemliche Untertreibung, doch sie wollte jetzt nicht darüber reden.

»Sie hätten dich sowieso schnell wieder flicken können. Soweit ich weiß, kommt Josephine noch heute Abend mit einem heilen Bein in ihre Hütte zurück.«

Wahrscheinlich hätte er nichts sagen können, was weniger darauf hindeutete, dass es ihn wirklich beschäftigt hatte, also entspannte auch Bree sich. »Wirklich? Sie bleibt weiter dabei?«

Adrien zuckte mit den Schultern. »Keine Ahnung, sag du es mir. Ich werde über so was nicht informiert, außer du fliegst raus. Aber wenn sie wieder herkommen soll, dann gehe ich davon aus.«

Plötzlich schob sich wieder die übliche desinteressierte Miene über Adriens Gesicht und kurz darauf nickte er schnell zum Abschied. Als Bree sich umsah, bemerkte sie, dass Delaneys Dienerin sie beobachtet hatte und nun auch eilig wieder davonging. Hatte sie gelauscht?

»Was glaubst du, wird es morgen sein?«, riss Delaney Bree aus ihren Gedanken, die sie sich die Decke um die Beine wickelte.

»Die Prüfung meinst du?« Bree zog ihre Füße wieder zu sich, um sie ebenfalls unter die weiche Decke zu stecken. »Ich habe wirklich keine Ahnung. Aber mein Gefühl sagt mir, es wird nicht gerade leichter.«

Delaney starrte resigniert ins Feuer. »Langsam frage ich mich, wofür ich mir das alles hier noch antue. Ich werde sowieso nicht gewinnen und mittlerweile glaubt mir meine Familie bestimmt, dass ich mich wirklich angestrengt habe.«

Bree war überrascht darüber, wie viel Angst ihr diese Worte machten. »Nein, geh nicht«, sagte sie zu schnell und erkannte dann, dass ihr solch eine Aussage nicht zustand, also flüchtete sie sich in Ironie. »Ich meine, was ist schon ein bisschen Sport für so ein Essen?«

Zuerst zog Delaney überrascht die dunklen Augenbrauen hoch, doch dann lachte sie zum Glück herzhaft und legte den Kopf in den Nacken. »Ja, ja, was man nicht alles für Pilzragout tut.«

Bree lachte auch, doch in ihrem Kopf arbeitete es. Dass sie sich so an Delaney band, war nicht gut. Es war ihr Ziel, als Letzte hier oben zu sein, und irgendwann würde Delaney gehen. Es ergab absolut keinen Sinn, in dieser Situation eine tiefer gehende Freundschaft entstehen zu lassen.

Sie atmete tief ein und zog die Decke enger um sich. Das alles hier war so anstrengend, dass sie scheinbar krampfhaft versuchte, sich Momente und Menschen zu suchen, mit denen sie sich wohlfühlte. Wenn Delaney weg war, dann blieb nur noch …

Reflexartig hob sie den Blick und suchte die Menschen um sie herum ab. Wie so oft standen die Diener etwas entfernt von ihnen und unterhielten sich heute sogar leise untereinander. Doch wo war Adrien?

Ohne es wirklich zu wollen, suchte Bree sein Gesicht und fand es schließlich separiert von den anderen ganz nah an den Bäumen, die den kreisrunden Platz umschlossen, auf dem sie um das Feuer herumsaßen.

Wieso hatte sie plötzlich das Bedürfnis, zu ihm hinüberzugehen? Das Bedürfnis, sich mit ihm am Lagerfeuer zu unterhalten, wie sie es tun würden, wenn sie sich ganz normal unten in der Stadt getroffen hätten? Denn obwohl die Hälfte ihrer Konversationen daraus bestand, dass sie sich angifteten, hatte sie das Gefühl, dass sie ihm wirklich wichtig war. Dass es ihm um sie als Menschen ging und nicht darum, dass sie diesen Wettkampf gewann. Und das war trotz seiner häufig miesen Laune Balsam für ihre Seele.

Bisher hatte sie immer nur darüber nachgedacht, dass sie Zoela zurücklassen müsste, falls sie es wirklich schaffen würde, zu gewinnen. In diesem Moment wurde ihr jedoch bewusst, dass auch ein Scheitern Abschied bedeuten würde. Adrien lebte auf den Inseln, er würde nie wieder hinunter in die Stadt kommen.

Und Kace … Kace würde sie sowieso nie wiedersehen, wenn sie es nicht schaffte. Würde wenigstens Delaney wollen, dass sie sich auch in der Stadt trafen, falls sie beide nicht gut genug für das

Leben hier oben wären?

Die Ungewissheit ihrer Situation, die ihr sonst das Gefühl gegeben hatte, fliegen zu können, wenn sie ihre Flügel nur weit genug aufspannte, drückte ihr plötzlich aufs Herz. Doch egal wie es ausging, sie würde immer ihre Familie haben – ob oben oder unten. Sie würde nie alleine sein.

Aber wieso fühlte es sich dann gerade so sehr danach an?

Ruckartig stand Bree auf und erschreckte damit Delaney, die scheinbar ebenfalls in Gedanken versunken gewesen war. »Ich glaube, ich gehe zurück zur Hütte. Der Tag heute steckt mir ganz schön in den Knochen«, sagte sie und lächelte entschuldigend, während sie die Decke enger um ihre Schultern schlang. Wieso hatte sie hier oben immer wieder das Bedürfnis, zu flüchten, obwohl eigentlich alles gut war?

»Verstehe ich«, sagte Delaney und rutschte auf dem Baumstamm hin und her, um eine bequeme Sitzposition zu finden. »Aber wenn es okay ist, bleibe ich noch ein bisschen. Das Feuer ist so beruhigend und ich könnte sowieso noch nicht schlafen.«

»Ja klar. Wir sehen uns morgen.« Bree hob eine Hand, um sich zu verabschieden und wollte sich gerade auf den Rückweg machen, da warf sie reflexartig einen Blick zu Adrien. Sollte er sie zurückbringen oder war es in Ordnung, wenn sie alleine ging? Der Weg war kurz, sie würde ihn auch so finden.

Ihre Augen suchten den Waldrand ab, an dem er gerade noch gestanden hatte, da bemerkte sie, dass er nicht mehr alleine war. Der Umriss verschwamm beinahe mit den dunklen Silhouetten der Baumstämme, doch es war ganz klar noch jemand neben ihm auszumachen. Jemand, der sich bewusst so platziert hatte, dass der Schein des Feuers ihn nicht erreichen konnte.

Obwohl ihre Schritte sie bereits in die entgegengesetzte Richtung geführt hatten, machte Bree auf dem Absatz kehrt. War das der Grund, warum es wichtig für ihn war, dass es ihr gut ging und sie durchhielt? Damit er seine kleinen Geschäftchen mit den Pillen hier abschließen konnte, wo niemand damit rechnete? Dieser Gedanke machte sie wütend.

Sie ging so weit um das Lagerfeuer herum, dass sie ebenfalls vom Dunkel der Nacht verschluckt wurde. Doch kurz bevor sie bei den beiden ankam, verschwanden sie wie aufs Stichwort gemeinsam im Wald. Sie hatten sie nicht gesehen, oder? Das musste ein Zufall gewesen sein.

Hatte sie ein Recht, sich in Adriens Angelegenheiten einzumischen? Wenn er meinte, den Wettkampf für seine Zwecke ausnutzen zu müssen, dann schon, oder nicht?

Mit ausgetreckten Händen, um sich jederzeit abstützen zu können, falls sie über einen Zweig stolpern sollte, machte Bree ein paar Schritte in den Wald hinein. Doch das Schwarz, das hier zu einer undurchdringbaren Wand wurde, jagte ihr einen Schauer über den Rücken. Sich mitten in der Nacht hier zu verirren, hätte ihr gerade noch gefehlt.

Mit einem Kopfschütteln drehte sie wieder um und stakste unbeholfen zurück. Sie würde Adrien morgen noch einmal darauf ansprechen. Dieses Kleid war nicht dafür gemacht, um damit durch den Wald zu wandern.

Obwohl der Rückweg zu ihrer Hütte wenigstens über einen breitgelaufenen Weg führte, stellten sich Brees Armhärchen unter der Decke auf und sie war froh, als sie die Lichter sehen konnte, die die Eingangstür jeder schwebenden Hütte säumten. Sie wollte sich rechts halten, um ihre eigene Unterkunft ganz am Rand des Berges anzusteuern, da hörte sie Stimmen, die noch ein gutes Stück von ihr entfernt waren, durch die Stille der Nacht jedoch weit getragen wurden. Und tatsächlich, als sie vollends aus dem Wald heraustrat, sah sie, wie mehrere Menschen vor einer der Hütten weiter links standen. Um sie herum schwebten Kugeln aus hellem Licht, die sich über ihren Köpfen und mit ihnen bewegten.

Hatte Adrien nicht gesagt, Josy könnte heute Abend schon wieder zurückgebracht werden? Konnte sie das sein?

Das bedeutete aber auch, dass das da drüben entweder Diener oder sogar Unsterbliche selbst waren.

Sofort schlug Brees Herz schneller und sie zog sich die Decke von den Schultern, um sie unter ihren Arm zu klemmen. Falls Kace wirklich dort war, dann wollte sie ihm nicht begegnen, wenn sie aussah wie eine alte Oma.

Bree ging weiter und das Bedürfnis, zu sehen, ob es wirklich Josy war, wuchs mit jedem Schritt. Doch sie war sich sicher, dass sie nicht zu ihnen hinübergehen durfte. Das würde sicherlich gegen die Regeln verstoßen. Sowieso verschwand die Gruppe mitsamt den Lichtern irgendwann vollends in der anderen Hütte und somit aus ihrem Blickfeld.

Sie sollte wirklich einfach schlafen gehen. Morgen würde sie mehr erfahren. Gedankenversunken lief sie an den anderen, noch leeren Hütten vorbei, den Blick nach unten gerichtet, um im Dunklen nichts zu übersehen.

Plötzlich schwollen die Geräusche wieder an und Bree sah vier Schemen aus Josys Hütte herauskommen. Automatisch blieb sie stehen und beobachtete das Geschehen.

Bildete sie sich das nur ein, oder sah einer der Schemen zu ihr herüber, während die anderen sich im Licht der Kugeln über ihren Schultern entfernten? Wenn es wirklich Unsterbliche waren, mussten sie ihre Schritte gehört haben, vermutlich sogar ihren Atem, doch sie tat nichts Verbotenes. Es war doch nur natürlich, dass sie hinübersah, oder nicht?

Das Licht über der einen Person, die gezögert hatte, erlosch und die anderen verschwanden langsam im Wald, weshalb Bree ihre hochgezogenen Schultern lockerte, tief durchatmete und sich wieder ihrer eigenen Hütte zuwandte. Doch kaum hatte sie sich in Bewegung gesetzt, spürte sie einen Schatten neben sich. Nur mit Mühe konnte sie ihren Schrei unterdrücken, sodass er nur als leises Wimmern ihrem Mund entfleuchte.

»Entschuldigung, ich wollte dich nicht erschrecken.«

Brees Herz pochte ihr bis zum Hals und nur ganz langsam ließ sie die Hand, die sie reflexartig vor ihren Mund gepresst hatte, wieder sinken.

Wenn sie seine Stimme nicht unter tausend anderen erkannt hätte, würde sie im Dunkeln an sich selbst zweifeln. Doch nun sah sie auch sein helles Haar, das sich nicht einmal von der Nacht verschlucken ließ. »Kace«, murmelte sie dennoch ungläubig.

Konnte es sein, dass er es gerade gewesen war, der sie angesehen hatte? Und nur eine Millisekunde später war er hier an der Hütte?

Er stieß sich von dem Geländer ab, das nach oben führte und an dem er locker gelehnt hatte. Kam näher zu ihr. »Ich wollte dir nur sagen, dass es Josephine gut geht. Ihr Bein ist wieder in Ordnung und wir haben sie gerade zurückgebracht.«

Mehr als ein Nicken brachte Bree nicht zustande. Ihr eigener Puls war so laut in ihren Ohren, dass er alle Gedanken übertönte.

Kace durfte sie nicht sehen, das hatte bereits sein Freund gesagt. Und trotzdem stand er hier, genau vor ihr, im Dunkeln. Und sie waren ganz alleine.

Bree wusste, dass sie ganz andere Fragen stellen sollte, doch irgendwie platzte es trotzdem aus ihr heraus. »Warst … warst du gerade noch da drüben und hast zu mir herübergesehen?«

Eine Hälfte seines wunderschönen Gesichts wurde von der

Fackel neben ihm angeschienen und sie konnte sehen, wie es sich zu einem Lächeln verzog. »Du hast mich bemerkt, ja? Ich dachte, ich hätte das Licht schnell genug gelöscht.«

Bree umklammerte die Decke fester und drückte sie gegen ihr pochendes Herz. Was passierte hier? »Also wolltest du mich doch erschrecken?«

Kace lachte leise auf und ihr ganzer Körper kribbelte bei dem Geräusch. Am liebsten wollte sie sich umsehen, um sicherzugehen, dass sie wirklich alleine waren, doch er würde es vor ihr bemerken, wenn sich jemand näherte. Sein helles Lachen wich einem tieferen, raueren Ton, der dafür sorgte, dass sich jedes Härchen ihres Körpers aufstellte. »Ich habe so eine Neigung, nicht widerstehen zu können, wenn ich dich zufällig sehe.« Kace legte den Kopf schief. »Das hat schon im Feld angefangen.«

Erinnerungen an den Moment schossen wie Blitzlichter durch Brees Kopf. »Ich bin sehr froh, dass du damals nicht widerstehen konntest«, flüsterte sie leise.

»Und heute?« Seine Stimme war samtig tief.

»Heute ist es ähnlich«, sagte sie leise. »Und zusätzlich bin ich froh, dass ich dich noch fragen kann, wieso du vorhin nicht eingeschritten bist.« Sie konnte nicht anders, als das jetzt noch einmal anzusprechen. Es hatte ihr schon den ganzen Abend auf der Seele gebrannt.

Kace sah überrascht aus und kurz dachte sie, dass er wirklich darauf eingehen würde, doch dann schlich sich nur ein schiefes Lächeln auf seine Lippen und er antwortete: »Ich hatte nicht das Gefühl, dass du meine Hilfe brauchtest. Du bist ihr mehr als überlegen.«

Das war nichts, was Bree hören wollte. Mit Sätzen wie diesen war sie schon so oft konfrontiert worden, dass sie mittlerweile genau wusste, wie sie dazu stand. Vielleicht wollte sie ihre

Kämpfe nicht immer alleine austragen? Vielleicht wollte sie jemanden an ihrer Seite wissen, der das Schwert mit ihr führte, obwohl sie es auch alleine konnte. Einfach nur um zu zeigen, dass man füreinander da war … Gehörte sich das nicht so in Freundschaften und erst recht in Partnerschaften?

Doch sie spürte, dass diese Situation nicht für solche Gedanken gemacht war. Sie würden die Unendlichkeit Zeit haben, um solche Themen zu klären. Gerade war Kace nicht hier, um zu reden, und diese Gewissheit sandte ihr einen Schauer nach dem anderen über den Rücken. Ohne sich sicher zu sein, ob sie dafür wirklich bereit war, machte Bree einen Schritt nach vorne und gab damit der Anziehung nach, die wie unzählige goldene Fäden zwischen ihnen gesponnen war. Sie löste den Blick nicht von Kace' Gesicht, weshalb sie sah, wie sein Ausdruck sich veränderte, als er erkannte, was sie tat. Wie er den Kopf leicht senkte und seine Augen etwas schmaler wurden. Wie Begehren in seinen Blick trat.

Bree wurde so heiß, dass sie glaubte, gleich in Flammen aufzugehen. Obwohl ihr Kopf zu langsam war, um vollends zu begreifen, was hier und jetzt passieren könnte, schrie ihr Körper bereits danach.

Für eine Millisekunde lud sich die Stimmung zwischen ihnen noch weiter auf, dann machte Kace einen so schnellen Schritt nach vorne, dass Bree ihn kaum noch sehen konnte. Sein Körper traf ihren mit einer Wucht, die ihr die Luft aus den Lungen drückte, und sie wäre nach hinten gestolpert, hätte nicht längst seine Hand in ihrem Rücken gelegen.

Sie stieß ein Seufzen aus und ließ die Decke fallen, um alles loszuwerden, was mehr Distanz zwischen sie bringen könnte. Wie selbstverständlich öffnete sich ihr Mund, als sie seine Lippen auf den ihren spürte, und ihre Sinne explodierten, als sie ihn schmeckte.

Ohne Vorwarnung wirbelte Kace sie herum und hob sie ein winziges Stück in die Luft. Eine Sekunde später standen sie nicht mehr neben der Hütte, sondern direkt vor der Felswand des Berges. Er hatte sie vor potenziellen Augen geschützt. Das bedeutete, dass das hier noch nicht vorbei war …

Sein Finger fuhr über Brees Wange und der Ausdruck, der in seinen hellen Augen schimmerte, sorgte dafür, dass sie alles andere vergaß. »Kace«, flüsterte sie heiser und schlang ihre Beine um seine Hüfte.

Er schien nur darauf gewartet zu haben, denn sofort senkten sich seine Lippen wieder auf ihre. Eliminierten die Welt um sie herum.

Irgendwo in ihrem Kopf rief eine Stimme, dass sie gerade einen Unsterblichen küsste, dass sie Kace küsste, doch sie ging unter in den Wellen der Lust, die ihre Wahrnehmung überschwemmten. Ihre Mitte bog sich ihm entgegen, und als sie das eindeutige Zeichen seines Körpers spürte, wurde sie beinahe wahnsinnig.

Seine freie Hand wanderte ihre Taille hinunter, kitzelte ihre Seite und strich über den Stoff ihres Kleides, der nichts versteckte.

Brees Herz brannte vor Überwältigung und sie konnte zwischen seinen Küssen kaum noch atmen. Als auch seine zweite Hand sich von ihrem Gesicht löste, um ihren Körper hinunterzuwandern, wurde ihr schwindelig. So schwindelig, dass sie sich kaum noch aufrecht halten konnte. So schwindelig, dass ihr pochendes Herz und ihre Aufregung ihr alle Kraft zu rauben drohten.

Was passierte hier gerade?

Überall spürte sie nur ihn und es wurde so viel, dass sie es kaum noch aushalten konnte. Das hier war alles, was sie wollte. Doch es war zu früh, zu schnell. Und obwohl sie das Gefühl hatte, gleich umzukippen, konnte sie sich nicht von ihm lösen. Sie hatte das Gefühl, dass jede ihre bisherigen Begegnungen sie zu diesem Moment geführt hatten.

»Was zur Hölle …?«

Die drei Worte zerrissen die Situation und von einer Sekunde auf die andere verschwanden Kace' Berührungen von ihrem Körper, ihre Beine rutschten wieder auf den Boden und Bree taumelte. Wie durch einen Nebel sah sie, wie Kace sich von ihr löste und einen Schritt zurück machte. Wie er nach rechts blickte und sich etwas in seinen Ausdruck mischte, das dort nicht sein sollte. Er sah ängstlich aus.

»Es ist nicht …«, sagte Kace hastig und streckte eine Hand aus, als ob er den anderen Mann daran hindern wolle, noch näher zu kommen.

Obwohl Bree sehr wohl verstand, dass sie nicht mehr alleine waren, dauerte es einen Moment, bis sie sich von dem erschrockenen Ausdruck in seinen Augen lösen konnte und sich in der Lage dazu fühlte, ebenfalls nach rechts zu sehen.

Dort stand Ery, Adriens Bruder.

»Es ist nicht, wonach es aussieht?« Der Unsterbliche schüttelte den Kopf und seine dunklen Haare schimmerten im Licht der Fackeln hinter ihnen. »Das bezweifle ich stark.« Er warf frustriert den Kopf zur Seite. »Scheiße, Mann, du weißt doch genau, dass das alles sabotiert. Du kennst doch die Regeln besser als jeder andere.«

Kace streckte beschwichtigend beide Hände von sich, sein Mund zuckte nervös. »Ery, es ist alles gut, es muss niemand erfahren.«

Bree stand nur stumm und zitternd da. Doch als Ery erneut den Kopf schüttelte, wurde ihr schlecht.

»Du weißt genau, dass ich sie nicht anlügen kann. Du kennst

doch meinen Stand bei ihnen.«

Kace schloss kurz die Augen und wollte dann noch etwas erwidern, da sagte Ery: »Es tut mir leid« und verschwand – er war einfach weg.

»Kace, was …?«

»Verdammte Scheiße!«, fluchte er und warf den Kopf in den Nacken. Dann sah er sie an und streckte eine Hand von sich, wie um sie auf Abstand zu halten. »Ich muss … Ich muss das in Ordnung bringen, wenn wir noch eine Chance haben wollen, Bree. Ich muss sie überzeugen.« Er unterbrach sich und bleckte wütend die Zähne. »Ery wird reden. Warum musste es gerade er sein?« Kace ballte wütend die Hände zu Fäusten und Bree sah, wie seine Armmuskeln hervortraten.

Dann warf er ihr einen letzten Blick zu und ihr blieb nur noch ein Luftzug, als er Ery hinterherrannte.

Kapitel 11

Sie würde nach Hause geschickt werden, dessen war sie sich ganz sicher.

Obwohl Bree ganz dringend eine Explosion gebraucht hätte, ein Ventil für ihre Überforderung, saß sie nur ganz still auf ihrem Bett, immer noch in dem Kleid vom Lagerfeuer, und schlang die Arme um ihre Beine. Die Haare fielen ihr offen über die Schultern, denn die Flechtfrisur war so zerstört gewesen, dass sie sie geöffnet hatte, bevor ihre Haare etwas über die verbotenen Berührungen preisgeben konnten. Sie war nicht im Stande zu weinen, obwohl alles in ihr danach schrie.

Wieso musste der größte Beweis dafür, dass sie hier genau richtig war, dafür sorgen, dass alles in die Brüche ging?

Wie in Trance hob Bree eine Hand an ihre Lippen. Sie fühlten sich wund an und sie spürte immer noch den Kuss, der sie so weit fortgetragen hatte, dass sie Erys Ankunft nicht bemerkt hatte. Kace musste es ähnlich gegangen sein, sonst hätte er die Schritte sicherlich bereits Minuten im Voraus gehört. Sie waren in einem Tsunami aus Verlangen gefangen gewesen, der alles mit sich fortgerissen hatte. Doch die Welle der Überforderung, die bereits dort, in seinen Armen, über ihre Füße geschwappt war, drohte nun, sie vollends unter Wasser zu ziehen.

Wieso hatte Ery sie finden müssen? Wieso?

Und dann auch noch ausgerechnet er … Adriens Bruder. Bei dem Gedanken daran, dass er ihm davon erzählen könnte, wurde Bree noch ein wenig schlechter und sie wusste nicht einmal, wieso. Sie schämte sich nicht dafür und Kace hatte es mindestens genauso sehr gewollt wie sie. Doch Adrien fand schon den Wettkampf lächerlich. Wie sehr würde er sie hierfür verachten?

Sie saß schon seit mindestens einer Stunde alleine in ihrer Hütte und die ganze Situation zehrte an ihren Nerven. Sie musste mit Kace sprechen. Wissen, wieso er so sicher war, dass das hier nicht als verliebter Ausrutscher abgetan werden würde, wenn sie doch sowieso hier war, um seine Partnerin zu werden.

Doch in diesem Moment wurde die Distanz zwischen ihnen, die vorhin von einer auf die andere Sekunde zerplatzt war, wieder überdeutlich. Er war ein Unsterblicher und sie bisher nur eines von elf Mädchen. Sie wusste nicht einmal, wie sie ihn erreichen konnte, wo er sich die ganze Zeit aufhielt, wenn er nicht gerade hier war, um den Wettkämpfen zuzusehen.

Je länger sie alleine war, desto mehr drehten sich ihre Gedanken darum. Sie konnte nicht für ihren gemeinsamen Fehler einstehen, wenn sie hier nur herumsaß und sich bemitleidete. War der größte Schaden nicht sowieso bereits angerichtet?

Ein Ruck ging durch Brees Körper und sie sprang vom Bett auf. Ohne darüber nachzudenken, wie kalt es draußen sein könnte, streifte sie sich die Schuhe über, die sie auch vorhin getragen hatte, und riss die Tür der Hütte auf. Mittlerweile brannte in beinahe allen von ihnen Licht. Die anderen Frauen waren zurück.

Obwohl ihr bei dem Gedanken daran, schon wieder alleine im Wald unterwegs zu sein, ein Schauer über den Rücken lief, hielt sie zielstrebig auf die Bäume zu. Es gab nur eine Richtung, in der die

Brücke zur nächsten Insel liegen konnte. Diese hier war nicht riesig und durch den Wettkampf hatte sie schon einiges davon gesehen. Eine der anderen Inseln war größer, das wusste sie. Vielleicht lebten sie da und diskutierten gerade über sie?

Sie biss die Zähne zusammen und stapfte zielstrebig los, ohne auf die Angst zu hören, die sich pelzig ihren Rücken hinaufschlich. Wenn sie nicht zögerte und zügig ging, würde sie schneller an der Brücke sein, als ihr lieb war.

Obwohl Bree unzählige Male zusammenzuckte, weil irgendwo im Wald ein Zweig knackte oder ein Blatt raschelte, bestätigte sich ihre Vermutung und sie erreichte nach kurzer Zeit das Ende des Waldes, an dem sie noch nicht gewesen waren. Während auf den anderen Inseln Zäune oder Bäume die Sicht auf den Himmel verdeckt hatten, erstreckte sich die Leere hier scheinbar endlos in die Dunkelheit und die Brücke schimmerte milchig im Licht des Mondes, dem sie hier oben näher war als je zuvor.

Wenn sie hinüberwollte, musste sie ganz alleine über das Glas, dessen Ränder nur von tiefer Schwärze gesäumt wurden. Von ihrem Standpunkt aus waren die Lichter der Stadt unter ihr noch nicht zu sehen und mit dem stummen Wald im Rücken und der Leere vor sich fühlte sie sich so alleine wie wahrscheinlich noch nie in ihrem Leben.

Bree schlang zitternd die Arme um ihren Körper, als der allgegenwärtige Wind ihre Haare erfasste, während sie näher an die Brücke heranging.

Würde Kace trauern, wenn sie fiel? Konnte er überhaupt schon wirklich etwas für sie empfinden, obwohl sie sich gar nicht kannten? Oder hatte er nur diesem übermächtigen körperlichen Kribbeln zwischen ihnen nachgegeben?

Sie schloss kurz die Augen, um ihre inneren Dämonen zu verdrängen, und machte dann den ersten Schritt auf das Glas der

Brücke. Sofort schoss ihr Blick hinunter zu den Lichtern der Stadt. Was von hier aus so weit entfernt aussah, waren Abende gemeinsam mit Freunden und Familie in heimeligen Häusern oder den kleinen Kneipen in der Innenstadt. Das da unten waren ihre Familie und Zoela. Sie war nicht alleine.

»Du hast aber wirklich Mumm, das muss man dir lassen.«

Die Stimme bohrte sich so unerwartet in ihre Gedanken, dass Bree keinen Muskel mehr rühren konnte und nur noch ihr pochendes Herz in Bewegung war. Ganz vorsichtig drehte sie sich nach hinten um und blinzelte ins Dunkel.

Die Fremde kam einen Schritt näher an sie heran und endlich erkannte Bree sie. Es war Evianna – Kace' Schwester.

»Komm bitte wieder zurück. Wenn du jetzt abstürzt, verzeiht Kace mir das niemals.«

Bree musste ihre Muskeln aktiv dazu zwingen, nicht mehr in ihrer Schockstarre zu verharren und wirklich vorsichtig wieder auf die Insel zurückzukehren. Als sie sich der Unsterblichen näherte, erkannte sie, dass Evianna ein kleines Lächeln auf den Lippen trug, und ihr wurde etwas leichter ums Herz.

»Ich … ich wollte euch suchen gehen.« Obwohl sie nicht abweisend aussehen wollte, konnte Bree nicht anders und verschränkte die Hände vor dem Bauch. »Nachdem, was vorhin passiert ist.«

Evianna strich sich ihre langen Haare über die Schulter. »An sich keine schlechte Idee, nur hättest du da noch zwei ganze Inseln und drei Brücken vor dir gehabt. Außer Ery und mir wohnen sie alle auf der größten und für euch letzten Insel.«

Die Leere lauerte hinter ihr wie ein hungriges Tier und nach Eviannas Kommentar, dass sie tatsächlich in den Tod stürzen konnte, verursachte Bree allein der Gedanke an die Brücke eine Gänsehaut. Sie entfernte sich noch ein wenig weiter vom Rand.

»Ihr werdet mich nach Hause schicken, oder?«, murmelte sie leise.

Das Lächeln verschwand aus Eviannas Gesicht und Brees Herz sank. »So einfach ist das leider nicht. Kace hat euch da ein ganz schönes Schlamassel eingebrockt und ihr hattet Pech, dass gerade Ery euch gefunden hat.« Sie schüttelte den Kopf. »Nimm es ihm nicht übel.«

Ery war gerade der letzte Unsterbliche, an den Bree einen Gedanken verschwendete. Doch irgendwie klangen die Kommentare der anderen und sogar seiner Partnerin über ihn komisch.

Sie wollte gerade zu einer Antwort ansetzen und fragen, was denn noch schlimmer sein konnte, als nach Hause geschickt zu werden, da streckte Evianna ihre Hand aus und fasste sie sanft am Arm. Bei der Berührung ihrer schneeweißen, schlanken Finger auf ihrem Kleid zuckte Bree trotzdem zusammen.

»Tatsächlich bin ich hier, um dich zu holen. Es wird sich also sowieso gleich alles klären.« Ihre feinen Züge waren denen von Kace so ähnlich. »Aber wir werden nicht über alle Brücken laufen, das dauert zu lange. Ich werde gleich eine Lichtsäule erschaffen, also erschreck dich nicht.«

Bree hatte gerade noch Zeit, sich zu wundern, wieso sie wieder in Richtung des Abgrundes geführt wurde, als Evianna sie plötzlich losließ und beide Hände von sich streckte. Wie aus dem Nichts stob die Luft vor ihnen zischend auseinander und öffnete sich für einen Strahl aus goldenem Licht – genau wie an dem Tag, als sie hier hochgekommen war. Die Erinnerung kam Bree mittlerweile Jahre entfernt vor.

»Wie hast du das so schnell gemacht?« Bree sah in Eviannas Augen, in denen sich das goldene Licht brach, was sie unnatürlich hell funkeln ließ.

So etwas konnten die Unsterblichen mit einem Fingerschnipsen … und sie hatte mit einem unbedachten

Moment heute alle Chancen zerstört, eine von ihnen zu werden. Bei Kace bleiben zu dürfen.

Bei dem Gedanken daran, wie sie vielleicht noch heute Nacht ihren Eltern davon würde erzählen müssen, wurde ihr so schlecht, dass sie ihre Arme wieder um ihren Bauch schlingen musste, um sich zusammenzuhalten.

Doch Evianna schien nicht zu bemerken, dass die Bewunderung in ihren Worten einen bitteren Beigeschmack hatte. »Mit den Säulen kommen wir direkt von einer Insel auf die andere, aber es ist nicht einfach. Wir müssen unsere Energien bündeln. Für jetzt reicht es, wenn wir zu zweit sind, aber um euch alle hier hochzubringen, mussten wir die Kräfte von vielen zusammenlaufen lassen.«

Bree runzelte die Stirn. »Zu zweit?«

»Kace hält die Energie von der anderen Insel aufrecht«, murmelte Evianna und hielt weiterhin ihre Hände von sich gestreckt. »Wenn du uns vertraust, dann geh bitte hinein. Lange geht es nicht mehr.«

Kace wartete drüben auf sie.

Ohne zu zögern, gab Bree dem Sog nach, der sie genau wie letztes Mal in Richtung des Lichts zog, und trat in die Säule hinein. Sie hatte kaum Zeit, sich noch einmal zu Evianna umzudrehen, da riss sie die Energie mit sich. Und dieses Mal hatte sie wirklich nur eine Sekunde, um jede ihrer Fasern mit dem beruhigenden Gefühl zu füllen, das dem Licht innezuwohnen schien, bevor sie wieder hinauskatapultiert wurde.

»Wow, wow, wow, stopp!«

Ihr menschlicher Körper hatte nicht einmal Zeit, zu realisieren, dass sie schon wieder kurz davor war, zu fallen, da schlossen sich bekannte und dennoch so fremde Finger um ihre Arme und stützten sie. Als sie aufsah, stand Kace direkt vor ihr und sein

Atem streifte sanft ihre Wange. Reflexartig öffnete Bree die Lippen und sog tief die Luft ein, da ertönte ein Fluchen direkt hinter ihr.

»Kace, du Idiot. Du kannst doch nicht einfach aufhören!«

Sein Blick wanderte knapp an ihrem Gesicht vorbei zu seiner Schwester. Im Vergleich zu ihrem geordneten Erscheinungsbild von vor einer Sekunde waren Eviannas lange Haare komplett durcheinandergebracht.

»Ich habe nicht damit gerechnet, dass sie quasi in mich hineinfällt.«

Erst als er seine Hände von ihr nahm, bemerkte Bree, dass Kace sie immer noch festgehalten hatte, und vermisste die Berührung in dem Moment, in dem sie verschwand.

Evianna verzog ihr schmales Gesicht und fuhr sich mit gekräuselter Oberlippe energisch durch die Haare. »Ich schätze zwar, dass es gut ist, unsere Eltern davon zu überzeugen, dass die Dummheit heute Abend nur geschehen ist, weil ihr so furchtbar verknallt seid, aber vielleicht turtelt ihr nicht ganz so auffällig vor ihnen.« Sie kickte den Saum ihres langen Kleides von sich. »Mutters Stimmung ist … schwierig«, fügte sie hinzu und ging dann ohne eine weitere Erklärung an ihnen vorbei.

Sofort verschwand das Lächeln aus Kace' Gesicht und er sah mehr denn je aus wie ein Wesen, das es so nur in Erzählungen gab. Wie ein Engel aus Porzellan und nicht wie ein Mann, den Bree berühren konnte, wenn sie ihre Hand ausstreckte. Konnte er sie bitte wieder anlächeln, damit sie das Gefühl bekam, dass das hier nicht ganz so schlimm war?

Kace warf ihr stattdessen einen nur schwer zu deutenden Blick zu und folgte dann seiner Schwester.

Kurz stand Bree wie festgefroren an der Stelle, an der er sie zurückgelassen hatte, bis er sich fragend nach ihr umsah und sie sich mit einem entschuldigenden Lächeln in Bewegung setzte.

Sie sollte dankbar dafür sein, dass er überhaupt hier war und sie nicht alleine vor seine Eltern treten ließ. Denn Bree bezweifelte, dass heute irgendetwas entschieden wurde, das ihn direkt betraf. Es ging nur darum, was mit ihr geschah. Ob sie hierbleiben durfte … Dennoch würde sie sich wünschen, seine Hand halten zu können, um sich nicht ganz so verloren zu fühlen.

Bree strich sich nervös mit der Zunge über die Lippen und wappnete sich dann für den Moment, in dem sich die Türen des riesigen, sogar im Dunkeln strahlend weißen Gebäudes öffnen würden und sie Kace' gesamter Familie Rede und Antwort stehen musste. Sie war schon todesnervös, wenn sie nur einen der Unsterblichen sah, und sie hatte keine Ahnung, wie sie ihre Situation erklären sollte. Die Spannung zwischen ihnen war einfach explodiert.

Deshalb kappte sie die Verbindung zu ihrem Gehirn, bis es wieder gebraucht wurde, und konzentrierte sich darauf, Kace zu folgen. Sie behielt seinen Rücken im Blick, beobachtete, wie sich seine schlanken Muskeln im Licht des Kerzenscheins durch den dünnen Stoff seines weißen Hemdes abzeichneten und wie er sich hin und wieder zu ihr umdrehte, um sicherzugehen, dass sie noch da war. Sie konzentrierte sich auf ihre Füße in den flachen Schuhen, die gerade so unter dem Saum ihres langen, weichen Kleides hervorschauten, dessen Spitzen beinahe über den hellen Marmorboden glitten, der das gesamte Innere des Hauses auszufüllen schien. Die Bezeichnung ›Haus‹ wurde dem Gebäude jedoch nicht annähernd gerecht, für Bree gleichte es beinahe einem Schloss.

Kurz bevor sie durch zwei riesige Flügeltüren traten und sie das Gefühl hatte, vor Aufregung gleich zu zerspringen, drehte sich Kace zu ihr um und bei dem Ausdruck in seinen Augen konnte sie nicht anders, als ihn verhalten anzulächeln. Das bedeutete wohl, dass auch er sich nicht sicher war, was gleich geschehen würde, aber dass er zu ihr stand. Dass es vielleicht doch möglich war, dass sie so sehr zusammengehörten, dass die Regeln dieses Wettbewerbs in den Hintergrund treten mussten.

Gerade als die Tür aufschwang und sich der Raum dahinter in ihr Blickfeld ergoss, spürte Bree, wie Kace' Finger ihren Handrücken streiften. Kurz konzentrierte sich jede Synapse ihres Gehirns nur auf diese Berührung und spürte sie auch noch, nachdem sie Evianna wie in Trance nach drinnen gefolgt war. Doch dann strömten die Eindrücke ihrer Umgebung so unaufhaltsam auf sie ein, dass es unmöglich war, an etwas anderes zu denken – nicht einmal die Unsterblichen hatten für diesen kurzen Moment Platz in Brees Wahrnehmung.

Wenn sie die offene Wand des Festsaals bereits überwältigt hatte, wurde ihr jetzt klar, dass das nur ein winziger Einblick in die Möglichkeiten gewesen war, die es hier oben gab. Denn obwohl der Raum, den sie gerade betraten, wie ein elegantes Wohnzimmer eingerichtet war, gab es hier keine Grenzen mehr. Keine Grenzen zwischen ihnen und dem Himmel.

Während Kace und Evianna zielstrebig auf ihre Eltern zugingen, die neben Ery die Einzigen in dem riesigen Raum waren, zitterten Brees Beine bei jedem Schritt. Um sie herum gab es keine einzige sichtbare Wand, geschweige denn einen Boden, der verbarg, wo sie sich befanden. Und so sehr der ins Dunkel der Nacht gestanzte Sternenhimmel ihr Inneres strahlen ließ, so schutzlos fühlte Bree sich gleichzeitig. Hier gab es keinen Zentimeter Raum, hinter dem man sich verstecken konnte. Am liebsten hätte sie Kace gebeten, ihr seinen Arm zu geben, so wie Adrien es auf der Brücke getan hatte, doch sie traute sich nicht, ihren Mund zu öffnen.

Unsicher blickte sie zu den Unsterblichen hinüber und spürte, wie ihr die Hitze in die Wangen schoss. Gleich musste sie ihnen erklären, wieso sie einen Fehler gemacht hatte. Ganz vorsichtig machte sie ein paar Schritte in ihre Richtung.

»Brealynn, komm bitte zu uns herüber.« Die Stimme von Kace' Vater Tarquin ging ihr durch Mark und Bein, obwohl er im Vergleich zu Ery und Kace' Mutter relativ entspannt aussah. Als sie mit pochendem Herzen näherkam und sich Tarquin mit einem Seufzen, das nicht zu seinem jugendlichen Äußeren passen wollte, auf ein cremeweißes Sofa fallen ließ, auf dem auch schon Persephone mit angespannt überschlagenen Beinen saß, dankte sie dem Schicksal dafür, dass Bellamy nicht hier war. Das wäre noch das i-Tüpfelchen gewesen.

Als sie sich neben Kace stellte und spürte, wie ihr langsam, aber sicher alle Farbe aus dem Gesicht wich, die gerade noch so schwungvoll auf ihre Wangen getreten war, wurde Bree schmerzlich bewusst, wie erbärmlich sie in ihren Turnschuhen und dem einfachen Kleid als Mensch neben all diesen göttergleichen Wesen aussehen musste. Ihr Blick huschte von einem angespannten Gesicht zum nächsten und ein dicker Kloß formte sich in ihrem Hals. Besonders Kace' Mutter sah gar nicht glücklich aus.

Weil sie wusste, dass die Frau, die ihr Sohn favorisierte, gleich nach Hause geschickt werden würde? Oder weil sie sie jetzt schon hasste?

Evianna raffte ihr Kleid und setzte sich neben ihren Vater. Jetzt standen nur noch Kace und Bree vor den anderen dreien, während Ery deutlich angespannt ein Stück entfernt stehen blieb. Seine schwarzen Haare sahen wirr aus und in seinen Augen lag ein unruhiger Glanz. Sofort schlichen sich die Andeutungen, die Evianna über ihn gemacht hatte, in Brees Bewusstsein.

»Halte es bitte kurz, Vater. Ich glaube, wir machen uns selbst schon genug Vorwürfe, den Wettbewerb so in Gefahr zu bringen«, sagte Kace leise und Bree brach bei dem ernsten Klang seiner Stimme ein klein wenig das Herz. Doch er war beherrscht, und das war gut so. Sie selbst würde vermutlich kein einziges Wort herausbringen.

Tarquin hob mit gerunzelter Stirn den Kopf und Bree war gerade dabei, seinen Blick deuten zu wollen, da sprang plötzlich Persephone auf und jagte ihr einen Schreck durch den ganzen Körper. Sie zeigte mit ihrem schlanken Finger auf ihren Sohn. »Bist du dir eigentlich im Klaren darüber, was für einen Schaden ihr angerichtet habt, Kace? Du hast schon so viele Wettbewerbe gesehen und nun sabotierst du deinen eigenen?«

Kace' Kiefer mahlte, bevor er hervorpresste: »Bis auf uns weiß es niemand, Mutter. Wenn Bree gewinnt, wird das alles keine Rolle mehr spielen.«

Er ging wirklich davon aus, dass sie bleiben durfte?

Persephone lachte bitter auf und Bree lief ein Schauer über den Rücken. »Ja, wenn sie gewinnt …« Mit diesen Worten fuhr sie sich aufgebracht durch ihre langen hellen Haare und wirbelte zu Ery herum. »Du hast gesehen, wie nahe sie sich stehen, oder?«

Erys Blick strotzte vor Unwohlsein, als er seine Schwiegermutter ansah und nur einmal kurz nickte.

Wie um ihren Partner zu erlösen, schaltete sich Evianna ein. »Mutter, sie haben sich geküsst, mehr nicht.«

»So einfach ist das nicht, Evi«, warf Tarquin ein und massierte seine Schläfen.

Bree hätte nichts lieber getan, als Kace' Hand zu nehmen und sich somit selbst einen Anker in dieser furchtbaren Situation zu schaffen, doch sie wagte es nicht, auch nur einen Muskel zu rühren.

Tarquin sah auf und sein Blick streifte Bree, bevor er ihn auf seinem Sohn ruhen ließ. »Du hast recht, Kace, dass es niemand sonst erfahren darf. Das hier bleibt unter uns und wird niemals diesen Raum verlassen.« Nun sah er Bree wieder an und ihr gefror das Blut in den Adern. »Das ist auch besonders für dich wichtig.«

Kurz starrte sie nur zurück, bis sie bemerkte, dass er auf eine Antwort von ihr wartete, Schnell und energisch nickte sie. »Ich … Natürlich werde ich es niemandem erzählen.« Sprachen sie von niemandem hier oben oder von niemandem in der Stadt? Bestand wirklich die Chance, dass sie bleiben durfte?

»Aber was wird eine Anziehung, die scheinbar so groß ist, dass mein Sohn bereit ist, Regeln, die er seit hundert Jahren verinnerlicht hat, einfach so zu brechen, noch anrichten?«, fuhr Tarquin fort.

Was meinte er damit?

»Vater, der Wettbewerb ist bald vorbei … Denkst du so schlecht von mir, dass du glaubst, ich könnte mich nicht einmal bis zum Ende zusammenreißen?« Kace' Fingerknöchel knackten in der Faust, die er mit ihnen bildete, und er klang eindeutig verletzt.

Doch Tarquin schüttelte den Kopf. »Mir geht es nicht um den Wettkampf, sondern um danach, mein Sohn.«

Kace lachte auf. »Wenn das alles hier vorbei ist, spielt es sowieso keine Rolle mehr. In tausend Jahren können wir unseren Enkeln erzählen, dass wir schon während des Wettbewerbes wussten, dass es so sein soll. Ist das nicht etwas?«

Bei seinen Worten stellten sich Bree alle Härchen auf und sie konnte nicht anders, als zu ihm hinüberzusehen. Hatte er das wirklich gerade gesagt? Noch während sie ungläubig ihren Kopf drehte, sah sie jedoch aus dem Augenwinkel, dass anscheinend jeder außer ihnen beiden zu verstehen schien, was Tarquin meinte.

»Kace, es geht nicht um den Fall, dass sie gewinnt …«, sagte

Evianna leise und seine Mutter sah mit schmalen Lippen zu Boden.

Kurz kleidete ohrenbetäubende Stille den Raum aus, die Bree viel zu viel Zeit gab, sich im Karussell ihrer eigenen Gedanken zu drehen. Wenn sie nicht gewann, dann würde sie wieder in die Stadt gehen und sie wären ihre Sorgen sowieso los, oder nicht? Was meinte Evianna?

Tarquin hob wieder den Blick und strich sich seine goldenen Haare, die ein wenig dunkler waren als die seines Sohnes, aus der Stirn. »Kace, in wenigen Tagen ist der Wettkampf vorbei und du wirst deine Partnerin für immer gefunden haben. Falls Brealynn nicht gewinnt, können wir nicht riskieren, dass du Chaos in unsere Ordnung bringst, weil du sie nicht vergessen kannst. Wir verlassen unsere Inseln niemals und wir können nicht zulassen, dass sie die wichtigsten ersten Jahre deiner Partnerschaft gefährdet, indem sie direkt unter uns in der Stadt eine Verlockung für dich darstellt. In unserem Beziehungsgefüge hier oben ist bedingungsloser Zusammenhalt das Allerwichtigste.« Er machte eine Pause. »Außerdem weißt du, was mit dir geschieht, solltest du zu oft in die Stadt gehen. Du hast es durch deinen rebellischen Ausrutscher vor einiger Zeit am eigenen Leib erfahren.« Plötzlich sah er Bree direkt an. »Und wir werden Kace' Gesundheit und seine Zukunft für nichts und niemanden gefährden.«

Kalt rauschte die Bedeutung seiner Worte durch ihre Adern und sie stieß einen zittrigen Atemzug aus. »Was … was soll das bedeuten?«

»Das bedeutet, dass du die Stadt verlassen wirst und nie wieder zurückkommen kannst, falls du verlierst.«

Während um sie herum das Chaos ausbrach und Kace sofort anfing, auf seinen Vater einzureden, flog Brees Blick auf der Suche nach Hilfe durch den Raum und blieb auf unerklärliche

Weise an Ery hängen, der sie mit einem merkwürdigen Gesichtsausdruck anstarrte. Genau wie alle hier wusste er, was das für sie bedeuten würde. Sie würde ihre Familie und Zoela für immer verlieren.

»Aber …«, stammelte Bree, »niemand darf die Stadt und das Tal verlassen. Das geht nicht.«

Tarquin sah sie an und sprach mit ruhiger Stimme, als ob sie sich das alles genau überlegt hätten. »Das ist eine von uns gemachte Regel und wir kennen sie sehr gut. Wir werden alle, die Ältesten eingeschlossen, unsere Magie bündeln und etwas Einzigartiges hervorbringen. Wir werden deine Erinnerungen löschen, sodass du keine Gefahr mehr darstellst.«

Ihre Erinnerungen? Alles, was sie ausmachte, einfach auslöschen? Brees Mund stand offen und ihr schossen Tränen der Ungläubigkeit in die Augen. Ruckartig verschob sich ihre Aufmerksamkeit wieder zurück zu Kace.

»Was soll das, Vater? Ich könnte sowieso nicht wirklich mit ihr in der Stadt leben!«

Tarquins Blick war unnachgiebig. »Du warst bereits so leichtsinnig, mit deinem Cousin nur zum Spaß nach unten zu gehen und hast dich dabei fast getötet. Glaubst du wirklich, wir vertrauen dir, dass du es nicht immer wieder für sie versuchen wirst? Nicht nur setzt du dabei dein Leben aufs Spiel, sondern auch deine Zukunft mit einer anderen Frau. Eure Partnerschaft wird niemals stark werden, wenn Brealynn zwischen euch steht.«

»Vater, wenn jemand anderes gewinnt, dann wird sie meine Partnerin!«, rief Kace aufgebracht. »Ich bin Teil dieser Familie und mir sind die Regeln ebenso wichtig wie euch.« Vor seinen nächsten Worten stockte er kurz, doch dann sprach er sie trotzdem aus. »Wenn Bree nicht gewinnt, dann ist das alles hier Geschichte. Und das weiß sie auch!«

Nach Bestätigung suchend richtete er seine Bernsteinaugen auf sie, doch Bree stand nur weiter mit offenem Mund da. Er wollte ihr nur helfen, oder? Wieso schmerzten diese Worte dann so sehr und erhöhten ihren Berg aus himmelhoher Angst? Wieso sah er so überzeugend aus, dass auch sie ihm glaubte, dass sie sofort vergessen war, falls sich im Wettkampf eine andere Partnerin für ihn herauskristallisierte? Bedeutete das, dass alles, was sie hatten, wirklich nur körperlich war? Konnte man jemandem, den man wirklich liebte, etwas derartig Endgültiges so klar und deutlich sagen?

Bree biss die Zähne zusammen und zwang sich, Tarquin direkt anzusehen, als sie die Tränen zurückdrängte und so entschlossen sie konnte nickte. Sie durfte nicht alles verlieren, was ihr etwas bedeutete! Doch der Ausdruck im Gesicht von Kace' Vater änderte sich dadurch kein bisschen.

»Es gibt keine Diskussionen, mein Sohn. Das Ganze hat uns heute schon genug Unruhe gebracht.« Er stand auf und seine weite Robe fiel ihm locker um den Körper. »Wenn sie gewinnt, ist sie deine Partnerin für die Ewigkeit. Falls nicht, darf sie keine Bedrohung für dein Glück darstellen und wird gehen.« Tarquin nickte Kace, der nun komplett still neben Bree stand, zu und verließ dann ohne ein weiteres Wort den Raum.

»Wir haben deinen Diener rufen lassen, damit er dich zurückbringt«, sagte Persephone erschöpft in Brees Richtung und stand ebenfalls auf. »Kace, du kommst bitte mit uns. Es ist alles geklärt und morgen geht der Wettkampf weiter.« Sie streckte ihre schlanke Hand nach ihrem Sohn aus, und als Bree zusah, wie er sich ihr widerwillig beugte, wusste sie, dass sie verloren hatte.

Doch der Kampf hier war nichts im Vergleich dazu, was sie verlieren würde, falls sie im Wettstreit versagte.

»Ich werde gewinnen.« Ihre Stimme zerriss die bedrückte Stille um sie herum und plötzlich wandten sich wieder alle Köpfe ihr zu. Bree schluckte und hob das Kinn so selbstbewusst, wie sie konnte. »Ich wusste von Anfang an, dass das hier meine Bestimmung ist, und ich werde gewinnen.«

Evianna kam zu ihr herüber und drückte kurz ihre Schulter. »Ich wünsche dir dafür alles Glück, das du nur haben kannst. Auch wegen Kace.«

Und so ließen die Unsterblichen den Menschen und Schwachpunkt in ihrer Mitte in dem Raum ohne Grenzen stehen, der dafür sorgte, dass Bree sich fühlte, als ob sie in ein bodenloses Loch fiele.

Erst als sie mehrere Minuten später eine Hand auf ihrer Schulter spürte, zuckte sie zusammen und tauchte aus der Leere in ihrem Kopf auf.

»Bist du okay? Ery hat mir alles erzählt.«

Sie drehte sich um und sah Adrien hinter sich stehen. Richtig, sie hatten gesagt, dass er sie zurückbringen würde. Kurz bemerkte Bree, wie müde er aussah und welche dunklen Ringe sich unter seinen Augen abzeichneten, und unerwartet überkam sie ein furchtbares Gefühl. Sie wollte nicht, dass Adrien wusste, was geschehen war. Doch dafür war es jetzt wohl zu spät.

Wie um ihre Gedanken zu bestätigen, ließ er seine Hand von ihrer Schulter fallen und machte einen Schritt zurück, als wollte er Abstand zwischen sie beide bringen, was Bree den letzten Stich versetzte.

Der Schreck über das, was gerade geschehen war, ließ ihr Inneres wanken und sie spürte, dass sie die Tränen nicht mehr lange zurückhalten konnte.

Plötzlich veränderte sich etwas in Adriens Blick und sie erkannte, dass er nicht alles wusste. Denn neben dem distanzierten Ausdruck spiegelte sich auch ein Fragezeichen darin. Er wusste, was geschehen war, aber nicht, was nun für sie auf dem

Spiel stand.

»Komm, nicht hier. Ich bringe dich zurück«, sagte er plötzlich und tat das, was sie vorhin schon so sehr gebraucht hätte. Er verschränkte seine Finger mit ihren und gab ihr Halt. Bree klammerte sich regelrecht an seine warme, raue Hand und machte sie zu ihrem Anker.

Als Adrien sie aus dem riesigen Haus hinausführte, rasten ihre Gedanken so schwindelerregend schnell, dass Bree Mühe hatte, einen Fuß vor den anderen zu setzen.

Ihre Familie zu verlieren, war nie Teil der Abmachung gewesen. Entweder sie war erfolgreich und sie würden alle zusammen hier oben leben oder sie versagte und kehrte zu ihnen in die Stadt zurück. Wie hatte sie es geschafft, sich in eine Lage zu manövrieren, in der das Verlieren des Wettkampfes allein nicht mehr der schlechteste Ausgang dieser Geschichte war?

Bree blieb an ihrer eigenen Fußspitze hängen und stolperte eine Treppenstufe vor dem Eingang hinunter.

»Vorsicht!« Adrien bekam sie gerade noch rechtzeitig zu fassen und verhinderte, dass sie mit den Händen zuerst auf die Steine fiel.

Trotzdem bildeten sich Tränen hinter ihren Lidern, die sie vor Überforderung kurz schließen musste. Als sie den Blick wieder hob und sich aufrichtete, sah Bree aus dem Augenwinkel, dass direkt hinter dem Schloss der Unsterblichen das Schwarz der Nacht etwas weniger undurchdringlich war als überall sonst. Das konnte nur eines bedeuten: Ihr Zuhause war unter ihnen und erhellte den Nachthimmel.

Wie in Trance strich sie sich die Haare aus dem Gesicht und starrte zum Rand der Insel. Sie musste die Stadt einfach sehen!

»Warte, was tust du?«

Sie spürte, wie Adriens Hand nach ihrem Ärmel griff, doch sie war zu schnell losgelaufen, als dass er sie hätte festhalten können.

»Bree, was tust du?«

Beim Laufen schob sich ihr Kleid nach oben, doch es war ihr egal. Hauptsache, sie würde die Lichter der Stadt noch einmal sehen können, bevor sie heute Abend mit ihren Gedanken ganz alleine in ihrem Zimmer sein musste. Sie wollte ihrer Familie so nahe kommen, wie es hier oben möglich war.

Ihr Atem ging unregelmäßig und sie hörte Adriens Schritte hinter sich, als ihre Füße in den flachen Schuhen zuerst über den Weg und dann über das Gras flogen, bis sie sich dem Rand der Insel näherte.

»Pass auf!«

Sie ignorierte Adriens Rufe, denn sie sah selbst, wo der Boden endete. Doch sie musste näher ran, wenn sie die Lichter sehen wollte, die sie mit der Geborgenheit der engen Gassen und kleinen Häuser verband.

Bree bremste abrupt ab und atmete tief durch, während sie die letzten Meter bis zum Rand im Gehen zurücklegte. Das Herz pochte ihr bis zum Hals, als sie sich nach vorne beugte, um wirklich über die Klippe sehen zu können. Und tatsächlich, dort unten lag die Stadt wie ein funkelndes Juwel aus Erinnerungen und Menschen, die sie liebte und vielleicht für immer verlieren würde.

Nun spürte sie, wie die Tränen, die schon die ganze Zeit in ihren Augen gelauert hatten, ihr kalt über die Wange liefen.

»Du vermisst sie.«

Bree drehte sich nach rechts. Sie hatte nicht bemerkt, dass Adrien ihr gefolgt war und nun direkt neben ihr stand. Schnell wischte sie die Tränen fort. Er durfte nicht wissen, wieso sie wirklich weinte. Damit würde sie das Vertrauen der Unsterblichen endgültig missbrauchen. Auch wenn sie gerade nichts lieber tun würde, als ihm alles zu erzählen.

»Ja«, presste sie deshalb mit zitternden Lippen hervor. Was würde sie jetzt dafür geben, ihre Mutter in den Arm nehmen zu können … Doch von hier oben konnte sie nicht einmal sicher sagen, wo in dem Gewimmel aus funkelnden Lichtern ihr Haus war.

Bree sackte ein wenig in sich zusammen und lehnte sich gegen Adrien, der ihr unvermittelt einen Arm um die Schultern legte. »Bald ist der Wettkampf vorbei«, sagte er leise und in seiner Stimme lag so viel Mitgefühl, dass sie es zuließ, für einen Moment seine Nähe zu genießen. Er war neben Delaney ihre einzige Bezugsperson hier oben, der Mensch, den sie am häufigsten sah und der, obwohl er so tat, als ob es ihn nicht interessierte, immer genau wusste, wie es ihr gerade ging. Ohne ihn hätte sie kein Ventil mehr für ihre Emotionen und wäre ganz allein mit der riesigen Last, die Tarquin ihr gerade auf die Schultern geladen hatte.

Wieder krochen Tränen in ihre Augen, doch sie schluckte sie mit aller Macht hinunter. Wenn sie das hier nicht gleich beendete, würde sie einknicken, und das durfte nicht passieren. Sie durfte nicht mit ihm sprechen.

»Wir sollten zurück zu den Hütten gehen«, sagte sie leise und drehte sich weg von der Stadt, sodass sein Arm von ihrem Rücken rutschte. Sofort vermisste sie die beruhigende Wärme und fröstelte in der Nacht. »Wie kommen wir wieder zu der dritten Insel?«

Adrien schwieg kurz und sie sah nur das dunkle Glänzen seiner Augen. »Ich kann Ery suchen und ihn fragen, ob er uns mit jemand anderem nach drüben schickt. Vielleicht ist er noch drinnen.« Er steckte die Hände in die Taschen seiner schwarzen Hose. »Oder wir müssen laufen.«

»Ich will laufen«, sagte Bree sofort und begann sich in Richtung der Wege vor dem Haus zu bewegen.

Sie fror jetzt schon, doch für nichts auf der Welt würde sie noch einmal da rein zu den Unsterblichen gehen. Sie wollte heute nur noch einen Menschen sehen – und das war Adrien. Bree wusste selbst nicht so genau, woher diese plötzliche Nähe zwischen ihnen kam. Aber sie spürte, dass ihm ihr Schicksal wichtiger war als die Tatsache, dass die Fassade der perfekten, unsterblichen Familie einen winzigen Riss bekommen könnte. Und das war unheimlich tröstend.

Die Tatsache, dass sie durch ihre Entscheidung zu laufen drei Brücken in kompletter Finsternis überqueren musste, hatte sich vollends vor Brees Bewusstsein versteckt. Nun standen sie und Adrien vor dem gläsernen Steg zwischen der fünften und sechsten Insel und ihr Magen zog sich vor Furcht unangenehm zusammen. Aber Bree war so entschlossen, schnellstmöglich zurück in ihre Hütte zu kommen, dass sie einfach einen trotzigen Schritt nach vorne machte und gar nicht bemerkte, dass Adrien neben ihr etwas aus seiner Hosentasche hervorkramte.

»Hey, stopp!« Er griff nach ihrem Arm und hielt sie zurück. »Willst du da jetzt wirklich im Stockdunkeln rüberlaufen?«

»Wie denn sonst?« Bree hielt widerwillig inne und wusste, dass es unfair war, ihm gegenüber patzig zu sein. Doch das war gerade die einzige Emotion, die sie zulassen konnte, ohne in Tränen auszubrechen.

Anstatt zu antworten, ließ Adrien eine Hand in die Höhe schnellen und plötzlich leuchtete eine der schwebenden Kugeln über ihren Köpfen auf, die Bree bereits bei den Unsterblichen aufgefallen war, als diese Josy in ihre Hütte gebracht hatten.

»Wo hast du die denn her?«, fragte sie verblüfft und sah zu, wie der Lichtball langsam auf die Brücke driftete, als ob er genau wüsste, dass sie dort entlang mussten.

Adriens Gesicht wurde gelb angestrahlt und seine Locken warfen wilde Schatten auf seine Stirn. »Von Ery. Er hatte wohl ein schlechtes Gewissen und ich habe kurz mit ihm gesprochen, bevor ich zu dir gekommen bin. Du warst zu abgelenkt, um mich gleich zu bemerken.« Den letzten Satz verschluckte er fast und Bree war sich sicher, dass er genau wusste, dass ›abgelenkt‹ es nicht annähernd traf.

Sie machte erneut einen Schritt nach vorne und atmete innerlich erleichtert auf, als Adrien ihr ganz selbstverständlich seinen Arm hinhielt, ohne dass sie danach fragen musste. Gemeinsam überquerten sie die lichtreflektierende Brücke und Bree wandte den Blick nicht von dem Glas unter ihren Füßen ab. Wie durch ein Wunder erreichten sie die nächste Insel, ohne dass ihre viel zu weichen Beine ihr den Dienst verweigerten.

Mit einem erleichterten Seufzen ließ sie seinen Arm los und Adrien streckte sofort die Hand nach oben, um die Kugel wieder in die geöffnete Innenseite fliegen zu lassen. »Sie ist mit Erys Magie aufgeladen und hält nicht ewig. Deshalb sollten wir sie für die nächsten Brücken aufsparen«, erklärte er ungefragt und Bree nickte nur.

Der Gedanke, dass sich ihre Rollen gerade umkehrten, streifte ihr Bewusstsein. Sie zog sich in sich selbst zurück und er versuchte durch Gespräche die Situation aufzulockern, was sonst eigentlich nicht seine Art war. Unwillkürlich drehte sie sich um und betrachtete Adrien im Mondlicht, wie er die kleine Kugel wieder in seiner Tasche verschwinden ließ. Wie hatte sich ihre Beziehung zueinander so schnell ändern können? Sie hatte das Gefühl, dass er sie mittlerweile wirklich mochte und mehr in ihr sah als nur eine Teilnehmerin des Wettbewerbs.

Doch was fühlte sie? Was bedeutete das Brennen in ihrer Brust, das ihr sagte, dass das Wort ›Dankbarkeit‹ nicht ausreichte, um es zu beschreiben? Oder war es nur ihre Verzweiflung, die dafür sorgte, dass sie sich so an ihn klammerte?

Bree schob all diese Gedanken ganz weit weg, in den letzten Winkel ihres Kopfes. Sie war wirklich schon durcheinander genug und das hier war nicht hilfreich. »Wie groß ist diese Insel?«, fragte sie erschöpft.

Sobald die magische Kugel erloschen war, gab es wieder nur das milchige Mondlicht um sie herum. »Nicht groß. Es ist unsere, für die Menschen.« Adrien machte eine kurze Pause. „Natürlich brauchen wir nicht so viel Platz wie die Unsterblichen.«

Er wartete kurz auf eine Antwort, doch als Bree nur die Arme um ihren Oberkörper schlang und stumm nickte, ging er einfach los und sie folgte ihm. Sie schätzte, dass sie knappe zehn Minuten schweigend nebeneinander her über einen Waldweg liefen. Etwa nach der Hälfte der Strecke konnte man in einiger Entfernung ein paar Lichter sehen, doch Adrien sagte ihr nicht, ob das sein Zuhause war, und sie war zu ausgelaugt, um zu fragen. Außerdem war Schweigen der einfachste Weg, um das Bedürfnis zu bekämpfen, mehr über ihn und sein Leben herausfinden zu wollen. Wenig später kamen sie an der nächsten Brücke an, bei der sich das gleiche Prozedere mit der Lichtkugel wiederholte, die ihnen, von Erys Magie angetrieben, den Weg leuchtete. Sie erreichten die vierte Insel und überquerten diese beinahe noch schneller als die vorige und in vollkommener Stille, die zum Dunkel der Nacht passte.

Als Brees weiße Turnschuhe nach einer weiteren Brücke endlich die Erde der Sportinsel berührten, konnte sie die Silhouette des Berges im Mondlicht erkennen und ihr wurde mit einem

Schlag bewusst, dass die Erfahrung, die sie auf dieser Insel gemacht hatte, unwiderruflich negativ behaftet war. Ihr erster Kuss mit Kace würde in ihrem Kopf für immer mit dem Schock verbunden sein, den sie gerade erlitten hatte – egal, wie es ausging. Das erste richtige Gespräch mit seiner Familie würde in ihren Erinnerungen immer mit der drohenden Strafe verbunden sein. Und in ihrer Situation hieß ›für immer‹ wirklich für immer. Diese Tatsache trieb ihr schon wieder die Tränen in die Augen und sie bemerkte kaum, wie weit sie schon wieder gegangen waren, als Adrien plötzlich stehen blieb.

»Ist das nicht der richtige Weg?« Bree kramte in ihren wirren, tränenverschmierten Gedanken und versuchte sich daran zu erinnern, wie sie vorhin zur Brücke gelaufen war. Eigentlich hatte sie gedacht, die Hütten müssten nicht mehr weit sein.

»Doch, aber wenn es für dich okay ist, dann würde ich dir gerne noch etwas zeigen.«

Brees erster Impuls war es, abzulehnen. Sie war komplett fertig und wollte sich nur noch unter ihrer Bettdecke vergraben. Doch dann sah sie Adrien an, wie er ein paar Schritte von ihr entfernt im Dunkeln stand und das magische Licht erneut hervorkramte. Er wusste, wie es ihr ging. Er würde das nicht ohne Grund vorschlagen. »Was genau meinst du damit?«

Ein kleines Lächeln schlich sich in seine Stimme. »Vertrau mir einfach. Es dauert auch nicht lange.« Er warf die Lichtkugel wieder in die Luft und dieses Mal schwebte sie ganz nah an seinem Kopf, als ob sie selbst nicht so genau wüsste, wo es hinging.

Adrien verlies den Weg und ging mitten in den Wald hinein. Bree zögerte, gab sich aber den letzten Ruck, indem sie sich an seine Worte erinnerte. Mittlerweile fiel es ihr nicht mehr schwer, ihm zu vertrauen.

Obwohl das gelbe Licht der Kugel für sie leuchtete, war der Waldboden mit seinen vielen Schatten voller Stolperfallen. Bree war bis auf die wenigen Sekunden, in denen sie Adrien dabei beobachtete, wie er sie sicheren Schrittes durch den Wald navigierte, so auf den Untergrund konzentriert, dass sie die zweite Lichtquelle erst spät bemerkte. Zuerst sah sie nur, dass, was auch immer dort leuchtete, ziemlich groß sein musste, und vermutete bereits ein Haus im Wald, doch dann traten sie zwischen zwei Bäumen mit tieferhängenden Ästen hindurch.

»Was …?« Ihr blieb die Stimme weg. Ihr Körper hatte viel zu viel damit zu tun, das Bild vor ihr zu verarbeiten, als dass er sprechen könnte. »Was ist das, Adrien?«

Er war kurz hinter ihr stehen geblieben, und als Bree sich mit großen Augen umdrehte, lächelte er sie so stolz an wie ein Vater, der seinem Kind gerade ein einzigartiges Geschenk gemacht hatte. »Das ist der *Ewige Baum.* Hier erlangen die Unsterblichen ihre Magie.«

Bree stand der Mund offen und sie trat näher an den riesigen Stamm heran, der von innen heraus leuchtete und vor Kraft zu pulsieren schien. Licht zog sich bis in jeden seiner Äste und floss sogar durch seine mächtigen Wurzeln, die unter ihren Füßen ein Netz bildeten. Als sie genauer hinsah, erkannte sie, dass er in einem annähernd kreisförmigen Bereich stand, in dem keine andere Pflanze ihm Platz stahl, obwohl sie direkt dahinter wieder wild und frei wuchsen. »Wieso wird er in keinem unserer Bücher erwähnt?«, hauchte Bree, immer noch überwältigt.

»Weil das hier eigentlich niemand zu sehen bekommt. Der Baum ist das Heiligtum der Unsterblichen und sie halten ihn vor allen geheim, die nichts von ihm wissen müssen.«

Sie drehte sich zu ihm um. »Wieso zeigst du ihn mir dann?«

Adrien sah sie direkt an und sein Blick schien ihre Hülle aus

Erschöpfung zu durchbohren. »Weil es mir Angst gemacht hat, wie schlecht es dir ging, und ich dich ablenken wollte.« Kurz darauf schien er zu bemerken, was er gerade gesagt hatte, und flüchtete sich schnell wieder in die für ihn typische Ironie. »Außerdem bin ich bei den Unsterblichen sowieso schon unten durch, da kann nicht mehr viel passieren.«

Er lachte leise, doch Bree musste sich auf die Unterlippe beißen, um ihre Emotionen zurückzuhalten. Was er gerade gesagt hatte, sorgte dafür, dass sie wieder seine Arme um sich zu spüren wollte. Doch nicht nur zum Trost …

Wind verfing sich im Labyrinth des Waldes, und als er den *Ewigen Baum* berührte, rieselten goldene Funken von seinen Blättern, die auf Bree herabfielen. Sie spürte das Kitzeln auf ihrer Wange, doch sie war noch zu beschäftigt mit ihren Gedanken, um sich darum zu kümmern.

Stattdessen sog sie überrascht die Luft ein, denn Adrien kam einen Schritt auf sie zu und hob plötzlich die Hand. Sein Finger auf ihrer Wange war warm und weich, und als er das magische Laub von ihrer Haut wischte, lief ein Schauer übers Brees ganzen Körper. Seine braunen Augen sahen im Licht des Baumes beinahe golden aus und Bree überkam das unbändige Bedürfnis, ihn ebenfalls zu berühren. Und sie spürte, dass er es zulassen würde …

Doch dieser letzte Gedanke sorgte dafür, dass in ihr ein Schalter umgelegt wurde, sie sich hastig räusperte und einen Schritt zurückmachte. Sie hatte heute Nacht schon genug Fehler begangen. Und das hier wäre der nächste, beinahe noch katastrophalere. Sie und Adrien, das würde niemals passieren. Niemals. Ihr Herz flüchtete sich in den Schutz, den sie in ihm sah. Das hier war nicht echt. Sie war für Kace bestimmt und ihr Schicksal war unwiderruflich an ihn gebunden.

»Wie funktioniert es?« Brees Stimme war rau und sie drehte

sich schnell zurück zu dem riesigen Baum, um Adriens Reaktion nicht sehen zu müssen.

Als er ihr unerwartet ruhig und mit fester Stimme antwortete, sackten ihre Schultern erleichtert nach unten. »Der Baum ist nur für die gebürtigen Unsterblichen, nicht für ehemalige Menschen wie Ery.« Er ging näher an den Stamm heran und legte seine Hand darauf. »Natürlich war ich noch nie dabei, aber unter uns Menschen erzählt man sich, dass die Kinder der Unsterblichen hier geboren werden, genau unter dem Baum. Direkt nach der Geburt werden sie zwischen seine Wurzeln gelegt und seine Magie fließt in sie. Deshalb sind sie auch so stark mit den Inseln und ihrer Natur verbunden. Der *Ewige Baum* ist wie ihr gemeinsames Herz.«

Bree schlang erneut die Arme um ihren Oberkörper. »Und wie war es bei Ery?« Wie würde es für sie sein?

»Die Sieger des Wettkampfes werden durch die gebündelte Magie aller Unsterblichen geschaffen. Ery hat mir mal erzählt, dass ihre Verbindung zu den Inseln noch nicht so stark ist wie die eines Babys, das schon seit neun Monaten durch den Körper seiner Mutter mit ihnen verbunden ist. Der Baum verwandelt sie also nicht.«

»Sie überlisten ihn also, indem sie ihre eigene Magie bündeln.« Die Inseln weigerten sich quasi, Menschen zu Unsterblichen zu machen? Was sagte das darüber aus, ob sie auch nach der Verwandlung wirklich nach hier oben gehörten?

Adrien zuckte mit den Schultern. »Wenn man es so sehen will.« Er warf noch einen letzten Blick zu dem riesigen, leuchtenden Baum, bevor sich etwas in seinen Zügen veränderte. »Lass uns zurückgehen. Sie werden euch bis morgen Abend in Ruhe lassen, aber du solltest trotzdem schlafen.«

Als er sie zu ihrer Hütte brachte, dachte Bree darüber nach, was sie in diesem einen letzten Augenblick in seinem Gesicht gesehen hatte. Sie kam zu dem Schluss, dass er seine gleichgültige Maske deutlich schneller aufsetzen konnte als sie, und dennoch etwas in seinen Augen gebrannt hatte, das Schmerz sehr nahekam.

Kapitel 12

Bree zog ihre Hand durch das flache Wasser, das sich gleich darauf in einer Kaskade aus ihrem Bungalow in die Tiefe zu stürzte. Es war lauwarm, obwohl es hier oben deutlich kühler war als in der Stadt, und sie fragte sich, wo es herkam. Mussten die Unsterblichen so etwas aus dem Nichts herbeirufen, wenn sie eine neue Insel erschufen? Noch vor wenigen Tagen war dieses Fleckchen Erde, auf dem sie sich gerade befand, ein Teil des Bodens gewesen …

Je mehr sie von den Inseln sah, desto mehr verstand sie, wieso so viel Magie in sie fließen musste und dass die Unsterblichen ohne sie nicht überleben konnten.

»Kann ich hereinkommen?« Adriens Stimme ließ sie zusammenzucken.

»Ja, natürlich.« Bree machte Anstalten aufzustehen und strich sich die nassen Finger an ihrer weichen cremefarbenen Hose ab. Heute Morgen war sie sich sicher gewesen, das Bett nicht verlassen zu können. Ihr war sogar im Liegen schwindelig von den Gedanken, die in ihrem Kopf abwechselnd in den Fokus drängten und im Endeffekt doch nur ein unentwirrbares Bündel aus Ängsten waren. Doch als Adrien sie zu ihrem Gang auf die Brücke abgeholt hatte und dabei erneut so stoisch und neutral geblieben war, hatte sie sich dazu gezwungen, es ihm gleichzutun. Sie hatte keine Wahl, sie musste weitermachen, wenn sie nicht wollte, dass der schlimmste aller möglichen Ausgänge für sie und ihre Familie eintrat.

Vielleicht machte es die Übermüdung sogar leichter, ihre Gefühle zu betäuben, denn sie hatte kaum eine Stunde am Stück geschlafen und ihr Körper funktionierte wie fremdgesteuert. Trotzdem war es eine Herausforderung, bis zum Fest heute Abend durchzuhalten, und sie befürchtete, dass die Prüfung dieses Mal nachts stattfinden könnte und erst dort verkündet wurde, da Adrien ihr versichert hatte, vorher würde nichts passieren.

»Bleib sitzen, ich bringe dir nur ein frühes Abendessen.« Bree hörte, wie er das ihr mittlerweile gut bekannte Tablett in ihrem Zimmer abstellte. »Die neue Insel hier ist nur für Feste gedacht und es gibt keinen Ort zum Essen, deshalb sollen wir es euch schon vor dem Ball aufs Zimmer bringen.« Er kam zu ihr nach draußen und blieb kurz in der Türschwelle stehen, hinter der Bree auf dem mit Steinen gepflasterten Boden neben dem Wasserfall saß. Jedes Zimmer hier hatte einen Zugang nach draußen, und wenn sie nicht so mitgenommen wäre, würde sie aus dem Staunen nicht mehr herauskommen.

»Wer gibt euch solche Anweisungen?«, fragte sie unvermittelt und drehte sich zu Adrien um, der in seinen schwarzen Klamotten vor dem Hintergrund des hell eingerichteten Zimmers so schön aussah, dass sie kurz schlucken musste.

Er runzelte die Stirn und steckte seine Hände in die Hosentaschen, bevor er antwortete: »Tarquin selbst. Die anderen Unsterblichen hier oben haben mit eurem Wettbewerb wenig zu schaffen.«

»Was tun sie dann die ganze Zeit?« Bree konnte nicht genau

sagen, wieso sie all das fragte. Doch je weniger sie wusste, desto hilfloser fühlte sie sich den Entscheidungen von Kace' Familie ausgeliefert.

Die Tatsache, wie egal ihnen zu sein schien, was mit ihr geschah, hatte eine Wunde hinterlassen, die ihr bei jedem Schritt hier oben Schmerzen bereitete. Würde sich das ändern, falls sie gewann? Oder würden die geborenen Unsterblichen immer zuerst kommen? Wenn sie sich Ery ansah, schien er eindeutig nicht den gleichen Stellenwert für Tarquin und Persephone zu haben wie ihre eigenen Kinder. Und hatte Kace diese Haltung unterstützt, indem er ihnen versichert hatte, dass Bree Geschichte sein würde, falls sie nicht gewann? Falls sie ein Mensch blieb, der für die Unsterblichen keinen Nutzen mehr hatte und deshalb verbannt werden konnte?

Adrien zuckte als Antwort auf ihre vorherige Frage mit den Schultern und setzte sich neben ihr auf den Boden. Dabei berührte er kurz ihren Oberschenkel und Bree lief unwillkürlich ein Schauer über den Rücken. »Was man eben tut, wenn man unendlich viel Zeit und keine wirklichen Verpflichtungen hat.« Er lehnte sich nach hinten und ließ sich die Sonne aufs Gesicht scheinen.

»Viele von ihnen sind Künstler, zeichnen, schreiben oder machen Musik. Andere arbeiten wahrscheinlich noch an der finalen Gestaltung dieser Insel hier oder planen schon das nächste Fest.«

Bree schwieg und versuchte sich vorzustellen, dass das in kurzer Zeit ihr Leben sein würde, falls sie gewann.

Plötzlich stob ein Schwarm winziger Vögel mit hellblauem Gefieder wild zwitschernd auf sie zu und Bree schützte lachend ihr Gesicht vor dem Ball aus unzähligen Federn und Schnäbeln, der beinahe in sie hineinflog. Auch Adrien lachte, und als sie sich beide umdrehten, um zu sehen, wo die Vögel hinflogen, legte Bree unbewusst ihre Hand auf seine Schulter, um sich abzustützen.

Nachdem der Schwarm sich entfernt hatte und sie ihre Geste bemerkte, zog sie den Arm sofort zurück, doch Adrien war es natürlich nicht entgangen. Seine Augen wanderten von ihren Fingern zu Brees Gesicht und wieder zurück. Bildete sie sich das nur ein, oder blitzte da hinter seinem liebenswürdigen Lächeln ein kleiner Funken Enttäuschung auf? Er musste wissen, dass das hier absolut keine Chance hätte … Genauso wie sie es wissen müsste und verdammt noch mal ihre Finger von ihm lassen sollte!

Brees Gedanken wurden abrupt unterbrochen, als aus ihrem Zimmer ein herzzerreißendes Quietschen und hektisches Geflatter zu hören war.

»O nein!«, rief sie und war sofort auf den Beinen. Einer der kleinen Vögel hatte sich durch die geöffnete Tür nach drinnen verirrt und flog nun hektisch in Brees Zimmer herum. Als sie hineinlief, erkannte sie sofort den Fleck auf ihrer vorher blütenreinen Bettwäsche. Vor Aufregung hatte das winzige Tier dort dunklen Kot hinterlassen. Bree warf ihre Arme in die Höhe, um ihn vom Bett weg und wieder Richtung Tür zu scheuchen.

»Es ist nur Bettwäsche, Bree. Du kannst sofort neue bekommen«, sagte Adrien gelassen über das unablässige Vogelgezwitscher hinweg. Er war ebenfalls aufgestanden und beobachtete Brees Bemühungen mit einem kleinen Grinsen im Gesicht.

Bree hielt kurz inne und stoppte ihr Gewedel, das den Vogel nur von einer Ecke in die andere trieb. »Du denkst, mich schert die Bettwäsche?«, fragte sie verärgert und starrte ihn mit großen Augen an.

»Falls es der Vogel ist, der dich interessiert, gehst du das Ganze zumindest ziemlich falsch an.« Er kam langsam zu ihr herüber und drückte Brees noch halb erhobenen Arm sanft nach unten. »Er findet nie raus, wenn wir beide in der Nähe der Tür sind und du auch noch herumfuchtelst wie sein wahrgewordener Albtraum.« Er ging ganz langsam und leise in die andere Ecke des Zimmers und bedeutete Bree, ihm zu folgen.

»Er findet niemals alleine raus, wenn wir ihn nicht lenken«, sagte sie zweifelnd und ließ das kleine Wesen nicht aus den Augen. Sie konnte kaum mitansehen, wie das Tier hier drinnen vor Panik beinahe hyperventilierte und unaufhörlich zwitscherte, weil es keinen Ausweg fand. Ihr Herz flatterte beinahe genauso schnell wie seine Flügel und sie konnte die Empfindungen des kleinen Vogels nur allzu gut nachfühlen. Die letzten Tage waren einfach viel gewesen.

»Wenn wir ganz still sind und die Tür freigeben, dann schafft er es alleine. Du wirst schon sehen.«

Sie standen so nahe beieinander, dass Bree Adrien atmen hören konnte. Beide starrten gebannt den Vogel an, der erneut verzweifelt in Richtung des Bettes flog, nur um dort auch keinen Ausweg zu finden. Als er sich auf einem der Pfosten niederließ, konnte sie sehen, wie sein winziger Brustkorb sich hektisch hob und senkte.

»Komm schon, du schaffst das«, murmelte Adrien beinahe verschwörerisch und es klang so einfühlsam, dass Bree ganz warm wurde. Er hatte wirklich ein Herz für alles, was vom Weg abgekommen war. Und dabei hätte sie zu Beginn gedacht, dass ihm eine Situation wie diese komplett egal wäre.

Sie konnte kaum ausblenden, wie wenig Platz zwischen ihnen war. Wenn sie sich nach hinten lehnte, würde ihr Rücken sich an seine Brust schmiegen …

Es dauerte noch einige quälend lange Sekunden, doch dann schien Adriens Mantra bei dem Vogel anzukommen. Und er flog nach seinen Freunden schreiend durch die geöffnete Tür hinaus, als ob er den Weg von Anfang an gekannt hätte.

Bree atmete erleichtert auf und ließ ihre Schultern sinken, als sie wieder einen Schritt in den Raum hinein machte. »Den Göttern sei Dank«, murmelte sie. Doch dann fiel ihr wieder etwas ein. »Moment, dachtest du wirklich, mich schert die Bettwäsche mehr als der Vogel?« Sie wirbelte zu Adrien herum und stemmte die Hände in die Hüften.

»Jetzt tu nicht so, als ob das so absurd gewesen wäre«, gab er sofort zurück und hob entschuldigend die Arme. »Ihr Mädchen hier oben legt schon viel Wert auf … Materielles, oder nicht?«

Bree hob beide Augenbrauen. »Dein Ernst?«

Adrien lachte auf und stahl ihr somit ein wenig von ihrem Zorn. »Ist ja gut, ist ja gut.« Auch er trat aus der Ecke, in die sie sich zurückgezogen hatten. »Ich habe wieder etwas über Brealynn gelernt.«

Bree warf ihm einen vieldeutigen Blick zu. »Es ist nicht nur, weil das arme Ding so gestresst war. Vögel sind meine allerliebsten Tiere.« Sie hielt ihm ihren Arm hin und drehte ihn so, dass er das Tattoo auf der Innenseite ihres Handgelenks sehen konnte. »Sie verkörpern für mich pure Freiheit und Lebensglück. Deshalb ist es doppelt schlimm, einen von ihnen eingesperrt zu sehen.«

Adrien ließ seinen Blick auf dem kleinen schwarzen Vogel auf ihrer hellen Haut ruhen. Plötzlich hob er die Hand und fuhr mit seiner Fingerkuppe so sanft über das Bild wie gestern über ihre Wange. »Das ist … sehr schön«, flüsterte er und Brees Haut kribbelte leicht unter seiner Berührung. Doch anstelle der Losgelöstheit von gerade eben vernahm sie einen anderen Unterton. Bevor sie weiter darüber nachdenken konnte, löste er ruckartig seine Finger von ihrer Haut und machte einen schnellen Schritt zurück.

»Zum Glück ist er wieder draußen. Ich lasse dich jetzt in Ruhe vor heute Abend.« Die Worte schossen ihm förmlich aus dem

Mund und Bree konnte kaum blinzeln, da war er im Flur verschwunden und ließ sie alleine im Zimmer stehen.

In den darauffolgenden Stunden wünschte sie sich, dass er noch einmal wiederkommen würde, um sie von ihren himmelschreienden Sorgen abzulenken. Irgendwie schaffte er es, den Nebel aus Angst, der ihr weismachen wollte, dass sie scheitern würde, so weit zu vertreiben, dass sie atmen konnte.

Bree schritt durch den mit weißen Blüten umwobenen Torbogen und ihr Kleid, das selbst über und über mit Blumen bestickt war, glitt sanft hinter ihr her. Wie durch Zauberhand löste sich eine der Blüten aus dem Bogen und wehte ihr um den Kopf, bevor sie von einem Windstoß weitergetragen wurde.

Wenn ein Künstler diesen Moment hätte festhalten wollen, wäre er kaum umhingekommen, die vermeintliche Leichtigkeit einzufangen.

Sie selbst spürte jedoch nur, wie klamm sich ihre Haut unter dem durchsichtigen Tüll anfühlte, als sie den Ort betrat, an dem der Ball stattfinden sollte, und wie schnell ihr Herz schlug. Obwohl Bree schon so oft in hohen Schuhen gelaufen war, fühlte sich jeder ihrer Schritte steif an und unter ihren offenen Haaren, die ihr in Wellen über die Schultern fielen, begann sie vor Aufregung zu schwitzen.

Ohne wirklich auf die große, sicherlich zum Tanzen gedachte freie Fläche in der Mitte zu achten, die von Stehtischen umringt war, an deren Beinen sich ebenfalls Blüten hinaufrankten, sah sich Bree sofort nach Kace' Familie um.

Ihr fiel auf, dass heute auch Unsterbliche anwesend waren, die sie noch nie gesehen hatte. Anscheinend wollten sie sich das erste Fest auf ihrer neuen Insel nicht entgehen lassen. Obwohl sie alle unterschiedlich aussahen, waren sie durch ihre goldene Aura so sehr miteinander verbunden, dass sie Bree nicht wirklich fremd vorkamen.

Als sie Kace und seine Familie kurz darauf tatsächlich entdeckte, wurde es in ihrem Kleid von einer Sekunde auf die andere beinahe unerträglich heiß. Am liebsten hätte sie die Blüten, die auf dem feinen, durchsichtigen Tüll angebracht waren und ihren Hals hinauftanzten, von sich gerissen, um atmen zu können.

Doch Bree durfte sich vor den anderen Mädchen nichts anmerken lassen, das war das Allerwichtigste. Und trotzdem konnte sie nicht anders, als unverwandt zu Kace hinüberzustarren, der ihren Blick auffing.

Hatte er genau so eine furchtbare Nacht und einen endlos erscheinenden Tag hinter sich? Hatte er auch nur darauf gewartet, sie wiederzusehen, um dieses Gefühl wieder zu verspüren? Das Gefühl, das sie wenigstens kurz in Sicherheit wiegte und ihr auch jetzt vorgaukelte, dass alles gut gehen würde.

Bree atmete zittrig aus und ignorierte, dass sie den anderen Frauen im Weg stand. Vermutlich hatte Kace das nicht, denn wenn sie nicht gewann, würde er zwar sie verlieren, aber das war nichts im Vergleich zu dem, was ihr bevorstünde. Sie würde alles verlieren.

Ein Schauer lief durch ihren ganzen Körper und beinahe gewaltsam riss sie sich von seinem Blick los, bückte sich und fummelte an dem Riemen ihres Schuhes herum, der nicht im mindesten locker war. Doch sie musste davon ablenken, wie überfordert sie mit allem hier war. Sie hatte sich den ganzen Tag darauf vorbereitet, einen kühlen Kopf zu bewahren, hatte – auch nachdem Adrien gegangen war – noch auf ihrem Balkon gesessen und den Vögeln zugehört, die sie sonst so beruhigen konnten. Aber in dem Moment, in dem sie den Festplatz betreten hatte, war alles mühsam Aufgebaute wieder in sich zusammengefallen wie ein Kartenhaus.

Sie hob vorsichtig den Kopf, während ihre Hände immer noch mit dem vermeintlich störrischen Riemen beschäftigt waren, und sah, wie Evianna in einem hautengen Kleid aus purem Gold auf sie zugelaufen kam.

Sofort pochte Bree das Herz bis zum Hals und sie ließ ihre schwarzen Haare vor ihr Gesicht fallen. Nein, bitte nicht. Dafür war sie noch nicht bereit. Wie sollte sie mit Kace' Schwester sprechen, wenn sie nicht einmal in der Lage war, ihre Gefühle im Zaum zu halten?

»Alles in Ordnung bei dir?« Die bekannte Stimme versprach eine Rettung aus ihrer Situation und Bree sah unter ihrem Schleier aus Haaren sofort nach rechts, wo ihr Blick auf zwei weiße, abgerundete Schuhspitzen fiel, die mit Glitzer bedeckt waren. Als ihre Augen weiter nach oben wanderten, erkannte sie, dass Josy vor ihr stand, deren Brauen mit den feinen, roten Härchen sich fragend hoben.

»Josy!«, rief Bree erleichtert und richtete sich so schnell auf, dass ihr Kreislauf kurz protestierte. »Du kannst ja schon wieder ganz normal stehen!«

Bree war sich ziemlich sicher, dass Josy die Verbindung zwischen der sich nähernden Evianna und ihrer Angespanntheit nicht ziehen konnte. Doch trotzdem schien sie zu erkennen, dass Brees Körper vor Nervosität auf Hochtouren lief.

»Komm, lass uns kurz zur Seite gehen. Wir stehen hier so im Weg«, sagte sie und hakte sich bei Bree unter. Nach ihrem Unfall sollte man meinen, dass sie diejenige wäre, die gestützt werden musste, doch kaum spürte Bree die warme Berührung von Josys Haut auf ihrer, erkannte sie, wie sehr sie selbst zitterte. Sie musste sich zusammenreißen, sonst würde das hier in einer Katastrophe enden. Doch gerade war das leichter gesagt als getan.

In ihren eleganten hohen Schuhen stöckelten sie ein Stück über die sogar in der Abenddämmerung noch sattgrüne Wiese. Gemeinsam stellten sie sich unter einen Baum mit langen, farnartigen Blättern, die sich mit den schwebenden Lichtern darin über ihren Köpfen zu einem glitzernden Dach vereinten.

Josy sah sie an und lächelte so herzlich, dass Bree ihre Sorgen kurz vergaß. »Ich wollte dir für gestern danken. Während ich geheilt wurde, haben die Unsterblichen mir erzählt, dass du sofort den Wettkampf abgebrochen hast, um Hilfe zu holen.« Wie aus Reflex sah sie zu ihrem Bein herunter, das makellos wie zuvor unter dem weichen Stoff ihres Kleides zu erkennen war und keinerlei Anzeichen von dem Unfall mehr zeigte.

Bree lächelte immer noch überrascht und spürte, wie die kühle Abendluft den Schweißfilm auf ihrer Haut langsam trocknete. »Hast du wirklich gedacht, dass ich einfach weitermache, obwohl du ohnmächtig in der Grube liegst?« Aus dem Augenwinkel schielte sie kurz zur Seite, doch sie konnte Evianna nicht mehr sehen.

Auch Josy beobachtete die anderen Mädchen, die in Kleidern, von denen eines besonderer war als das andere, auf die Fläche zwischen den Bäumen schwebten. Neben Josy und Delaney kannte Bree nur noch Vanea, die sich wie üblich zu Blondie gesellt hatte, und Lillith, die nicht so recht zu wissen schien, wem sie sich anschließen sollte. Die Namen der anderen fünf Mädchen kannte Bree nicht einmal, so wenig Kontakt hatten sie außerhalb der Prüfungen. Dennoch war ihr mehr als klar, dass sie selbst definitiv nicht die Einzige war, die als Siegerin infrage kam. Besonders wenn man bedachte, wie atemberaubend schön heute Abend alle aussahen.

Bei dem Gedanken daran, dass Blondie, die sie so wenig leiden konnte wie noch keinen anderen Menschen, am Ende an Kace' Seite landen könnte, weil sie selbst bei einer der Prüfungen scheiterte, wurde Bree so schlecht, dass sie sich beinahe krümmen musste. Zum Glück redete Josy einfach weiter und sorgte dafür, dass jeder denken musste, dass sie ein ganz normales Gespräch führten.

»Ich weiß nicht, was ich denke.« Josy schnaubte. »Vor ein paar Tagen hätte ich auch niemals geglaubt, dass ich wie eine Irre total unbedacht in eine Grube springe, nur weil ich einen gut aussehenden, für immer jungbleibenden Kerl beeindrucken möchte.«

Bree sah sie direkt an. »Um ehrlich zu sein, hatte ich eher das Gefühl, dass du dich selbst beeindrucken wolltest, nachdem du schon so weit gekommen warst.«

Zuerst blinzelte Josy nur überrascht über diese ehrlichen Worte und Bree fragte sich, ob sie zu direkt gewesen war, doch dann lachte Josy auf und die Anspannung fiel von der Situation ab. »Das ist wahrscheinlich so zutreffend, dass es mich gerade kurz erschrocken hat.« Sie zuckte mit den Schultern und schubste Bree leicht an. »Wie auch immer, danke dir. Ohne dich wäre vielleicht noch Schlimmeres passiert.«

Nun war Brees Neugier wirklich geweckt und sie ließ das Geschehen um sie herum kurz aus den Augen. »Wie haben sie es gemacht?«

Doch zu ihrer Enttäuschung konnte Josy ihr nicht viel erzählen. »Ich habe kaum was mitbekommen. Sie haben mich mit irgendeiner Dampfwolke zum Schlafen gebracht, und als ich aufgewacht bin, war mein Bein wie neu. Aber ich glaube, ich war auf der letzten Insel bei einer Heilerin.«

Bree schluckte. Dann war sie nicht die Einzige, die auf der letzten Insel gewesen war …

Sie wollte ihr gerade antworten, da erspähte sie Delaney, die etwas verloren in einem dunkelgrünen, weit ausgestellten Kleid in der Mitte der Tanzfläche stand. Sie legte Josy entschuldigend eine Hand auf den Arm. »Ich würde gerne kurz zu meiner Freundin gehen, aber du kannst mitkommen, wenn du willst.«

Sie wollte wirklich nicht unhöflich sein, doch sie hatte das Gefühl, dass sie Delaneys Art gerade mehr denn je brauchte. Natürlich durfte sie ihr genauso wenig wie den anderen von dem erzählen, was in ihrem Kopf vorging, aber es zog sie dennoch zu ihr.

»Alles gut, ich wollte sowieso noch Vanea suchen und mich für meine Dummheit entschuldigen«, sagte Josy und winkte zum Abschied.

Bree warf ihr noch ein dankbares Lächeln zu und ging dann zu Delaney, die sie auch entdeckt hatte und ihr entgegenkam. Sie öffnete gerade ihre verführerisch dunkel geschminkten Lippen, um Bree zu begrüßen, als jemand so laut in die Hände klatschte, dass sie beide zusammenfuhren.

Tatsächlich standen sie alle, Kace und seine Familie, in der Mitte der Tanzfläche und Evianna sah aus, als ob sie etwas sagen wollte. Doch sie wartete, bis alle still genug waren, um sie zu hören, und ließ dann erst ihre Schultern kreisen, bevor sie sprach. Bildete Bree es sich nur ein, oder sah sie angespannt aus?

Wahrscheinlich projizierte sie nur ihre eigenen Ängste auf sie. Im Endeffekt interessierte es wahrscheinlich nur Kace, wie ihre Geschichte ausging. Oder: Hoffentlich interessierte es Kace … Er hatte bisher keine Anstalten gemacht, mit ihr zu sprechen. Aber er war sicher bloß vorsichtig und wollte keine weitere Aufmerksamkeit auf sie beide lenken.

Bree hoffte nur, dass Evianna ihnen gleich sagen würde, was die Prüfung war, die heute noch unweigerlich anstand, und sie nicht weiter auf die Folter spannte. Sie musste wissen, ob es etwas war, was sie gut bewältigen konnte. Was sie als die Beste bewältigen konnte!

»Ihr Lieben«, begann Evianna und machte noch ein paar Schritte nach vorne. Sie bewegte sich mit einer so selbstverständlichen Eleganz, dass Bree mehr denn je die Ähnlichkeit zwischen ihr und ihrer Mutter sah. Gleichzeitig wurde ihr umso deutlicher, wie anders die Ausstrahlung ihres Partners Ery war, der ihr folgte und nun einen Arm um ihre Taille legte, während sie sprach. Mit seinem dunklen, lockigen Haar, das dem seines Bruders so ähnlich war, war auch er wunderschön, doch er trug sein Äußeres nicht mit Stolz. Vielmehr wirkte er angespannt und unausgeglichen.

Er war ein Unsterblicher mit einer traumhaften Frau an seiner Seite, was konnte man mehr wollen? Wurde er wirklich anders behandelt als die gebürtigen Himmelsbewohner?

»Wir wollen heute Abend ausnutzen, wie schön ihr alle ausseht, und gemeinsam feiern. Wie ihr vielleicht gemerkt habt, lieben wir hier oben die Opulenz und den Glanz von großen Festen, deshalb eröffnen wir den Abend mit einem Tanz.« Evianna lächelte in die Runde und Bree wurde so übel vor Nervosität, dass sie sich an einem der Tische, die hinter ihnen standen, festhalten musste, um nicht zu schwanken. Delaney warf ihr aus dem Augenwinkel einen komischen Blick zu.

»Alles gut?«, flüsterte sie.

Bree drückte den Rücken durch und zwang ein Lächeln auf ihre Lippen. »Ja, mein Kleid ist nur ein wenig eng und ich bekomme schlecht Luft.«

Delaneys Nicken hatte einen misstrauischen Touch, doch scheinbar traute sie sich nicht, noch weiter nachzuhaken, während Evianna sprach.

Irgendwie wurde Bree das Gefühl nicht los, dass sie nicht einfach so tanzen würden. Hier oben geschah nie etwas einfach so. Wollten die Unsterblichen sehen, wer sich besonders elegant bewegte? Das würde ja zu ihnen passen und Kace hätte sicherlich einen netten Anblick für den Abend. Sie nahm sich vor, ihr Bestes zu geben und ihren Körper so in Szene zu setzen, wie sie es in der Stadt und unter den Blicken der Männer dort gelernt hatte. Doch sie durfte ihre Anspannung nicht nach außen tragen und es übertreiben. Auf keinen Fall durfte es gespielt wirken, das würde die Unsterblichen, die ihre Schönheit mit solch einer Leichtigkeit auslebten, sicherlich abstoßen.

Eviannas Stimme erreichte unangestrengt die Gruppe der Teilnehmerinnen. Es war so mucksmäuschenstill, dass man die Vögel zwitschern hören konnte und sie kein bisschen lauter sprechen musste als normal. »Aber zu einem glamourösen Ball gehört ein richtiger Eröffnungstanz, also werden eure Diener als Partner einspringen müssen.« Sie sah hinter sich und lächelte ein wenig. »Denn so gerne Kace sicherlich möchte, er kann nicht mit euch allen gleichzeitig tanzen.«

Brees Herz hüpfte kurz nervös, als Eviannas Augen ihren Blick streiften.

Sie würden mit den Dienern tanzen. Plötzlich wurden ihre Knie vor Erleichterung so weich, dass Bree beinahe in sich zusammengesackt wäre. Sie würde nicht alleine durch den Tanz müssen.

»Ach verdammt«, zischte Delaney neben ihr. »Dann bekomme ich sicherlich wieder diesen gesprächigen Klotz anstelle meiner eigenen Dienerin.« Sie atmete tief ein und hob beide Augenbrauen. »Wenigstens kann er mich hier nirgends runterschubsen.«

Bree musste ein wenig lächeln. »Du weißt schon, dass er den Part mit dem Schubsen nicht selbst entschieden hat, oder? Dafür kannst du dem netten Cousin Bellamy danken.«

Auf einmal wurde die ganze Szenerie in Musik getaucht, die aus dem Nichts zu kommen schien und den ganzen Platz von allen Seiten her erfüllte. Die fröhlichen und doch einfühlsamen Klänge einer Geige drangen bis in Brees Innerstes vor und kämpften dort gegen den harten Knoten an, der sich in ihrem Bauch gebildet hatte. Wahrscheinlich hatte sie noch nie etwas Schöneres gehört.

»Darf ich bitten?«

Obwohl sie gerade noch an ihn gedacht hatte, zuckte sie beim Klang von Adriens Stimme in ihrem Rücken zusammen. Warum musste er sich immer so anschleichen? Sie hatte das Gefühl, es machte ihm Spaß, sie zu erschrecken.

Bree drehte sich um und konnte nicht verhindern, dass ihre Augen groß wurden. Seine Locken waren gebändigter als sonst nach hinten frisiert und er trug einen rabenschwarzen, leicht glänzenden Anzug, der das weiße Hemd darunter nur am Kragen erahnen ließ.

Reflexartig reagierte ihr Körper und ergriff die Hand, die er ihr hinstreckte. Ihre Finger glitten langsam durch seine Handfläche, bis er sie mit seinen umschloss und ihren Arm auf die Höhe seiner Schulter hob.

»Geht es jetzt schon gleich los?«, fragte Bree überrascht und strich sich eine Haarsträhne aus dem Gesicht, bevor sie ihre zweite Hand auf seine Schulter legte.

Als sie Adriens warme Berührung an ihrem Schulterblatt spürte, lief ihr ein Schauer über den Rücken. »Möchtest du noch warten?«, fragte er und lächelte dabei so warm, dass sie sich fragte, wie sie ihn zu Beginn für gefühlskalt hatte halten können.

Unterbewusst spürte sie, wie sich um sie herum Körper bewegten, also mussten die anderen auch schon angefangen haben zu tanzen. Doch irgendwie konnte sie sich nicht von seinen braunen Augen losreißen. Die Dankbarkeit, dass er sie mit der

Anspannung, die trotz seiner warmen Hände und der schönen Geigenmelodie immer noch durch ihre Adern floss, nicht alleine lassen würde, rollte über ihre Gedanken.

Als Adrien sich leicht drehte, fügte sich Bree ganz selbstverständlich seinem Impuls und ihre Füße bewegten sich zuerst zögerlich, dann immer sicherer im Rhythmus seiner Schritte. Plötzlich rutschte ihr Blick ein klein wenig an ihm vorbei und sie sah, dass Kace und seine Familie immer noch an der gleichen Stelle standen wie gerade. Und Kace sah sie über Adriens Schultern hinweg an. Er fixierte sie regelrecht.

Unbewusst krallte sich ihre Hand fester in Adriens Schulter und sie bemerkte, wie seine Augen etwas schmaler wurden, als sie sich von Kace losriss.

»Was ist los mit dir?«, murmelte er so leise, dass die umliegenden Paare sie nicht hören konnten. Als Bree nur schluckte und seinem Blick auswich, bohrten sich seine Augen geradezu in ihre und zwangen sie dazu, sich seinen Fragen zu stellen. »Sie haben dich hierbleiben lassen, also ist doch alles nur halb so schlimm, oder?«

Als ihr in diesem Moment wieder klar wurde, dass Adrien wusste, aus welchem Grund sie mitten in der Nacht zu den Unsterblichen bestellt worden war, schoss ihr sofort die Röte ins Gesicht und sie musste all ihre Willenskraft aufbringen, um nicht zu Kace zu sehen. »Ich bin nur angespannt«, sagte sie leise und zuckte mit den Schultern. »Wir werden immer weniger und ich darf mir keinen Fehler erlauben.« Die Musik wurde schneller und Bree musste ihr langes Kleid bei jedem Tanzschritt ein wenig von sich treten, um sich nicht darin zu verfangen. Dafür musste der um sie herumwirbelnde, mit Blumen bestickte Stoff wunderschön aussehen und bei dem Gedanken daran, dass Kace sie ganz sicher beobachtete, drückte sie den Rücken noch ein wenig mehr durch.

Sie hatte das hier unter Kontrolle. Sie konnte tanzen – das wusste sie.

Aber dass Adrien solch ein Gefühl für Musik hatte, damit hatte sie nicht gerechnet. Durch den sanften Druck seiner Hand auf ihrem Rücken musste sie quasi nichts tun, außer sich von ihm und der Musik tragen zu lassen, und konnte sich so darauf konzentrieren, ihre dringend benötigte Selbstsicherheit wiederzufinden.

Als Bree direkt an Kace und den Unsterblichen vorbeitanzte, die sich scheinbar unbeschwert mit Getränken in der Hand unterhielten, wurde ihre Vermutung bestätigt. Sie beobachteten sie ganz genau, auch wenn sie es verstecken wollten. Das Tanzen war also irgendwie Teil der Prüfung.

Sie versuchte gerade, Kace' Blick zu finden, obwohl sie sich unaufhörlich drehten, da schwoll die Musik unerwartet an und Adrien löste plötzlich seine Finger von ihren. Als sie auf einmal seine Hände an ihrer Seite spürte und zum Stakkato der Geige in die Luft gehoben wurde, entfuhr ihr ein überraschter, kurzer Aufschrei. Ihr Partner wirbelte sie in einer halben Drehung durch die Luft und ihr Kleid umschloss ihre beiden Körper in einer Wolke aus fliederfarbenem Stoff.

Bree landete wieder auf beiden Füßen und ihr entfuhr ein Lachen. Das hier war Fliegen.

Bei einem Blick auf Kace' Gesicht, von dem sie sich nun wieder entfernten, sah das jedoch nach einer ganz anderen Emotion aus. Denn er wirkte gar nicht glücklich. War er eifersüchtig auf Adrien? Konnte das wirklich sein?

Brees Füße flogen über den Boden und ihr Tanzpartner erwiderte ihr Lächeln, als sie sich wieder sortierte. Sie sollte doch eindrucksvoll tanzen, oder nicht? Umso besser, wenn Kace sich wünschte, an Adriens Stelle zu sein und sie herumwirbeln zu können.

Sie spürte ihr Kleid um ihre Beine flattern und legte den Kopf in den Nacken, um auch ihre Haare in die Umarmung des Windes zu schicken. Die Musik erfüllte ihren ganzen Körper und trotz der Angst, die sie gerade noch so überdeutlich gespürt hatte, musste sie immer weiter lächeln. Hier, mit Adrien, der nicht zulassen würde, dass sie fiel, und in diesem Kleid fühlte sie sich sicher genug, um zu glauben, dass sie es schaffen konnte. Dass sie schön genug, stark genug und mutig genug war, um mit den Unsterblichen mitzuhalten.

Unaufhörlich ließ sie ihre Füße über den Boden gleiten und ihren Körper in kleinen Hüpfern in die Luft heben, bis ihre Haut sich hitzig anfühlte und sie zu schwitzen begann. Aus dem Augenwinkel hatte sie bereits gesehen, dass ein paar wenige der anderen Frauen bereits die Fläche verlassen hatten. Vielleicht sollte sie das auch tun, wenn sie nicht völlig fertig aussehen wollte. Denn auf das Ende des Liedes zu warten, wie sie es in der Stadt tun würde, hatte keinen Zweck – die Musik lief einfach immer weiter, floss von sanften Rhythmen in ekstatische Klänge und wieder zurück. Sicherlich hatten Kace und seine Familie genug Zeit gehabt, ihnen zuzusehen. Wobei sie keine Anstalten machten, sich aus ihrer Gruppe zu lösen, und die Tanzenden immer noch ganz genau beobachteten.

»Lass uns eine kurze Pause machen«, sagte Bree atemlos und sah Adrien an, der sie im gleichen Moment wieder schwungvoll in eine Drehung schickte. Sein Griff um ihre Hand und ihren Rücken war noch genauso fest wie zu Beginn und er schien nicht im Geringsten müde. Im Gegenteil, sie hatte ihn vermutlich noch nie so losgelöst gesehen.

Seine braunen Augen funkelten und er sah sie durchdringend an. »Tanz weiter mit mir, Bree.«

Bei dem Klang seiner Stimme lief ihr ein Schauer über den

Rücken und sie verpasste einen Schritt, weshalb sie kurz ins Straucheln kamen.

Wie um den Moment zu intensivieren, schwoll die Musik weiter an und Brees Kopf tauchte in eine Wolke ein, in der sie nur Adriens Gesicht klar sehen konnte und der Rest um sie herum verschwamm. Ganz besonders ihre eigenen Gefühle … Denn wieso fühlte sich das hier so gut an, wenn sie eigentlich nur den Wunsch verspüren sollte, mit Kace zu tanzen? Den Wunsch, der dafür sorgen würde, dass sie bis zum Ende alles dafür gab, seine Partnerin zu werden und so ihre Familie nicht zu verlieren.

Aber wenn sie hier oben lebte, würde auch Adrien hier sein. Näher, als wenn sie wieder in die Stadt zurückging.

Bree schüttelte den Kopf, um klarer denken zu können, und konzentrierte sich für einen Moment wieder nur aufs Tanzen, bevor sie antwortete: »Na gut, aber ich werde bald eine Pause brauchen, wenn du in dem Tempo weitermachst.«

Wie auf Kommando wurden Adriens Schritte etwas langsamer, blieben aber dennoch im Takt der Musik. Er zeigte mit dem Kopf hinter sich, wobei sich eine Locke aus seiner Frisur löste und ihm in die Stirn fiel. »Dann gibt es eben etwas weniger von meinen gigantischen Tanzkünsten.« Er grinste und Bree lachte auch. Dann fuhr er fort: »Oder willst du den Unsterblichen etwa ihre Feier versauen, indem du wie die anderen abhaust, um etwas zu essen zu suchen?«

Bree musste über seine Prahlerei schmunzeln, die leider sogar gerechtfertigt war, da warf sie einen Blick über seine Schulter, um zu sehen, ob es tatsächlich etwas zu essen gab. Denn auch sie wurde immer hungriger und die Buffets hier oben waren eine Nummer für sich. Doch zu ihrer Überraschung konnte sie keines der Tanzpaare mehr sehen, die gerade noch die Fläche verlassen hatten – weder die Mädchen noch die Diener. Um sie herum waren nur die mit Lichtern geschmückten Bäume.

»Wo sind die denn alle?«, murmelte sie, da spürte sie plötzlich, wie Adriens Finger sich ein klein wenig zu fest in ihr Schulterblatt bohrten und sie somit zwangen, ihn wieder anzusehen.

Was war das für ein komischer Ausdruck in seinen Augen?

»Tanz weiter mit mir, Bree«, wiederholte er mit tiefer Stimme, doch dieses Mal hatte sie noch einen anderen Unterton.

Brees Brauen hoben sich überrascht, als ihr ein Gedanke kam. »Das ist doch nicht dein Er…?«

Doch Adrien unterbrach sie. »Nicht reden, nur Tanzen. Dafür bin ich herbestellt worden.«

Und da verstand sie. Deshalb waren die Mädchen, die aufgehört hatten zu tanzen, nicht mehr da. Sie waren ausgeschieden!

Bree versuchte nicht mehr, den Schock in ihren Augen zu verbergen. »Adrien, ich weiß nicht, ob ich das kann«, flüsterte sie so leise sie konnte.

Er drehte sie ruckartig und so schnell, dass ihr beinahe schwindelig wurde. »Natürlich kannst du. Konzentrier dich einfach auf mich.«

In ihrem Herzen mischten sich warm und kalt. »Aber nicht heute, es ist so viel passiert und ich habe kaum geschlafen …« Sie war sich wirklich nicht sicher, ob sie das durchhalten konnte. Wie lange mussten sie tanzen? Was, wenn noch jemand nicht aufgab und es sich ewig zog? Ihre Beine wurden bereits jetzt schwer und ihre in die hohen Schuhe gezwängten Fußsohlen und Zehen schmerzten. Die Leichtigkeit des Tanzes, die sie eben noch beflügelt hatte, war mit der Gewissheit, dass sie sich mitten in der nächsten Prüfung befand, endgültig wie weggewischt.

Doch bevor sie noch etwas sagen konnte, hielt sie Adrien zurück, indem er sie in einer unerwarteten Bewegung kurz ganz eng zu sich heranzog. »Rede nicht weiter darüber, ich hätte dir keinen Tipp geben dürfen. Ich glaube, sie hören uns durch die Musik nicht, aber ich würde nicht darauf wetten«, flüsterte er.

Die Worte drangen an Brees Ohr und sie schloss schnell und fest die Lippen, doch wirklich konzentrieren konnte sie sich nur auf die unerwartete Nähe, die sich so plötzlich zwischen ihnen ergeben hatte. Eine seiner Locken kitzelte an ihrem Hals und seine Haare rochen so sehr nach ihm, dass ihr Herz seinen Takt verlor.

Ruckartig drückte Bree sich wieder von ihm weg und brachte tanzend wieder eine angemessene Distanz zwischen sie. Sie hatte nichts dagegen, Kace ein klein wenig neidisch zu machen, doch sie durfte es nicht übertreiben. Außerdem verwirrte sie sich ja schon selbst mit ihren wechselhaften Gefühlen.

Die Musik wurde wieder etwas langsamer und gab ihnen die Chance, durchzuatmen. Bree lockerte ihre Arme etwas und ließ unauffällig den Nacken kreisen.

Vorhin hatte sie sich so gefreut, dass es ums Tanzen ging. Genau dieses Gefühl versuchte sie zurückzuholen. Adrien glaubte, dass sie es schaffen konnte, also musste es ja irgendwann enden. Außerdem hatte sie genau genommen keine Wahl. Ihr blieb nur die Entscheidung, ob sie diese Aufgabe wie die Prinzessin meisterte, die Kace und seine Familie auf dem Ball sehen wollten, oder ob sie sich von ihren Zweifeln aus dem Rennen werfen ließ.

Bree entschied sich für Ersteres. Sie zauberte sich ein freudiges, aber kontrolliertes Lächeln auf die Lippen, reckte ihre Arme noch ein wenig höher und streckte bei jedem Schritt ihren Fuß, als wäre sie eine Ballerina.

Zuerst sah Adrien überrascht aus, doch dann wich dieser Ausdruck purer Bewunderung und er konnte die Augen anscheinend kaum noch von seiner Partnerin wenden, die sich unter seiner

Führung streckte, in seine Arme fallen ließ und flog, obwohl sie kaum noch konnte.

Die Zeit zerfloss in einer zähen Mischung aus Ekstase und Erschöpfung. Je mehr Schmerzen Bree hatte, desto härter wurde sie mit sich selbst und zwang sich, noch aufrechter zu stehen, um es niemanden sehen zu lassen. Mittlerweile war schon mehr als die Hälfte der Mädchen verschwunden und nur noch sie und drei andere Paare tanzten.

War Delaney noch da? Durch die Bewegung verschleiert zogen die Gesichter der anderen Menschen unscharf an ihr vorbei und sie konnte es nicht sicher sagen, ohne ihren Kopf unelegant hin und her zu werfen. Mittlerweile war sie sich gar nicht mehr sicher, ob wirklich sie selbst ihren Körper trug oder ob es Adriens Hand war, die ihren Rücken bog und ihre Füße leitete. Immer weiter drehten sie sich, immer tiefer drang die Musik in sie ein.

Ihre Füße schmerzten, als ob ihre Schuhe drei Nummern zu klein wären. Wahrscheinlich würde sie gar nicht mehr aufhören können, sich zu drehen, selbst wenn sie es versuchte.

Bree wollte zu Kace sehen, um herauszufinden, ob er sie immer noch beobachtete, doch so sehr sie sich auch anstrengte, sie konnte ihn nicht fokussieren. Sogar Adriens Gesicht, das direkt vor ihr war, verschwamm an den Rändern. Irgendwie war nichts mehr wirklich greifbar bis auf ihren eigenen unnachgiebigen, berstenden Körper.

»Bree?«

Ihr Name driftete an ihr Ohr und sie spürte, dass sie ins Wanken kam. Ihre Füße verhedderten sich in ihren Schritten und sie klammerte sich an Adrien fest, bis sie bemerkte, dass er derjenige war, der dafür gesorgt hatte, dass sie aus dem Tritt gekommen war.

»Bree, es ist vorbei. Du kannst aufhören.«

Anstatt vorsichtig zu versuchen, den Tanz zu beenden, rüttelte Adrien nun an ihren Schultern, bis ihre Augen sich endlich fokussierten und ihre Hand schlaff von seiner Schulter rutschte. Als ob sie gerade aus einem Traum erwachte, blinzelte Bree. Sie sah sich um. Tatsächlich waren sie und Adrien alleine auf der Tanzfläche, um sie herum war Stille.

Und plötzlich wurde sie überwältigt von der Leere, die die fehlenden Klänge in ihrem Körper hinterließen und die dafür sorgte, dass sie ihre Schmerzen überdeutlich spüren konnte. Sie sackte ein wenig in sich zusammen und Adrien musste sie stützen, damit sie auf ihren hohen Schuhen nicht wegknickte.

Gerade bahnte sich ein Stöhnen seinen Weg durch ihre Kehle, da sah sie, dass Kace zielstrebig auf sie zukam. Auf seinen Lippen lag ein breites Lächeln und sofort wurde in Brees Kopf ein Schalter umgelegt. Sie riss ihre Mundwinkel nach oben und krallte ihre Finger um Adriens, um sich an seinem Griff wieder hochzuziehen.

Egal wie verdammt ihr Körper schmerzte, sie würde nicht auf dem Boden kauern, wenn Kace zu ihr kam. Sie hatte es geschafft, sie war die letzte Frau auf der Tanzfläche. Sie würde seine Partnerin sein.

Bree biss innerlich die Zähne zusammen, doch äußerlich warf sie sich lächelnd die klammen Haare über die Schulter und löste sich von Adrien, der ihr einen komischen Blick zuwarf, bevor er einen Schritt zur Seite machte. Sie wollte ihrem Diener für alles danken, was er heute Abend wieder für sie getan hatte, doch bevor sie das tun konnte, drehte er sich stumm um und ging, ohne ihr einen weiteren Blick zuzuwerfen. Und obwohl Kace sie mittlerweile fast erreicht hatte, musste sie das Bedürfnis bekämpfen, Adrien hinterherzustarren. Sie wollte nicht, dass er jetzt einfach so verschwand. Nach ihrer Verbundenheit von gerade fühlte sie sich ohne die Berührung seiner Hände auf ihrer Haut allein und irgendwie schutzlos.

War sie schon wieder bereit für die Achterbahnfahrt, die es für sie bedeutete, mit Kace zu sprechen?

Ihr würde keine Wahl bleiben, denn Bree konnte bereits die kleinen Grübchen sehen, die sich beim Lachen auf seinen Wangen bildeten. Und als er zu ihrer Überraschung beinahe genauso wie Adrien vor ein paar Stunden die Hand ausstreckte, flatterte ihr Herz vor Angst davon.

»Würdest du mir die Ehre erweisen, den letzten Tanz mit der Gewinnerin zu bekommen?«

Noch einmal tanzen? Brees Hände begannen zu zittern, doch gleichzeitig zerrte der Sog aus goldenem Licht, das Kace immer zu umgeben schien, an ihr und sie konnte gar nicht anders, als seine Hand zu nehmen. Im Gegensatz zu Adriens war seine Haut kühl und weich, sodass sich ihre von der Anstrengung erhitzten Finger darin fehl am Platz anfühlten.

»Sehr gerne«, flüsterte Bree und zuckte zusammen. Obwohl Kace' Berührungen federleicht waren, sandten sie Stromstöße durch ihren Körper. Gestern war ihre Begegnung fiebrig und überstürzt gewesen, doch jetzt, wo sie wirklich darauf achtete, was geschah, war seine Nähe, sein Geruch und das Wissen, dass sie gleich zusammen tanzen würden, so viel, dass allein ihre Gedanken Schwindel hervorriefen. Und dann war da noch das Wissen, dass seine Familie sie immer noch beobachtete.

Langsam schlich sich wieder Musik auf die Lichtung, doch dieses Mal war sie ruhiger, sanfter und zwang sie beinahe dazu, eng und intim zu tanzen. Die Klänge webten ein zartes Band zwischen ihnen, das Bree so dringend brauchte, um durchzuhalten. Denn sie war wirklich am Ende.

Obwohl sie ihr Kinn heben, sich in seinen Bernsteinaugen verlieren wollte, musste sie immer wieder nach unten sehen, um ihm nicht auf die Füße zu treten. Er tanzte ganz anders als Adrien und ihr Körper war zu müde, um sich mit der Leichtigkeit, die sie sie noch vor einer Stunde verspürt hatte, daran anzupassen.

»Ich wusste, dass du die Letzte sein würdest, die noch hier steht«, raunte Kace und bei dem Klang seiner Stimme lief Bree ein Schauer über den Rücken.

Ohne Adrien wäre sie unter den Ersten gewesen, die gegangen waren … Doch das durfte Kace auf keinen Fall erfahren. »Und ich hätte nie damit gerechnet, dass ich noch mit dir tanzen darf.« Sie hob erneut den Blick und sah, wie Kace sie eindringlich musterte. In seinen Augen lag ein Ausdruck, der sie glauben ließ, dass ihre Begegnung genauso enden würde wie gestern, wenn seine Familie nicht hier wäre. Sofort wurde Bree rot und biss sich nervös auf die Lippe.

»Wie wird entschieden, welche Frauen noch dabeibleiben, wenn mehrere gleichzeitig aufgehört haben?«, fragte sie schnell und musste sofort an Delaney denken. Sie konnte nur beten, dass sie lange genug durchgehalten hatte.

»Es wird nicht nur nach der Zeit entschieden.« Kace schüttelte den Kopf, bevor er sie unerwartet drehte und Bree unter seinem Arm hindurchtauchte. Als er sie wieder zu sich zog, hätte kaum mehr ein Blatt zwischen ihre beiden Körper gepasst und er musste Brees Herz an seiner Brust spüren. Auch ihr Unterkörper war gefährlich nah an seinem und Bree spürte, wie sich die Hitze zwischen ihnen aufstaute.

»Meine Mutter wird gleich gehen und den Frauen, die entweder zu früh gegangen sind oder einfach nicht zu uns gepasst haben, sagen, dass sie wieder in die Stadt zurückkehren.«

»Nicht zu euch gepasst haben?«, platzte Bree heraus. »Ich hatte es so interpretiert, dass es darum ging, lange durchzuhalten.«

»Auch, aber ich will niemanden, der lange durchhält, weil er sich nur mit minimalem Aufwand bewegt und auch danach aussieht.« Als sie ihre Augenbrauen zusammenzog, fügte Kace hinzu: »Das verstehst du doch, oder nicht?«

Ja, sie verstand es. Schließlich war genau dieser Gedanke der Grund, weshalb ihre Muskeln jetzt derart schmerzten und sich ihr Kopf vom demonstrativen Recken in die Höhe anfühlte, als ob er gar nicht mehr zu ihrem Körper gehörte. Doch irgendwie hatte sie nicht damit gerechnet, dass Kace so offen zugeben würde, wie willkürlich und oberflächlich diese Prüfung gewesen war. Der Gedanke sorgte dafür, dass sie ein wenig steifer wurde und sich noch mehr auf die Schritte konzentrieren musste.

»Was ist mit Delaney? Ist sie … ist sie ausgeschieden?«

Seine sonst so seidenglatte Stirn bekam feine Linien. »Wieso interessiert dich das so sehr?«

Bree kämpfte gegen ihre bleischwere Erschöpfung an, um in diesem wichtigen Gespräch keinen Fehler zu machen. »Ich weiß, dass wir hier keine Freundschaften schließen sollen, aber es lässt sich nicht verhindern, dass man Bezugspersonen hat. Und sie ist eben meine.«

»Du brauchst sie nicht, um bis zum Ende durchzuhalten.« Kace löste seine Hand von ihrem Rücken und strich ihr damit über die Wange, doch er hatte diesen Satz in einem Tonfall gesagt, der dafür sorgte, dass Bree seine Berührung zum ersten Mal gerne beiseite gewischt hätte. Weil sie ahnte, was kommen würde.

»Evianna hat entschieden, dass sie wieder in die Stadt gehen wird.«

Evianna oder du?

Bree nickte stumm. Eigentlich war klar gewesen, dass Delaney nicht bis zum Ende da sein würde und schon gar nicht gemeinsam mit ihr für immer hierbleiben konnte. Dennoch versetzte es ihrem sowieso schon angeschlagenen Herzen einen Stich, dass sie sie gerade jetzt verlassen musste. Dass sie die letzten zwei Prüfungen und die Zeit dazwischen alleine durchstehen musste.

Automatisch flog ihr Kopf zur Seite und suchte nach Adrien, doch sie konnte ihn von hier aus nicht sehen.

Mittlerweile schmerzte jeder Muskel in ihrem Körper und sogar ihre Finger, die in Kace' Handfläche lagen, waren verkrampft und steif. Gerade begann Bree, bei jedem ausladenderen Schritt das Gesicht zu verziehen, da tröpfelte die Musik nur noch vor sich hin, bis sie langsam an Körper verlor. Innerlich jubelte sie vor Erleichterung, doch äußerlich warf sie Kace ein zurückhaltendes Lächeln zu.

Er drehte sie noch ein letztes Mal und verbeugte sich dann mit einer Eleganz vor ihr, die wieder einmal dafür sorgte, dass ihr beinahe der Atem stockte. »Ich danke Ihnen für den Tanz.«

Nun hoben sich Brees Mundwinkel doch noch etwas mehr. Sie hatte es geschafft. Sie war wieder einmal die Letzte und hatte gerade mit Kace getanzt.

Kace bedeutete ihr mit seinem Blick, sich bei ihm unterzuhaken und gemeinsam gingen sie von der Tanzfläche. Erst als Bree den Rest seiner Familie unter den Bäumen stehen sah, die mit ihren langen Farnen den Boden zu streicheln schienen, wurde ihr wieder wirklich bewusst, wie viele Augen auf sie gerichtet waren.

Evianna löste sich als Einzige aus der Gruppe und kam zu ihnen herüber. Die anderen warfen ihnen nur vieldeutige Blicke zu, die Brees Haut kribbeln ließen. Waren sie nicht zufrieden? Was zur Hölle hätte sie denn besser machen können? In ihrer Erschöpfung kostete es sie fast unmenschliche Kraft, ihre Maske aus Zuversicht und Selbstbewusstsein weiter aufrechtzuerhalten.

Oder war sie schon längst verrutscht?

»Glückwunsch, Liebes.« Evianna zog sie in eine Umarmung, die so schnell vorbei war, dass sie sich anfühlte, als ob eine Feder Bree gestreift hätte. »Wir lassen sofort nach deinem Diener schicken. Du bist sicherlich erschöpft.«

Erschöpft war gar kein Ausdruck.

»Das wäre gut. Meine Füße müssen raus aus diesen Schuhen, wenn sie keinen bleibenden Schaden nehmen sollen.« Bree lachte in einem Versuch, die Stimmung aufzulockern und nicht nur steif neben Kace zu stehen. Das hier war ihre zukünftige Familie.

Doch Evianna schien es ernster zu nehmen, als Bree gedacht hatte, und verstand den Scherz nicht, denn ihre Augen weiteten sich erschrocken. »Oh, ja, ich werde dir eine Creme auf dein Zimmer schicken lassen, damit du keine Narben bekommst!«

Ihre Ferse war ganz sicher aufgerieben, genauso wie ihre kleinen Zehen, aber Narben? Davor hatte sie Angst? Bree lief ein Schauer über den Rücken und sie konnte nicht verhindern, dass ihr Arm kurz zitterte. Was würde Kace' Familie erst sagen, wenn sie von dem riesigen Fleck auf ihrem Bein erfuhr?

»Ich glaube, wir sollten jetzt wirklich gehen«, sagte Kace und nickte seiner Schwester zu.

Doch diese verstand nicht ganz, was er meinte, denn sie drehte sich um und winkte in den Schatten eines Baumes, der eine Person vor Bree versteckte. »Bring sie bitte zurück …« Am Ende des Satzes stockte sie kurz, da sie anscheinend seinen Namen nicht wusste. Doch Adrien kam trotzdem zu ihnen herüber und trug immer noch genau die gleiche ausdruckslose Miene zur Schau wie vorhin.

Brees Blick suchte in seinem Gesicht Anhaltspunkte für seine tatsächliche Stimmung, denn niemand fühlte einfach nichts, so wie er es sie gerade glauben lassen wollte, doch sie fand keine. Die

Maske war wieder in Position.

Stattdessen schritt Kace ein. »Das ist nicht nötig. Ich werde sie auf ihr Zimmer bringen.«

Bree sah ihn erstaunt an und erst jetzt flackerte eine Emotion durch Adriens Gesicht.

Auch Evianna schien nicht begeistert. »Ich weiß nicht, ob das die beste Idee ist, Brüderchen. Nach allem, was passiert ist.«

Kace' Arm unter ihrem versteifte sich. »Es ist nichts passiert«, zischte er gereizt. »Außerdem ist keine von den anderen Frauen mehr hier, um zu sehen, dass ich sie zurückbegleite. Wo ist das Problem?«

Evianna schwieg mit gerunzelter Stirn, doch Adrien sah immer zorniger aus. Er machte einen Schritt auf sie zu, nur um dann doch wieder innezuhalten. Er sah Bree an und dann wieder zu Kace.

Bree beeilte sich, die Situation zu entschärfen, denn sie hatte das Gefühl, dass Adrien kurz davor war, eine Dummheit zu begehen und Kace zu widersprechen. Er war nur ihr Diener, das durfte er sich nicht leisten. Doch so wie sie ihn kannte, kümmerte ihn das wenig. »Dann lass uns gehen. Ich will für die Prüfung morgen fit sein«, sagte sie schnell und sah Kace lächelnd an.

Dieser ließ seinen Blick kurz zu Adrien zucken, doch dann nickte er und sie gingen endlich los. Zunächst legten sie ein Stück des Weges schweigend zurück. Bree war so konzentriert darauf, den aus winzigen Kieseln bestehenden Spießrutenlauf mit ihren wunden Füßen in hohen Schuhen zu meistern, dass es ihr nicht schwerfiel, das Bedürfnis zu unterdrücken, sich nach hinten umzusehen. Und doch kribbelte ihr Rücken, als ob sie Adriens Blick auf sich spüren könnte.

Der Tanzplatz war nicht allzu weit von dem langgezogenen Gebäude mit dem Wasserfall entfernt, in dem sie untergebracht waren. Bereits auf halber Strecke, als in Bree gerade der Wunsch aufkam, sich die Füße abzuschneiden, konnte sie das sanfte Rauschen des Wassers hören. Doch da waren noch andere Geräusche. Und bald erkannte Bree, dass der Festplatz, auf dem sie getanzt hatten, nicht der Einzige auf der Insel war.

»Wir dachten, auf dieser neuen Insel dürfen auch die Menschen ihren eigenen kleinen Platz bekommen«, bestätigte Kace ihre Vermutungen.

Obwohl sie gerade noch vor Schmerz die Zähne zusammengebissen hatte, breitete sich sofort ein warmes Gefühl in Brees Brust aus. Die Geräusche klangen so sehr nach zu Hause, dass ihr in ihrer sowieso schon aufgewühlten Stimmung beinahe die Tränen kamen. Der überschaubare Platz wurde von Laternen erleuchtet, die beinahe wie die Glühwürmchen von gestern an jedem Baum hingen und ihre Lichter zu einer Blase aus Geborgenheit vereinten.

Zumindest stellte Bree sich die Stimmung dort so vor, denn natürlich durfte sie nicht in die Nähe der Menschen kommen. Schon gar nicht mit Kace zusammen. Noch nicht.

»Müssen wir nicht aufpassen?«, murmelte sie und klammerte sich fester an Kace' Arm, als sie auf einen größeren Stein trat und leicht zur Seite kippte. An ihrer erhitzten Haut fühlte sich seine auch nach dem Tanzen immer noch merkwürdig kühl an.

»Nein, sie würden dich sowieso nicht erkennen.« Er wandte sich nach rechts, um einem schmalen Weg zu folgen, der von der anderen Seite von einem der dichten Wälder gesäumt war, die es hier oben so oft gab und im Dunkeln aussahen, als ob sie einen mit ihrem Mund aus Farnen und Bäumen einfach verschlucken könnten. Seine Schatten hüllten sie beide so sehr ein, dass sie vermutlich kaum zu sehen waren. »Die Menschen hier oben werden euch nicht zu Gesicht bekommen, bis der Wettkampf vorbei ist.

Dann brauchen wir schließlich auch Dienerinnen für dich.«

Würden Sätze wie dieser jemals aufhören, ihr eine Mischung aus Freude und Versagensangst durch die Venen zu jagen?

»Habt ihr abgesehen davon mit den Menschen überhaupt etwas zu tun?«, fragte Bree. Und dachte dabei an eine bestimmte Person. Eine Person, die auch hier oben leben würde, wenn sie es schaffte.

Kace' Antwort kam schnell. »Nicht wirklich. Höchstens die Ältesten, um etwas zu besprechen, oder Bellamy, wenn er Lust auf einen Zeitvertreib hat.«

Bree wartete darauf, dass er lachte, um den letzten Teil des Satzes zu entschärfen, doch Kace blieb vollkommen ernst.

»Bellamy?« Sie hielt inne und schüttelte den Kopf. Eigentlich musste sie nicht fragen. »Ist das … ist das normal bei euch? Machen das alle?«

Nun sah Kace sie wirklich an und um seinen Mund lag ein ironischer Zug. »Du machst dir doch nicht wirklich Sorgen, dass ich dich mit einem Menschen betrügen könnte, wenn du erst einmal meine wunderschöne, unsterbliche Partnerin bist, oder?«

Natürlich nicht. Wieso sollte man sich auch nach einem langweiligen, unperfekten Menschen sehnen?

Plötzlich blieb Kace stehen und strich ihr so unvermittelt mit seinem Daumen über den nackten Arm, dass Bree zusammenzuckte.

»Oh, du glaubst gar nicht, wie froh ich bin, dass du hier bist, Bree. Dass du eine von uns wirst. Am Tag vor dem Wettkampf hatte ich solche Angst, dass niemand dabei sein würde, den ich mir an meiner Seite vorstellen könnte.« Er lächelte. »Und dann bist du durch das Feld gelaufen.«

Ein Kribbeln lief ihr durch den ganzen Körper, als sein Finger weiter bis zu ihrem Hals glitt. Sie starrte ihn mit großen Augen an, während er ihr Kinn leicht anhob. Ihr Körper widersetzte sich ihrem Kopf und bettelte beinahe darum, dass geschah, was diese Geste implizierte. Trotzdem zitterten ihre Lippen leicht, als Kace' kühler Mund auf ihren traf.

Zuerst strich er nur sanft über sie, doch dann entfuhr ihm ein Stöhnen und plötzlich wurde die sanfte Berührung zu einem fordernden Kuss, der Bree den Boden unter den Füßen wegriss und ihr den Atem nahm. Seine Hand an ihrer Seite. Seine Hand an ihrer Hüfte. Seine Lippen brachten ihren Kopf zum Wirbeln und seine Berührungen waren überall und drohten ihre Gedanken vollends zu vernebeln.

Das hier war gefährlich. Und neben Kace, der mit seiner Wucht all ihre Sinne aus der Bahn warf und dafür sorgte, dass ihr Körper sich ihm entgegenlehnte, gab es auch noch ihren Kopf. Und der wusste, dass sie das nicht tun konnten.

»Stopp«, keuchte Bree und schob eine Hand zwischen sich und seine steinharte Brust. Doch sein Mund wanderte nur ihren Hals hinunter.

»Stopp!« Sie drückte fester und obwohl es sich für Kace anfühlen musste wie die Berührung einer Fliege, hielt er inne, als ob er es vorher gar nicht bemerkt hätte. »Das … das geht nicht«, flüsterte sie und schluckte schwer. Die Szene fühlte sich noch so wirr an, dass sie kaum einen geraden Satz herausbringen konnte.

Kace strich sich die hellen Haare aus der Stirn und sein Mund zuckte, als ob er etwas sagen wollte, doch dann presste er nur die Lippen aufeinander und blieb stumm.

»Ich kann es nicht riskieren, Kace. Wir können es nicht riskieren«, sagte Bree.

»Vermutlich hast du recht. Es ist nur verdammt schwer, so lange zu warten, obwohl ich mir schon sicher bin, wie es enden wird«, murmelte er und seine Augen funkelten intensiv, während er ihr noch einen letzten Kuss auf die Lippen hauchte.

Doch die Angst, dass sie entdeckt werden könnten, hatte sich so fest in Brees Bauch zusammengerollt, dass dieser sie nicht wirklich erreichen konnte. Stattdessen hakte sie sich wieder bei ihm ein, atmete hoffentlich so flach aus, dass er das Zittern ihrer Lippen nicht bemerkte, und hoffte, dass ihre weichen Beine sie bis zu ihrem Haus tragen würden.

Bald würden sie alles haben, was in diesem Moment noch so verboten erschien. Aber nicht jetzt, wenn es zu viel Risiko bedeutete. Ihre Gedanken schossen nach unten in die Stadt und zu ihrer Familie, zu Zoela. Niemals würden sie erraten, welch hohen Einsatz das Spiel über den Wolken von ihr gefordert hatte. Und das nur, weil alles so unerwartet zusammengepasst hatte. Weil sie gar keinen Wettbewerb gebraucht hätten, um sich zu finden, und schon damals in der Bar voneinander fasziniert gewesen waren.

»Sogar dieser Diener verbringt mehr Zeit mit dir, als ich es kann.« Kace' Stimme driftete in ihr Bewusstsein und trotz seines neckenden Tonfalls konnte Bree sofort heraushören, dass in seiner Aussage mehr als nur ein Funken wahrer Emotion steckte. Sie konnte nicht verhindern, dass sie sich versteifte. Delaney war weg, er durfte ihr nicht auch noch Adrien nehmen, sonst würde sie hier oben wahnsinnig werden!

»Das bringt der Wettbewerb so mit sich, oder nicht?«, gab sie betont locker zurück und wurde langsamer, als ihr Bungalow in Sicht kam.

»Natürlich.« Auch Kace blieb stehen und drehte sich zu ihr um. »Aber mittlerweile wünschte ich, sie hätten dir eine Frau als Dienerin gegeben. Ich verüble es dem Kerl nicht, ich meine, schau dich an. Aber er sollte nicht vergessen, welche Rolle er hier oben hat.«

Bei der Art, wie er seinen Blick über sie gleiten ließ, wurde Bree heiß und kalt zugleich.

»Ich sollte reingehen«, flüsterte Bree. Sie wagte es nicht, über Adrien zu reden, ohne Gefahr zu laufen, zu verraten, wie viel er ihr bedeutete. Dass sie Angst hatte, es ohne ihn nicht zu schaffen.

Plötzlich legte Kace einen Finger unter ihr Kinn und hob ihr Gesicht leicht an, damit sie ihm in die Augen sehen musste. »Du siehst so traurig aus. Was ist los?«

Als ob diese Worte der Startschuss gewesen wären, schossen Bree die Tränen in die Augen und sie kämpfte sie entschlossen zurück, obwohl es sie beinahe unmenschliche Anstrengung kostete. Hatte es einen Sinn, ihm zu erklären, was in ihr vorging, wenn er es nicht von selbst verstand, obwohl er bei dem Gespräch mit seiner Familie dabei gewesen war? Wollte er hören, dass die Angst sie lähmte, obwohl in seinen Augen alles gut war, weil sie ja sowieso gewinnen würde?

»Ich …« Ihr blieben die Worte im Hals stecken und alles, worauf Bree sich konzentrieren konnte, war, nicht die Kontrolle zu verlieren. »Die letzten Tage waren einfach sehr viel und ich hätte mich gerne von Delaney verabschiedet. Wahrscheinlich werde ich sie nie wiedersehen.«

»Ein kleiner Preis für all das, oder nicht?« Kace ließ sanft ihr Kinn los. »Aber ich verstehe dich. Es ist sicherlich überwältigend hier oben.«

Bree schluckte und nickte langsam. Sollte sie dieses Gespräch nicht besser nutzen, als ihm etwas vorzuspielen?

Plötzlich hörte sie ein Geräusch, das vom Haus her kam, und noch während Brees Kopf sich nach rechts drehte, spürte sie einen Lufthauch und eine kühle Berührung an ihrer Wange. Als die schwarz gekleidete Dienerin die Tür geöffnet hatte, war Kace bereits verschwunden und hatte ihr dabei noch einen Kuss auf die Wange gehaucht, während ihre stumpfen menschlichen Sinne noch nicht einmal verstanden hatten, was vor sich ging.

Kapitel 13

Als Bree an der Dienerin vorbeilief, die zu einem der anderen Mädchen gehören musste, und diese sie lediglich mit einem desinteressierten Nicken begrüßte, war es ihr gerade recht. Sie wollte einfach nur in ihr Zimmer, die Tür hinter sich schließen und vor allem diese Schuhe loswerden.

Das langgezogene Gebäude, in dem sie untergebracht waren, hatte keine Eingangstür, sondern wurde durch einen kleinen Torbogen betreten, der sich trotzdem nach einer Schwelle anfühlte, denn die Luft dahinter war wärmer und trockener.

Sobald sie drinnen war, ging Bree in die Hocke und riss sich so vehement die Schuhe von den Füßen, dass sie dabei umfiel und unsanft auf dem Boden landete. Als sie sah, wie aufgeschürft ihre Fersen waren, konnte sie ein Wimmern nicht unterdrücken. Vielleicht sollte sie doch von Eviannas Angebot mit der Creme gegen die Narben Gebrauch machen.

Bree biss die Zähne zusammen und hievte sich wieder nach oben. Wie konnte man von einer triumphierenden Ballkönigin, die von einem Unsterblichen angehimmelt wurde, in Sekundenschnelle zu diesem Häufchen Elend werden? Sie wusste es nicht. Nur dass sie ganz dringend aus dem Flur rausmusste, bevor sie von ihrer Überforderung überrollt wurde; da war sie sich sicher.

Obwohl Bree sie am liebsten durch den Torbogen nach draußen katapultiert hätte, hob sie ihre Schuhe vom Boden auf und stöhnte, als sie den ersten Schritt barfuß machte. Ihre Ballen fühlten sich an, als wären sie auf die doppelte Größe angeschwollen, und machten es beinahe unmöglich, normal zu gehen. Also humpelte sie mit verzerrtem Gesicht in ihr Zimmer, pfefferte die Dinger von sich und ging zielstrebig ins Bad.

Das hier war nicht sie. So unsicher und überfordert von allem war sie nicht. Wenn Zoela sie so sehen könnte, würde sie ihr den Kopf zurechtrücken!

Bree drehte die Dusche auf, zog sich das Kleid über den Kopf und stellte sich komplett geschminkt unter den Wasserstrahl. Wenn sie die schwarzen Rinnsale, die ihr über das Gesicht liefen, nur vehement genug abschrubbte, dann würde sie vielleicht ihr eigenes Gesicht wiederfinden, das sich sicherlich noch darunter verbarg.

Verdammt, das hier war ihre Erfolgsgeschichte und sie war drauf und dran, sie zu ruinieren. Was hatte sie sich dabei gedacht, Kace zurückzuweisen?

Erst als der Wasserdampf zu dicht wurde und ihr das Atmen schwerfiel, fasste sie mit einer Hand blind hinter sich und drückte fahrig den Griff nach unten. Die Stille, die daraufhin den Raum erfüllte, ließ zu viel Platz für ihre wirren Gedanken, also trat sie schnell aus der Dusche hinaus und schnappte sich ein Handtuch, obwohl ihre Arme bei jeder Bewegung schmerzten. Als wären sie in der angewinkelten Haltung des Tanzes festgefroren, quittierten sie nun jeden Winkel, der davon abwich, mit Schmerzen.

Als ihr Blick wie üblich beinahe fremdgesteuert zu ihrem Bein glitt, konnte sie sich nicht zurückhalten und warf mit einem verzweifelten Geräusch das Handtuch von sich.

Verdammt, wie sollte sie das hier alleine schaffen?

Sie stand nackt mitten in dem dampfenden Bad und presste sich die Hände auf die Augen. Und obwohl alles in ihr danach schrie, zu weinen, ließ sie die Tränen nicht zu. Das war nicht gerechtfertigt. Sie war auf dem besten Weg, alles zu schaffen, was sie je gewollt hatte. Es sah gut aus, es gab keinen Grund für Tränen. Kace war sich sicher, dass sie es schaffen konnte. Dass sie gut genug war. Seit wann war sie selbst das nicht mehr?

Es dauerte ein paar Sekunden, doch dann schüttelte Bree sich, trocknete sich ab und streifte einen der Anzüge aus weichem Stoff über, die sie schon auf den vorigen Inseln zum Schlafen getragen hatte. Sie tapste ins andere Zimmer zurück und legte sich mit dem Rücken aufs Bett. Sie war einfach nur fertig. Natürlich erschien ihr deshalb alles ausweglos.

Obwohl es draußen schon dunkel war, wurde ihr Zimmer von einer Lichtquelle, die sie nicht sehen konnte, in sattes Dunkelgelb getaucht. Anstatt nach einem Schalter oder Knopf zu suchen, legte Bree sich einfach einen Arm über die Augen und atmete tief durch. Ihr Körper schaltete sofort in den Ruhemodus und ihre Gliedmaßen wurden so schwer, dass es unmöglich schien, je wieder aufzustehen. Doch ihr Kopf hatte andere Pläne. Er kam nicht zur Ruhe und spielte ihr in Dauerschleife die Möglichkeiten vor, die die Zukunft für sie bereithalten könnte. Obwohl sie wusste, dass es rational gesehen einen guten Ausgang und einen schlechten gab, brachte auch der Gedanke daran, hier zu leben, ihr Herz zum Rasen. Würde sie sich jemals fühlen wie eine von ihnen? Oder würde sie enden wie Ery, der trotz seiner unsterblichen Hülle nicht angekommen zu sein schien?

»Bree?«

Ihr blieb vor Schreck über die Stimme in ihrem Zimmer beinahe das Herz stehen und ihr Oberkörper schoss so schnell nach oben, dass ihr kurz schwindelig war. Als ihre Sicht wieder klarer wurde und Bree erkannte, wer da auf der Schwelle stand, machte sie große Augen. »Was … was machst du denn hier?«

Delaney schloss die Tür hinter sich und kam zu Bree herüber, die immer noch wie vom Donner gerührt auf dem Bett saß. »Das weiß ich auch nicht so genau.« Ihr Mund verzog sich zu einem schiefen Lächeln. »Ich stand schon bereit, damit sie mich runterschicken können, da haben sie gesagt, dass ich mich noch von dir verabschieden darf.« Sie trug eine Kombination aus weiter Hose und engem Oberteil, die so untypisch für hier oben aussah, dass es sicherlich ihre eigenen Klamotten waren.

Bree spürte, wie ihre Unterlippe zu zittern begann, und wollte gerade vom Bett aufstehen, um Delaney ordentlich zu begrüßen, da schossen ihr plötzlich die Tränen aus den Augen. Eine Sekunde später saßen sie gemeinsam auf der weichen Decke und sie vergrub ihr Gesicht in den lockigen Haaren des Mädchens, das eigentlich ihre Konkurrentin gewesen war.

»Tut mir leid, ich wollte nicht …«, schniefte Bree und machte Anstalten, sich wieder zurückzulehnen, weil es ihr viel zu unangenehm war, so hemmungslos zu weinen. Doch da drückte Delaney sie wieder in die Umarmung.

»Schon gut, mach dir keinen Kopf. Ich habe dir vorhin schon angesehen, dass etwas nicht stimmt.«

Bree löste eine Hand von ihrem Rücken und wischte sich fahrig über die Augen. »Es ist einfach alles zu viel. Ich habe so Angst, dass ich es nicht schaffe.«

Nun ließ Delaney doch zu, dass sie sich voneinander lösten, und ihre braunen Augen, die viel mehr zu verstehen schienen, als Bree preisgeben durfte, sahen sie mitfühlend an. Und in diesem Moment wurde Bree klar, warum sie die junge Frau so schnell so liebgewonnen hatte. Sie war ihrer Schwester Tatty so ähnlich, dass es ihr fast das Herz brach, sie gehen zu lassen.

»Du darfst es mir nicht sagen, oder?«

Brees Gegenfrage ging in dem Ärmel, den sie sich auf die Augen drückte, beinahe unter. »Was meinst du?« Sie hasste es, unwissend tun zu müssen.

Delaney setzte sich gemütlicher hin und strich Bree eine noch feuchte Haarsträhne hinter die Ohren. »Ich hatte zwar nie den gleichen Ehrgeiz wie du, deshalb liege ich vielleicht falsch. Aber mein Gefühl sagt mir, dass mehr dahinterstecken muss, wenn die eigentlich so selbstbewusste Bree plötzlich derart mit sich hadert.«

»Vielleicht war ich nie so selbstbewusst, wie ihr alle geglaubt habt. Vielleicht fühle ich mich einfach wie eine verdammte Hochstaplerin, seit ich hier angekommen bin«, murmelte Bree vor sich hin und konnte dabei den bitteren Tonfall in ihrer Stimme nicht verbergen. »Ohne Adrien wäre ich schon längst draußen und trotzdem muss ich es schaffen. Ich habe keine Wahl, Delaney.«

Die Lippen ihres Gegenübers wurden zu einer schmalen Linie und Bree konnte spüren, wie ihrer Freundin eine Nachfrage auf der Zunge brannte.

»Ich würde es dir so gerne sagen, glaub mir«, schob sie hinterher und krallte ihre Finger in die Ärmel des Schlafanzugs. »Aber ich kann nicht.«

»Musst du nicht. Ich will dich nicht in Schwierigkeiten bringen. Und um ehrlich zu sein …« Delaney kniff ein Auge zusammen und verzog entschuldigend den Mund. »… kann ich es mir schon ein wenig denken, nachdem Kace höchstpersönlich kam, um mich abzufangen, und dabei sehr penibel darauf geachtet hat, dass es keine der anderen mitbekommt.«

»Kace hat dich zu mir geschickt?« Brees Stimme wurde zu einem ungläubigen Flüstern.

»Wieso überrascht dich das so?«

»Weil …« Bree stockte. »Weil ich dachte, er würde es nicht gutheißen, dass ich so traurig war, weil du gehen musstest. Und ich nur an den Wettkampf denken soll.«

Bree konnte nicht genau in Worte fassen, wieso sie die Tatsache, dass Kace sich nach ihrem Gespräch dazu entschieden hatte, Delaney zu suchen, so sehr erleichterte. Dieses Zeichen, dass er ihre Ängste doch ernst nahm, hatte sie anscheinend dringender gebraucht, als sie gedacht hätte.

»In der Hinsicht haben sie ja meiner Meinung nach alle einen an der Klatsche«, murmelte Delaney, und obwohl Bree bei diesen Worten erst der Mund offenstand, mussten sie kurz darauf beide lachen. »Außerdem«, fuhr Delaney fort, »sehen wir uns ganz sicher wieder, falls du doch nicht hier oben bleibst. Vielleicht ist das ein kleiner Trost.«

Augenblicklich schossen Bree wieder die Tränen in die Augen und liefen so schnell ihre Wangen hinunter, dass auch ihr frustriertes Wischen und Wegdrehen nichts mehr half.

Sofort war Delaney wieder da und schloss sie in die Arme. »O nein, das wollte ich nicht«, sagte sie und strich Bree über den Rücken. »Wie soll ich dich denn in dieser Verfassung hier oben alleine lassen?«, fragte sie.

»Ist schon okay, es sind nur noch zwei Prüfungen. Ich bekomme das schon hin«, sagte Bree in die Haare der jungen Frau und klang dabei nur mäßig zuversichtlich.

Kurz schwiegen sie beide, ehe Delaney unvermittelt fragte: »Was ist mit dem Diener? Du hast gesagt, er hat dir geholfen. Kannst du nicht mit ihm reden?«

Bree lehnte sich zurück, um ihr in die Augen sehen zu können. »Adrien?«

»Ja. Es ist keine Schwäche, sich anderen anzuvertrauen, weißt du?« Delaney sah sie liebevoll an und quittierte Brees Murren mit einem Kopfschütteln. »Weiß er denn, was los ist?«

Bree schüttelte den Kopf. »Nicht alles.« Sie zog geräuschvoll die Nase hoch und strich ihre nassen Haare nach hinten.

»Dann rede mit ihm.« Delaneys Stimme war leise, doch sie klang überzeugt. »Du bist nicht alleine hier oben.«

Bree sah an die Decke und warf ihren Kopf hin und her. »Ich will ihn nicht in Schwierigkeiten bringen. Das alles hat mit ihm nichts zu tun.«

»Bist du dir da so sicher?«

»Wie meinst du das?«, fragte Bree.

»Na ja, so wie ich das verstanden habe, hat er schon mehrmals selbst die Entscheidung getroffen, dir zu helfen, obwohl das auch Probleme geben könnte.« Sie legte den Kopf schief. »Und ganz ehrlich, er wird es weiter tun, egal ob er weiß, was genau los ist, oder nicht. Vielleicht ist es sogar weniger heikel für ihn, wenn er eingeweiht ist.«

Bree schwieg und sah Delaney stumm an. Wieso hatte sie damit so verdammt recht? Wieso tat Adrien das für sie?

Tief in ihrem Inneren klopfte es an die Tür ihres Herzens und ihr Unterbewusstsein signalisierte ihr, dass sie die Antwort bereits kannte. Aber sie konnte nicht zulassen, dass der Gedanke konkrete Formen annahm. Das war gefährlich. Noch gefährlicher als sowieso schon … und das für sie beide.

»Sag es ihm«, flüsterte Delaney. »Er wird dich nicht alleine lassen.«

Plötzlich hörten sie ein Geräusch von draußen und Brees Herz begann sofort schneller zu schlagen. »Was war das? Holen sie dich ab? Was, wenn sie uns belauscht haben?«

Die Angst, dass ein Unsterblicher gehört haben könnte, was sie gerade gesagt hatten, bohrte sich spitz in ihre Brust. Hektisch sah sie aus dem Fenster, aber dahinter befand sich nur der Himmel und nicht die Antwort auf ihre Frage.

Obwohl Delaney den Kopf schüttelte, stand sie vom Bett auf. »Nein, ich soll alleine wieder zurück zu dem Treffpunkt kommen, damit hier keiner misstrauisch wird. Aber selbst wenn, dann wären wir mit unseren Menschenohren sicherlich die Letzten, die einen unsterblichen Lauscher bemerken würden.« Sie lächelte, doch Bree war immer noch zu nervös, um es zu erwidern.

»Egal wie, so dürften sie mich sowieso nicht sehen«, sagte sie hektisch und blickte an sich hinunter.

Bei diesen Worten wurde Delaneys Gesichtsausdruck wieder ernst und sie sah aus, als ob sie etwas sagen wollte, doch dann schloss sie Bree nur erneut in die Arme.

»Du schaffst das, ich bin mir ganz sicher. Glaub einfach an dich und sei du selbst«, murmelte sie und ihre Haare kitzelten an Brees nacktem Hals. Delaney löste sich von ihr und ging zur Tür. »Und sprich mit Adrien!«

Mit diesen Worten und einem Luftkuss trat sie hinaus auf den Flur und ließ Bree in ihrem Zimmer zurück.

In dieser Nacht wurde Bree wieder bewusst, wie ohnmächtig sie hier oben war. Obwohl sie sich an Delaneys Ratschlag klammerte wie eine Ertrinkende an einen Rettungsring und das Gefühl hatte, ihn jetzt sofort umsetzen zu müssen, verbrachte sie die Zeit bis zum nächsten Morgen mit wirren Träumen, in denen Kace plötzlich entschied, ihre Familie in der Stadt zu besuchen und ihr mitzuteilen, dass Bree nicht mehr nach Hause kommen würde. Sie hingegen musste auf den Inseln bleiben und wurde gerade noch von einer Hand, zu der sie kein Gesicht sehen konnte, davon abgehalten, einfach über den Rand nach unten zu springen.

Sie hatte keine Ahnung, wie sie Adrien rufen konnte. Bisher war er immer zu ihr gekommen.

Sobald die ersten Sonnenstrahlen, die hier in den Wolken so viel mehr Kraft hatten als unten in der Stadt, in ihr Zimmer fielen, klopfte es an der Tür und Bree seufzte erleichtert auf. Sie war schon seit einer Weile wach, hatte ihr Gesicht gewaschen und die dunklen Augenringe mit dem Make-up abgedeckt, das es zum Glück in jeder der Unterkünfte gab. Dann hatte sie einfach still vor dem großen Fenster gesessen und sich von dem Geräusch des Wasserfalls einlullen lassen.

Jetzt sprang sie auf und eilte zur Tür, durch die Adrien sich sofort mit dem mittlerweile gewohnt gigantischen Tablett drängte. Er schnaufte, als er tief in die Hocke gehen musste, um das Ding auf ihrem Bett abstellen zu können, und Bree wusste schon, bevor er die Bewegung machte, dass er gleich mit der ersten freien Hand nach der großen Karaffe greifen würde, damit diese nicht zu sehr schwankte.

»Wie geht es deinen Füßen?«, fragte er und sie war erleichtert, dass seine Stimme entspannt klang. So war es wenigstens einer von ihnen beiden.

»Ehm, gut. Das wird schon wieder heilen …«, gab Bree abgelenkt zurück.

Sofort drehte er sich zu ihr um und musterte sie mit zusammengezogenen Augenbrauen. »Aber …? Du siehst irgendwie nicht erholter aus als gestern Abend. Die Prüfung heute ist zum Glück von Persephone, also kann ich mir nicht vorstellen, dass es etwas Körperliches ist.«

Etwas überrumpelt von dem für ihn am Morgen eher untypischen Redeschwall, starrte Bree ihn nur an. Sie beobachtete, wie sich eine seiner süßen Locken über seine Stirn kringelte, und versuchte den Kloß in ihrem Hals zu bekämpfen, der sie daran hindern wollte, das auszusprechen, was sie wirklich beschäftigte. Was, wenn Adrien das Interesse an ihr verlor, wenn sie zu wehleidig wirkte? Was, wenn er schon jetzt genervt davon war, wie sehr sie auf ihn angewiesen war? Hatte das gerade nicht schon danach geklungen?

Wieso war Delaney so überzeugt davon gewesen, dass er ihr helfen wollen würde?

Sie hatte es nicht verdient.

Unfähig auszusprechen, was sie dachte, starrte Bree ihn nur an und schluckte mehrmals erfolglos gegen das drückende Gefühl in ihrem Hals an.

»Bree, was ist los?«

Als sie den besorgten Ausdruck in seinem Gesicht sah und ihr plötzlich wieder vor Augen trat, wie groß der Kontrast zu ihren ersten Begegnungen hier oben war, bekam die Barriere in ihrem Inneren einen Knacks und der Riss schlängelte sich weiter nach oben, bis er ihre Zunge vom Gaumen löste. »Ich … Können wir über etwas reden?«, presste sie hervor und knetete dabei ihre Hände, die sie vor dem Bauch verschränkt hatte.

Die skeptischen Furchen auf seiner Stirn wurden tiefer, doch in seinen Augen funkelte etwas, das Bree irritierte. »Welche Art von reden? Die Art, in der du mich nach Make-up fragst, das ich dir nicht geben darf und das du nicht brauchst, um wunderschön auszusehen? Oder etwas anderes?« Seine Stimme wurde zum Ende hin etwas dunkler und Bree lief ein Schauer über den Rücken.

Unterbewusst war ihr klar, dass sie mit dem Vertrauen, das sie ihm entgegenbrachte, etwas auslöste, das nicht hierhergehörte. Etwas, das Erinnerungen an seine Hände auf ihrem Rücken beim Tanzen gestern hervorrief, an seine Finger auf ihrer Wange unter dem *Ewigen Baum*. Und sein Blick zeigte ihr, dass diese Erinnerungen nicht nur in ihr präsent waren, sondern auch in seinem Kopf. Hoffnungsvoll und gleichzeitig selbstlos, beschützend.

Dabei war sie die Gefährliche von ihnen beiden. Diejenige, die ihn mit ins Wasser lockte, damit sie sich auf seinen Schultern abstützen konnte und nicht unterging.

»Zweiteres«, flüsterte sie so leise, dass es ein Wunder war, dass er sie überhaupt verstand. »Du weißt ja, dass vor zwei Tagen ...«

Plötzlich riss Adrien die Augen auf und sein Finger schoss an seinen Mund. Bree hielt inne und starrte wie hypnotisiert auf seine Lippen. »Psst«, zischte er leise. »Nicht hier, wenn es darum geht.« Er warf einen Blick zur Tür. »Gerade sind alle Diener unterwegs und manchmal kommen die Unsterblichen her, um mit uns Dinge zu besprechen. Das ist zu gefährlich.« Bildete sie es sich nur ein, oder sah er enttäuscht aus?

Damit wurde Bree aller Wind aus den Segeln genommen und ihre Schultern sackten nach unten.

»Hey, ich verspreche dir, ich finde einen Weg.« Er kam näher zu ihr und Brees Augen blieben an seiner Brust in dem weißen Hemd hängen, das er wieder so unordentlich angezogen hatte, dass der Kragen schief hing und etwas offenstand. »Aber vermutlich erst auf der nächsten Insel. Wir bringen euch schon in einer Stunde hinüber.«

Bree nickte und kämpfte gerade mit sich, um ihre Stimmung wieder in den Griff zu bekommen, da spürte sie eine warme Berührung an ihrem Arm.

»Wenn du dir das hier so sehr wünschst, dass es dich so mitnimmt, dann wirst du es auch bekommen, das verspreche ich dir«, sagte Adrien leise, aber eindringlich.

Bei diesen Worten traten ihr die Tränen in die Augen und ohne ihren Körper wirklich zu steuern, machte sie einen Schritt nach vorne zu ihrem Diener und umarmte ihn. Dieser wirkte so überrumpelt, dass er zunächst stocksteif dastand. Doch dann schlossen sich seine Arme so vorsichtig um Bree, als ob er nicht wüsste, wie er sie berühren sollte.

Was sie sich wünschte, war vor zwei Tagen unbedeutend geworden. Mittlerweile ging es nur noch darum, was sie musste, und das machte den Traum zu einem Albtraum, aus dem sie nicht aufwachen konnte, ohne alles zu verlieren.

Kapitel 14

Bei diesem Gang über die gläserne Brücke war es Bree beinahe unmöglich, ihren Arm bei Adrien untergehakt zu lassen, so wie sie es schon die letzten Male getan hatte. Es kam ihr vor, als schrie diese Geste so laut, dass sie einander zu nahestanden, dass Kace es auf der anderen Seite vorkommen musste wie eine Trompetenfanfare.

Heute riss der Wind besonders stark an ihren Haaren, peitschte sie ihr ins Gesicht und passte sich den dichten Wolken an, die den Himmel bedeckten und kaum Sonnenlicht hindurchließen. Trotz des Wetters waren die Stadtbewohner unter ihnen versammelt, da war Bree sich sicher. Doch diesmal konnte sie nicht nach unten sehen, ohne die Kontrolle über ihre Gefühlswelt wieder komplett zu verlieren.

»Schau weiter nach vorne, dann bemerken sie gar nicht, dass wir reden«, sagte Adrien auf einmal. »Du weißt ja, welche zwei Inseln als Nächstes kommen. Auf der einen leben wir Menschen, auf der anderen die Unsterblichen. Zuerst kommt unsere.«

Sie mussten kurz anhalten, weil Vanea direkt vor ihnen auf ihr langes Kleid trat und ihren Fuß mit einem lauten Fluchen daraus befreite. »Ihr habt ein paar Stunden Zeit vor der Prüfung. Du kannst so tun, als ob du wieder laufen gehst, und zwar im Wald direkt hinter eurem Haus. Ich warte da auf dich und bringe dich dorthin, wo wir reden können.«

Und ab diesem Zeitpunkt pochte Brees Herz durchgehend im Eiltempo. Kace musste es hören, als er ihr wie die Male davor auch einen Kuss auf die Wange drückte. Es trieb ihre Schritte an, als sie alle gemeinsam zu ihrer Unterkunft gingen. Es kam ins Stolpern, als sie plötzlich alleine in dem großen Zimmer war und Bedenken bekam, und es legte einen Sprint ein, als sie entschied, dass genug Zeit vergangen war und sie sich hinauswagen konnte.

Kace wusste, dass sie laufen ging, um ihren Kopf freizubekommen. Falls sie erwischt wurde, konnte sie es damit erklären.

Bree zog sich erneut den weichen, aber engen Anzug an, der wie jedes Mal in ihrem riesigen Schrank hing, und schlich leise durch den Flur.

»Was machst du hier draußen?«

Sie zuckte zusammen und blieb wie angewurzelt stehen, bevor sie sich herumdrehte. Als sie das Gesicht von Blondie sah, erwachte sofort Zorn in ihrem Herzen. Wenn sie ihr das hier kaputtmachte …

»Das Gleiche könnte ich dich fragen«, gab Bree schnippisch zurück und versuchte sich ihre Unsicherheit nicht anmerken zu lassen.

Eine blonde Augenbraue wanderte in die Höhe und Bree konnte kaum in Worte fassen, wie sehr sie sie mittlerweile hasste.

»Da wird das Prinzesschen biestig, na schau an.«

Bree klappte der Mund auf. »Was hast du gerade gesagt?«

»Du hast mich schon richtig verstanden.« Die junge Frau lächelte boshaft und ihre Augen blitzten. »Kace erkennt hoffentlich bald, dass du zwar schön anzuschauen bist, aber viel mehr nicht dahinterstecken kann.«

Brees Hände ballten sich zu Fäusten und giftige Worte sammelten sich in ihrem Mund. Was bildete diese Schnepfe sich ein? »Anscheinend sind die anderen Optionen noch schlimmer, sonst würde er sich ja nicht so auf mich fokussieren«, spie sie ihr entgegen und fühlte den Kick ihres kleinen Triumphes, als die Augen ihres Gegenübers sich zu Schlitzen verengten. »Und jetzt entschuldige mich, ich gehe laufen.« Sie drehte sich um und stolzierte davon. »Damit ich dich bei der nächsten Aufgabe wieder haushoch besiegen kann.«

Adrien hatte ihr gesagt, sie solle in den Wald laufen. Was er nicht gesagt hatte, war, dass es für ihr Empfinden furchtbar lange dauern würde, bis er sie fand und sich ihr Herz bei jedem Vogelschrei und Geraschel im Gebüsch neben ihr so sehr verkrampfen würde, dass sie glaubte, einen Herzinfarkt zu bekommen.

War das hier nicht noch viel gefährlicher, als vielleicht auf ihrem Zimmer belauscht zu werden?

Aber Adrien hatte ihr versichert, dass die Unsterblichen die Insel der Menschen mieden, und etwas Ähnliches hatte Kace selbst gerade erst verlauten lassen. Sie durften nur nicht in ihrem Raum nach ihr suchen, doch bisher war das ja noch nie passiert. Es war immer Adrien, der sie abholte. Es war immer Adrien, der sich um sie kümmerte, damit sie kurz darauf wieder mit einem Lächeln vor Kace und seiner Familie erscheinen konnte …

»Nicht erschrecken, ich stehe hinter dir.«

Natürlich zuckte sie trotzdem so heftig zusammen, dass es aussah, als ob ihr jemand einen Stromschlag verpasst hätte. »Das musste sein, ja?«, fragte Bree und atmete tief durch.

»Ich habe dich gewarnt, also zählt es nicht als vorsätzlich.« Adrien lächelte sie mit seinen kaffeebraunen Augen an und taute damit ein wenig von der ängstlichen Kälte in ihrer Brust auf.

»Aber komm, wir sollten nicht trödeln.«

Er bedeutete Bree mit einem Winken, ihm zu folgen, und ging tiefer in den Wald hinein. Bree bemerkte, dass er ganz anders gekleidet war als sonst. Er trug feste Boots, eine beige Hose und ein braunes, groß kariertes Hemd, dessen Stoff so weich aussah, dass man sich darin vergraben wollte. Das waren seine Freizeitklamotten. Diese Insel hier war sein Zuhause.

»Wo genau lebt ihr?«, fragte Bree, während sie darauf achtete, den Boden nicht aus den Augen zu lassen und nicht über eine der vielen Wurzeln zu stolpern, die den eigentlich ebenerdigen Weg buckelig machten. Sie erinnerte sich daran, dass sie bei ihrem nächtlichen Gang über die Insel Lichter durch den Wald hatte blitzen sehen.

»In einer kleinen Stadt gleich da hinten«, er zeigte nach rechts, aber die Bäume und Farne waren so dicht, dass eine Siedlung nicht mal zu erahnen war. »Du wirst sie gleich erkennen können.«

»Wir gehen in die Stadt?« Brees Stimme wurde piepsig. »Dir ist bewusst, dass man uns auf keinen Fall sehen darf, oder? Das hier ist kein spaßiger Ausflug.«

Er drehte sich im Laufen zu ihr um und das Lächeln von gerade war verschwunden. »Glaubst du wirklich, das weiß ich nicht?«

Bree schluckte. »Was ich weiß, ist, dass dir der Wettbewerb egal ist, und manchmal bin ich mir nicht sicher, wie ernst du die Unsterblichen nimmst, obwohl sie quasi deine Herrscher sind.«

Er drehte sich wieder um. »Der Wettbewerb ist mir egal, das ist richtig. Aber du bist es nicht, und das ist dir auch klar, sonst würden wir das hier nicht machen.«

Kurz war die Stille zwischen ihnen mit Händen zu greifen und wurde nur durch das Zwitschern der Vögel um sie herum durchbrochen.

»Du … du bist mir zu gar nichts verpflichtet, Adrien. Ich kann dir nichts im Gegenzug bieten«, flüsterte Bree und spürte dabei bereits, wie die Panik ihr den Nacken hinaufkroch. Das war genau der Punkt, weshalb er ihr eigentlich nicht helfen sollte. Der Grund, warum er sie hier und jetzt stehen lassen sollte. Egal wie es ausging, sie konnte ihm nicht das geben, was er verdient hatte.

Adrien atmete zischend ein. »Das ist mir sehr gut bewusst, Brealynn. Und das schon von Anfang an.«

Und mit diesen Worten legte er an Tempo zu, sodass Bree Mühe hatte, mit ihm mitzuhalten. Denn obwohl sie wusste, dass es nur fair gewesen wäre, einfach stehen zu bleiben, konnte sie nicht anders, als ihre Hoffnung an ihn zu ketten.

Kurze Zeit später lichtete sich der Wald und sie wichen vom Weg ab, um mitten zwischen den Bäumen hindurchzugehen. Obwohl sie die Formen schon erahnen konnte, erkannte Bree erst spät, was sich dort an den Ausläufern des Waldes hinter einer kleinen Mauer befand. Sofort lief ihr ein Schauer über den Rücken. »Ist das ein Friedhof?«

»Ja, für uns Menschen natürlich nur.« Adrien stapfte unbeirrt weiter und lief zwischen den strahlend weißen Grabsteinen hindurch, die, obwohl sie im Freien standen, von der Witterung absolut unberührt wirkten.

Bree schüttelte sich, um die Gänsehaut zu bekämpfen, die sich auf ihrem ganzen Körper ausbreitete, und ging ebenfalls weiter, ohne viel nach rechts und links zu schauen. »Hier wolltest du hin?«

»Hier will ich immer noch hin, weil uns hier ganz sicher niemand stören wird«, gab Adrien zurück und deutete vor sich. »Die Lichtung ist so groß, da hinten fühlt es sich gar nicht mehr nach Friedhof an, aber wir können uns vor Blicken geschützt hinter die Mauer setzen.«

Wenige Minuten später hatten sie die freie Fläche aus Gras, das so grün war, dass es schon beinahe unwirklich wirkte, überquert und Adrien ließ sich auf den Boden sinken. Er lehnte sich mit dem Rücken an die brusthohe Mauer, die das Gelände umsäumte.

Als Bree zögerte, verdrehte er die Augen. »Jetzt setz dich schon hin. Du hast ja noch nicht einmal ein Kleid an und so schmutzig ist es auch nicht.«

Sie kam seinen Worten nach. Dass sie mit sich gehadert hatte, weil sie nicht wusste, ob sie sich direkt neben ihn setzen oder Abstand halten sollte, das musste er ja nicht wissen.

Bree schob sich mit dem Rücken gegen die harte Wand und zog die Beine an, sodass sie sich klein wie ein Päckchen machen und keine ihrer Emotionen ungewollt herauspurzeln konnte. Ihre rechte Schulter berührte dennoch beinahe Adriens.

»So, was willst du mir erzählen? Was haben die Unsterblichen dir nach dem …« Er stockte, und als Bree zu ihm herübersah, erkannte sie, dass sich seine Brauen zusammengezogen hatten. »… Vorfall gesagt?«

Sie entschied, dass das hier schneller geschafft war, wenn sie nicht um den heißen Brei herumredete. »Ich muss gewinnen, weil sie Angst haben, dass Kace sonst trotzdem Gefühle für mich hat und in die Stadt geht«, platzte sie heraus.

Adrien schnaubte. »Wie romantisch. Der Unsterbliche würde sein ewiges Leben lang seiner großen Liebe nachtrauern.« Er sah sie an und sein Lächeln verrutschte, als er ihren Gesichtsausdruck sah. »Wo ist das Problem? Du gibst doch schon dein Bestes, um zu gewinnen, und ich halte die Ohren offen und informiere dich, sobald ich etwas von der nächsten Aufgabe weiß. Aber ich habe das Gefühl, sie werden misstrauischer.«

Bree schüttelte den Kopf. »Ich glaube, du hast es nicht verstanden, Adrien. Ich soll nicht gewinnen, ich *muss*.« Obwohl sie diese

Szene in der Zwischenzeit so oft durchgespielt hatte, wurde ihre Stimme brüchig.

»Wie meinst du das?« Er änderte seine Sitzposition, sodass er sie direkt ansehen konnte.

Brees Augen schwammen in Tränen. »Sie haben gesagt, sie werden meine Erinnerungen löschen und mich aus der Stadt verbannen, wenn ich nicht gewinne. Ihnen ist die Gefahr zu groß, dass Kace wieder die Regeln bricht und nach unten kommt.« Ihre Lippe zitterte so sehr, dass sie Mühe hatte, zu sprechen. »Ich werde meine Familie und Freunde für immer verlieren.«

Adrien stand der Mund offen und die lockere Ironie, die ihn so oft begleitete, war vollends verschwunden. »Das … das ergibt doch keinen Sinn. Die Stadt hat sie noch nie interessiert«, murmelte er vor sich hin.

»Anscheinend hat vorher auch noch nie ein Unsterblicher während des Wettbewerbs die Regeln gebrochen«, wimmerte Bree und nun musste sie doch die Hände vors Gesicht schlagen.

»Dieser Mistkerl …! Dieser verdammte …!« Adrien schüttelte ruckartig den Kopf und eine Ader an seinem Hals trat hervor. »Nur weil er nicht die Finger von dir lassen konnte!«

»Es war nicht nur er, es ist einfach passiert«, nuschelte Bree durch ihre Hände und schluchzte auf.

»Ach, Blödsinn! Ich hab dich doch an dem Abend kurz vorher noch am Lagerfeuer gesehen und du warst total müde. Sah nicht so aus, als ob du das Treffen geplant hättest.«

»Niemand hat irgendwas geplant!«, schrie Bree und nun liefen ihr die Tränen ungebremst über die Wangen. »Und das hier bringt auch überhaupt nichts. So, wie es ist, ist es. Sie haben es mir ganz klar gesagt und es gibt nur eine Lösung. Nämlich verdammt noch mal zu gewinnen!«

»Das ist keine Lösung, das ist Schikane. Du warst beim Klettern schon viel zu waghalsig und so zwingen sie dich quasi dazu, dich wieder in Gefahr zu bringen«, knurrte er und fuhr sich mit der Hand durch seine dichten Locken.

»Ich will nicht über die Entscheidung diskutieren, Adrien, sie ist sowieso getroffen und wir können nichts dagegen tun.«

Sein Kopf schoss in ihre Richtung. »Wieso hast du es mir dann erzählt, Bree?«

Diese Frage ließ sie sprachlos zurück und in ihr breitete sich eine Leere aus, die sich kalt bis in ihre Fingerspitzen zog. »Ich … ich weiß nicht. Ich wollte, dass jemand versteht, was für mich auf dem Spiel steht.«

»Mission erfüllt. Ich verstehe es jetzt und kann nur zusehen, wie sie dein Leben ruinieren oder du mit dem Kerl endest, der das einfach so hinnimmt.« In seinen Worten schwang so viel Schmerz mit, dass Bree ein Schauer über den Rücken lief. Ihr Herz pochte so laut in die Stille, dass sie es überdeutlich in ihrer Brust spürte.

Die nächsten Worte stolperten unüberlegt aus ihrem Mund, weil sie sie schon zu lange mit sich herumtrug. »Meine Gründe, hierherzukommen, sind selbstsüchtig, Adrien. Ich fühle mich furchtbar und du bist der Einzige, mit dem ich darüber reden kann, ohne mich zu verletzlich zu zeigen.« Bei diesen Worten senkte er den Blick und atmete tief durch. »Aber warum bist du hier? Warum lässt du zu, dass ich dich in meinen Problemen ertränke?«

Bree hatte so viel Angst vor seiner Antwort. So viel Angst davor, dass diese ausgesprochenen Worte ihn endgültig verstehen ließen, dass es sich für ihn niemals lohnen würde. Die Welt um sie herum begann zu verschwimmen und sie hatte Schwierigkeiten, sein Gesicht nicht darin zu verlieren.

»Weil ich nicht«, er stockte, »weil ich nicht mit ansehen kann, wie noch jemand, der mir etwas bedeutet …« Adrien kämpfte sichtlich mit sich selbst und verzog den Mund, während er wild mit den Händen gestikulierte und an ihr vorbeisah, nur um seinen Blick dann wieder mit ihrem verschmelzen zu lassen.

Bree hatte überhaupt nicht mitbekommen, wie nah sie mittlerweile beieinandersaßen. Doch als seine Augen ihren Blick nun so festhielten, dass sie kaum noch atmen konnte und ihr Angstherz nach diesem endgültigen Zeichen seiner Zuneigung schrie, reichte eine Bewegung seiner Hand, um die Distanz zwischen ihnen zu überbrücken.

Adriens Finger strichen über ihr Gesicht, seine warme Handfläche schmiegte sich an ihre Wange, während ein Fragezeichen in seine Augen trat, das nur sie selbst auslöschen konnte. Als sie sich ihm entgegenstreckte und seine Hand mit sich nach vorne zog, brach die letzte Barriere, die sich zwischen ihnen befand. Seine Lippen fuhren sanft über ihre und ließen Bree erschaudern. Ganz von selbst öffnete sich ihr Mund, und als ob er auf sie gewartet hätte, stöhnte Adrien auf und küsste sie mit einer Intensität, die Bree von innen glühen ließ. Sie presste sich an ihn und vergrub ihre Hände in den Locken in seinem Nacken, verlor sich in der Nähe zwischen ihnen beiden, die für sie gerade die Welt bedeutete.

Er war ihr Rückzugsort, wenn alles andere in sich zusammenfiel. Kace rüttelte sie auf und brachte sie auf seine eigene Art durcheinander, doch es fühlte sich nicht immer nur gut an, in seiner Nähe zu sein. Es überforderte sie und die Angst, dass ihre Anziehung zu körperlich war, um für die Dauer einer unsterblichen Partnerschaft zu halten, lähmte Bree. Bei Adrien hingegen fühlte sie sich einfach nur sicher.

Verschlingendes Feuer gegen warme Geborgenheit.

Und wenn sie ihr Ziel verfolgte und gewann, würde sie Adrien im Gegenzug für dieses Empfinden nur Schmerzen zufügen. Sie stürzte sich gerade wider besseres Wissen in all das hier, weil es ihr eine Rückversicherung bot. Weil sie Adrien an sich band. Dabei spielte es keine Rolle, dass ihre Gefühle für ihn mindestens genauso stark waren wie seine für sie, denn sie würden niemals ein Paar sein …

Sie war einfach nur ein furchtbarer Mensch!

Mit aller Kraft, die sie aufbringen konnte, riss Bree sich von ihm los und schnappte nach Luft, als sie den Kopf zur Seite drehte. Dass er trotzdem noch sanft ihre Wange streichelte, bevor auch er sich wieder zurücklehnte, trieb ihr beinahe die Tränen in die Augen.

Er hatte sie nicht verdient.

»Willst du trotzdem hören, was ich eigentlich gerade sagen wollte?« Seine Stimme war so weich, dass Bree schauderte.

»Ja«, sagte sie leise und versuchte ihren Atem wieder unter Kontrolle zu bringen. Sie hatte gewusst, dass dieser Wettbewerb ihr Leben verändern würde, aber dass er ihre Welt so dermaßen auf den Kopf stellte, damit hatte sie nicht gerechnet. Nichts war mehr an Ort und Stelle, kein Gefühl wusste, wo es hingehörte und ob es überhaupt dort sein durfte.

Adrien griff nach ihrer Hand und ließ sie locker in seiner ruhen. »Du bist mir wichtig, weil ich dich bewundert habe, seit der ersten Minute, in der du hier oben angekommen bist. Du bist so stark und zerbrechlich zugleich. Auch wenn du Letzteres scheinbar nur mir zeigen willst.« Er lächelte. »Und ich kann nicht mit ansehen, wie dein Strahlen bereits jetzt zu verschwinden beginnt.«

Obwohl seine Worte so warm und ehrlich klangen, wuchs der Kloß in Brees Hals wieder. Ihr *Strahlen* war nicht schön, sondern fleckig und irgendwann würde auch er das erkennen. Die Menschen bewunderten sie immer so lange, wie sie es schaffte, ihre scheinbar mühelose Fassade aufrechtzuerhalten. Sie blinzelte Tränen davon und wandte den Kopf ab. Sie konnte nicht verhindern, dass ihre Stimme frustriert und viel zu bissig klang. »Tut mir leid, dass Ms. Perfect ein paar Macken bekommen hat.« Ihre Hand rutschte aus seiner, als sie sich übers Gesicht fuhr, und er ließ es geschehen, denn er sah sie nur entgeistert an.

»Das ist nicht dein Ernst, oder? Hast du mir überhaupt zugehört?«

Brees Mund zuckte und sie stülpte die Lippen nach vorne.

»Ich bewundere die Bree, die du bei mir warst. Die, die ehrlich war, die frech war, die sich von mir nichts sagen lassen wollte und die mich geradeheraus um Hilfe gebeten hat und genau deshalb so stark war.« Er ließ sie nicht aus seinem Blick entkommen und sie konnte die kleinen, hellen Flecken erkennen, die seinen dunklen Augen gerade in diesem Moment so viel Leben verliehen. »Und ich habe Angst davor, sie an die Bree zu verlieren, die Kace und die anderen sehen wollen. Denn seit ein paar Tagen scheinst du nur noch aus Zweifeln zu bestehen. Und nach dem, was du mir gerade gesagt hast …«, er seufzte, »… kann ich das verstehen, aber trotzdem nicht einfach mit ansehen. Nicht noch einmal.«

Brees Herz wummerte im Rhythmus ihrer Gedanken und dieser war so schnell, dass sie kaum verstand, was er da gerade gesagt hatte. Die einzige Frage, die ihr Mund formen konnte, war: »Wieso noch einmal?«

Adriens Gesicht verzog sich, als ob er Schmerzen hätte. »Weil mit Ery genau das Gleiche passiert ist und ich es nicht verhindern konnte.«

»Mit Ery?«

»Schau ihn dir doch an, wie er quasi als leere Hülle zwischen ihnen herumgeistert. Dass er den Wettbewerb gewonnen hat, war das Schlimmste, was ihm hätte passieren können. Seit er bei ihnen lebt, ist er nicht mehr er selbst, hat Angst vor jedem Fehltritt. Du darfst es ihm nicht übelnehmen, dass er euch verraten hat. Sie beobachten ihn so genau, dass er keine Wahl hatte.«

So etwas in der Art hatte Evianna auch schon zu ihr gesagt. »Aber wieso macht er sich solche Gedanken? Er ist doch unsterblich, das kann ihm keiner mehr wegnehmen«, murmelte Bree verwundert.

»Das ist in deinem Kopf immer die Hürde, die genommen werden muss, und dann ist alles gut, nicht wahr? Aber Ery war ein glücklicherer Mensch, als er ein Unsterblicher ist. Er kommt mit dem Druck, weiterhin das zu verkörpern, was er in seinem Wettbewerb gezeigt hat, nicht klar. Wenn ich nicht immer wieder die Pillen für ihn besorgen könnte, würde er wahrscheinlich durchdrehen. Das ist der Grund, warum ich das alles hier hasse. Ihr fiebert so sehr darauf hin, zu werden, was sie sind, nur um dann vielleicht auf ewig unglücklich zu sein. Weil ihr gar nicht wisst, was es wirklich bedeutet. Weil ihr sie und das Leben hier gar nicht wirklich kennt.«

Brees Stimme war kaum mehr als ein Hauchen. »Glaubst du, das ist es, was ich sein werde? Auf ewig unglücklich?«

Adrien zögerte nicht mit seiner Antwort. »Nein, du bist besser für das alles hier gemacht als Ery. Aber du musst du bleiben. Du musst Kace …« Er spuckte den Namen verächtlich aus. »… von Anfang an zeigen, dass du deine Ecken und Kanten behalten wirst. Der Wettbewerb ist Show, das ist mir klar, aber danach lebst du hier.« Er sah auf die Lichtung mit den Steinen in der Ferne vor ihnen. »Ery ist zu sensibel. Er liebt Evianna abgöttisch und hat solche Angst, seinen Mantel des starken Gewinners abzulegen, dass er auch nach vierzehn Jahren immer noch jeden Tag Prüfungen ablegt. Er braucht sogar schon Zeug von mir, wenn die beiden nur bei Tarquin und Persephone eingeladen sind.« Er sah sie wieder eindringlich an. »Wenn deine Familie hier oben ist, dann wird es für dich besser sein als für ihn. Du musst nur darauf bestehen, sie sehen zu dürfen.«

Seine Worte machten Bree trotzdem Angst. Im Moment war sie alles andere als stark, und wenn sie genauer darüber nachdachte, hatte die Art der Unsterblichen ihre Selbstzweifel bisher nur ins Unermessliche gesteigert. Sie war kritisch genug mit sich selbst. Ein Umfeld zu haben, das das noch verstärkte, war gefährlich für sie.

»Du wirst auch hier oben sein.« Die Worte rutschten aus Brees Mund, bevor sie es verhindern konnte.

Sofort verdunkelte sich sein Blick. »Ich werde auch hier oben sein«, wiederholte Adrien leise und sie konnte ihm nicht verdenken, dass er dabei traurig klang. Sie würden beide hier leben, aber nicht Seite an Seite.

»Lass uns zurückgehen«, sagte er plötzlich und stand ruckartig auf. »Wir sollten kein Risiko eingehen.«

Bree ließ sich von ihm auf die Füße ziehen und fühlte sich beinahe genauso wackelig auf den Beinen wie auf dem Hinweg. Sie hätte mehr von dem Frühstück essen sollen, das er ihr gebracht hatte.

Doch plötzlich kam ihr ein Gedanke, an den sie sich klammerte wie an einen Rettungsring und der sie zu Adrien aufschließen ließ, der wieder vor ihr davonzulaufen schien.

»Wenn ich eine von ihnen bin, dann werde ich Ery helfen«, platzte sie heraus. »Das ist es, was ich dir zurückgeben kann für all das hier.«

Adrien hielt inne und drehte sich langsam zu ihr um. »Meinst du das ernst? Kace wird das nicht gefallen.«

»Diese Frage stellst du wirklich? Nach allem, was du für mich tust und gerade gesagt hast?«

Er nickte langsam. »Gut.« Dann drehte er sich wieder um und ging zielstrebig weiter. »Denn ich werde nur noch einen Bruchteil eurer Leben hier sein und er wird dich wirklich brauchen.«

Kapitel 15

Es war bereits Nachmittag, die nächste Prüfung stand unmittelbar bevor und sie müsste sich dringend konzentrieren. Aber Bree konnte keine Ruhe finden. Ihre Gefühle prallten in ihrem Körper heftig aufeinander, bissen und zankten sich, sodass ihr dauerhaft so schlecht war, als ob sie ihr physisch in den Bauch boxen würden.

Doch nachdem sie sich angezogen, ihre Haare gemacht und das Gesicht geschminkt hatte, erlaubte sie sich, sich auf den Moment zu freuen, in dem sie Adrien die Tür öffnete. Wenn sein Blick bewundernd über ihren Körper fahren würde, nur um dann noch viel intensiver zu werden, wenn er bei ihren Augen ankäme.

Die Vorfreude brachte Brees Haut zum Kribbeln, zog sich bis in die Fingerspitzen und rötete ihre Wangen, doch es war okay. Sie würde sich dadurch nicht vom Weg abbringen lassen. Denn das Ziel war, dass sie hier oben blieb. Mit Adrien irgendwo in der Nähe und der Möglichkeit, Ery zu unterstützen. Mit ihrer Familie. Bree war froh, mit ihm gesprochen zu haben. Ihre Panik hatte sich zwar nicht in Luft aufgelöst, war aber auf ein erträgliches Maß zusammengeschrumpft. Dafür war ihre Gefühlswelt das reinste Chaos …

Als es klopfte, schoss sie vom Bett hoch und strich ihr Kleid glatt. Doch als sie schwungvoll an dem Griff zog, entglitten ihre Gesichtszüge und Bree konnte nur beten, dass sie sich schnell genug wieder unter Kontrolle bekommen hatte.

Vor der Tür stand eine Frau mit kinnlangen braunen Haaren.

»Ms. Sypher, ich bringe Sie heute zu Ihrer Prüfung.«

»Okay«, presste Bree schnell hervor. Reflexartig drehte sie sich um, als ob sie noch etwas aus dem Zimmer mitnehmen müsste, aber natürlich hatte sie nur sich selbst, ihr Kleid und den Mantel, den sie heute zusätzlich trug, denn es war kühler als an den anderen Tagen. »Gibt es dafür einen bestimmten Grund?«

Eigentlich hätte ihr klar sein müssen, dass sie auf diese Frage keine Antwort bekommen würde, doch sie musste sie trotzdem stellen. Wo war Adrien? Hatte sie heute Morgen jemand beobachtet? Mit einem Mal war die Angst wieder da und presste kraftvoll ihre Lungen zusammen. Dennoch zu lächeln, kostete Bree beinahe unmenschliche Kraft.

»Ihr Diener ist nur kurzfristig verhindert, machen Sie sich keine Sorgen.« Die Frau klang so unbeteiligt, dass man ihr beinahe hätte glauben können, doch Bree wusste es besser. So viele Zufälle konnte es nicht geben. Nicht, nachdem Adrien ihr gesagt hatte, dass die Unsterblichen misstrauisch wurden.

Bree folgte ihr in den Flur und verschränkte die Arme vor der Brust, damit niemand sah, wie sehr sie zitterten. Sie war beinahe überrascht, als sie die anderen drei Mädchen ebenfalls dort entdeckte – natürlich in Begleitung ihrer Diener. Mittlerweile waren nur noch sie selbst, Blondie, Vanea und Lillith übrig – allesamt Kämpferinnen auf ihre eigene Art.

Brees Augen bohrten sich in den Rücken von Blondie, die nur wenige Schritte vor ihr ging und sie heute keines Blickes würdigte, und heiße Wut machte sich in ihren Eingeweiden breit. Sie hatte sie gesehen, bevor sie gegangen war. Hatte sie jemandem erzählt, dass sie draußen vermeintlich laufen gewesen war? Und war jemand daraufhin auf die Idee gekommen, nachzusehen, wo Adrien war? Wahrscheinlich dachten sie, sie würde mit seiner Hilfe schummeln wollen.

Wenn sie diese Frau noch einmal alleine traf, konnte sie für nichts garantieren!

Das Klackern von vier Paar hohen Schuhen hallte durch den Flur und Bree lief prompt in den Diener vor ihr hinein, als die Gruppe direkt hinter der Tür abrupt anhielt.

»Entschuldigung«, murmelte sie gerade, da blinzelte sie überrascht an seiner Schulter vorbei und sah, weshalb die anderen Frauen angehalten hatten. Direkt vor ihrer Tür standen Evianna und Persephone in wallenden, langen Kleidern, die sie wie immer aussehen ließen, als wären sie gerade direkt aus dem Himmel hinabgestiegen.

Brees Mund wurde trocken. Was war heute nur los? War etwas vorgefallen?

»Guten Morgen, meine Lieben. Ich hoffe, wir haben euch nicht allzu sehr überrascht«, sagte Kace' Mutter. Obwohl sie freundlich lächelte und jede Einzelne von ihnen musterte, nachdem die Diener einen Schritt zurückgetreten waren, konnte Bree das Gefühl, von ihr schon jetzt beurteilt zu werden, nicht abschütteln. Bisher war sie nicht wirklich auf ihrer Seite gewesen.

»Wie ihr vielleicht schon mitbekommen habt, ist diese Insel für die Menschen da, die mit uns hier oben leben, und hat sich deshalb als nicht geeignet für die fünfte Prüfung herausgestellt. Daher werden wir euch auf die größte – unsere – Insel bringen.« Ihre Mundwinkel zuckten kurz nach oben. »Freut euch auf den Anblick, er wird euch sicherlich gefallen, aber lasst euch nicht zu sehr ablenken.« Ihr Blick schoss zu Bree, der beinahe das Herz stehen blieb. Sie war die Einzige, die die Insel schon kannte –

wenn auch nur bei Nacht.

»Wir werden euch direkt in einen Garten bringen, der der Ort für eure Prüfung ist. Dafür müsst ihr wieder in die Lichtsäule treten, so wie zu Beginn eurer Reise.« Sie streckte unvermittelt ihre Hände vor sich und ihre Tochter tat es ihr gleich. Wie aus dem Nichts zischten zunächst goldene Funken aus ihren Fingerspitzen, die sich kurz darauf bündelten und zu der Säule wurden, die Bree schon beim letzten Mal staunend betrachtet hatte. »Zögert nicht, Mädchen.«

Der Gedanke daran, Persephone so nahe zu kommen, löste plötzlich Panik in Bree aus. Als Vanea nach vorne ging, tat sie es ihr schnell gleich, steuerte aber sofort Evianna an. Diese warf ihr ein Lächeln zu, das ihr Herz ein wenig beruhigte, und deutete mit ihrem Blick auffordernd in das helle Licht vor sich.

Würde wieder Kace auf der anderen Seite stehen?

Um nicht allzu deutlich zu zeigen, dass sie genau das hier schon einmal gemacht hatte, zögerte Bree kurz und sah, wie Evianna ihren Kopf so unauffällig zu einem Nicken senkte, dass die anderen es unmöglich hätten bemerken können. Dann trat sie mit dem ganzen Körper auf einmal in das Licht und spürte wie jedes Mal, dass sie komplett mit Gefühlen ausgefüllt wurde, die nicht ihre eigenen waren. Gefühle, die ihr zeigten, dass die Säule wirklich aus der Magie der Unsterblichen und somit aus ihnen selbst bestand. Doch statt wie sonst von einer seichten Glückseligkeit erfüllt zu werden, wurde ihr Herz so unruhig, dass sie beinahe erleichtert war, als sie kurz darauf wieder aus dem Licht herausstolperte.

Wie beim letzten Mal wurde Bree von zwei Händen davon abgehalten, zu fallen, doch dieses Mal gehörten sie nicht zu Kace. Und als sie den Blick hob, wusste sie auch, wieso sich die Reise im Licht heute so anders angefühlt hatte. Weil sie nicht nur in Eviannas Emotionen gereist war, sondern auch in Erys, der auf dieser Seite stand.

Bree schnappte nach Luft, als sie endgültig zum Stehen kam und sich dabei so nah an Adriens Bruder befand, dass sie die gleichen hellen Pünktchen in seinen Augen sehen konnte.

Obwohl sie ihr Gleichgewicht schon längst wiedergefunden hatte, ließ er sie nicht los und durchbohrte sie geradezu mit seinem Blick. Erys Augen strahlten nicht nur seine übliche Unruhe aus, sondern auch etwas, das Bree an ihre eigene Angst erinnerte.

Sofort schlang sich eine kalte Hand um ihr Herz und drückte zu. Adrien! Ging es Adrien gut?

Endlich ließ Ery sie los und Bree atmete zittrig aus. Sie redete sich ein, dass sie schnell zur Seite trat, weil sonst das nächste Mädchen direkt in sie fallen würde, doch eigentlich musste sie nur weg von ihm. Weg von diesem Blick.

Egal was er wusste, er schien sie dafür zu hassen. Und wenn Adrien wegen ihr etwas geschehen war, würde sie das Gleiche für sich empfinden.

»Ihr sollt hier drüben warten.«

Bree wandte sich zur Seite und die Erleichterung rauschte ihr kalt durch die Adern. Da stand er, in seinem schwarzen Outfit, als wäre nichts gewesen. Die Frau, die sie abgeholt hatte, war ihr nicht durch den Strahl gefolgt. Obwohl ihr Körper sofort zu ihm stürzen wollte, war ihr Kopf geistesgegenwärtig genug, es nicht zu tun.

Nur wenige Schritte von Adrien entfernt stand Kace, dessen Blick genau wie der seines Vaters, der neben Ery den anderen Lichtstrahl aufrechterhielt, auf sie gerichtet war.

Also tat Bree es Adrien gleich und kleidete sich in eine gleichgültige Miene. Statt in seinem Gesicht nach Anzeichen dafür zu suchen, ob alles in Ordnung war, sah sie nur Kace an, der heute einen beigen Anzug mit goldenen Details trug und darin einfach nur atemberaubend gut aussah. Als dieser sofort ihre Hand in seine nahm und ihr einen Kuss auf die weiche Haut hauchte, kribbelte Brees ganzer Körper vor Nervosität.

»Ich habe dich vermisst«, flüsterte sie und sah in Kace' bernsteinfarbenen Augen. Dabei war sie sich mehr als bewusst, dass alle Unsterblichen es hören konnten. Und vielleicht auch Adrien, der relativ nah bei ihnen stand.

»Geht mir genauso.« Kace' Augen funkelten und er hielt ihre Hand eine Sekunde zu lange fest, bevor er sie sanft aus seiner gleiten ließ und sein Blick an ihr vorbeiwanderte. Die Nächste war dran. Ihre Zeit war vorbei.

Bree stellte sich mit wummerndem Herzen neben Adrien. Hoffentlich unbemerkt schielte sie zu ihm herüber, doch er würdigte sie keines Blickes und sah nur nach vorne, wo die anderen Frauen ankamen.

Wenn er hier war, war doch alles gut, oder nicht? Vermutlich hatte es gar nichts mit ihr zu tun gehabt. Vielleicht ging es Ery einfach nicht gut und er hatte seine Hilfe gebraucht?

Obwohl Kace die anderen Frauen begrüßte, spürte Bree immer wieder seinen Blick auf sich ruhen. Dazu musste sie nicht einmal zu ihm hinsehen. Er strich über ihren Körper wie eine Feder und sorgte dafür, dass ihr jedes Detail ihres Outfits, ihrer Frisur und ihres Make-ups überdeutlich bewusst wurde, während sie neben Adrien stand und wartete, dass es endlich losging. Persephone hatte gesagt, die Prüfung würde in einem Garten stattfinden und tatsächlich standen sie direkt vor einem großen Gewächshaus aus undurchsichtigen Glasfronten.

Es dauerte nicht mehr als ein paar Minuten, da waren alle Frauen und ihre Diener auf der Insel angekommen.

»Folgt mir bitte«, sagte Persephone und schritt in ihrem langen Kleid an ihnen vorbei. Kam es Bree nur so vor, weil sie so große Angst davor hatte, von ihr verurteilt zu werden, oder war sie wirklich viel kälter als noch zu Beginn des Wettbewerbs? War sie unglücklich mit dem Verlauf, den das Ganze für ihren Sohn genommen hatte? Würde sie lieber die blonde Schlange an Kace' Seite sehen?

Bree schluckte und war kurz davor, ihren Arm auszustrecken, um sich bei Adrien einzuhaken, nur um ihn zu spüren und zu wissen, dass alles gut war. Doch die anderen berührten ihre Diener auch nicht und das Letzte, was sie tun sollte, war Aufmerksamkeit auf sie beide zu lenken. Dennoch spürte sie seine Präsenz so überdeutlich, dass es sich beinahe so anfühlte, als würde er sie wieder in seine Arme schließen. Vielleicht, weil es das war, was sie sich am meisten wünschte. Sich einfach in seinem warmen Körper vergraben, die Augen vor ihren Problemen verschließen und darauf vertrauen, dass sie es gemeinsam schaffen würden.

Persephone öffnete die gläserne Tür des Gewächshauses mit dem goldenen Griff, der wie eine geschlossene Tulpe geformt war. Obwohl Bree noch einige Schritte entfernt war und Lillith vor ihr ging, strömte ihr sofort ein intensiver blumiger Duft entgegen.

In ihrem Rücken mussten sowohl Kace als auch Ery stehen und sie beobachten. Auch wenn Ery sie gerade hasste, irgendwann würde er spüren, dass es auch für ihn gut war, wenn Bree gewann. Sie würde ihr Versprechen Adrien gegenüber niemals brechen und ihm helfen. Das war ihre Gegenleistung. Und die konnte sie nur erbringen, wenn sie sich jetzt anstrengte, ihre Gedanken und Gefühle hier draußen hinter sich ließ und diese Prüfung meisterte.

Und Kace und sie würden einander lieben lernen, da war sie sich sicher. Aus dem Feuer, das zwischen ihnen brannte und sie zuweilen mit Haut und Haaren zu verschlingen drohte, würde etwas Sanfteres werden. Etwas, das sie zur Ruhe kommen lassen und dafür sorgen würde, dass auch seine Familie erkannte, dass das hier alle so sein musste. Nicht nur Evianna würde sie dann so ansehen wie eine von ihnen, sondern auch seine Mutter und sein Vater.

Sie war so in Gedanken versunken, dass sie den anderen drei Frauen blindlings in das Gebäude folgte. Als sie bemerkte, dass die Diener hinter ihnen zurückgeblieben waren, zuckte ihr Kopf kurz nach hinten und sie fing Adriens Blick auf. Im Gegensatz zu seiner eben noch ausdruckslosen Miene spiegelte sich so viel darin, dass Bree es kaum deuten konnte. Doch er drang tief in ihr Inneres ein und hallte dort wider, was dafür sorgte, dass sie den Rücken ein wenig mehr durchdrückte, das Kinn ein wenig weiter hob und ihren Blick entschlossener werden ließ. Es ging nicht mehr nur um Kace und um ihre Familie, sondern auch um ihn, um seinen Bruder. Und obwohl diese Verantwortung sie eigentlich lähmen sollte, trieb sie sie an, wieder die starke Bree zu werden, als die sie hier angekommen war.

Gemeinsam durchquerten sie das Gewächshaus, das bis zur Decke gefüllt war mit hohen Ranken, an denen farbenfrohe Knospen hingen. Der blumige, fröhliche Duft hüllte Brees Kopf in eine Wolke und vernebelte ihr auf eine angenehme Art die Sinne, sodass alle Gedanken und Ängste ein Stück weit in den Hintergrund traten.

Bree erkannte die Farben wieder, die sie gestern Abend auf dem Ball gesehen hatte. Das Geflecht aus Blumen und Grün war so dicht, dass man die gläserne Wand dahinter gar nicht mehr sehen konnte und das Gefühl hatte, komplett darin verschwinden zu können, wenn man sich hineinfallen ließe.

Doch sie hielten nicht an, um das zu testen, sondern durchquerten das Gebäude nur, um kurz darauf wieder unter freien Himmel zu treten. Nun standen alle Teilnehmerinnen mit Persephone in einem Garten, der an die Hinterseite des riesigen weißen Schlosses angrenzte, in dem Bree mit Kace' Familie gesprochen hatte. Unzählige Rosen an weißen Stäben streckten sich in die Luft, sodass es aussah, als ginge das Grün des Gartens direkt in das endlose Blau des Himmels über. Es gab keine anderen Pflanzen, nur Rosen in allen möglichen Farben und Formen. Die Blume, die wie keine andere für Perfektion stand.

Bree schluckte und drehte sich erneut um, um zu sehen, ob Kace ihnen gefolgt war, doch die Tür zum Gewächshaus war verschlossen. Nur sie vier und Persephone standen auf dem Kiesweg, der auf beiden Seiten von Blumen gesäumt war.

»Je weiter wir voranschreiten, desto aussagekräftiger werden die Prüfungen«, sagte Kace' Mutter und sah die Frauen ernst an. »Nicht nur, dass ihr immer weniger werdet, auch das, was ihr zu bewältigen habt, hat immer mehr mit dem Leben zu tun, das die Gewinnerin hier oben führen wird.« Ihre langen blonden Haare waren perfekt gewellt und fielen ihr wie Engelslocken über die schmalen Schultern. Obwohl sie äußerlich fast genauso jung aussah wie ihre Kinder, strahlte sie nicht die gleiche Energie aus wie sie. Sie wirkte gefasster und weniger nahbar.

»Ihr werdet heute alle zusammenbleiben und in genau einer Stunde holen wir euch wieder ab. Danach wird entschieden, wer die fünfte Aufgabe am besten bewältigt hat.«

»Also ist jemand hier, um uns zu beobachten?«, fragte Vanea und sah sich in dem Garten um.

Persephone schüttelte den Kopf. »Nein, ihr seid alleine. Aber wir werden trotzdem eine Entscheidung fällen können. Lasst das unsere Sorge sein.« Sie wandte sich wieder dem Ausgang zu. »Viel Glück.«

Obwohl es Bree immer unglaublich nervös gemacht hatte, wenn Kace' Familie sie ganz besonders im Auge behalten hatte, formte sich ein harter Kloß in ihrem Bauch, als Persephone nun mit rauschendem Rock ging, ohne sie in der gesamten Zeit im Garten auch nur einmal angesehen zu haben.

Es machte deutlich, dass sie von ihre keine Unterstützung zu erwarten hatte.

Als mehrere Minuten lang absolut gar nichts geschah und sie alle etwas verloren genau an der Stelle standen, an der die Unsterbliche sie zurückgelassen hatte, wurden ihre Blicke verwirrter und die Stimmung unruhiger.

»Passiert auch noch irgendwas?«, murmelte Vanea, die direkt neben Bree stand, und drehte sich im Kreis. »Sonst gehe ich mir den Garten anschauen.« Sie machte Anstalten, dem Weg weiter zu folgen.

»Ich denke, wir sollten hier warten«, murmelte Lillith, die sich bereits als sehr sportlich erwiesen hatte. Aber Adrien hatte gesagt, er könne sich nicht vorstellen, dass Persephone eine körperliche Aufgabe stellte …

Natürlich musste Blondie auch ihren Senf dazugeben: »Heute gibt es kein ›Wir‹, Lillith. Wir arbeiten nicht zusammen, falls du das noch nicht bemerkt hast.«

Vielleicht hätte Bree ihren Mund gehalten, wenn die Aussage von jemand anderem gekommen wäre, doch diese Frau musste sie mittlerweile nur ansehen und ihr schoss die Wut in alle Glieder. »Falls du es noch nicht bemerkt hast, gibt es aber auch keinen Grund, nicht normal miteinander reden zu können.« Sie sah Lillith an. »Ich stimme dir übrigens zu, ich würde auch warten.«

Das Gesicht von Palica verzog sich zu einem gehässigen

Lächeln. »Natürlich würdest du das. Gibt ja auch keinen Grund zur Sorge für dich, wo doch schon alles in trockenen Tüchern ist.« Ihr Tonfall klang so eklig, dass Bree ein Schauer über den Rücken lief. Er klang, als ob sie der Meinung wäre, dass Bree sich sehr wohl Sorgen machen müsste. Wenn sie sie wirklich verpetzt hatte …!

Plötzlich hallte eine fremde Stimme durch den Rosengarten und breitete sich als langgezogener Ruf zwischen dem Grün und den bunten Farben aus. »Lillllyyy!«

Lilliths Augen weiteten sich und ihre säuberlich gezupften Brauen zogen sich zweifelnd zusammen. »Hovi?«, flüsterte sie zu sich selbst, doch Bree konnte es hören, weil sie genau neben ihr stand.

Wieder rief die männliche und noch sehr jung klingende Stimme ihren Namen, und als Bree fragen wollte, woher sie sie kannte, krallten sich Lilliths Hände in ihren langen Rock und sie rannte, ohne zu zögern, in die Richtung, aus der das Geräusch kam.

Kurz wechselten die übrigen Mädchen verwirrte Blicke, doch Bree entschied, dass sie nicht auf die anderen warten musste, um eine Entscheidung zu treffen. So schnell es mit den hohen Schuhen möglich war, folgte sie Lillith, deren Kopf beim Laufen immer wieder hin- und herflog.

»Hovill!«, rief sie aufgebracht. »Wo bist du?«

Bei ihrem verzweifelten Tonfall richteten sich die Härchen auf Brees Armen auf. Es klang eindeutig so, als ob Hovill – wer auch immer das war – nicht hier sein sollte, um nach Lillith zu schreien. Sie wollte gerade zu ihr aufschließen und sie fragen, wen sie suchte, da stimmte eine weitere Stimme in die Rufe ein. Und Bree wurde auf einen Schlag eiskalt.

»Bree, Bree!«

Ihr entfuhr ein zittriger Atemstoß und sie wäre vor Schreck beinahe gestolpert und gefallen. Das war Tatty. Ihre Schwester war hier oben!

In ihrem Kopf schrillten tausend Alarmglocken und sie rannte blindlings zu Talluhas Stimme, weshalb sie kaum mitbekam, dass noch mehr Stimmen dazukamen. Jede Einzelne von ihnen wurde von irgendjemandem gerufen.

Der Klang von Tattys Stimme bohrte sich in ihr Herz, schoss ihr kalt durch die Adern. Ihre Schwester klang so verzweifelt. Wo war sie? Überall, wo sie hinsah, waren nur diese verdammten Rosen!

Lillith lief immer noch kurz vor ihr und auf einmal sah Bree, wie sich ihre Körperhaltung veränderte, als sie um eine Ecke auf dem Weg bog. Ihre Schultern sackten erst nach unten und dann stürzte sie nur noch zielstrebiger nach vorne.

Der Kies knirschte unter Brees Schuhsohlen, als sie ebenfalls um die Ecke schlitterte. Und da war sie. Bis zu diesem Zeitpunkt hatte sie es noch für möglich gehalten, dass sie sich alles nur einbildete, dass es eigentlich eine ganz andere Stimme war. Doch da drüben, auf einer Bank vor einem kleinen Pavillon, saß wirklich ihre kleine Schwester.

»Bree, da bist du!«, rief Tatty und ihre langen schwarzen Haare, die ihren so ähnlich waren, wehten hinter ihr her, als sie aufsprang und auf sie zu lief.

Zunächst war Bree so geschockt, dass ihre Schwester wirklich hier war, dass sie sich nicht vom Fleck rühren konnte. Doch als Tatty sich in ihre Arme warf, sah Bree aus dem Augenwinkel, dass neben ihr noch ein Junge, eine ältere Frau und ein junger Mann anwesend waren. Sie hatten wirklich ihre Familien hier hochgebracht? Wieso?

Talluha klammerte sich an Bree und wie aus Reflex schloss

diese ihre Arme um deren zierlichen Oberkörper. »Was ist los, Tatty? Was macht ihr hier?«, murmelte Bree fassungslos, während sie über ihre Schulter hinweg sah, wie auch die anderen Frauen ihre Familienmitglieder in Empfang nahmen.

»Du musst mir helfen, Bree.« Ihre sonst so schlagfertige kleine Schwester zitterte am ganzen Körper und Bree drückte sie von sich, um ihr ins Gesicht sehen zu können. »Die anderen müssen rausgeworfen werden, damit ich mehr Zeit mit dir habe, wenn du gewinnst.«

»Was … was meinst du damit?« Bree ließ ihre Hände auf Tattys Schultern liegen und schüttelte sie sanft, als sie nicht sofort antwortete, sondern sich nur ein harter Ausdruck in ihre Augen schlich.

»Das haben sie mir gesagt. Für jeden von uns, den du ausschaltest, bekomme ich zehn Jahre mehr Zeit hier oben geschenkt, wenn du gewinnst. Wir müssen uns beeilen!«

Das war nicht ihr Ernst, oder?

Persephone hatte gesagt, dass die Prüfungen relevanter für ihr Leben hier oben werden würden. Das hatte sie damit gemeint? Tatty würde einen kleinen Teil der Unsterblichkeit geschenkt bekommen? Drei weitere Personen waren hier – das wären dreißig Jahre. So viel Zeit …

Ihre Schwester sah sich bereits hektisch nach den anderen um, die gerade die gleiche Anweisung hören mussten wie Bree selbst.

»Was soll das heißen, Tatty? Was meinst du mit ›ausschalten‹?« Niemals würden die Unsterblichen etwas Gewaltvolles von ihnen fordern. Niemals. Aber jeder der anderen Menschen weinte. Brees Hände zitterten und sie musste sich zusammenreißen, um nicht blindlings loszurennen, bevor sie wirklich wusste, was sie tun sollte.

»Du musst die anderen Familienmitglieder mit einem Dorn stechen. Nur ein winziger Tropfen Blut reicht und sie sind draußen, mehr nicht.« Tatty stand bereits lauernd vor ihr und ließ die anderen nicht aus den Augen.

Brees Herz pumpte schwer in ihrer Brust. So einfach würde sie Zeit für ihre Schwester kaufen können? Aber konnte das wirklich sein?

Die Entscheidung, etwas zu unternehmen, wurde ihr abgenommen, als von links ein Schatten auf sie zukam. Reflexartig sprang Bree zur Seite und schirmte Tatty so von der Person ab, die sich ihnen dort näherte. Als sie erkannte, wer es war, wurde ihre Stimme zu einem aggressiven Knurren. »Wage es ja nicht, ihr zu nahe zu kommen.«

Hinter Blondie stand eine ältere Frau, die ihr so ähnlich sah, dass es ihre Mutter sein musste. Ihre Konkurrentin grinste und bleckte dabei ihre zu weißen Zähne. »Du hast die Aufgabe doch auch gehört, oder etwa nicht, Püppchen?« Sie verlagerte ihr Gewicht auf den hohen Schuhen, sodass sie einen sichereren Stand hatte. »Und deine Schwester knöpfe ich mir mit Freude zuerst vor.«

Blondie machte einen großen Schritt nach vorne und Bree keuchte erschrocken auf. Doch anstatt sich, wie sie befürchtet hatte, auf sie zu stürzen, griff ihre Konkurrentin nach einer der Rosen, die auch hier überall wuchsen, und riss den ganzen Stängel mitsamt Blüte vom Busch. Dabei hatte sie sich sicherlich selbst gestochen, doch es schien sie nicht zu kümmern. Denn nun hatte sie es auf Tatty abgesehen.

»Hol dir auch einen Stachel!«, kreischte ihre kleine Schwester in ihrem Rücken, und obwohl Brees angespannte Muskeln zitterten, weigerten sie sich, sich in Bewegung zu setzen und Tatty somit aus ihrer Deckung zu lassen.

Sollten sie wirklich wie Tiere aufeinander losgehen? Dass ging gegen alles, was Bree über die Unsterblichen und ihre perfektionierte Kontrolliertheit zu wissen glaubte. Sie hatten Kace und sie so sehr dafür getadelt, dass sie ihrem Impuls einfach nachgegeben hatten. Und jetzt solch eine Aufgabe?

Bree wirbelte herum, doch anstatt selbst zu den Büschen zu laufen, riss sie Tatty am Arm mit sich und floh vor ihrer Gegnerin. Ihre Schwester sträubte sich zunächst, doch Brees Griff war unnachgiebig und sie zerrte sie einfach mit sich. Bloß weg von den anderen beiden. Auf dem kleinen Platz liefen sie jedoch unweigerlich Lillith und dem Jungen in die Arme, der sich an sie klammerte und genauso auf sie einzureden schien, wie Tatty es gerade mit Bree getan hatte.

»Bree, was machst du? Hol dir auch einen Dorn!« Talluha brachte sie beinahe aus dem Gleichgewicht, als sie versuchte an einen Strauch neben sich zu kommen.

»Ich werde das nicht tun, Tatty!«, rief Bree und kam neben Lillith zum Stehen. Diese wirkte genauso zögerlich, wie sie selbst sich fühlte, und Bree war sich sicher, dass von den beiden zumindest für den Moment noch keine Gefahr ausging. »Ich kann sie doch nicht jagen wie Tiere und dann noch verletzen!«

Lillith sah sie an. »Das ist doch total absurd, oder?«, fragte sie aufgebracht.

Bree nickte nur und wurde dann von Tatty abgelenkt, die trotzig den Arm aus ihrem Griff riss.

»Du tust das für mich! Was ist da schon ein kleiner Kratzer?« Ihre Stimme kippte mitten im Satz und in ihren zusammengekniffenen Augen schimmerten Tränen. Ihr Verhalten kam Bree so fremd vor, dass sie ihre Schwester ungläubig anstarrte. Ging es um mehr als das, was sie ihr erzählt hatte? Hatten sie Talluha gesagt, dass Bree die Stadt verlassen musste, wenn sie es nicht schaffte? War sie deshalb so aufgelöst?

Doch auch der Junge an Lilliths Seite weinte durchgehend und ihre Konkurrentin sah genauso verzweifelt aus wie sie.

»Vorsicht!«, rief er plötzlich, und als Bree den Blick von Tatty abwandte, sah sie, dass nicht nur Blondie weiter auf sie zukam, sondern auch Vanea und der junge Mann sich näherten und nur noch wenige Schritte entfernt waren.

»Tu das nicht, Vanea«, sagte Bree flehend, doch noch während sie die Worte aussprach, wusste sie, dass es keinen Zweck hatte. Die wunderschöne Frau mit der dunklen Haut war ihr gegenüber immer fair gewesen. Aber sie hatte auch ehrlich gesagt, dass der Sieg für sie über allem stand.

So wie es für Bree auch sein müsste. Aber egal, wie sehr sie gewinnen musste, sie konnte dieses Kind, das sicherlich vor ihr weglaufen würde, nicht mit einem Dorn stechen.

Bree sah zu Lillith hinüber, die den Jungen hinter sich geschoben hatte, und traf eine Entscheidung. »Ich will dich nicht im Stich lassen, aber wir werden gleich rennen«, sagte sie zu ihr und verlagerte bereits ihr Gewicht, um auf den hohen Schuhen schnell starten zu können. »Wenn du das hier nicht mitmachen willst, solltest du das Gleiche tun. Sie haben euch fast umzingelt.«

Lillith sah sie mit zusammengezogenen Augenbrauen an und Bree konnte ihre Zerrissenheit sehr gut verstehen, doch sie konnte keine Rücksicht auf sie nehmen. Tatty hier rauszubekommen würde schon all ihre Aufmerksamkeit fordern.

»Komm«, murmelte sie leise, ohne die anderen aus den Augen zu lassen, und schloss ihre Finger wie einen Schraubstock um Talluhas Handgelenk. Sie rechnete damit, dass sie sich sträubte, doch sie musste dennoch mehr Kraft aufwenden, als sie gehofft hatte, um ihre Schwester von der Stelle zu bewegen. Mit unbeugsamem Willen stemmte sie ihre Absätze in den Kies und zerrte Tatty mit sich. Gemeinsam liefen sie nach links und bogen in einen weiteren Weg ein, der von dem kleinen Platz wegführte. Sie hatte keine Ahnung, wohin er führte, Hauptsache weg von hier.

»Bree, das sollen wir nicht machen. Du musst doch die Jahre für mich erkämpfen«, jammerte Tatty und ließ sich nur unwillig von ihr mitziehen.

Der Gedanke daran, ihre Schwester im Stich zu lassen, bohrte sich spitz in ihr Herz, doch sie rannte ihm genauso davon wie Blondie und Vanea. Ihr Bauchgefühl sagte ihr, dass sie ihrem Flehen nicht nachgeben sollte. Dass sie, obwohl Tatty sie so vehement zum Mitspielen zu bewegen versuchte, diese Prüfung verlieren würde, wenn sie sich darauf einließ. Bree konnte nur beten, dass sie damit richtig lag.

Ihr Blick schnellte umher und versuchte einen Ausweg zu finden, doch wo sie auch hinsah, waren nur Rosen. Überall Rosen. Was würde passieren, wenn Tatty sich selbst aus Versehen kratzte? Hatten sie dann auch verloren? Wie auch immer, dieser Ort hier war ein Minenfeld für sie.

Bree drehte sich im Laufen um und fiel dabei beinahe, weil ihr Absatz sich in ihrem Kleid verhedderte. Bisher kam niemand hinter ihnen her, wahrscheinlich griffen sie sich zuerst Lillith. Oder Vanea und Blondie versuchten sich gegenseitig zu kriegen – es sollte ihr recht sein. Doch lange konnte es nicht dauern, bis Tatty und Bree wieder zum Ziel wurden. Alle hatten gesehen, wohin sie gelaufen waren, und eine ganze Stunde war viel Zeit, um sie zu finden.

Bree wusste nicht, wie groß der Garten war, doch ihr war klar, dass er ihr einziger Schutz sein würde. Sie würde nicht versuchen, zurück zum Gewächshaus zu laufen oder einen anderen Ausgang zu finden, denn sie war sich sicher, dass sie nicht hinausgelassen werden würden.

Und auch niemand hinein. Diese Prüfung würde sie ohne

Adriens Hilfe bestreiten müssen.

Immer noch schleifte sie die wimmernde Tatty hinter sich her; ihre Füße schmerzten bereits vom Rennen in den hohen Schuhen. Wo zum Teufel sollte man sich hier verstecken? Der Garten war ein einziges Gewirr aus Ranken, Blüten und sauber angelegten Wegen. Außer dem Pavillon, an dem Talluha gewartet hatte, und ein paar vereinzelten Bänken war hier nichts.

Bree begann zu schwitzen, als sie sich vorstellte, wie Blondie und ihre Mutter ihnen bereits hinterherliefen.

Konnte Tatty ihr nicht wenigstens helfen, nach einer Lösung zu suchen? Sie konnten nicht die ganze Zeit rennen. Bree wurde langsamer. »Wir müssen uns irgendwie verstecken«, murmelte sie vor sich hin.

»Nein, nein, nein …!«, sagte Talluha vor sich hin.

Plötzlich wirbelte Bree herum. »Wieso ›nein‹? Erzähl mir, wieso, Tatty! Was haben sie dir gesagt?« Ihre Augen funkelten wütend. »Ich habe schon vier Prüfungen hinter mir, vertrau mir doch!«

Anstatt zu antworten, sah Tatty sie nur mit tränenverschwommenen Augen an und in diesem Moment wusste Bree, dass etwas nicht stimmte. Das hier war nicht ihre Schwester. Sie würde niemals so reagieren. Tatty weinte nicht einfach vor sich hin, Tatty würde ihr helfen und sie nicht bremsen. Sie war schon immer schlagfertig und mutig gewesen.

Bree schüttelte den Kopf und ihre Haare flogen ihr um die Schultern. Es war egal, wo sie sich versteckten, selbst wenn es eine Hütte war, genau dort würden die anderen sie suchen. Sie würden sich genauso auf dem Präsentierteller positionieren, wie wenn sie hier mitten auf dem Weg stehen blieben. Sie mussten diese Stunde an einem Ort hinter sich bringen, an dem niemand sie vermuten würden.

Ihr Blick schoss zur Seite, zu den dichten Rosenhecken. Sie waren der allerschlimmste Ort, wenn man davon ausging, dass Tatty die Dornen nicht berühren durfte. Und genau deshalb vermutlich ihre beste Option.

Bree riss sich ihren Mantel von den Schultern und wickelte sich den Stoff um den linken Unterarm. Das war vielleicht eine ganz dumme Idee, aber es war im Moment ihre einzige.

»Was machst du da?«, fragte Tatty.

»Wir verstecken uns dahinter«, gab Bree mit zusammengebissenen Zähnen zurück und ging mit ihrem umwickelten Arm auf die Hecke zu. »Man sieht, dass die Büsche ein gutes Stück von der Mauer entfernt gepflanzt sind. Dahinter muss etwas Platz sein, da findet uns bestimmt keiner.«

Kurz zögerte sie, weil sich ihr Kopf dagegen sträubte, mitten in die mit Dornen gespickten Äste zu greifen, doch dann biss sie die Zähne zusammen und drückte den geschützten Arm in die Hecke. Wenn sie einen Kratzer abbekam, wäre das nicht schlimm. Nur auf Tatty musste sie aufpassen. Vielleicht würden sie genau so die Prüfung gewinnen und als Letzte unversehrt bleiben – indem sie sich aus allem heraushielten.

»Bree, das ist eine ganz dumme Idee. Ich darf doch die Dornen nicht berühren.«

»Deshalb tue ich das ja für dich«, presste Bree konzentriert hervor und nutzte die gesamte Länge ihres Armes, um möglichst viele der Ranken nach links zu drücken, sodass eine kleine Schneise entstand. Und tatsächlich, da hinten war die Hecke zu Ende und sie konnte die Mauer sehen. »Komm jetzt, schnell, Tatty. Bleib ganz nah an mir dran, dann bekommst du nichts ab.«

Der erste spitze Stachel fand irgendwie einen Weg durch den Stoff und Bree verzog das Gesicht, als er sich in ihren Arm bohrte. »Mach schon, ich kann das nicht ewig so halten«, knurrte sie und versuchte nicht zu quieken, als es erneut pikste.

Tatty zögerte viel zu lange und sah sie nur mit ihrem vor Zorn und Tränen geröteten Gesicht an, doch dann setzte sie sich endlich in Bewegung und schob sich ganz nah an Bree vorbei durch den entstandenen Spalt. Obwohl sie selbst überzeugt davon war, dass es so klappen konnte, hielt Bree die Luft an, als ihre Schwester nur Zentimeter von den spitzen Stacheln auf der anderen Seite entfernt durch die Hecke kletterte. »Sei vorsichtig«, flüsterte sie angespannt.

»Wieso denn? Ich dachte, es ist dir sowieso egal, ob ich die Jahre bekomme. Sonst würden wir ja die anderen suchen«, maulte Talluha.

Bree wurde bei diesen Worten regelrecht übel, und das änderte sich auch nicht, als Tatty endlich an den Ranken vorbeigekrochen war und in den kleinen Hohlraum zwischen Hecke und Mauer trat. Bree hatte es so eilig, ihr zu folgen, dass sie die Hecke zu schnell losließ und ein besonders widerspenstiger Pflanzenarm nach vorne schnellte und sich unbarmherzig über ihre Wange zog. »Ahh«, stöhnte sie und beschleunigte ihren Schritt, sodass die Dornen weiter über ihr Gesicht schrammten. Als sie neben Tatty hockte und mit ihrem Finger über die schmerzende Stelle fuhr, fühlte sie ein wenig Blut, doch das war gerade ihre geringste Sorge.

»Bleib unten, damit du nicht aus Versehen an die Ranken über dir kommst.« Bree wischte ihren Finger achtlos am Mantel ab und presste sich den Stoff kurz an die Wange, bis sie das Gefühl hatte, dass es nicht mehr blutete. Je höher die Rosen wuchsen, desto wilder wucherten sie. Über ihren Köpfen befand sich ein Dach aus Ranken, weshalb sie in der Hocke bleiben mussten.

»Und jetzt?« Tatty sah sie mit aufgequollenem Gesicht an.

»Jetzt warten wir und machen ihnen so einen Strich durch die

Rechnung«, gab Bree zurück und zwang sich, nicht darauf einzugehen, wie komisch Talluha sich benahm. »Es kann nicht mehr allzu lange dauern, wenn die ganze Prüfung nur eine Stunde gehen soll.« Sie legte den Mantel vor sich auf den Boden. »Wenn du vorsichtig bist, kannst du dich ganz eng an der Mauer hinsetzen.«

Zuerst blieb Tatty in der Hocke, doch dann kam sie ihrem Vorschlag nach.

»Was ist los mit dir?«, murmelte Bree leise und behielt dabei ein Ohr immer nach draußen gerichtet. »Wieso bist du so versessen darauf, die anderen zu finden?«

»Weil das eben die Prüfung ist, und du lässt mich einfach hängen. Mum und Pa denken, du gibst hier oben alles, aber tatsächlich denkst du mehr an die anderen als an uns.«

Diese Worte versetzen Bree einen härteren Stich, als jeder Dorn es tun konnte. Nach all den Tränen, die sie in den letzten Tagen wegen ihrer Familie vergossen hatte, waren sie das Tüpfelchen auf dem i. Bree wollte gerade dem Zorn, der sich in ihr aufstaute, nachgeben und Tatty erklären, wie falsch sie damit lag, da fing ihre Schwester wie aus dem nichts an, das Gesicht zu verziehen und Tränen rannen ihr über die Wangen.

»Du lässt mich im Stich«, wimmerte sie und ihr schmaler Körper wurde von Schluchzern geschüttelt.

Brees Hände zitterten und ihre Füße schmerzten höllisch durch die hockende Position in diesen dummen Schuhen, doch als sie Tatty so vor sich sitzen sah, war sie plötzlich trotzdem erleichtert. Ihre Schwester benahm sich nicht nur komisch, das war nicht Talluha. Sie würde ihr niemals so ein schlechtes Gewissen machen, niemals. Niemals. Seit Tatty laufen konnte, konnte Bree an einer Hand abzählen, wie oft sie so geweint hatte. Sie war eine Kämpferin, sie war frech und direkt und niemals manipulativ.

Das hier war nicht Tatty. Das hier war ihre Prüfung. Dem Verlangen zu widerstehen, vermeintliche weitere Jahre für sie zu gewinnen und ihre Prinzipien zu verraten, obwohl ihre Schwester hier weinend vor ihr saß und sie anflehte.

Und sie hasste die Unsterblichen dafür.

Die nächsten Minuten waren eine Qual für Bree. Irgendwann ließ sie sich selbst auf die Knie fallen und rutschte, die Seite an die Wand gepresst, so nah an Tatty heran, dass sie sie in den Arm nehmen konnte. Dann schloss sie die Augen und hielt sie einfach fest, während ihr Kopf das Weinen auszublenden und nur nach draußen zu lauschen versuchte. Denn auch wenn das nicht die echte Talluha war, konnte sie nicht mit ansehen, wie sie litt oder gar von den anderen entdeckt und verfolgt wurde.

So verbrachten sie einige Zeit und Bree verfluchte Persephone dafür, dass sie diese Aufgabe gestellt hatte. Das weinende Mädchen in den Armen zu halten, das eins zu eins aussah wie Tatty, gab ihrer Psyche gerade den Rest. Am liebsten hätte Bree einfach mitgeweint.

Plötzlich hörte sie, wie sich zwei Stimmen näherten und hielt angespannt inne. War es vorbei?

»Sie müssen ja hier irgendwo sein.«

Das war der Mann. Also musste es Vanea sein. Immer noch besser als Blondie, aber Bree war sich sicher, dass auch sie versuchen würde, Tatty zu erwischen. Und wenn sie wirklich dachte, dass das der Sinn der Prüfung war, konnte sie es ihr auch irgendwie nicht verübeln.

Auch Tatty musste die anderen gehört haben, denn sie war in ihren Armen plötzlich ganz ruhig geworden. Als Bree zu ihr hinübersah, stand ihrer kleinen Schwester der Mund offen und sie sah mit großen Augen in die Richtung, aus der die Stimmen kamen. Ihrem Bauchgefühl folgend schoss Brees Hand nach vorne und legte sich über Tattys Mund.

Die trotzige Version ihrer Schwester funkelte sie böse an und bestätigte Bree darin, dass es die richtige Entscheidung gewesen war. Diese Jugendliche hier war da, um sie mit allen Mitteln dazu zu verleiten, einzuknicken und mit den anderen zu konkurrieren. Sie hätte mutwillig ihr Versteck verraten.

Als zwei dunkle Schemen hinter der Hecke entlangschlichen und sich dann langsam wieder entfernten, pochte Brees Herz so heftig, dass sie es an ihrem Hals spüren konnte.

Obwohl ihre Hand zitterte, löste sie sie nicht von Tattys Mund, ehe sie die knirschenden Schritte auf dem Kies nicht mehr hören konnte und auch die Stimmen sich in der Ferne verloren hatten. Sobald sie sie sinken ließ, stieß das Double ihrer Schwester ein trotziges Knurren aus.

»Sag einfach nichts«, murmelte Bree erschöpft und setzte sich ebenfalls hin, obwohl die Erde ihr Kleid ruinieren würde. »Wir warten hier, bis die Stunde um ist und sie uns holen kommen. Basta.«

Sie hatte absolut keine Kraft mehr, weiter mit der vermeintlichen Tatty zu diskutieren. Jedes ihrer Worte war wie ein Dolchstoß ins Herz und seit Bree wusste, dass nicht wirklich ihre Schwester neben ihr saß, wollte sie einfach nur, dass die Prüfung vorbei war und sie wieder verschwand. Bree konnte sich nicht einmal mehr dazu durchringen, sie wieder in den Arm zu nehmen. Es ging ihr nicht wirklich schlecht. Die echte Talluha war unter ihr in der Stadt und bekam von alledem hier nichts mit.

Bree zerrte sich ihre Schuhe von den Füßen und vergrub die Zehen in der Erde, nachdem sie ihre Beine fest an den Körper angezogen hatte. Sie durfte Tatty nicht ganz aus den Augen lassen, deshalb fixierte sie ihren Arm, ins Gesicht sehen musste sie ihr ja nicht. Sie würde sowieso ohne ihre Hilfe nicht aus der

Hecke herauskommen, wenn sie keine Dornen berühren wollte, denn die Lücke hatte sich wieder geschlossen, als ob sie nie da gewesen wäre.

Die Zeit floss so träge dahin, dass Bree am liebsten laut geschrien hätte vor Frustration. Irgendwann hatte sie sich so sehr in ihren eigenen Kopf zurückgezogen, dass sie heftig zusammenzuckte, als sie von draußen ihren Namen hörte.

»Bree?«

Ihr Blick schnellte nach oben und sie blinzelte mehrmals, als sie an die Stelle genau vor sich sah, an der gerade noch Tatty gesessen hatte. Sie war weg. Es war vorbei.

»Ja … ich bin hier«, murmelte sie perplex und versuchte auf die Füße zu kommen, ohne sich erneut zu verletzen.

»Rühr dich nicht, ich hole dich.« Das war Kace. Kace war hier und die Prüfung war vorbei.

Kurz legte sich ein Schleier der Erleichterung über Brees Sinne und die Erschöpfung lullte sie beinahe ein, doch dann wurde ihr klar, dass sie nicht sicher sein konnte, ob sie richtig gehandelt hatte. Vielleicht hatte sie mit ihrer Entscheidung alles kaputtgemacht.

Plötzlich brach Licht durch die Hecke und sie sah Kace' hellblonden Haarschopf zwischen den Ranken hervorblitzen. Er drückte die Hecke einfach so beiseite, ohne mit der Wimper zu zucken.

»Dein Arm«, sagte Bree erschrocken und sah an die Stelle, wo die Dornen sich durch seine Kleidung und Haut bohren müssten. Doch da war kein Blut, stattdessen konnte sie nur einen schwachen, goldenen Schimmer erkennen.

»Mach dir keine Sorgen, ich benutze Magie«, antwortete Kace und drückte die Hecke noch ein wenig mehr zur Seite. »Willst du herauskommen?« Er lächelte und Bree wurde etwas leichter ums

Herz. Vielleicht war doch alles gut. Er wäre sicherlich wütend, wenn es falsch gewesen wäre, den Doppelgänger so zu ignorieren.

Sobald sie nah genug an ihm dran war, streckte Kace seine freie Hand aus und zog sie beinahe aus der Hecke. Als Brees Füße die Kiesel berührten, bemerkte sie, dass sie immer noch keine Schuhe trug und ihr Kleid sicherlich komplett schmutzig von der Erde war. Aber sie würde auch nicht wie aus dem Ei gepellt aussehen, wenn sie die anderen gejagt hätte. Fahrig wischte sie sich mit der Hand über die Wange, auf der sich das Blut des Kratzers mit einer Träne vermischt hatte. Obwohl die Zeit in ihrem Versteck mit Tatty furchtbar gewesen war, schmerzte das Gefühl, dass ihre Schwester wieder weg war. Das fühlte sich realer an als alles andere an der Prüfung.

Als Kace' Hand sich auf ihre Hüfte legte und er sie sanft den Weg entlangführte, lief Bree ein Schauer über den Rücken und sie konnte nicht anders, als sein glattes Gesicht zu mustern, in das Strähnen des beinahe weißen Haares fielen. Doch obwohl er sie berührte, sah er nur nach vorne. Seine Miene gab nichts preis.

»Wie ist es ausgegangen?«, flüsterte Bree und verzog die Lippen, als sich ein spitzer Stein in ihre Fußsohle bohrte.

»Meine Mutter wird gleich zu euch sprechen«, sagte er nur und drückte seine Finger etwas fester in ihre Seite, wie um ihr ein Zeichen zu geben.

Bree schluckte und versuchte zu genießen, dass sie ihm kurz so nahe sein durfte, doch ihr Herz raste vor Angst. Gleichzeitig waren ihre Glieder so schwer, dass sie sich nur noch hinlegen und zusammenrollen wollte. Was, wenn sie trotz allem die Chance verpasst hatte, einige Jahre für Tatty zu erkämpfen? Wie könnte sie sich das jemals verzeihen?

Als sie wieder an dem Platz ankamen, an dem die vermeintlichen Familienmitglieder gewartet hatten, und Bree Persephone sah, traten ihr sofort Tränen in die Augen. Auf der Bank dort hatte Tatty gesessen und sie hatte sich für eine Sekunde so sehr gefreut, sie zu sehen.

Auch die anderen Mädchen standen genau wie sie nun wieder alleine dort. Lillith hatte einen langen Kratzer am Arm und Blondies Frisur war total zerstört.

»Wo zur Hölle bist du gewesen?«, zischte sie misstrauisch und der Blick ihrer kalten blauen Augen huschte zwischen ihr und Kace hin und her. Als ob er ihr irgendwie geholfen hätte.

Bree war zu erledigt, um auf ihren bissigen Tonfall einzugehen; außerdem stand Persephone neben ihr. »Wir haben uns hinter den Rosenhecken versteckt«, sagte sie flach und wandte ihren Blick dann direkt Kace' Mutter zu. Kace ließ ihren Arm los und Bree fühlte sich, als ob jeder noch so kleine Windstoß sie mit sich davontragen könnte.

»Die Stunde ist um, meine Lieben.« Persephone lächelte sie der Reihe nach an, doch Bree hatte das Gefühl, dass ihre Lippen genauso wenig echte Freude rüberbringen konnten wie ihre eigenen. »Das hier war eine besondere Prüfung, die zum ersten Mal beweisen sollte, dass ihr versteht, was das Leben hier oben wirklich bedeuten wird.« Sie sah ihren Sohn an und nun wurden ihre Züge weicher. »Wir werden eure neue Familie sein. Wenn die Zeit gekommen und das menschliche Leben vorbei ist, werdet ihr euch von eurem eigenen Blut verabschieden müssen.« Sie machte eine dramatische Pause und faltete die Hände vor dem Körper zusammen. »Dafür gibt es keine Ausnahmen. Egal was passiert, die Lebenszeit eurer Familienmitglieder wird nicht verlängert. Wenn sie gehen, dann gehen sie und eure Unsterblichkeit wird erst richtig beginnen. Jede, die heute dachte, wirklich Jahre für sie erkaufen zu können, war töricht.«

Bree spürte Kace' Blick auf sich und das war der einzige

Grund, weshalb sie nicht vor Erleichterung stöhnend in die Knie ging. Sie hatte recht gehabt! Die Unsterblichen hatten sie nur verleiten wollen. Zwar war sie sich sicher gewesen, dass sie die Gewalt ablehnten, die die vermeintliche Prüfung gefordert hätte, doch nachdem sie Persephones Worte gehört hatte, verstand sie es erst wirklich. Sie würden ihre neue Familie werden und wollten sie bereits jetzt darauf vorbereiten, sich in absehbarer Zeit von ihren Verwandten verabschieden zu müssen.

»Die Menschen, die euch hier begegnet sind, waren Illusionen. Die Blumen im Gewächshaus werden mit unserer Magie versetzt und ihr Duft kann von uns gesteuerte Halluzinationen hervorrufen. Wir nutzen sie normalerweise zum Vergnügen, doch heute waren sie auf andere Weise sehr hilfreich.«

Persephone nickte ihrem Sohn zu und Kace ging zu ihr hinüber. Wenn sie nebeneinanderstanden, sahen sie sich so ähnlich, dass es schon beinahe gruselig war. »Eure Handlungen waren sehr unterschiedlich und ich werde mich zurückziehen, um sie zu bewerten. Ihr erfahrt in wenigen Stunden, welche zwei Mädchen in der letzten Prüfung um meinen Sohn kämpfen. Eure Diener bringen euch zurück auf eure Zimmer und geben euch etwas, um die Kratzer zu versorgen. Einige sehen ja wirklich schlimm aus.« Ihre Augen fuhren über Brees Wange, woraufhin sie leicht zusammenzuckte.

Als Kace und seine Mutter durch den Garten verschwanden, schrie alles in ihr danach, Adrien zu sehen und sich von ihm fortbringen zu lassen. Egal wie sehr sie sich wünschte, hier oben zu leben, der Rosengarten würde für sie immer ein furchtbarer Ort bleiben. Das wusste sie jetzt schon.

Kapitel 16

»Du weißt, dass sie nicht echt war, oder?«

Adrien klang besorgt, als er Bree die Zimmertür öffnete und zur Seite trat, damit sie an ihm vorbeigehen konnte.

Kurz musste sie innehalten, weil sie von der pompösen Einrichtung, die nur aus Schnörkeln und Gold zu bestehen schien, beinahe erschlagen wurde, doch ihr Kopf war zu müde, um sich weiter damit zu beschäftigen, wie es hier aussah. Sie würde sowieso nur eine Nacht in diesem Zimmer verbringen – Hauptsache, es gab eine große Bettdecke, unter der sie sich verstecken konnte, um die Welt um sich herum verschwinden zu lassen.

»Ja, weiß ich«, murmelte sie und ging weiter in den Raum hinein, ohne Adrien weiter zu beachten. Sie war so furchtbar müde, und obwohl sie nichts lieber wollte, als ihren Kopf an seiner Brust zu vergraben, sträubte sich etwas in ihr dagegen. Es war immer das Gleiche. Sie war komplett am Ende und er musste sich um sie kümmern. Wollte sie, dass er sie so in Erinnerung behielt, falls sie die letzte Prüfung nicht schaffte und doch gehen musste?

Bree ging zum Balkon und riss die Türen so ruckartig auf, dass der Wind ungestüm ins Zimmer sprang und die bodenlangen Vorhänge, die mehr funkelten als der Sternenhimmel selbst, mit sich riss.

Adrien folgte ihr und stellte sich so nah hinter sie, dass sie seinen warmen Atem an ihrem Nacken spüren konnte. Kurz schwiegen sie beide und sahen aus dem Fenster hinaus, doch als er seine Arme um ihre Taille schlang und ihr einen Kuss auf die Halsbeuge hauchte, zuckte Bree zusammen.

»Du kannst mit mir reden. Das weißt du, oder?«, flüsterte er an ihrem Ohr. »Es ist doch alles gut gegangen. Du hast genau das gemacht, was sie von dir wollten.«

»Habe ich das?« Bree drehte sich so schnell um, dass er einen Schritt zurückweichen musste, um nicht ihren Ellenbogen in den Bauch zu bekommen. »Ist das hier das, was sie wollen? Ich glaube, wenn sie uns sehen würden, könnte ich mir für immer abschminken, mit Tatty und meiner Familie zu leben.«

Adriens Miene verfinsterte sich und er verschränkte schützend die Arme vor der Brust. »Mach dir keine Sorgen, sie werden uns hier nicht erwischen.« Er seufzte und machte einen Schritt zur Seite, sodass er sich nach hinten auf das hohe Bett fallen lassen konnte. »Kace und seine Familie warten im Pavillon darauf, dass wir Diener zurückkommen und ihnen Bericht erstatten.«

»Bericht erstatten? Worüber?« Bree konnte nicht verhindern, dass ihre Stimme anklagend klang. Aus dem Augenwinkel sah sie sich selbst in dem riesigen Spiegel, der neben ihr an der Wand lehnte. Ihr Kleid war von hinten verfärbt und ihr Gesicht sah furchtbar aus. Sie nutzte die Chance und floh aus der Situation, indem sie ins angrenzende Bad verschwand und an dem bereits getrockneten Blut auf ihrer Wange herumzuwischen begann. Sie berührte den Schnitt und verzog kurz den Mund, doch dann fuhr sie unbeirrt fort.

Adriens Stimme drang trotz des laufenden Wassers beinahe so laut zu ihr, als ob er neben ihr stehen würde, und das, obwohl sie lieber nicht gehört hätte, was er sagte.

»Genau genommen ist die Prüfung noch nicht ganz vorbei, weil wir beurteilen sollen, in welcher Verfassung ihr jetzt seid.«

Brees Hand hielt mitten in der Bewegung inne. »Bitte was?« Sie schlug beinahe auf den Wasserhahn, damit er sich wieder schloss, und lief dann zurück ins Schlafzimmer.

»Wir sollen beobachten, wie ihr das Zusammentreffen mit euren Familien und auch Persephones Aussage über deren Lebensspanne verkraftet.« Adrien seufzte. Er lag mittlerweile auf dem Rücken auf dem riesigen Himmelbett und starrte an den Baldachin über sich. »Aber das sorgt wenigstens dafür, dass ich einen Moment hierbleiben kann, ohne dass jemand misstrauisch wird.«

»Ist das schon passiert? Wurde jemand misstrauisch?« Vor lauter unterdrückter Emotionen begann Brees ganzer Körper zu zittern und sie musste sich mit einer Hand am Türrahmen festhalten.

»Nein, mach dir keine Sorgen.« Adrien blies die Luft aus seinen Wangen und setzte sich wieder auf. »Was denkst du, soll ich ihnen sagen? Dass du mitgenommen bist, aber dir im Klaren darüber, dass es nicht real war?«

Dass sie am liebsten das ganze Zimmer zusammenschreien würde, wenn sie nur an den Gesichtsausdruck des Tatty-Doubles dachte? Das vielleicht?

Als Bree nicht sofort antwortete, stand Adrien auf und kam zu ihr herüber. »Kannst du bitte mit mir sprechen? Das hier macht mich grade wahnsinnig.«

»Ach, dich macht es wahnsinnig?« Wie aufs Kommando schossen Bree Tränen in die Augen. Sein besorgter Blick ließ ihre Emotionen nur noch mehr überkochen. »Und was ist mit dir? Wieso drehen wir den Spieß nicht um? Wieso sagst du mir nicht, was heute los war?«

Bree wusste, dass sie mit diesem Konter vor ihren eigenen Gefühlen davonlief und sich davor drückte, über die Prüfung zu sprechen. Doch auch die Angst, dass Adrien wegen ihr Probleme bekam, bohrte sich in ihr Herz wie die Dornen zuvor in ihre Haut.

Kurz blinzelte er überrascht, doch dann strich er sich mit einem Seufzen eine Locke aus der Stirn, was sie in ihrer Vermutung bestätigte. »Was genau meinst du?«

»Du warst nicht da, um mich abzuholen, und als Ery am anderen Ende des Strahls auf mich gewartet hat, hat er mich angesehen, als ob er mich am liebsten erwürgen würde.« Bree setzte sich aufs Bett, weil sie ihren wackeligen Beinen nicht mehr vertraute. Daran, dass sie immer noch ihr schmutziges Kleid trug und sicherlich Flecken auf der blütenweißen Bettwäsche hinterlassen würde, dachte sie gar nicht.

»Ach, Ery, der ist immer …«, setzte Adrien an und sah wieder aus dem Fenster, doch Bree unterbrach ihn.

»Hör auf damit!«, rief sie aufgebracht. Sie wartete so lange, bis er sie wieder ansah. »Du bist immer für mich da und willst wissen, wie es mir geht, aber selbst kehrst du alles unter den Teppich. Obwohl ich sogar mit dafür verantwortlich bin! Wenn du mir genauso vertraust wie ich dir, dann erzähl mir, was los ist. Ich würde dich nicht fragen, wenn ich mit der Antwort nicht zurechtkommen würde.«

In Adriens Gesicht spiegelten sich für einen Moment so viele Emotionen, dass Bree nicht einschätzen konnte, was ihr Ausbruch wirklich in ihm auslöste. Doch dann schluckte er nur und wandte sich ihr wieder ganz zu. »Tut mir leid.« Er zuckte mit den Schultern. »Ich schätze, ich bin das nicht gewöhnt. Ich kann nur mit Ery wirklich offen sprechen und der hat meist zu viele eigene

Sorgen, um ihn auch noch mit meinen Problemen zu belasten.«

Bree sah ihn auffordernd an, um ihn dazu zu bringen, weiterzureden.

Adrien wiegte frustriert seinen Kopf hin und her und kratzte sich an dem Bartansatz, der sich in den letzten Tagen an seinem Kinn gebildet hatte. »Seit der Tanzprüfung scheint Kace mich auf dem Kieker zu haben. Und scheinbar hat jemand gepetzt, dass du gestern draußen warst, und sie wollten wissen, ob ich etwas damit zu tun hatte. Deshalb haben sie mich zu sich holen lassen.«

Bree wurde schlagartig eiskalt und sie konnte nicht anders, als vom Bett aufzuspringen. »Und das nennst du *nichts*?«, rief sie aufgebracht.

»Ja, weil Ery mich gedeckt hat, also werden sie keinen Verdacht schöpfen. Er hat gesagt, ich sei bei ihm gewesen, und sie haben ihm sofort geglaubt, weil er sie eigentlich niemals anlügen würde. Dafür ist sein Status viel zu fragil.«

Deshalb hatte er sie so angesehen ... Und sie konnte es ihm nicht verübeln. Ihr Auftauchen hier hatte das Potenzial, das Leben der beiden Brüder komplett aus der Bahn zu werfen.

»Du musst mir so etwas sagen, damit ich auch vorsichtig sein kann«, sagte Bree und fuhr sich mit den Händen durch die Haare. »Ich hätte dich beinahe schon da draußen gefragt, was los war, weil ich mir solche Sorgen gemacht habe.«

Adrien stand auf und verringerte die Distanz zwischen ihnen mit zwei großen Schritten. Als er ihr Gesicht in beide Hände nahm und sanft ihre Stirn küsste, wurde sie von der Intensität der Gefühle, die sie bereits für ihn hatte, überwältigt. »Du musst dir um gar nichts Sorgen machen, Bree. Ich habe das im Griff. Ich bin schon so lange hier oben, ich kenne sie.«

Dem Impuls nachgebend hob Bree den Kopf, sodass sich ihre Lippen berührten. Sie strich sanft mit dem Mund über die weiche

Haut, ohne Adrien ganz das zu geben, was er eindeutig wollte, und ihr ganzer Körper kribbelte vor Aufregung, als seine Atmung schneller wurde.

Viel ungezügelter als letztes Mal schob sich seine Hand in ihren Nacken und zog sie noch näher zu sich heran. Einen Wimpernschlag später saß sie wieder auf der Bettkannte und spürte seine Knie neben sich. Er lehnte sich zu ihr und sie konnte nicht anders, als in seinem Kuss zu versinken. Als wäre er ihr letzter Halt auf dieser Welt, klammerte sie sich an seinen Rücken, drückte sich ihm entgegen und schmeckte seine Lippen auf ihren. Eine seiner Locken fiel ihm aus der Stirn und kitzelte ihre Wange. Sie musste lachen und war von dem Gefühl überwältigt, weil es sich nach den letzten Tagen beinahe fremd anfühlte.

Auch Adrien lachte und das Geräusch erwärmte ihr Herz. So sollte es sein. So leicht.

Er hob ein Bein über ihren Körper und setzte sich neben sie, nur um Bree gleich darauf auf seinen Schoß zu ziehen. Sobald sie seine Wärme um sich herum spürte, entspannten sich ihre Muskeln und sie drückte sich eng an ihn. Er war menschlich, unperfekt, und sie liebte alles daran.

Bree konnte kaum anders, als sein Gesicht wieder zu sich zu ziehen und ihre Lippen auf seine zu legen. Adriens Mund öffnete sich für sie und sie küssten sich, um alles andere um sie herum zu vergessen. Ohne nachzudenken, ließ sie ihre Hand tiefer gleiten, und als er hörbar ausatmete, lief ihr ein Kribbeln über den ganzen Körper.

Ohne es getan zu haben, wusste sie, wie es sich mit Adrien anfühlen würde. Er würde es schaffen, dass sie sich wohl und nicht alleine fühlte und sich komplett fallen lassen konnte. Er würde den Blick nie von ihr abwenden und ihr trotz aller Spannung zwischen ihnen immer wieder ein Lachen entlocken. Plötzlich war alles, was sie gerade wollte, diesen Moment mit ihm zu teilen und ihn zu spüren.

Bree versank so tief in dieser Vorstellung, dass sie zu spät bemerkte, wie ihre gemeinsamen Bewegungen und der Riss in ihrem Kleid dafür gesorgt hatten, dass der Stoff über ihr Bein gerutscht war. Erst als sich Adriens Hand der Stelle näherte, die niemals jemand sehen, geschweige denn berühren durfte, wurde ihr ihr Fehler gewahr. Irgendwo ganz tief drinnen war ihr bewusst, wie paradox ihre Angst nach den Gedanken von vorher war, doch sie konnte nicht anders und sog zischend die Luft ein. In ihrer Traumvorstellung gab es ihren Schandfleck nicht.

»Was ist los?« Adrien hielt sofort inne und sah sie verwirrt an.

Hektisch zerrte Bree an dem Rock ihres Kleides, doch er war unter ihren Beinen eingeklemmt und ließ sich kaum bewegen. Sofort wollte sie aufstehen, um ihn freizubekommen, doch da packte Adrien ihr Handgelenk und sein Griff um ihre Hüfte verstärkte sich.

Bree sah ihn verzweifelt an, als er nicht nachgab und stattdessen ganz vorsichtig den Stoff noch ein wenig weiter zur Seite schob. Ihr wurde eiskalt, als der furchtbare Fleck in seiner Gänze zu sehen war. Sie wusste nicht, wann sie sich das letzte Mal so nackt gefühlt hatte. Gequält schloss Bree die Augen und wartete nur darauf, dass er ihren Makel wieder verdeckte.

Doch sie spürte nichts an ihrem Bein außer der kühlen Luft des Zimmers auf ihrer erhitzten Haut.

»Das ist es? Das ist der Grund, wieso du solche Angst vor der dritten Prüfung hattest und mich um Make-up angebettelt hast?«

Bree biss sich so sehr auf die Wange, dass sie Blut schmeckte. Wenn er sie jetzt von sich stoßen würde, würde sie das nicht ertragen. Er war alles, was ihr hier oben Halt gab. Wenn das Schicksal ihr jetzt auch noch ihre letzte Stütze nahm …

Sie spürte Adriens Finger an ihrer Wange, und erst als er die Tränen davonstrich, realisierte sie, dass sie da waren. Er küsste Bree so vorsichtig und zärtlich, dass sie gleich wirklich anfangen würde zu heulen. »Ich dachte, ich muss es heute unter dem langen Kleid nicht abdecken«, presste sie zwischen zusammengebissenen Zähnen hervor, nachdem sich wieder von ihm lösen musste.

»Es macht dich nur noch schöner, Bree.«

»Pff«, schnaubte sie und die Lüge tat fast mehr weh, als wenn er die Wahrheit gesagt hätte. »Wenn du denkst, das glaube ich dir …«

»Entschuldige, ich korrigiere mich. Er macht dich noch schöner für mich.« Adrien küsste ihren Nacken und sie hörte das Lächeln in seinem Tonfall. »Die perfekte Bree ist mir nicht geheuer und ich freue mich über jede Macke, die ich an dir finde.«

Sie konnte sein Lächeln trotz dieser Worte nicht erwidern. »Tut mir leid, wenn ich deine Begeisterung über den Schandfleck nicht teilen kann. Er verfolgt mich schon mein Leben lang und die anderen Kinder fanden ihn immer abstoßend.«

»Und wo sind die anderen Kinder jetzt? Sitzen sie in meinen Armen und sind für mich das Schönste auf der Welt?« Er drückte sie noch fester an sich und fragte ironisch: »Was will man denn mehr?«

Unwillkürlich musste Bree auflachen und verschluckte sich beinahe an dem Kloß in ihrem Hals. »Wie kann man nur so ein Selbstbewusstsein haben?«

Adrien zuckte mit den Schultern und grinste sie an. Er hatte es tatsächlich geschafft, sie in einem Moment, den sie in ihren Albträumen durchlebte, zum Lachen zu bringen. Sie kuschelte sich fester an ihn und atmete seinen Geruch ein.

Gedankenverloren malte Bree Kreise auf den Stoff seines weißen Hemdes und schwieg eine Weile, bevor sie sagte: »So funktioniert es trotzdem nicht.«

Adrien neigte verwirrt den Kopf zu ihr herunter. »Was funktioniert nicht? Das fühlt sich gerade sehr gut an.« Er knabberte spielerisch an ihrem Ohr, sodass sie sich von ihm wegwinden musste.

»Hör auf«, sagte Bree lachend, wurde dann jedoch sofort wieder ernster. »Ich meine es so. Du rettest mich durch die Prüfungen, trocknest meine Tränen und bringst mich zum Lachen, aber ich will, dass ich das Gleiche für dich sein kann. Dass du mir genauso viel erzählst wie ich dir. Auch was Ery angeht. Ich will, dass wir füreinander da sind und nicht nur du für mich.«

»Wenn das hier durch ist, erzähle ich dir die ganze Scheiße, die wir schon seit Jahren durchmachen, versprochen.« Er wurde wieder ironisch, doch sie konnte hören, dass das Thema für ihn nicht so leicht war, wie er sie glauben machen wollte. »Ich bin es nur nicht gewöhnt, mit jemandem darüber zu reden. Niemand darf erfahren, wie ich ihm helfe, sonst hätte er ein noch größeres Problem als vorher.«

»Was ist mit deinen Eltern?«, fragte Bree leise.

Seine Hand hörte auf ihr Bein zu streicheln und er legte seinen Kopf auf ihre Schulter. »Es sind nur wir beide. Sie haben schon nicht mehr gelebt, als wir hier hochgekommen sind. Deshalb hat er das heute auch für mich getan. Wir haben nur uns, und obwohl er oft ruppig zu mir ist, weil ich mich weigere, die Unsterblichen wie Götter zu behandeln, halten wir zusammen.«

Bree kuschelte sich enger an ihn, als sie spürte, wie seine Stimme zittriger wurde.

»Ery hat mich quasi aufgezogen und im Wettbewerb die Chance gesehen, uns ein besseres Leben zu ermöglichen.« Er lehnte sich zurück und lächelte traurig. »Und jetzt schau, was daraus geworden ist. Er ist abhängig von Pillen, hat Angst vor seiner neuen Familie und ich bin ihr Diener. Jackpot, würde ich sagen.«

Doch Bree schüttelte nur den Kopf. »Das tut mir so leid, Adrien.« In Gedanken versprach sie ihm und auch sich selbst erneut, dass sie alles in ihrer Macht Stehende für die beiden tun würde, wenn sie erst eine Unsterbliche wäre. Doch was das für sie beide bedeuten würde, das konnte sie gerade nicht aussprechen, nicht einmal denken.

Aber es war immer noch besser, als ihn für immer zu verlieren, oder? Was, wenn die Tatsache, ihn jeden Tag sehen zu können, aber es nicht zu dürfen, sie zerstören würde?

»Das weiß ich.« Er vergrub seinen Kopf wieder in ihrer Schulter, als ob er genauso wie sie alle anderen Gedanken ignorierte, die sich in seinem Kopf formten.

Plötzlich hörten sie Stimmen draußen auf dem Flur und Adrien zuckte zusammen. »O Mist, ich muss gehen«, sagte er eilig und schob sie sanft von seinem Schoß. »Das sind die anderen Diener. Wir müssen los und Bericht erstatten.«

Bree sah dabei zu, wie er hastig sein Hemd glatt strich und seine Hose abklopfte, auf der etwas getrocknete Erde von ihrem Kleid gelandet war. »Keine Sorge, du hast dich ganz vorbildlich verhalten. Das kann ich ihnen versichern«, sagte er und lächelte ihr gewohnt verschmitzt zu.

»Sei vorsichtig«, flüsterte Bree und sah ihm hinterher, als er schnell zur Tür hinausschlüpfte.

Nachdem Adrien gegangen war, stellte Bree sich sofort unter den warmen Strahl der Dusche und versuchte sich die Erinnerung an die Prüfung abzuwaschen wie das Blut von ihrer Wange und die Erde von ihren Füßen. Mit mäßigem Erfolg. Denn als sie danach erschöpft auf dem Bett eindöste, driftete sie in eine Traumwelt ab, in der Tatty alt und runzelig war und sie mit den genau gleichen tränenerfüllten Augen anflehte, sie noch nicht gehen zu lassen.

Bree erwachte vor Schreck und Kälte zitternd. Wenn Persephone das mit der Prüfung hatte erreichen wollen, war sie mehr als erfolgreich gewesen. Ihre Glieder waren so schwer, als ob sie tagelang nicht geschlafen hätte. Erschöpft schlurfte sie zurück ins Bad. Nachdem sie ihre immer noch klammen Haare in ein flauschiges Handtuch gewickelt hatte, war ihr zwar äußerlich weniger kalt, doch ihr Inneres fröstelte immer noch. Es fühlte sich an, als ob sie sich schütteln müsste, doch sie konnte das Gefühl nicht loswerden.

Wahrscheinlich würde es erst wieder verschwinden, wenn nicht mehr ihr ganzes Leben in der Schwebe hing.

Bree war sich sicher, kaum geschlafen zu haben, doch eine Stunde war sicherlich bereits vergangen und es hatte ihr immer noch niemand gesagt, ob sie die Prüfung bestanden hatte oder nicht. Persephones Belehrung nach zu urteilen hatte sie wohl eindeutig richtiger gehandelt als Vanea und Blondie, doch vielleicht hatte sie sich zu feige hinter der Hecke versteckt und hätte die anderen von ihrer Ansicht überzeugen sollen. Oder ihnen hatte irgendetwas anderes nicht gefallen, was ihr nun zum Verhängnis werden würde …

Bree schnaubte zynisch und entschied, dass frische Luft nötig war. Weil nach draußen gehen und laufen in ihrer Lage wohl keine gute Idee wäre, gab sie sich mit dem Balkon zufrieden. Sie zurrte sich den Gürtel des Bademantels fester um den Bauch und trat barfuß nach draußen. Der weiße Marmor fühlte sich kalt an unter ihren Füßen, ebenso wie das goldene Metall des Geländers, um das sie ihre Finger schloss.

Niemand konnte abstreiten, dass die letzte und auch größte

Insel der sechs die beeindruckendste war. Vermutlich lebten auch deshalb hier die Unsterblichen, und Menschen durften nur als Diener oder in anderen wichtigen Aufgaben anwesend sein. Das letzte Mal, als sie hier gewesen war, hatte sie nur das Schloss gesehen, das sich auch jetzt in der Dämmerung wie ein Riese über sein Reich erhob und sofort Brees Blick auf sich zog. Seine weißen Mauern und Wände schossen so hoch in die Luft, dass sie die Wolken küssen könnten, und drumherum rankten die Rosen aus dem riesigen Garten, den sie bereits kennengelernt hatte. Dort unten war es ihr nicht so bewusst gewesen, doch von hier aus konnte man sehen, dass die Pflanzen an den Außenmauern des Schlosses hinaufwuchsen und es mit Blüten umrahmten.

Doch der rosafarbene Himmel warf auch sein Abendlicht auf die ganzen anderen Häuser, die in perfekter Ordnung über die Insel verteilt waren. An jedes von ihnen grenzte ein riesiges eigenes Grundstück an. Sie waren weit genug voneinander entfernt, um sich nicht in die Quere zu kommen, aber so fest in ihrem Muster verankert, dass sie doch ganz eindeutig zusammengehörten.

Unwillkürlich fragte Bree sich, welches Haus Persephone und Tarquin für Kace und seine Zukünftige ausgesucht hatten. Ihren eigenen Namen an diese Stelle zu setzen, war ihr gerade noch nicht möglich.

Wenn sie es sich aussuchen könnte, würde sie wohl das dort hinten nehmen, das von einem Waldstück eingegrenzt wurde. Dass es sie anzog, weil es nah an der Brücke zur vorigen Insel der Menschen war und somit auch nahe an Adrien, darüber wollte sie lieber nicht nachdenken.

Bree würde ihre Gefühle für ihn niemals ganz unterdrücken können. Niemals. Und wenn das jemand herausfand, würde sie in den Augen der Unsterblichen eine noch viel größere Enttäuschung darstellen, als Ery es jemals sein könnte. Sie sollte Kace lieben und nur Kace.

Würde sie genau wie Ery ein Schatten im zu hellen Licht dieser Familie werden, weil es sie zerriss, dass sie Adrien nicht sehen durfte? Würde er versuchen, trotzdem zu ihr zu gelangen, obwohl er sich damit in Gefahr brachte? Ihr Griff um das Geländer wurde so fest, dass ihre Arme zitterten und ihre Fingerknöchel weiß hervortraten.

Wahrscheinlich wäre es besser, sie würde nicht gewinnen. Adrien würde sie sicherlich in nicht allzu ferner Zukunft vergessen. Verdammt, sie kannten sich schließlich erst eine Woche. Wieso bildete sie sich ein, dass sie ihm so viel bedeutete? Doch während sie dort stand und auf die Insel hinuntersah, wusste sie, dass sie nicht mit Absicht verlieren konnte. Dass ihr dummes Herz zu selbstsüchtig war, um ihn und alle, die sie liebte, zurückzulassen.

Plötzlich hörte sie unter sich Geräusche und kurz schoss ihr Puls freudig in die Höhe, weil sie dachte, dass die Diener wiederkommen würden, um ihnen die Entscheidung mitzuteilen. Stattdessen öffnete Bree überrascht den Mund, als sie sah, dass aus der Tür des Gebäudes, in dem sie sich befand, Persephone, Evianna und eine kleine Gruppe Unsterblicher traten, die sie nicht kannte. Kurz dahinter folgten Vanea und Blondie.

Gerade als ihr langsamer Kopf noch zu verstehen versuchte, was das zu bedeuten hatte, breiteten Kace' Schwester und die Fremden ihre Arme vor dem Körper aus. Das goldene Licht schoss aus ihren Fingerspitzen und vereinte sich mit der Magie der anderen zu einer breiten Säule. Persephone sagte etwas, das Bree von hier oben nicht verstehen konnte, und Vanea setzte sich in einer Art, die man nur als trotzig bezeichnen konnte, in Bewegung. Eine Sekunde später hatte das Licht sie verschluckt.

Bree konnte nicht abstreiten, dass es ihr Genugtuung verschaffte, Blondie direkt hinter Vanea in den Strahl treten zu sehen. Sie war eine der schlimmsten Personen, die sie jemals kennengelernt hatte, und die Tatsache, dass sie gehen musste, gab ihr etwas von dem Glauben an diese Welt hier oben zurück, von dem sie zu Beginn noch so voll gewesen war.

Als die beiden verschwunden waren, flackerte der Strahl kurz und erlosch dann vollends. Evianna schüttelte ihre Hände aus, als ob sie schmerzen würden, und ihre Mutter nickte allen Unsterblichen der kleinen Gruppe zu. Dann drehten sie sich um und gingen, ohne dem Haus einen weiteren Blick zuzuwerfen.

Zwei der letzten vier Kandidatinnen waren nach Hause geschickt worden und Kace war nicht einmal da gewesen, um sie zu verabschieden.

In der Ferne grollte Donner und nur wenige Minuten später wurde die Insel in einen derart heftigen Regen gehüllt, dass die Tropfen wie kleine Steine gegen die Fensterscheibe von Brees Zimmer prallten.

Kapitel 17

Ihre bleierne Erschöpfung stellte sich als Segen heraus. Sie zog Bree in die Umarmung eines so tiefen Schlafes, dass sie sich am nächsten Morgen regelrecht davon freistrampeln musste, als ein Geräusch in ihren Traum drang, das sich zu echt anhörte.

Es klopfte an der Tür.

Bree blinzelte verwirrt und warf eilig die Bettdecke von sich. Kurz keimte das Bedürfnis in ihr auf, noch schnell ins Bad zu huschen, doch die Unsterblichen kamen nicht hierher, also konnte es nur Adrien sein. Und ihn würde es nicht stören, wenn sie verschlafen aussah. Er hatte sie schon komplett verheult gesehen, das war wohl kaum zu toppen.

Bree öffnete und starrte blinzelnd in zwei fremde Gesichter. Wieso war Adrien schon wieder nicht hier?

Doch dann sah sie, dass die zwei eindeutig menschlichen Frauen, die vor ihr standen, einen großen Koffer und einen Kleidersack bei sich trugen, und es dämmerte ihr, weshalb sie geschickt worden waren.

»Ms. Sypher, wir sind hier, um Sie für die letzte Prüfung fertigzumachen.«

Bree zog die Tür komplett auf und ließ die beiden Frauen an sich vorbei in den Raum treten.

»Haben Sie gestern Ihre Haare gewaschen?« Die Kleinere der beiden Frauen, deren braune Locken in einen hohen Dutt gedreht waren, der perfekt auf ihrem Hinterkopf saß, stellte den großen Koffer auf den Boden und ließ dessen Schnallen mit einem lauten Schnappen aufspringen.

»Äh, ja«, stammelte Bree verwirrt und rieb sich übers Gesicht, um den Schlaf daraus zu verscheuchen.

Die Frau nickte zufrieden, während ihre Kollegin den Sack, in dem sich nur ein riesiges Kleid befinden konnte, mit einem Ächzen aufs Bett fallen ließ. »Sehr gut, so lässt es sich besser frisieren, als wenn wir es jetzt tun müssten.« Sie drehte sich zu Bree um. »Sind Sie bereit, können wir anfangen?« Sie zog einen der zwei dunkelgrünen Sessel, die sich in dem Zimmer befanden, in die Mitte des Raumes und deutete darauf.

War sie schon bereit hierfür? Für die letzte Prüfung?

»Kann ich mir noch kurz die Zähne putzen?«, fragte Bree.

Die Dienerin nickte und Bree floh eilig ins Badezimmer. Dort stützte sie sich mit den Händen auf dem Rand des Waschbeckens ab und atmete tief ein und aus.

Heute war *der* Tag. Heute entschied sich, wie ihr Leben weitergehen würde. Und egal, was passierte, die Ungewissheit der letzten Stunden würde ein Ende haben. Dieser Gedanke hatte trotz der furchteinflößenden Bedeutsamkeit, die er mit sich brachte, etwas Beruhigendes und Bree nickte sich selbst im Spiegel zu.

Sie würde das schaffen. So wie die anderen fünf Prüfungen auch. Aber anscheinend war es dieses Mal nötig, dass sie sich von Fremden zurechtmachen ließ.

Die nächste Stunde verbrachte sie in dem grünen Sessel. Ihre Finger fuhren immer wieder nervös über den samtenen Stoff, während ihre Haare zuerst in Locken gelegt und dann aufwendig zu zwei Knoten gedreht wurden. Ein Pinsel nach dem anderen strich über ihr Gesicht. Obwohl sich die Aufregung kribbelnd in ihrem Bauch breitmachte, schlich sich ein zaghaftes Lächeln auf ihre Lippen, während sie die Prozedur über sich ergehen ließ. Das hier entsprach genau dem, wie sich alle den Wettkampf immer vorgestellt hatten – sie selbst eingeschlossen. Und irgendwie brachte es die Bree in ihr wieder hervor, die es genoss, derart aufgehübscht zu werden, um sich danach wie eine Göttin zu fühlen.

Als sie unter dem Körpereinsatz beider Frauen in das tatsächlich riesige Kleid geschnürt wurde und sich danach im Spiegel sah, war diese Beschreibung keine Untertreibung mehr.

Ihr Gesicht strahlte und in ihre schwarzen Haare waren unzählige funkelnde Steine und Kettchen eingearbeitet, die von den zwei Knoten an ihrem Hinterkopf herunterhingen wie die Fäden aus Gold, die man von unten an den Inseln sehen konnte. Und dann war da noch das Kleid.

Brees Hände glitten vorsichtig über den weiten Rock und die oberste Schicht raschelte unter ihren Fingern. Sie bestand komplett aus echten weißen Blüten, die auf eine Art und Weise fixiert waren, die sie nicht verstand. Ihr Oberkörper hingegen steckte in einem engen, größtenteils durchsichtigen Korsett, das gerade so ihre Brüste bedeckte.

Es war ganz dezent lila eingefärbt und sah genau so aus, wie Bree sich hier oben ein Hochzeitskleid vorstellte.

Zuerst war sie so überwältigt davon, wie sie aussah, dass sie einfach mit offenem Mund vor dem Spiegel stand, doch dann schoss ihr die Aufregung durch die Adern und jede Zelle ihres Körpers begann zu kribbeln.

»Ms. Sypher, Ihr Diener wartet schon.«

Bree drehte sich ruckartig um und ihr langer Rock rauschte über den Teppich.

Adrien stand stumm in der Tür und starrte sie an. Seine Augen wanderten über ihr Kleid, und auch als sie an ihrem Gesicht hängen blieben, sagte er kein Wort. Sein beinahe geschockter Ausdruck lenkte Bree so sehr ab, dass sie erst einige Sekunden später bemerkte, dass auch er wieder den eleganten schwarzen Anzug trug. Sofort musste sie an ihren Tanz auf dem Ball zurückdenken, wo sie sich so nah gewesen waren und er sie durch die Luft gewirbelt hatte. Adrien fing ihren Blick auf. Zwischen ihnen baute sich eine so intime Spannung auf, dass Bree die Röte in die Wangen stieg. Schnell wandte sie sich wieder dem Spiegel zu, um sich zu sammeln.

»Ich bin sofort so weit«, murmelte sie und hörte, wie die beiden Frauen hinter ihr ihre Sachen zusammenklaubten. Erst als der Deckel des Koffers lautstark zuklappte, rührte Bree sich wieder, atmete tief durch und drehte sich dann mit einem Lächeln um.

Die Frauen schoben sich gerade an Adrien vorbei, der sich immer noch keinen Zentimeter bewegt hatte und sie weiterhin unverwandt ansah.

»Bist du … Bist du fertig?«, stammelte er, sichtlich aus der Bahn geworfen, und hielt ihr unbeholfen seinen Arm hin.

»Sehe ich nicht fertig aus?« Trotz ihrer Anspannung genoss Bree es, wie er den Blick kaum von ihr lassen konnte. Schon alleine deshalb hatte sich das Ganze gelohnt.

»Doch, kann man so sagen.« Adrien lächelte ebenfalls kurz, als sie seinen Arm nahm und sie gemeinsam aus dem Raum traten, doch in seinen Augen spiegelte sich auch eine Unruhe, die Bree ansteckte. Sie wollte gerade ihre wahrscheinlich letzte Chance nutzen, um miteinander zu sprechen, da hörte sie Lilliths Stimme auf dem Gang.

»Ist der Wettbewerb direkt nach der Prüfung vorbei?«, fragte sie und im nächsten Moment konnte Bree einen Blick auf ihre einzige übrige Konkurrentin erhaschen. Obwohl sie keine Rücksicht auf sie nehmen durfte, war sie sehr dankbar, dass Lillith und nicht eine der anderen beiden übrig geblieben war.

»Das kann ich Ihnen leider nicht sagen«, kam sofort die Antwort ihrer Dienerin, die die weite Schleppe ihres rosafarbenen Kleides trug, dessen Rock Brees sehr ähnlich war.

In dem Moment musste Lillith die Schritte von Bree und Adrien gehört haben, denn sie drehte sich ruckartig um und riss ihrer Dienerin dabei beinahe den Stoff aus der Hand. Ein freundliches Lächeln breitete sich auf ihren Lippen aus. »Hey«, sagte sie. »Danke, dass du uns gestern nicht angegangen bist. Das hat mich in meinem Gefühl bestätigt und sonst … wäre ich wohl nicht mehr hier.«

Bree und Adrien schlossen zu ihnen auf. »Gerne. Tausend Mal lieber stehe ich mit dir in der letzten Prüfung als mit Blondie.«

Adrien machte ein komisches Geräusch und Bree dachte, er würde über den Ausdruck lachen, doch als sie zu ihm hinübersah, war sein Gesichtsausdruck genauso angespannt wie vor der Prüfung, als er sie von der Brücke hatte schubsen müssen. Stand ihnen etwas ähnlich Schlimmes bevor?

Angst wanderte ihr kribbelnd über den Körper und vermischte sich mit der Nervosität zu einem unangenehmen Gefühlscocktail. Verdammt, wieso konnte es nicht eine Situation geben, in der sie ungestört zwei Sätze wechseln konnten?

»Ich wünsche dir viel Glück.«

Bree blinzelte und drapierte ihr Lächeln wieder auf ihren Lippen, als sie Lillith das Gleiche wünschte.

Den Rest des Weges aus dem Gebäude hinaus verbrachten sie in angespannter Stille, weshalb Bree schon nach wenigen Sekunden auffiel, dass eine ungewohnte Geräuschkulisse von draußen zu hören war.

Als sie mit Adrien an ihrer Seite auf den schmalen Weg trat, der sie direkt zum Schloss führen würde, erkannte sie, woher das Geräusch kam: Der ganze Platz vor dem großen Gebäude wurde von Menschen und vereinzelten Unsterblichen umrahmt, die eine Gasse zu Kace und allen Mitgliedern seiner Familie bildeten, die ihnen eine Aufgabe gestellt hatten.

Lillith und sie näherten sich in ihren opulenten Kleidern und die Gespräche verstummten. Anerkennendes Murmeln war zu hören und Bree spürte unzählige Blicke auf sich ruhen.

Mit einem Herzen, das ihr gleich aus der Brust zu flattern drohte, ging sie zwischen den Menschen hindurch. Das hier war es. Die letzte Prüfung.

Sie trugen alle weiß. Nicht nur Kace, sondern auch seine Eltern, Evianna, Ery, Genevy und Bellamy.

Und als Tarquin nach vorne trat und zu sprechen begann, verstand Bree auch sehr schnell, dass das kein Zufall war. Es sollte bedeuten, dass sich heute nicht nur entscheiden würde, wer die Frau an Kace' Seite war, sondern auch, wer für die Ewigkeit in die Familie aufgenommen werden würde. Es war eine Entscheidung für sie alle.

»Kommt etwas näher. Ihr sollt euch nicht verstecken.« Tarquin streckte seine blasse Hand aus und winkte die beiden Frauen zu sich heran.

Unwillkürlich warf Bree einen kurzen Blick zu Lillith hinüber und schließlich stolzierten sie beinahe im Gleichschritt in ihren Kleidern nach vorne. Der Menge schien es zu gefallen, denn sie begann zu applaudieren, bevor Tarquin sie mit einer weiteren Handbewegung zum Schweigen brachte. Er wirkte wie ein Dirigent und in gewisser Weise war er das auch. Heute war der Höhepunkt des von ihm und seiner Familie komponierten Stücks. Und sie hatten nicht an Publikum gespart.

Interessierte es die Menschen wirklich, wer hier gewann, wenn die Unsterblichen sie doch so auf Distanz hielten? Oder war es nur der Nervenkitzel der Situation, der sie begeisterte?

Bree schickte ihren Geist in jeden Zentimeter ihres Körpers und zwang ihre Hände dazu, nicht zu zittern. Wenn ihre Familie sie so sehen könnte, wäre sie unglaublich stolz auf sie. Und Bree würde dafür sorgen, dass sie es blieben.

Plötzlich trat Kace nach vorne und kam auf sie beide zu. Er ging zuerst zu Lillith und sagte etwas zu ihr, das Bree nicht verstehen konnte, bevor er ihre Konkurrentin auf beide Wangen küsste. Als er die wenigen Schritte bis zu Bree zurücklegte, suchte sie seinen Blick und ließ ihn nicht los. Dann spürte sie seinen Atem auf ihrer Wange, der sofort Erinnerungen weckte. Konnte er sehen, dass sich etwas verändert hatte? Merkte er, dass sie ihm etwas verheimlichte?

Seine Lippen berührten ihre Haut und Bree zuckte leicht zusammen. Sie schloss die Augen, um die Kontrolle über sich zu behalten. Egal was geschehen war, Kace musste auf ihrer Seite bleiben. Er und sie würden funktionieren, das wusste Bree. Sie würde ihr Inneres davon überzeugen, dass sie füreinander geschaffen waren.

»Zum Greifen nahe«, murmelte er in ihr Ohr und es klang so intim, dass in Brees Herz Zuversicht aufblühte. Er wollte sie immer noch.

»Ich werde dich nicht enttäuschen«, sagte sie und straffte den Rücken, als er wieder einen Schritt zurückmachte.

Kurz drängte der Gedanke an die Oberfläche, dass Adrien all das hier gerade beobachtete, doch sie verbannte ihn in den letzten und dunkelsten Winkel ihres Geistes. Er wusste, dass sie tat, was sie tun musste.

Kace ging zurück zu seiner Familie, die fein säuberlich aufgereiht auf den Stufen stand, die zum Schloss hinaufführten. Falls Lillith heute in die Stadt zurückkehrte, musste sie einem Maler genau diese Szene schildern, damit er sie in den Geschichtsbüchern verewigen konnte. Bree selbst würde es nicht tun können …

Tarquin blieb seiner Rolle treu und hob die Hände zu beiden Seiten seines großen, schlanken Körpers langsam und theatralisch in die Höhe, nur um sie dann vor seiner Brust zu einer Raute zusammenzuschließen. »Brealynn und Lillith.«

Sie erinnerte sich nicht, dass er sie vorher jemals beim Namen genannt hätte. Nicht einmal an diesem einen Abend.

»Ihr seid die zwei letzten Frauen, die um meinen Sohn kämpfen dürfen. Ihr habt bewiesen, dass ihr ein gutes Herz habt, was einige der anderen Mädchen vermissen ließen. Ihr habt bewiesen, dass ihr euch durch schwierige Situationen durchbeißen und auch in seiner Freizeit mit Kace mithalten könnt, wenn er mit euch Berge erklimmen möchte. Ihr habt gezeigt, dass ihr unsere Regeln versteht.« Bei dem letzten Satz huschte sein Blick so kurz zu Bree, dass es niemand anderes mitbekommen haben konnte. Doch sie sah es ganz genau und trotz ihrer Bemühungen kehrte das Zittern in ihre Hände zurück.

Sie war nicht alleine verantwortlich für das, was geschehen war. Auch Kace hatte die Regeln missachtet.

»Heute werdet ihr in der allerletzten Prüfung zeigen, dass ihr versteht, was die Ewigkeit für uns bedeutet. Dass sie uneingeschränkten Zusammenhalt fordert. Dass ihr alles für diese Familie tun würdet.«

Bree erstarrte bei diesen Worten beinahe. Wussten sie es? Wussten sie, dass Kace' Familie für sie nicht mehr das Allerwichtigste hier oben war? Dass ein Mensch anstelle von ihnen für sie da gewesen war und ihr so viel mehr Halt und Selbstbewusstsein gegeben hatte, als es die Unsterblichkeit jemals tun konnte?

Es war unmöglich, dass sie es wussten. Es war unmöglich, denn sonst wäre sie schon längst all ihrer Erinnerungen beraubt auf der Erde. Trotzdem sandten Tarquins Worte ihr ein ungutes Kribbeln über die Haut. Er klang so furchtbar ernst.

Während Bree sich noch nervös über die Lippen leckte und dadurch sicherlich etwas von ihrem sorgfältig aufgetragenen Lippenstift zerstörte, winkte Kace' Vater jemanden zu seiner Linken zu sich. Noch bevor Bree sehen konnte, was vor sich ging, reagierte die Menge wie ein einziger lebendiger Organismus auf die Frau, die wenige Sekunden später von zwei Dienern in schwarz auf den Platz gebracht wurde. Sie lief aufrecht, deshalb erkannte Bree nicht sofort, dass ihre Hände hinter dem Rücken gefesselt waren und die Diener sie mehr vor sich herschoben, als dass sie freiwillig ging. Sie schätzte sie auf circa zehn Jahre älter als sich selbst.

Brees Herz raste und sie unterdrückte den Fluchtimpuls ihres Körpers. Stattdessen runzelte sie nur die Stirn und sah kurz zu Lillith hinüber, die wie versteinert neben ihr stand und keinen Ton von sich gab.

Was hatte das zu bedeuten?

Als die emotionslosen Diener die Frau nach unten drückten, sodass sie vor Tarquin auf dem Boden kniete und sie und Lillith ansah, konnte Bree Tränen in ihren Augen schimmern sehen. Sie selbst hatte das Gefühl, in ihrem Kleid keine Luft mehr zu bekommen.

Die Menge flüsterte aufgeregt und Bree bemerkte kaum, dass Kace erneut auf sie zukam, so sehr konzentrierte sie sich auf den Menschen vor sich. Sollte sie hier vor allen Leuten bestraft werden? Für was? Und wieso jetzt? Würde das nicht ihre Prüfung in den Schatten stellen?

»Bitte nicht.« Die Frau mit dem kinnlangen dunkelblonden Haar, das ihr wirr im Gesicht klebte, sah tatsächlich Bree an und wiederholte diese zwei Worte noch einmal. Was wollte sie von ihr? Sie wusste doch nicht mal, was hier vor sich ging.

Hilfesuchend sah Bree sich um und bemerkte, dass Kace direkt vor ihr stand. Und er hielt ihr etwas hin. Als sie ihren Blick senkte, erkannte sie, dass es ein Dolch war. Brees Augen zuckten von der Waffe zu seinem Gesicht und wieder zurück. »Was …?« Ihre Stimme zitterte.

Doch anstelle von Kace antwortete sein Vater. »Diese Sterbliche hat nicht nur die Regeln hier auf den Inseln gebrochen, indem sie sie verlassen wollte. Nein, sie hat auch versucht, uns unsere eigenen Blumenpollen in die Getränke zu mischen, um uns außer Gefecht zu setzen.«

Mittlerweile war die Menge so still, dass man eine Stecknadel hätte fallen hören können. »Wenn ihr wirklich eine von uns werden wollt«, fuhr Tarquin fort, »dann seid ihr bereit, alles für die Familie zu tun und könnt diesen Verrat genauso wenig hinnehmen wie wir.«

Plötzlich spürte Bree kaltes Metall an ihrer Haut. Kace hatte ihr den Dolch einfach in die Hand gedrückt. »Denk nicht darüber nach. Sie hat uns bedroht und würde sowieso bestraft werden«, sagte er und sah ihr dabei fest in die Augen. Dann ging er weiter zu Lillith, als ob es das Normalste der Welt wäre, dass er ihr gerade eine Waffe in die Hand gedrückt hatte. Eine Waffe, mit der sie töten sollte.

Dass die Prüfungen immer heftiger wurden, hatte sie gewusst. Aber das hier …

Bree wurde so übel, dass sie sich beinahe krümmte und den

Dolch fest mit ihren eiskalten Fingern umklammern musste, um ihn nicht fallen zu lassen. Sie konnte das nicht, niemals. Aber das würde bedeuten, dass sie ihre eigene Familie nicht wiedersah.

Ihr Atem ging schneller und Tränen traten ihr in die Augen, weshalb sie Kace, der wieder zu den anderen Unsterblichen ging, nur durch einen verschwommenen Schleier sehen konnte. Sie blinzelte und konnte nicht anders, als sich umzudrehen. Sie fand Adrien sofort. Auch er sah sie an, und obwohl er sich alle Mühe gab, seine Gefühle nicht an die Oberfläche dringen zu lassen, konnte Bree das pure Entsetzen in seinen Augen sehen.

Weil er dachte, sie könnte es nicht? Weil er glaubte, sie zu verlieren? Oder weil er sie dafür hassen würde, wenn sie einen Menschen tötete?

Wie von selbst schloss sich ihre Hand fester um den kühlen Griff des Dolches und sie sah Lillith an. Konnte sie es? Was passierte, wenn keine von ihnen beiden es tat? Gewann man, indem man zuerst nach vorne ging und ein Leben beendete? Kace hatte gesagt, es würde sowieso passieren. Es machte keinen Unterschied, ob sie es tat und damit sich selbst und ihre Zukunft rettete.

Es machte keinen Unterschied, außer dass sie die Unendlichkeit mit dieser Erinnerung verbringen musste. Das hier war ein Mensch. Natürlich bedeutete sie den Unsterblichen nichts. Sie war unperfekt und nicht nur das, sie hatte einen unverzeihlichen Fehler begangen. Aber sie musste Familie hier oben haben. Vielleicht kannte Adrien sie sogar …

Als ob sie ihre Aufgabe nicht verstanden hätten, sprach Tarquin erneut das aus, was keine von ihnen hören wollte.

»Wenn ihr eine von uns werden wollt, dann stellt euch gemeinsam gegen unsere Feinde, die unsere Harmonie bedrohen. Tötet sie und ihr seid Kace' Partnerin.«

Galle stieg Bree in die Kehle und sie war kurz davor, zu würgen. Ihr Blick wanderte ganz von selbst zu Kace, der wiederum sie ansah. Seine Körperhaltung war angespannt und in seinen Augen lag ein flehender Ausdruck. Er zeigte ihr alles, was sie sich je erhofft hatte. Er zeigte ihr, dass er sie an seiner Seite haben wollte und nicht Lillith. Sie und niemanden sonst. Sie würden sich hier etwas aufbauen können, da war sie sich sicher. Sie würde ihre Familie wiedersehen.

Bree machte einen zittrigen Schritt nach vorne.

»Tust du das wirklich?« Lilliths Stimme kam nur wie ein Windhauch bei ihr an und zerquetschte ihr Herz trotzdem noch ein klein wenig mehr.

»Ich habe keine Wahl«, flüsterte Bree, ohne sie anzusehen, und ging langsam weiter. Alle würden denken, sie meinte nur die Prüfung, doch nur Kace und seine Familie verstanden, was wirklich in diesen Worten mitschwang.

Was passierte, wenn Lillith sich ebenfalls entschied, ein Leben zu nehmen? Musste sie sich mit ihr darum prügeln, wer zuerst töten durfte? Was, wenn sie sich beide weigerten? Doch eigentlich wusste Bree, dass das nicht passieren würde. Das würden die Unsterblichen nicht auf sich sitzen lassen – schon gar nicht vor diesen ganzen Leuten. Es musste eine Gewinnerin geben.

Sie steuerte wie in Trance auf die Frau zu, die mittlerweile mit gesenktem Kopf, aber immer noch schluchzend auf dem Boden saß. Sobald Bree vor ihr stand, entfernte sich der Diener in ihrem Rücken.

Irgendwie spürte sie, dass auch Kace näher kam und sich neben seinen Vater stellte, aber aufsehen, um sicherzugehen, konnte sie nicht. Ihre Augen waren wie festgefroren auf den Oberkörper der Frau gerichtet.

Was für ein Mensch wäre sie, wenn sie das tat? Was für ein

Mensch wäre sie, wenn sie es nicht tat und somit ihre Familie und sich selbst im Stich ließ, obwohl es das Schicksal der Frau nicht verändern würde? Beinahe hoffte sie, dass Lillith sich neben sie stellen und ihr einen Grund geben würde, sich zu beeilen. Einen Grund, um ihre eingefrorenen Glieder zu bewegen und ihren Arm in die richtige Richtung zu lenken.

»Du tust das Richtige.« Nun sah Bree doch auf und ihr Blick verfing sich in Kace' Augen, in denen noch immer ein flehender Ausdruck lag.

»Still, Sohn«, zischte Tarquin angespannt und hielt ihn davon ab, noch mehr zu sagen.

Bree atmete zittrig aus und suchte in Kace' Augen nach der Lösung. Nach etwas, das ihr half, es zu tun.

Wäre es anders, wenn Adrien dort stehen würde und sie anflehte, den Dolch zu benutzen?

In ihrem Körper breitete sich so viel Schmerz aus, als ob sie selbst die Waffe in den Bauch gerammt bekäme, und sie konnte das Gefühl kaum ertragen. Sie musste es loswerden, andernfalls würde sie gleich zusammenklappen. Bree biss sich so fest auf die Lippe, dass sie Blut schmeckte, und hob den Arm. Nur eine Bewegung, dann wäre es vorbei. Nur eine Bewegung.

Ihr Kopf sandte bereits den Befehl, ihre Muskeln zu bewegen, doch bevor ihr Körper ihn ausführen konnte, ließ ein lauter Knall sie zusammenfahren. Die Erde bebte und Bree ließ vor Schreck den Dolch fallen, als sie taumelte und um sie herum weißer Rauch aufstieg. Die Frau vor ihr schrie ebenfalls auf und die aufgeladene Mischung aus ihrem eigenen Schreck und den Schreien der Umstehenden ließ Bree schützend die Hände vor den Kopf schlagen. Nur weg von dem Knall!

Reflexartig suchte sie Schutz bei der Menge links von ihr, die jedoch genau wie sie aufgescheucht und in Bewegung war. Sie hörte Tarquin etwas brüllen, doch sie verstand seine Worte nicht, als sie zusammengekauert zwischen die Zuschauer stolperte, die sie verschluckten, als wäre sie eine von ihnen.

Bree stieß sich an fremden Körpern und hatte Probleme, richtig zu sehen. Um sie herum war alles verschwommen. Jeder bewegte sich und brüllte etwas, ihr Kopf dröhnte. Wie nah hatte sie an der Explosion gestanden? Wieso half keiner der Unsterblichen? Sie mussten ganz in der Nähe sein.

Bree blieb mit ihrer Schuhspitze an einer Unebenheit im Pflaster hängen und stolperte nach vorne. Sofort wurde sie von zwei starken Händen aufgefangen und sah dankbar nach oben, stumm hoffend, dass Adrien sie gefunden hatte. Doch das Gesicht, in das sie blickte, war ihr fremd. Tiefliegende, blaue Augen und ein Bart.

»Es tut mir leid, Mädchen«, murmelte der Mann und schneller, als Bree reagieren konnte, hatte er ihr eine Hand auf den Mund gepresst. Sie stieß einen erstickten Schrei aus und wand sich in seinem Griff, doch nichts von beidem zeigte Wirkung. Aus dem Augenwinkel sah sie, wie Blüten aus ihrem Kleid zu Boden rieselten, während das Zuschauermeer um sie herum brüllend wogte. Was passierte hier gerade? Erst jetzt bemerkte Bree, dass die Schreie nicht länger ängstlich klangen, sondern wütende Rufe den Platz erfüllten.

Bree versuchte mit ihren hohen Absätzen nach hinten zu treten, doch sie traf ihr Ziel nicht. Stattdessen berührte etwas Kühles ihren Hals und sie hielt sofort inne. Prompt traten ihr Tränen blanker Furcht in die Augen. Der Mann hielt ihr den Dolch an den Hals, den sie wenige Minuten zuvor selbst erhoben hatte.

Unbarmherzig schleifte er sie durch die Menge und Bree wagte es nicht mehr, sich zu wehren.

»Wir können das nicht zulassen. Wenn er dich behalten will,

muss er tauschen.« Bree hörte die Stimme des fremden Mannes unangenehm nah an ihrem Ohr.

Kaum hatte er seinen Satz beendet, gab er ein »Uff« von sich und Bree keuchte erschrocken auf, als die Spitze des Dolches ihr über den nackten Arm schrammte. Klirrend fiel er zu Boden und Bree war frei. Sie presste eine Hand auf die Stelle an ihrem Arm und fühlte Blut, doch ihre Aufmerksamkeit war auf die beiden Männer gerichtet, die hinter ihr auf dem Boden miteinander rangen. Der Fremde wehrte sich mit Händen und Füßen, bis Adrien es schaffte, ihm einen so festen Kinnhaken zu verpassen, dass er sich für eine Sekunde nicht mehr rührte.

»Raus hier«, knurrte er, als er sie am Arm packte und so schnell es ging aus der Menge zog.

Bree spürte, wie ihr die Tränen über die Wangen liefen, doch sie konzentrierte sich nur auf ihn und klammerte sich an ihm fest.

Gerade als sie vor sich freie Fläche erkennen konnte, bebte die Erde so heftig, dass es Bree in ihren hohen Schuhen beinahe von den Füßen riss. Um sie herum taumelten die Leute und auch Adrien hielt inne, um schützend seine Arme um sie zu schlingen.

»Schluss mit diesem Wahnsinn!« Tarquins Stimme hallte viel lauter, als es möglich sein sollte, über den Platz und schraubte sich direkt in Brees Kopf. Das war Magie, anders konnte es nicht sein. Sie hörte seine Worte wirklich in sich, ohne in seiner Nähe zu sein.

Während Bree sich am liebsten die Ohren zugehalten hätte, zog Adrien sie unbeirrt weiter, bis sie aus der Menge entkommen waren und wieder atmen konnten. Doch von den Menschen schien keine Gefahr mehr auszugehen, denn sie waren verstummt und rührten sich nicht mehr.

Als Bree wieder freie Sicht auf den Platz hatte, wusste sie auch, wieso. Die Gefangene lag regungslos auf dem Boden, neben ihrem Körper breitete sich bereits eine Blutlache aus. Doch um sie herum flackerte es golden. Alle Unsterblichen hatten ihre Arme ausgebreitet und schlossen die Menschen, die ihnen am nächsten waren, in eine kreisrunde Lichtblase ein.

»Noch eine Bewegung und diesen Leuten hier ergeht es genauso wie ihr.« Wieder sprach Tarquin direkt in ihrem Kopf und Bree verzog das Gesicht. Ihre Finger krallten sich immer noch in Adriens Arm.

»Wir werden sie freilassen, wenn ihr euch besinnt.« Wie auf Kommando senkten alle ihre Hände und der Lichtkreis verschwand. »Aber das kann sich ganz schnell wieder ändern.«

Doch es rührte sich niemand und Bree verstand auch, wieso. Die Stimme in ihrem Kopf hatte eine tief verankerte Angst in ihr ausgelöst. Als ob Tarquin in ihrem Gehirn herumpfuschen könnte. Wie viel Magie hatten die Unsterblichen bündeln müssen, um das zu erreichen? Als sie zu Kace hinübersah, erkannte sie, dass er nicht mehr so aufrecht stand wie sonst immer, sondern seine Schultern gebeugt waren. Suchend blickte er in der Menge umher.

Bree zuckte zusammen, als sie plötzlich eine Stimme direkt neben sich hörte.

»Habt ihr sie noch alle?«

»Adrien, nicht!«, Brees Lippen zitterten so sehr, dass sie die Worte kaum herausbekam.

Sie presste ihre Finger fester in seinen Arm, um ihn zum Schweigen zu bringen, konnte dabei jedoch nur zu Tarquin sehen, der umringt von seiner Familie mit zusammengekniffenen Augen zu ihnen starrte. Adrien wollte auf ihn zugehen, doch wenigstens das konnte sie mit ihrem Griff verhindern.

»Was bildest du dir ein?«, zischte Kace' Vater wütend und seine Augen funkelten.

»Ihr hättet sie mit dieser beschissenen Prüfung beinahe umgebracht!«, schrie Adrien so laut, dass sein ganzer Körper bebte. »Weil ihr euch eigentlich einen Dreck um sie schert! Nicht nur schickt ihr die Frauen auf jeder Insel durch die Hölle, jetzt wird sie auch noch angegriffen!«

Tarquin kam mit großen, langsamen Schritten auf sie zu und sah dabei aus wie ein Raubtier. »Wir würden niemals zulassen, dass einer Kandidatin etwas geschieht.« Sein Finger hob sich und zeigte auf Adriens Brust. »Und wie kommst du auf die Idee, dass du hier irgendetwas zu sagen hast?« Als Bree sah, wie Bellamy die Szene von weiter hinten mit einem Grinsen auf dem Gesicht beobachtete, hätte sie vor Frust und Angst am liebsten laut geschrien.

Adriens Mund zuckte, doch er schwieg für den Moment. Hatte er bemerkt, was für einen großen Fehler er gerade begangen hatte? Brees Herz pochte so schnell, dass der Schwindel seine Finger nach ihr ausstreckte.

Kace folgte seinem Vater und kam auf sie zu. »Bleib weg von ihr, Diener.« Er zog Bree ruckartig zu sich herüber und das Blut an ihrem Arm beschmierte seine weiße Jacke. Ihre Knie drohten nachzugeben, doch Kace schien es nicht zu bemerken, denn er war nur auf Adrien fokussiert.

»Wo warst du denn, als sie mit einem Dolch bedroht wurde, he?«, spuckte dieser ihm vor die Füße und Bree hätte vor Angst am liebsten die Augen geschlossen. Er musste aufhören, er musste aufhören …

»Ergreift ihn«, sagte Tarquin und sofort kamen zwei Unsterbliche auf Adrien zu, die ihn grob an beiden Armen packten. »Wie kannst du es wagen, so mit uns zu sprechen?«

Als Adrien sich wehrte, boxte ihm einer der beiden so fest in den Bauch, dass er heftig die Luft einsog.

»Nein, bitte nicht!« Bree wandte sich Kace zu. »Er hat nichts falsch gemacht, er wollte mich nur beschützen.« Tränen sammelten sich in ihren Augen und ließen Kace' wütenden Blick verschwimmen.

»Irgendwo in seinem verwirrten Menschenkopf denkt er, er hätte einen Anspruch auf dich«, knurrte Kace. »Ich hätte ihn schon nach dem Ball bestrafen sollen.«

»Er hat nichts getan, Kace, ich verspreche es«, wiederholt Bree verzweifelt, doch Tarquin unterbrach sie.

»Bringt ihn weg. Ich kümmere mich später um ihn.«

Bree rüttelte an Kace' Arm. »Tu es für mich, so wie ich für dich getötet hätte. Ihr könnt ihn nicht bestrafen, nur weil er mich retten wollte.«

Doch Kace schüttelte nur den Kopf. »Du musstest nicht gerettet werden, er kennt einfach seinen Platz nicht.«

Sie wollte noch etwas sagen, doch der Glanz in seinen Augen war so hart und endgültig, dass sie sich an ihren Worten verschluckte. Kommentarlos zog Kace sie mit sich zum Rest seiner Familie, wo Genevy die weinende Lillith am Arm hielt. Ihr Kleid war an einer Stelle zerrissen, doch sonst schien es ihr gut zu gehen. Bellamy war der Einzige, der immer noch den Ansatz eines unterdrückten Lächelns auf dem Gesicht trug, das verschwand, als Tarquin zu seiner Familie zurückkehrte.

Bree jedoch fühlte sich, als ob sie innerlich zerbrechen würde. Und als ihr Blick auf Ery fiel und sie den Ausdruck in seinen Augen sah, drohten ihr erneut die Beine wegzuknicken. Es war genau das passiert, wovor er sie das letzte Mal unausgesprochen gewarnt hatte. Adrien hatte sich kopfüber ins Verderben gestürzt und es war ganz allein ihre Schuld.

Kapitel 18

»Wie fühlt es sich an?«

Die Frage reihte sich in Brees Gedankenkarussell ein und fuhr eine Runde darin mit, bis sie bemerkte, dass eine Antwort gefordert war. Sie streckte probehalber ihren Arm aus und winkelte ihn wieder an.

»Wie neu«, sagte sie erschöpft und sah zum wiederholten Male zum Durchgang zurück, der so mit Efeu behangen war, dass es einen natürlichen Vorhang bildete.

Evianna war direkt, nachdem sie Bree zur Krankenstation gebracht hatte, verschwunden. »Sag Ery, dass es mir leidtut«, hatte Bree unter Tränen hervorgebracht, doch sie hatte nur den Kopf geschüttelt und war gegangen. Bree konnte vermutlich froh sein, dass sie es gewesen war, die sie hergeführt hatte. Sie wusste nicht, ob sie neben Tarquin hätte gehen können, ohne sich auf ihn zu stürzen.

»Er ist auch wie neu. Du wirst keine Narbe behalten«, plapperte die Unsterbliche mit den langen, leicht wirren Haaren vor sich hin. Sie sah genauso jung und wunderschön aus wie die anderen, doch etwas an ihr erinnerte Bree trotzdem an eine Kräuterhexe aus den Erzählungen ihrer Mutter.

»Wieso haben die anderen mich nicht einfach geheilt?«, fragte

Bree abwesend und rutschte von der Liege herunter.

So unbesorgt, wie die Heilerin sie anlächelte, konnte sie unmöglich wissen, was gerade auf dem Platz passiert war. Oder es kümmerte sie einfach nicht. Vielleicht war sie schon uralt und hatte so etwas schon zigmal gesehen. »Könnten sie, aber ich kann es besser und muss weniger Energie dafür opfern. Ich habe mich darauf spezialisiert, meine Magie zum Heilen zu benutzen, und mache das seit Ewigkeiten.«

Vielleicht erwartete sie, dass Bree die Tatsache, dass die Haut an ihrem Arm wieder glatt war, in Begeisterung versetzte. Doch sie erinnerte sich leider trotzdem ganz genau an das, was gerade passiert war. Und dass Adrien wegen ihr nun einem himmelhohen Turm an Problemen gegenüberstand.

»Seid ihr fertig?«

Bree sah überrascht zurück zur Tür, in der tatsächlich Kace stand. Er trug immer noch den weißen Anzug, über dessen Jacke sich eine Spur ihres Blutes zog. Er sah aus wie ein Racheengel und bei seinem Blick lief ihr ein Schauer über den Rücken.

»Ja«, sagte sie selbst und kickte den Stoff ihres Kleides mit dem Fuß nach vorne, sodass sie zu ihm gehen konnte.

Kace nickte der unsterblichen Heilerin kurz zu, bevor er losging und anscheinend voraussetzte, dass Bree ihm folgte.

Zuerst überlegte sie noch, wie sie das Ganze am besten angehen sollte. Die Angst, einen weiteren Fehler zu machen, lähmte ihre Zunge, sodass außer dem Klackern ihrer Absätze kein einziges Geräusch in dem offenen Gang mit den Efeuranken zu hören war. Doch dann platzte es einfach aus ihr heraus.

»Kace, du musst mir zuhören!« Bree schloss zu ihm auf und packte ihn am Arm.

Er wirbelte herum. »Was willst du mir sagen, hm? Dass der Tag heute alles kaputtgemacht hat, weiß ich schon, das musst du mir nicht erzählen. Und mich anzubetteln, dass wir deinen Diener freilassen, macht es nicht gerade besser. Meine Familie wird sich nachher beraten.«

Bree sah ihn verzweifelt an. »Gar nichts muss verloren sein, Kace. Es hat sich nichts geändert. Ich kann es nur nicht ertragen, dass ihr ihn bestraft, weil er mir helfen wollte. Er ist nun mal mein Diener.«

Er schoss so schnell auf sie zu, dass sie keuchend nach hinten stolperte und mit dem Rücken gegen die Wand stieß.

»Ist er das?« Er funkelte sie aus seinen Bernsteinaugen an, die noch vor wenigen Tagen das Tor zu ihren Träumen gewesen waren. »Nur dein Diener?«

Bree schluckte all die Gefühle herunter, an die sich ihr Herz klammerte, wenn sie an Adrien dachte, und sagte bestimmt: »Ja, nur mein Diener. Ihr selbst habt dafür gesorgt, dass wir mit ihnen mehr Zeit verbringen als mit dir. Also ist es nur natürlich, dass er sich verantwortlich für mich fühlt.«

Kace schnaubte und Bree sah, dass auch in einer seiner weißblonden Haarsträhnen ihr Blut hing. »Du kannst mir nicht erzählen, dass dieser Kerl das auch so sieht. Du hättest seinen Blick sehen sollen, als er auf dem Ball mit dir getanzt hat.« Er stand immer noch so dicht vor ihr, dass sie mit dem Rücken an die Wand stieß. »Nur weil er Erys Bruder ist, heißt das nicht, dass er sich alles herausnehmen kann.« Erst jetzt schien ihm wieder einzufallen, dass Adrien schon einmal Thema gewesen war. »Vor zwei Tagen. Wart ihr da zusammen, als du dein Zimmer verlassen hast?« Seine Stimme klang verletzt. Er fürchtete sich wirklich vor ihrer Antwort.

»Nein.« Die Lüge kam Bree so leicht über die Lippen, dass es sie selbst erschreckte. Doch um Adrien zu retten, würde sie alles tun. »Ich bin dazu bestimmt, diesen Wettbewerb zu gewinnen und deine Partnerin zu sein, Kace.« Das war keine Lüge. Sie war sich sicher, dass sie als einzige Frau von allen zu Kace passte. »Und das weißt du auch, sonst hättest du vorhin bei der Prüfung nicht so eindeutig mit mir gesprochen.«

Kace' Mund verzog sich. »Erinnere mich nicht daran. Vater hat mir schon mehr als deutlich gesagt, was er davon hält. Ich werde gleich zu Lillith gehen und mich bei ihr für alles entschuldigen.«

Eigentlich sollte diese Tatsache sie eifersüchtig machen, doch Bree fühlte nichts. Sie stieß sich von der Wand ab und stand dadurch so nah an Kace, dass sie sich fast berührten. Sie sah, wie er als Reaktion auf ihre Nähe zusammenzuckte und sein Blick wie ferngesteuert zu ihren Lippen wanderte. Sie genoss den kurzen Augenblick der Macht, die sie über ihn zu haben schien. »Aber du willst sie nicht.«

»Ich will dich.« Seine Stimme war ein leises Grollen und Bree lief trotz allem ein Schauer über den Rücken.

»Dann ist doch alles gut«, flüsterte sie und wusste ganz genau, welchen Effekt ihre Tonlage auf ihn hatte.

Doch obwohl sein Atem sich merklich veränderte, sah Kace das anders. »Nichts ist gut. Ich kann nicht zulassen, dass sich ein Diener einbildet, er hätte einen Anspruch auf dich und deswegen auch noch die letzte Prüfung zerstört.«

Adrien hatte die Prüfung ganz sicher nicht zerstört, aber das durfte Bree nicht aussprechen, wenn sie Kace nicht noch wütender machen wollte.

»Er hat einfach überreagiert und einen Fehler gemacht, Kace. Das ist uns vor ein paar Tagen auch passiert, erinnerst du dich nicht? Ein übereilter Fehler. Ist das nicht das Gleiche?« Ihr Herz schlug schneller, als sie sah, wie seine hellen Brauen sich zusammenzogen. Vielleicht konnte sie dieses Gespräch doch noch wenden.

Quälende Sekunden vergingen, bis Kace die Spannung zwischen ihnen brach und sich abwandte, um weiterzugehen. »Nein, das ist nicht das Gleiche.« Er sah zu Bree zurück, die immer noch an der gleichen Stelle stand. »Unser Fehler hat uns zusammengeschweißt. Sein Fehler reißt uns auseinander und ich bin mir nicht mehr sicher, auf welcher Seite du stehst.«

Mit diesen Worten ging er davon und ließ Bree in ihrem riesigen Kleid, mit der zerstörten Frisur und der größten Angst im Herzen zurück, die sie jemals gespürt hatte.

Kace kam nicht wieder und Bree hatte das Gefühl, dass sie versagt hatte. Das gerade wäre der Moment gewesen, in dem sie ihn hätte umstimmen können. Doch Kace war verletzt und Bree konnte es ihm nicht verübeln, denn obwohl sie mit allen Mitteln versucht hatte, seine Zweifel zu beseitigen, waren sie berechtigt. Obwohl sie wusste, dass sie für ein Leben an seiner Seite bestimmt war, würde sie Adrien niemals aus ihrem Herzen streichen können. Schon gar nicht, nachdem er heute so für sie gekämpft hatte.

Ihre Hände strichen nervös über ihren weiten Rock, an dem mittlerweile einige Blüten fehlten, und sie überlegte fieberhaft, was sie jetzt noch tun konnte. Obwohl Kace und sie im Mittelpunkt des Problems standen, würden am Ende Tarquin und Persephone die Entscheidungen treffen – vermutlich sogar gemeinsam mit den Ältesten.

Sie blickte durch ein kleines Fenster im Gang nach draußen. Wenn sie die Entfernungen richtig einschätzte, war sie gerade genau in der Mitte zwischen dem Gebäude, in dem sie und Lillith untergebracht waren, und dem Schloss. Konnte sie wieder versuchen, einfach auf eigene Faust dort aufzutauchen? Hatte sie eine Wahl, wenn sie nicht auf ihrem Zimmer von dem Gedanken, Adrien im Stich zu lassen, aufgefressen werden wollte? Gleichzeitig durfte sie den Unsterblichen nicht das Gefühl geben, sich zu sehr um ihn zu sorgen.

Hatte Ery genug Einfluss, um Adrien da wieder rauszubekommen? Sie konnte es sich nicht vorstellen. Und Evianna würde sich nicht gegen ihre ganze Familie richten. Auch nicht um seinetwillen. Bree stieß einen frustrierten Ton aus und ließ sich wieder an die Wand sinken. Das hier war eine Katastrophe, dabei wäre es beinahe vorbei gewesen. Sie hatte den Arm schon gehoben …

Ihr lief ein Schauer über den Rücken und die Erinnerung nahm sie so sehr ein, dass sie heftig zusammenzuckte, als sie unweit entfernt ihren Namen hörte.

»Brealynn Sypher, würden Sie mir bitte folgen?«

Sie öffnete die Augen und sah den riesigen Diener, der damals Delaney von der Brücke geschubst hatte, dort stehen, wo gerade noch Kace entlanggegangen war. In dem von Ranken überzogenen Gang mit den verzierten weißen Säulen sahen seine klobige Figur und das ernste Gesicht mehr als fehl am Platz aus.

»Hat Kace Sie geschickt?«, fragte sie bissig und stieß sich von der Wand ab. Er war der Einzige, der wusste, dass sie alleine hier wartete. Und anstatt zurückzukommen, schickte er ihr diesen Kerl her?

»Ja, ich soll Sie zurück auf Ihr Zimmer bringen, damit Sie sich ausruhen können.«

Wie gnädig von ihm. Doch es hatte keinen Sinn, mit dem Diener zu diskutieren. Bree zweifelte nicht daran, dass er sie auf der Stelle verpfeifen würde, sollte sie eine Dummheit wagen. In ihrem Kopf war er untrennbar mit Delaney verknüpft, die panisch vor Angst an der Brücke hing – obwohl er genau wie alle anderen Diener keine Wahl gehabt hatte.

Sie nickte widerwillig und folgte ihm durch den Gang.

Minutenlang gab er keinen Ton von sich, weshalb sie umso überraschter war, als er ohne Vorwarnung einen Satz fallen ließ, der ihr Herz durchbohrte.

»Ihr hättet das nicht tun dürfen.«

Bree blieb stocksteif stehen. »Wie bitte?«

Er drehte sich zu ihr um und seine viel zu breiten Brauen zogen sich ernst zusammen. »Ihr hättet das nicht tun dürfen«, wiederholte er. »Wir Menschen haben es hier oben schon schwer genug, ohne dass sich ein Unsterblicher in seinem Ego gekränkt fühlt.«

Bree schluckte schwer. »Wir haben gar nichts getan. Ich habe nie jemanden daran zweifeln lassen, dass ich für Kace bestimmt bin.«

»Den Jungen anscheinend schon, sonst hätte er wohl bei der Prüfung nicht derart impulsiv reagiert.« Er zuckte mit den riesigen Schultern und ging weiter. »Aber jetzt ist es sowieso zu spät.«

Wenn sie das Gespräch nicht beenden wollte, hatte Bree keine Wahl, als ihm zu folgen. Sie waren beinahe an ihrem Haus angekommen.

»Was soll das heißen?«, keuchte sie und musste ihr Kleid raffen, um nicht über die kleine Stufe vor dem Eingang zu stolpern. »Kace hat gesagt, sie werden sich beraten.«

Der Diener stieß ein ironisches Schnauben aus. »Sie werden beraten, was sie mit der ruinierten sechsten Prüfung machen. Aber nicht, was mit dem Kerl passiert, da gibt es keinen Spielraum. Menschenleben sind ihnen nichts wert. Was denkst du, was mit jemandem geschieht, der ihre Autorität untergräbt und versucht, Kace sein Mädchen auszuspannen?«

Brees Mund öffnete sich, um alles abzustreiten, was er gerade gesagt hatte, doch ihr wurde so eiskalt, dass sie sich nicht mehr rühren konnte und mitten in ihrem Schritt auf der Stufe innehielt.

»Sie werden Adrien töten?«, flüsterte sie schockiert und spürte bereits, wie ihre Knie weich wurden.

Das konnte nicht wahr sein. Das wusste er gar nicht sicher. Er war immer noch Erys Bruder …

Der Diener sah, wie sie schwankte, und kam zu ihr herüber, um ihr einen Arm anzubieten. Obwohl sie es hasste, ihn zu berühren, hatte sie keine Wahl, wenn sie nicht auf den Boden sinken wollte. Sie spürte ihre Beine kaum noch.

»Soweit ich weiß, ist Kace höchstpersönlich bei der anderen Finalistin, also solltest du jetzt nicht mehr darüber sprechen. Obwohl wir in einem anderen Stockwerk sind, wird er uns hören können«, sagte der Mann und führte sie durch die Tür.

Die Warnung wäre nicht nötig gewesen, denn Bree brachte ohnehin keinen Ton mehr heraus.

Bree strich durch den Raum wie ein Tier hinter Gittern. Obwohl sie genau wusste, dass es aussichtslos war, griff ihre Hand wieder nach dem Türknauf und rüttelte so fest daran, dass sie die Erschütterung bis in ihre Schulter spürte.

Das durfte nicht wahr sein!

»Sagt Kace, dass ich mit ihm reden muss!« Sie wusste nicht, wie oft sie diesen Satz schon gerufen hatte. Dabei war sie sich nicht einmal sicher, ob wirklich noch jemand vor ihrer Tür stand. Aber sie würde so lange das ganze Haus zusammenschreien, bis Kace endlich wieder herkam.

Er war der Einzige, bei dem sie auch nur den Hauch einer Chance hatte – trotz seines gekränkten Egos. Seine Eltern wünschten sich wahrscheinlich nur, dass Bree niemals einen Fuß auf die erste Insel gesetzt hätte.

»Ich muss …!«, setzte sie an und fuhr mitten im Satz mit einem erschrockenen Quieken zusammen. Es hatte an ihrer Scheibe geklopft. Bree wirbelte herum und ihre Augen weiteten sich, als sie sah, wer da auf ihrem Balkon stand und hereingelassen werden wollte.

So schnell sie konnte, durchquerte sie den Raum und riss die Tür auf. »Was …?«

Doch Evianna legte einen Finger an die Lippen und bedeutete ihr damit, still zu sein. »Lass uns vorbei, bevor uns jemand sieht.«

Bree machte einen viel zu kleinen Schritt zur Seite, weil sie so perplex war, und Kace' Schwester musste sich an ihr vorbei ins Zimmer quetschen. Ery folgte seiner Partnerin wie ihr Schatten, doch als er Bree ansah, sagte sein wütender Blick mehr, als Worte es jemals gekonnt hätten.

Der Kloß in ihrem Hals wurde größer. Bree schloss schnell die Balkontür hinter den beiden Unsterblichen und zog die Vorhänge zu.

»Was macht ihr hier?«, beendete sie mit piepsiger Stimme ihre Frage und schlang die Arme fest um ihren Oberkörper. Sie trug immer noch das Kleid von vorhin und stellte fest, dass sie in ihrer Panik nicht einen einzigen Gedanken daran verschwendet hatte, sich umzuziehen.

»Retten, was zu retten ist«, knurrte Ery und stellte sich so weit von ihr entfernt hin, wie es das Zimmer zuließ.

Er musste sie wirklich hassen und Bree konnte es ihm nicht verdenken.

»Was ist mit Adrien?«, platzte sie heraus und ließ ihre vor Aufregung weit aufgerissenen Augen von einem zum anderen wandern. Sie konnte nicht verbergen, dass sie überrascht war, weil Evianna ebenfalls hier war. Schließlich war sie Kace' Schwester …

Doch sie war es auch, die ihr antwortete: »Er versauert in einer der Zellen unten im Schloss und kann froh sein, dass ich seinen Bruder so sehr liebe, dass ich meine eigene Familie hintergehe.« Sie sagte es ironisch, doch es stand ihr ins Gesicht geschrieben, wie sehr die Situation sie auf die Probe stellte.

»Es ist nicht das erste Mal, dass er dort ist«, murmelte Ery und sah aus dem Fenster. »Aber deinetwegen könnte es das letzte Mal sein.« Seine braunen Augen schossen zu Bree und durchbohrten sie.

»Ich habe das nie gewollt«, sagte sie mit zittriger Stimme und ließ sich aufs Bett sinken, bevor ihre Beine wieder zu weich wurden, um sie zu tragen. Bree rieb sich mit den Händen übers Gesicht und verschmierte dabei ihre Schminke noch weiter. »Wenn das heute nicht so aus dem Ruder gelaufen wäre, wäre alles gut gewesen.«

Ery schnaubte und sie sah überrascht auf. »Denkst du das, ja?«

»Es ist schon hart genug für sie, hör auf.« Evianna legte ihrem Partner beschwichtigend eine Hand auf den Arm.

»Dass sie deinen Bruder verarscht hat, ist dir also auch egal, oder wie?«

Seine Worte trafen Bree härter, als sie gedacht hätte. »Ich habe niemanden …« Sie stockte und schluckte die Tränen herunter, die sich in ihren Augen sammelten. Stimmte das? Konnte sie mit gutem Gewissen sagen, dass sie Kace nichts vorgemacht hatte? Sie presste die Lippen aufeinander, nur um ihre Worte danach regelrecht hinauszufeuern. Wahrscheinlich rechtfertigte sie sich mehr vor sich selbst als vor den beiden. »Ich wollte bis zum heutigen Tag Kace' Partnerin werden und mit euch hier oben leben. Adrien wäre sicher gewesen.«

»Und hätte sein Menschenleben damit verbracht, der Frau nachzutrauern, die er nicht haben kann.« Obwohl Bree schon die erste Träne über die Wange floss, sah Ery sie immer noch unnachgiebig an. Eviannas Lippen waren zu einer dünnen Linie geworden und sie schien alle Selbstkontrolle aufbringen zu müssen, die sie hatte, um nicht ebenfalls emotional zu werden.

Bree konnte nicht weiter darüber reden, dass sie die alleinige Schuld trug, wenn das hier nicht in einer Panikattacke enden sollte. »Was können wir tun?«, flüsterte sie und wischte sich harsch die Träne weg.

»Bist du bereit, es zu riskieren?«, fragte Ery und Brees Gedanken wanderten kurz nach unten in die Stadt, während ihre Augen an seinen Locken hängen blieben, die etwas dunkler, aber Adriens sonst so ähnlich waren. Natürlich wussten sie beide, was mit *es* gemeint war. Schließlich war Ery dabei gewesen, als Kace' Familie entschieden hatte, dass sie gehen musste, wenn etwas schieflief.

War sie bereit, ihre Familie aufzugeben?

Bree spürte die Antwort schon, während sie sich noch in ihrem Kopf formte. Auch wenn Tatty und ihre Eltern es nicht verstehen würden, waren sie dort unten sicher – auch ohne sie. Adrien hingegen schwebte in Lebensgefahr, und das wegen ihr. »Ja«, sagte sie bestimmt und schluckte ihre Angst herunter. Ja, das war sie.

Evianna nickte und legte ihr eine Hand auf die Schulter. »Gut, denn darauf haben wir gesetzt und aus diesem Grund verzichtet Ery gerade auf die Chance, mit seinem Bruder zu reden, und ist stattdessen hier.«

»Wie meinst du das?«

»Die anderen denken, wir sind bei Adrien, um mit ihm zu sprechen. Stattdessen sind wir hier, weil du vermutlich unsere beste Chance bist, ihn da herauszuholen.«

Brees Stimme war ein Hauchen. »Wie?«

»Heute Nacht wird die ganze Familie zusammenkommen und sich beraten, wie es mit dem Wettkampf weitergeht. Ery und ich müssen da sein, sonst werden die anderen sofort misstrauisch. Aber du bist hier eingeschlossen, weshalb keiner einen Gedanken an dich verschwenden wird.«

In Brees Kopf formten sich tausend Fragen.

»Wir werden dafür sorgen, dass deine Zimmertür offen ist. Und dann musst du ins Schloss und ihn aus der Zelle holen. Während alle beschäftigt sind, haben wir die beste Chance. Niemand wird in der Zeit nach ihm sehen.« Als Evianna einen großen Schlüssel aus ihrer Manteltasche holte, wurde Bree bewusst, wie ernst sie das Ganze meinte.

»Wie zum Teufel soll ich das alleine schaffen? Und was passiert mit Adrien, wenn wir ihn befreit haben?«

Bei dieser Frage verdunkelte sich Eviannas Blick und sie sah kurz zu Ery hinüber. »Ihr müsst euch verstecken, bis wir kommen.« Sie hielt inne, atmete tief durch und wandte sich dann wieder Bree zu. »Und dann gehen – auf die Erde. Wir beide werden sofort nach dem Treffen mit unserer Familie zu euch kommen, den Lichtstrahl bilden und euch nach unten schicken, bevor jemand versteht, was vor sich geht.«

Bree stand der Mund offen. Adrien und sie sollten beide nach unten?

»Ich habe dich gefragt, ob du bereit bist, alles aufs Spiel zu setzen«, sagte Ery unvermittelt und seine Stimme war scharf. »Ist er dir wichtig genug, um die Stadt und die Inseln weit hinter dir zu lassen?«

Sie würde gemeinsam mit Adrien fliehen. Aus einem Leben, in dem sie sich nicht sehen durften, würde von einer Sekunde auf die andere ein Leben werden, in dem sie nur einander hatten. Brees Herz pochte. »Was ist mit ihm?«, murmelte sie leise. »Er wird hier alles zurücklassen müssen.«

Ery schüttelte den Kopf. »Adrien hat es hier oben gehasst. Er wird hier gar nichts vermissen.«

Außer seinem Bruder. Würde Ery überhaupt ohne ihn klarkommen?

Als ob sie den gleichen Gedanken gehabt hätten, ging Evianna zu ihrem Partner und schlang die Arme um seine Taille. »Es ist die einzige Lösung«, murmelte sie. »Meine Familie wird sofort wissen, dass du ihn befreit hast. Ihr habt keine andere Perspektive, wenn er leben soll.«

Ery vergrub das Gesicht in ihren blonden Haaren und der Anblick zerriss Bree beinahe das Herz.

»Ich werde es tun«, sagte sie bestimmt und stand vom Bett auf. »Wann wird es sein? Wo ist Adrien und wo soll ich ihn hinbringen?«

Die beiden lösten sich voneinander und in Eviannas Augen trat eine rationale Härte, die Bree half, das Ganze klarer zu sehen. »Langsam«, sagte sie und machte eine entschleunigende Handbewegung. »Die Besprechung soll erst heute Abend sein, was unser Glück ist. Dann ist es dunkel und du hast bessere Chancen, unbemerkt ins Schloss zu kommen. Ich weiß, der Weg ist nicht weit, aber denk dran, dass wir besser hören und sehen können als ihr. Du darfst auf keinen Fall erkannt werden.« Ihr Blick wanderte an Brees Kleid hoch und runter.

»Du denkst nicht wirklich, dass ich dieses Quasi-Hochzeitskleid für eine Rettungsmission anlassen würde, oder?« Die abstruse Situation sorgte dafür, dass Bree vergaß, mit wem sie hier sprach, und ihr erst eine Sekunde später bewusst wurde, wie schnippisch sie klang. Doch ihre Nerven lagen blank.

Evianna konnte ihre Nervosität besser verstecken. »Natürlich nicht. Aber ich war mir nicht sicher, was du hier noch zum Anziehen hast, außer solchen Kleidern.«

»Es gibt immer so eine Art Sportanzug«, gab Bree zurück.

»Das geht schon. Wichtiger ist, dass du mir ganz genau erklärst, wo ich hinmuss. Ich habe das Gefühl, der ganze Plan geht den Bach runter, wenn ich nur einen falschen Schritt mache.«

»Da täuscht dich dein Gefühl nicht«, brummte Ery und sah aus dem Fenster. Die Sorge um seinen Bruder musste ihn wahnsinnig machen.

In den nächsten zehn Minuten erklärte Evianna Bree detailliert, was sie tun musste, um Adrien zu retten. Brees Angst zu versagen war so messerscharf, dass jede Information sich wie ein Brandmal in ihre Hirnhaut stempelte, sodass sie sicher war, nichts zu vergessen. Sie würde ihn nicht noch einmal im Stich lassen.

Irgendwann sagte Ery, der immer noch über den Balkon nach draußen sah: »Es tut sich etwas, wir müssen gehen!« Evianna war sofort gespannt wie eine Bogensehne. Sie nickte Bree noch einmal zu, und als diese die Geste erwiderte, drehte sie sich zu ihrem Partner um und nahm seine Hand, bevor sie die Balkontür öffnete.

Die letzten Worte, die Bree hörte, bevor die beiden nach draußen verschwanden, waren: »Kace wird mir das niemals verzeihen.«

Kapitel 19

Die Nacht fühlte sich an, als ob jemand einen schwarzen Teppich, bestickt mit unzähligen leuchtenden Sternen, über die Inseln legte. Bree faszinierte der Anblick immer noch wie am ersten Abend. Die fast vollkommene Dunkelheit hier oben, die so viel tiefer war als in der Stadt, ließ die scharfen Kanten der Realität etwas weicher wirken.

Heute war die Nacht ihr Schutzmantel, ihr Umhang, der ihr die Kraft gab, zu tun, was sie tun musste. Denn Scheitern war keine Option.

Bree entwirrte ihre nervös ineinander verschlungenen Finger und stand ruckartig auf. Es gab keine Uhren, aber Evianna hatte gesagt, dass die Besprechung ganz sicher in vollem Gange wäre, wenn es so dunkel war, dass Bree unbemerkt ins Schloss gelangen konnte. Sie hoffte inständig, dass Kace' Schwester recht behielt und sie nicht blindlings in eine Katastrophe lief und alle gefährdete. Wenn Evianna und Ery aufflogen, wäre das beinahe genauso schlimm wie bei ihr und Adrien.

Bree konnte gar nicht in Worte fassen, wie dankbar sie den beiden war, dass sie das hier taten.

Sie schlüpfte in ihre hoffentlich leisen Turnschuhe und griff den Schlüssel in ihrer Hand fester. Er sah aus, als ob er nicht im

Geringsten zu dem Schloss passte, das sich an ihrer Tür befand, doch Evianna hatte gesagt, sie hätte ihn vorbereitet. Bisher hatte sie sich nicht getraut, ihn auszuprobieren, aus Angst, jemand könnte sie hören, bevor die beiden alle Vorkehrungen getroffen hatten. Doch jetzt war der Moment gekommen.

Bree biss sich auf die Unterlippe und führte den Schlüssel langsam zur Tür. Gerade als sie mit einem Stirnrunzeln innehalten wollte, weil er wirklich viel zu groß war und sich rein gar nichts tat, begann die Spitze des Metalls golden zu funkeln und passte sich genau an das Schlüsselloch an. Bree blinzelte verwundert und mit hochgezogenen Brauen, doch dann schüttelte sie ihre Überraschung ab und drückte, so langsam und leise sie konnte, den Griff nach unten. Sie hielt die Luft an, denn die Tür öffnete sich tatsächlich einen Spaltbreit.

War da jemand?

Als sich auch nach ein paar Sekunden nichts rührte, sie niemand anschrie oder ihr die Tür wieder vor der Nase zuknallte, atmete sie tief durch, nickte sich selbst zu und trat nach draußen. Der Gang war leicht beleuchtet und in gemütliches, gelbes Licht getaucht, doch zum Glück leer.

Schnell schloss Bree die Tür hinter sich wieder, um den Anschein zu erwecken, sie wäre immer noch in ihrem Zimmer, und lief dann möglichst entspannt, aber so zügig sie konnte, durch den Flur. Falls sie doch auf jemanden traf, konnte sie nur beten, dass dieser jemand nicht wusste, dass sie eigentlich eingesperrt sein sollte.

Erst als ihr ein wenig schwindelig wurde, bemerkte sie, dass sie vor lauter Anspannung ganz vergessen hatte zu atmen.

Sie erreichte den Gang, in dem sie zuletzt mit Kace gesprochen hatte, und dort wurde es besser. Der Efeu, der an den Säulen hinunterwuchs, warf im Licht des aufgehenden Mondes ein wirres

Muster aus schwarz und schwärzer an die Wand des Gebäudes dahinter, in dem Bree nun verschwand. Sowieso schien die Gegend, wie Evianna und Ery prophezeit hatten, wie ausgestorben. Die Unsterblichen diskutierten über fremde Schicksale und die Menschen waren nach den Geschehnissen auf dem Platz vermutlich zu eingeschüchtert, um sich draußen auf der letzten Insel herumzutreiben und in den Verdacht zu geraten, sich erneut den Regeln zu widersetzen.

Obwohl man ihr pochendes Herz sicherlich über alle sechs Inseln hören konnte, fühlte Bree sich gerade relativ sicher.

Sie huschte vorbei an fein säuberlich gestutzten Büschen und über ein kleines Stück freien Schotterweges, der unter ihren Füßen knirschte und Bree fast den letzten Nerv raubte. Das Schloss kam immer näher. Evianna hatte ihr erklärt, dass die Tür zum Gewächshaus nie verschlossen war, doch sie durfte sich nicht zu lange zwischen den duftenden Pflanzen aufhalten, um keine Halluzinationen zu bekommen. Und Bree würde einen Teufel tun, ihrem Rat nicht zu folgen. Schon der Garten alleine weckte in ihr furchtbare Erinnerungen, da konnte sie vernebelte Gedanken, die ihr Streiche spielten, erst recht nicht gebrauchen.

Als sie die gläserne Tür öffnete, stieg ihr sofort ein so intensiver Geruch in die Nase, dass es schien, als ob die Rosen darin nur darauf gewartet hatten, sich mit ihrem Duft auf den nächsten Besucher zu stürzen. Schnell drückte sie sich den Ärmel ihres Oberteils an die Nase, um so viel wie möglich von der betörenden Wirkung abzufangen.

Bree rannte beinahe durch das Gewächshaus und atmete, obwohl sie diesen Ort zu hassen gelernt hatte, vor Erleichterung auf, als sie wieder im Garten ankam und nur noch normale Rosen vor sich hatte, deren Geruch sich an der frischen Luft verlor.

Als sie die dichten Hecken sah, die sich an beiden Seiten an den Weg schmiegten, wurde ihr dennoch übel und sie zwang sich dazu, ihren Blick nur nach vorne gerichtet zu lassen. Der Albtraum, den sie mit diesem Ort verband, war nicht echt gewesen. Doch wenn sie sich nicht konzentrierte, würde sie einen sehr realen Albtraum für sich und Adrien erschaffen.

Egal wie sehr Bree sich bemühte, leise zu sein, der Kies unter ihren Sohlen knirschte trotzig. Doch nichts regte sich. Das verschaffte ihr die nötige Zeit, um in Ruhe der Beschreibung zu folgen, die Evianna ihr gegeben hatte, und nach der Tür zu suchen, die von hinten ins Schloss führen würde. Obwohl das Wort ›suchen‹ nicht ganz passend war, denn nur ihr hektisches Gehirn sah diese Aufgabe als Herausforderung an. Eigentlich führten die vielen Wege im Rosengarten alle genau zu dieser großen zweiflügeligen Tür mit verschnörkelten goldenen Verzierungen, die sich, genau wie echte Ranken es tun würden, über das Holz wanden.

Sie sah so auffällig aus, dass Bree kurz daran zweifelte, ob sie sie wirklich unbemerkt ins Schloss bringen könnte. Doch Bree hatte nur diesen Weg gesagt bekommen und Evianna hatte ihr versichert, dass zu dieser Zeit und während die Besprechung in vollem Gange war, niemand hier sein würde.

Unweigerlich musste Bree an Kace denken, der gerade wahrscheinlich mit in dieser Besprechung saß, und sie spürte einen Stich in ihrem Herzen. Er war nicht groß genug, um auch nur in Erwägung zu ziehen, Adrien zurückzulassen und stattdessen Kace zu wählen. Sie konnte sich kaum noch vorstellen, ein Leben in der Unsterblichkeit mit ihm zu führen, als wäre nie etwas geschehen. Wohl aber verspürte sie ein schlechtes Gewissen. Sie hatte Kace auf jede erdenkliche Weise hintergangen und seine Schwester half ihr noch dabei. Wahrscheinlich war sie im Begriff, den größten Skandal auszulösen, den die Inseln je erlebt hatten.

Bevor ihre Gedanken zu laut wurden, griff Bree nach dem schweren Türknauf. Wie versprochen waren in dem Gang hinter der Doppeltür alle Lichter gelöscht und Bree huschte wie ein Geist hinein. Dennoch waren all ihre Sinne in Alarmbereitschaft. Es war ein beklemmendes Gefühl, zu wissen, dass ein Geräusch, das sie selbst nicht einmal wahrnahm, ihre Stolperfalle werden konnte, indem es an das Ohr eines Unsterblichen drang.

Sie perfektionierte gerade ihren leisen Schritt, indem sie sich penibel von der Ferse über den Ballen abrollte und dabei genau dem Weg folgte, den Evianna ihr beschrieben hatte, da schlich sich der Hauch eines gelben Lichtstrahls um die Ecke vor ihr und Bree hielt wie vom Blitz getroffen inne. War es schon zu spät? Hatten die Unsterblichen sie gehört?

Ihr Herz wummerte so laut, dass alleine das jeder Unsterbliche in der Nähe wahrnehmen könnte. Reflexartig presste sie sich näher an die Wand zu ihrer Rechten. Sollte sie hierbleiben und abwarten, was passierte? Oder nachsehen, wo das Licht herkam? Vielleicht war da ja auch gar niemand …

Ery tauchte in ihren Gedanken auf, der ihr mit seinem Blick zu verstehen gab, wie wenig Vertrauen er in sie hatte. Bree wollte auf keinen Fall, dass er recht behielt. Also entschied sie, nicht untätig zu bleiben. Sie hatte nicht unbegrenzt Zeit und konnte nicht riskieren, viel zu lange hier zu warten, obwohl da hinter der Ecke gar nichts war.

So langsam und leise sie konnte, schob sie sich vorwärts und ließ ihren Atem ganz flach werden.

Als sie gerade ihre Nasenspitze um die Ecke geschoben hatte, sah sie eine Silhouette, die ihr beinahe einen Herzinfarkt bescherte. Es war eine Dienerin in Schwarz, die gerade eine Tür hinter sich schloss und somit den Lichtstreifen verschwinden ließ, der Bree zum Glück noch gerade rechtzeitig gewarnt hatte. Die zierliche Frau trug die gleichen Klamotten wie alle Diener und sie hatte die Tür mit ihrem Fuß zuschieben müssen, weil ihre Arme mit mehreren Lagen Stoff beladen waren.

Wie in Trance beobachtete Bree, wie sie davonging, und gestattete sich erst wieder, so viel Luft in ihre Lungen zu lassen, wie ihr Körper es eigentlich forderte, als sie nicht mehr zu sehen war.

Konnte der Raum, aus dem sie gekommen war, eine Art Abstellkammer sein? Eine Abstellkammer, in der sich auch die Uniformen der Diener befanden? Brees Blick zuckte von der Tür zurück zu dem Flur, dem sie laut Evianna folgen sollte.

Sie durfte nicht vom Plan abweichen, dafür war die Zeit zu knapp. Aber wie viel sicherer würde sie sich im Schloss bewegen können, wenn sie aussah wie eine einfache Dienerin, die hier hingehörte? Außer den wenigen Unsterblichen, die Teil des Wettkampfs waren, kannte sowieso niemand ihr Gesicht. Und dann noch in den schwarzen Klamotten …

Ihre Füße begannen zu kribbeln, als ob sie sich eigenmächtig aus ihrer Starre befreien wollten, doch ihr Kopf zögerte noch. Das Ganze wäre sowieso hinfällig, falls die Tür abgeschlossen war. Sie würde nur nachsehen und dann entscheiden.

Bree huschte um die Ecke und blickte sich noch einmal nach links und rechts um, bevor sie ihre Hand auf den Griff legte, der sich augenblicklich nach unten bewegte und die Tür aufschwingen ließ. Sie hatte goldrichtig gelegen. Es war eine Art Abstellkammer, in der sogar noch Licht brannte, wodurch sie sehen konnte, dass in einem Regal in der hinteren Ecke tatsächlich Klamotten lagen. Schnell schloss Bree die Tür hinter sich, durchquerte den schlauchförmigen Raum und nahm sich eine schwarze Hose vom Regalbrett. Das war perfekt! Mit einem Ohr an der Tür durchsuchte sie die Stapel nach einer Größe, die ihr annähernd passen könnte, und zögerte schließlich nicht lange, ihre Joggingklamotten abzustreifen. Sie schob gerade ihren rechten Arm in eines der weißen Hemden, die sie bei Adrien so oft nachlässig zugeknöpft gesehen hatte, als sie ein Geräusch hörte und erschrocken zusammenzuckte. Wenn jetzt jemand hereinkäme, säße sie mehr als in der Klemme!

Mit weit aufgerissenen Augen starrte sie zur Tür und verfluchte sich selbst dafür, den Plan nicht eingehalten zu haben. Doch sie öffnete sich nicht. Stattdessen drehte sich ein Schlüssel im Schloss.

»Nein!«, hauchte Bree verzweifelt und stürzte nach vorne. Nein, das durfte nicht wahr sein!

Doch das Schloss klackerte ungerührt von ihrem Entsetzen weiter und irgendwann entfernten sich Schritte. Bree biss sich in böser Vorahnung auf die Lippe, als sie erneut den Griff herunterdrückte. Nichts tat sich. Die Frau war zurückgekommen und hatte abgeschlossen. Bree war eingesperrt.

Nein! Nein! Nein! Das durfte nicht wahr sein!

Hektisch zerrte sie den magischen Schlüssel aus ihrer alten Hose, die auf dem Boden lag, und hielt ihn mit zittrigen Händen an das Schloss. Doch es tat sich nichts. Kein goldener Schimmer, nichts! Das graue Metall blieb störrisch in seiner falschen Form und sie wimmerte vor Frustration. Funktionierte der Schlüssel nur bei den Schlössern, auf die Evianna ihn vorbereitet hatte? Hatte sie die richtigen Formen quasi in ihm gespeichert?

Dann war es kein Wunder, dass sich hier nichts tat. Wie hätte sie auch auf die Idee kommen können, dass Bree so dumm war, sich in einer Abstellkammer einzusperren!

Die Bluse hing ihr noch halb über der Schulter und spiegelte die himmelschreiende Verzweiflung wider, die sich in ihr breit machte. Bree riss erneut an dem Griff und nahm den Krach in Kauf. Es war ihr beinahe egal, ob jemand von draußen sie hörte.

Es wäre sogar besser, wenn jemand sie fand, dann hätte sie wenigstens eine winzige Chance, es noch zu Adrien zu schaffen, wenn sie die Person überwältigte.

Wie konnte man nur so dumm sein?

Bree stöhnte und fuhr sich verzweifelt durch ihre Haare, die sie extra zu einem straffen Zopf gebunden hatte, um nicht erkannt zu werden. Sie hatte sogar noch früher und noch katastrophaler versagt, als Ery es jemals hätte vorhersagen können. Sie hatte Adrien seinem Schicksal überlassen, weil sie sich in einer verdammten Abstellkammer hatte einsperren lassen.

Ihr stiegen Tränen des Zorns in die Augen und mit einem Ruck, der ihr beinahe die Schulter auskugelte, riss sie sich die Bluse über den Körper. Sollte sie so lange rufen, bis sie jemand fand? Aber wenn es ein Unsterblicher war oder jemand, der sie erkannte, konnte sie genauso gut hier eingesperrt bleiben wie in ihrem Zimmer.

Sie hatte es verbockt. Sie hatte es auf ganzer Linie verbockt. Wie konnten gleich zwei Männer so viel von ihr halten, wenn sie sogar jetzt versagte, wo alles auf dem Spiel stand?

Bree sackte an der Wand zusammen und spürte, wie ihre Wangen feucht wurden. Ihr Kopf kippte nach rechts und sie fühlte den kühlen Stein an ihrer Wange. Einen Augenblick lang saß sie einfach nur da und gab sich dem Schmerz hin, der in riesigen Wellen über ihr zusammenschlug. Doch als sie irgendwann die Tränen fortblinzelte, stach ihr etwas ins Auge, das sie vorher nicht gesehen hatte. Da oben war ein Fenster. Viel zu klein und viel zu weit entfernt, aber da war ein Fenster.

Sofort kam sie auf die Beine und eilte zur hinteren Wand der Kammer, hinter der der Garten liegen musste. Wenn sie sich streckte, konnte sie das Fenster mit den Fingerspitzen berühren. Es fühlte sich nicht an, als ob das Glas besonders dick wäre.

Sie hatte keine Zeit zu zögern.

Bree suchte mit den Augen den Raum ab und wurde fündig, als ihr Blick auf eine metallene Kiste fiel, die so schwer aussah, dass ihr die Arme schmerzten, bevor sie sie überhaupt angefasst hatte. Mit einem Stöhnen hievte sie das Ding hoch. Nach den ersten Schritten rutschte die Kiste dennoch bereits nach unten, sodass sie sie mit einem ruckartig hochgezogenen Knie wieder abfangen musste.

Sie konnte nur beten, dass der Plan aufging.

Bree holte so weit nach hinten aus, wie sie konnte, ohne die Kiste fallen zu lassen, und schleuderte das metallene Ding dann mit Schwung von sich – direkt auf die Fensterscheibe. Das Klirren, mit dem das Glas zersprang, war so ohrenbetäubend, dass Brees Hände automatisch zu ihren Ohren zuckten, obwohl sie damit gerechnet hatte. Das Geräusch verpasste ihrem Körper einen Startschuss, denn jetzt durfte sie nicht einmal eine Millisekunde verschwenden. In kürzester Zeit würde jemand hier sein, um zu sehen, was oder wer diesen Lärm verursacht hatte.

Ohne zu zögern oder auf die Scherben zu achten, die überall auf dem Boden verstreut lagen, zerrte Bree das hölzernen Regal an einem Ende so weit in den Raum, dass sie auf eines der unteren Bretter steigen konnte, um das Fenster zu erreichen.

»Mist«, fluchte sie, als sie erkannte, was ihr gleich hätte klar sein müssen. Natürlich war die untere Kante, über die sie hinwegsteigen musste, nicht glatt gesprungen, sondern immer noch voller scharfer Kanten. Doch dahinter tat sich die mittlerweile tiefe Schwärze der Nacht auf, die ihr versprach, es doch noch schaffen zu können.

Mit einem gestressten Schnauben lies Bree sich wieder auf den Boden fallen und lud sich den ganzen Arm mit Uniformen voll, um damit wieder auf das Regal zu steigen. Sie wickelte sich eine

Hose um die Hand und brach so die größten Scherben heraus. Dann drapierte sie die Kleidung so gut sie konnte über der Kante.

Das musste reichen. Wie viel Zeit hatte sie schon hier drinnen verschwendet? Erst das Umziehen und jetzt das? Sie musste schon deutlich hinter dem Plan sein. Was würden Evianna und Ery tun, wenn sie am verabredeten Platz waren, sie und Adrien aber nicht?

Bree war sich ziemlich sicher, dass das, was Kace' Schwester heute Nacht tat, schon ihre Schmerzgrenze überstieg. Niemals würde sie ihr Leben auf den Inseln und das Vertrauen ihrer Familie noch weiter aufs Spiel setzen, indem sie selbst nach Adrien suchte.

Mit einem Stöhnen hievte Bree ein Bein auf die Fensterkante und zog sich dann mit zittrigen Armen nach oben. Zum Glück hatten die letzten Tage sie auf derartige Aktionen vorbereitet. Das hier war definitiv nicht das Schlimmste, das ihr Körper hatte durchmachen müssen. Obwohl sie beim Ausstieg durchs Fenster einen Ärmel ihrer Bluse aufriss und sich einen blutigen Kratzer zuzog, den dieses Mal keine Heilerin mit Magie kitten würde.

Sie landete mit einem dumpfen Aufprall auf der anderen Seite der Wand im Gras.

Wenn sie Adrien noch pünktlich an den verabredeten Ort bringen wollte, musste sie rennen.

Es schien Bree, als ob der Garten sie verspotten würde, als sie ihn erneut durchquerte, um wieder zu der gleichen Hintertür zu kommen, die sie eben schon benutzt hatte. Obwohl sie so nervös war, dass das Herz ihr aus der Brust zu springen drohte und gleichzeitig die Angst ihre Bewegungen lähmte, schaffte sie es wieder ins Gebäude. Als sie kurz darauf beinahe in eine Gruppe von Dienern hineinlief, die natürlich auf dem Weg zu dem Chaos war, das sie veranstaltet hatte, schrie sie fast vor Schreck auf.

Doch sie hatten sie nicht bemerkt und auf den ersten Blick würde sie sowieso aussehen wie eine von ihnen. Vielleicht rechtfertigte die Situation sogar, dass sie auch rannte. Schließlich hätte der Krach ja auch von einer anderen Stelle kommen können und sie suchte nach der Ursache. Bree konnte nur hoffen, dass Evianna und Ery die Unsterblichen davon überzeugen konnten, der Sache nicht selbst nachzugehen …

Ohne nach links und rechts zu sehen, folgte sie nun blindlings ihren Anweisungen, hastete durch einen Flur nach dem anderen, bis sie endlich an die Treppe kam, die sie hinunter zu den Zellen führen würde. Der Sog dorthin war so stark, dass sie beinahe die Stufen hinunterfiel. Gleich würde sie ihn sehen können. Wenigstens für eine Sekunde wissen, dass Adrien okay war, bis sie seine Welt komplett aus den Fugen heben würde.

Evianna hatte gesagt, es würde keine Wachen geben. Dass es noch nie vorgekommen sei, dass ein Mensch aus einer der Zellen, die mit Magie versiegelt waren, entkommen war. Bis heute Nacht, in der Bree mit dem magischen Schlüssel bewaffnet in den von Leuchtern an der Wand erhellten Gang stolperte und betete, dass er dieses Mal wieder funktionierte.

»Adrien?« Ihre Stimme war vor Aufregung so hoch, dass sie sich selbst kaum erkannte.

Sie hörte ein Rascheln im Halbdunklen. »Bree? Was machst du hier?«

Sie atmete erleichtert auf, als sein Gesicht sofort hinter einer Reihe aus goldenen Stäben auftauchte und unversehrt aussah. Mit zittrigen Fingern fummelte sie den Schlüssel aus ihrer Tasche und Adriens Augen weiteten sich, als er sah, dass sie die Klamotten der Diener trug. »Wir haben keine Zeit. Wir sind sowieso schon zu spät dran.«

»Zu spät für was?«

Als sie ihm nicht antwortete, sondern nur verzweifelt versuchte, den Schlüssel ruhig genug an das Schloss zu halten, damit er sich ihm anpassen konnte, streckte Adrien seine Hand durch die Gitterstäbe und legte sie auf ihren Arm.

»Bree, hör auf. Was tust du da?«

»Dich retten, du Idiot«, knurrte sie mit zusammengebissenen Zähnen und endlich öffnete sich die Zellentür mit einem Klicken. Den Göttern sei Dank!

Adrien sah aus, als ob er sie gleich wieder eigenhändig schließen würde. »Das bringt doch nichts. Du machst dir alles kaputt und wir können uns hier sowieso nirgends verstecken.« Nach alledem dachte er immer noch nur an sie. »Ich komme schon klar.«

Bree lachte hysterisch auf. »Du kommst schon klar, ja? Glaubst du, ich weiß nicht, dass sie dich töten werden für das, was du heute getan hast?« Sie machte einen Schritt in die Zelle und zerrte an seinem Arm, bis er zu ihr stolperte. »Du hast es immer noch nicht verstanden. Wir sind füreinander da. Ich werde ohne mit der Wimper zu zucken den dummen Wettkampf aufgeben, um dich zu retten.«

Sie hatten jetzt wirklich keine Zeit mehr! Bree zog an seinem Arm, doch Adrien hielt dagegen und bewegte sich keinen Zentimeter.

»Für was willst du ihn aufgeben, Bree? Wo soll ich hin? Sie werden mich finden, egal wo ich mich auf den Inseln verstecke.«

»Ery und Evianna helfen uns. Aber wenn wir nicht sofort gehen, sind wir nicht rechtzeitig am Treffpunkt.« Ihre Stimme wurde flehend.

Adriens Augen weiteten sich ungläubig. »Ery hilft uns?«, krächzte er.

»Er ist dein Bruder, Adrien. Natürlich hilft er dir! Und jetzt komm bitte!«

Endlich gab er dem Druck nach und ließ sich von Bree aus der Zelle ziehen. Als sie vor der Treppe standen, schien er sich wieder gefangen zu haben und fand in seine Entschlossenheit zurück.

»Wo müssen wir hin?«

Er musste eine Ahnung haben, was die einzige Lösung sein konnte, wie Ery und Evianna ihnen helfen konnten, oder? Wieso sagte er nichts dazu? Lag Ery falsch und es kostete ihn doch mehr, sein Leben hier zurückzulassen? Um dann nur noch sie zu haben, die er erst seit einer Woche kannte. Würde sie ihm das geben können, was er hier verlor? Würde sie genug sein?

Bree schluckte die Angst hinunter, die ihr die Kehle zuschnürte, und antwortete: »Sie haben gesagt, an den Waldrand östlich von hier und du wüsstest den Weg.«

»Natürlich, das ist nicht weit weg.«

»Wir dürfen auf keinen Fall erkannt werden«, sagte Bree und senkte ihre Stimme, als sie gemeinsam die Treppe hinaufliefen und das dämmrige Licht des Kellers dem helleren der Schlossgänge wich.

»Das werden wir nicht.« Adrien drehte sich zu ihr um und nahm ihre Hand in seine. »So gut, wie du dich getarnt hast, ist das ja fast unmöglich.« Er lächelte sie so liebevoll an, dass Brees Herz zu zerspringen drohte. Sogar jetzt, in dieser beschissenen Situation zeigte er seine Gefühle für sie so deutlich. Wie konnte sie ihn verdient haben?

Als sie die ersten Meter in dem mittlerweile gut gefüllten Schloss hinter sich gebracht hatten, war Bree sich sicher, es niemals unentdeckt zum Treffpunkt zu schaffen. Ihre Ausbruchaktion hatte für zu viel Trubel gesorgt. In dem verzweifelten Versuch, jedes kleinste Geräusch mitzubekommen, rauschten ihre Ohren, und ihre Finger zerdrückten Adriens vor Nervosität vermutlich zu Brei. Doch irgendwann schaltete sie alle ihre Sinne soweit sie konnte aus und konzentrierte sich nur noch auf das Gefühl von seiner Haut an ihrer. Ließ sich von ihm durch dunkle Gänge führen, die gar nicht wirklich zu dem riesigen weißen Schloss zu gehören schienen und sie doch in wenigen Augenblicken nach draußen führten.

Die kühle Nachtluft war wie ein Kuss auf Brees verschwitzter Haut. Sie konnten es doch noch schaffen. Es würde alles gut gehen, wenn sie einfach weiterliefen.

»Du kennst dich ja verdammt gut da drinnen aus«, keuchte Bree, während sie Adrien, so schnell es im Dunklen ging, über die Kieswege folgte, bis sie endlich Gras unter ihren Füßen spürte.

Dort hinten konnte sie die dichte Silhouette des Waldes sehen, links von ihr fiel der Boden in abgrundtiefe Schwärze ab. Das war der Himmel und unter ihnen musste irgendwo die Stadt sein, die sie gleich ein letztes Mal durchqueren würde, bevor sie sie für immer verließ.

Urplötzlich schossen ihr die Tränen in die Augen. Obwohl sie keine Zweifel in sich trug, dass sie das Richtige tat, würde sie niemals wirklich dazu bereit sein, ihre Familie zurückzulassen. Doch der Wald kam näher, rechts von ihnen standen schon die ersten Bäume, und gleich würden Ery und Evianna sie hinunterschicken.

»Bree, stopp.«

Adriens Stimme riss sie aus ihren Gedanken und sie wurde abrupt abgebremst, denn er blieb einfach stehen. »Was ist los? Sie müssen gleich da hinten am Wald sein!«

Sogar im Dunkeln konnte sie sehen, wie er den Kopf schüttelte. »Was genau ist der Plan, Bree? Was haben sie dir versprochen? Egal, was sie gesagt haben, die zwei alleine haben keine Möglichkeit, uns zu verstecken oder das alles hier irgendwie wieder ins Reine zu bringen.«

Sie blinzelte verwirrt. »Natürlich nicht, deshalb werden sie uns beide nach unten schicken und wir werden fliehen.« Bree hielt kurz inne. »Wir werden so weit weggehen, dass sie uns nicht folgen können. Kace wird jemand anderen finden, der ihnen nicht so viele Probleme bereitet wie ich, und in ein paar Jahren ist alles vergessen.«

Stille breitete sich zwischen ihnen aus. »Du weißt es?«, hauchte Adrien. »Du weißt, dass das die einzige Möglichkeit ist, und du bist trotzdem hier und hast mich rausgeholt?«

»Natürlich.« Bree überwand die Distanz zwischen ihnen und löste ihre Finger aus seinen, um beide Hände an Adriens Wangen zu legen. Seine Haut war warm vom Laufen. »Wieso scheint das für dich so unmöglich, obwohl du das Gleiche und mehr für mich tun würdest?« Sie beugte sich nach vorne und berührte sanft seine Lippen mit ihren. Ein Stich der Enttäuschung bohrte sich in ihr Herz, als er den Kuss nicht erwiderte. Doch dann zog er sie ruckartig zu sich heran und vergrub seinen Kopf in ihrem Nacken, während seine Arme sie so fest umklammert hielten, dass es schien, als ob es keine Grenzen mehr zwischen ihren beiden Körpern geben würde.

»Wir werden das schaffen«, murmelte Adrien in ihr Haar.

»Das werden wir.« Bree atmete seinen Duft ein und schloss für eine Sekunde die Augen. »Aber wenn dein Bruder und Evianna hier oben noch in Frieden leben wollen, müssen wir jetzt sofort gehen. Niemand darf wissen, dass sie uns helfen, und ich habe da drinnen einen ganz schönen Krach verursacht.« Sie konnte es nicht sehen, aber sie spürte, wie er nickte.

Obwohl der Rest der Strecke aus nicht einmal einer Minute Herzklopfen, vor Angst schwitzenden Händen und schnellen Schritten auf weichem Gras bestand, kam sie Bree ewig vor. Als sie eine Silhouette am Waldrand sah, war ihr Weg nach unten so greifbar, dass es beinahe schmerzte, und trotzdem noch zu weit weg, um die Welle der Erleichterung in sich brechen zu lassen.

»Da seid ihr ja«, flüsterte Evianna und die gleiche Nervosität, die Bree in sich trug, sprach aus all ihren Poren. Sie war in einen schwarzen Umhang gehüllt, der sie beinahe mit der Nacht verschmelzen ließ, und griff sofort nach Adriens Arm. »Bist du okay?«

»Ja, bin ich.« Adriens Kopf ruckte hin und her, als er sich umsah. »Wo ist Ery?«

Evianna nutzte ihren Griff, um ihn in Richtung des Inselrandes und des Himmels zu ziehen. »Unten natürlich. Wie sollten wir euch sonst nur zu zweit in die Stadt bekommen?«, murmelte sie abgelenkt und sah immer wieder zurück in Richtung Schloss.

»Ery ist in der Stadt?«

Bree stolperte den beiden hinterher und war genauso ungläubig wie Adrien. Doch sie erinnere sich daran, dass Kace ihr erzählt hatte, dass Unsterbliche, die vorher Menschen gewesen waren, die Inseln unbeschadet verlassen konnten. Bei dem Gedanken daran, dass er vermutlich einfach gesprungen war, wurde ihr wieder bewusst, wie unterlegen sie ihnen waren.

Doch Evianna schien nicht den Nerv dafür zu haben, ihnen eine ausführliche Erklärung zu geben. »Es wird ihn im Dunkeln niemand erkennen und ohne die anderen können wir beide allein nicht genug Magie erzeugen, um euch sicher nach unten zu bringen. Also müssen wir das direkte Band benutzen.« Sie sah noch im Laufen nach hinten zu Bree. »Hat dich jemand gesehen?«

»Nein, aber sie wissen, dass etwas los ist.«

»Mist«, fluchte sie und beschleunigte ihre Schritte noch einmal. »Der Krach warst also wirklich du. Sie dürfen auf keinen Fall wissen, dass wir beide euch helfen. Wir müssen so schnell wie möglich wieder zurück.« Aus ihrer Stimme sprach echte Furcht und Bree konnte sie gut nachempfinden.

Sie kamen am Rand der Insel an und vor ihnen tat sich nur noch sternenklare Dunkelheit auf. Kace' Schwester streckte ihre Hand nach vorne, sodass sie gerade über die Kante reichte, und ließ einen winzigen goldenen Ball zwischen ihren Fingern erscheinen. Bree trat neben sie und fröstelte, als der Wind ihr durch die dünnen Kleider der Diener fuhr. Es dauerte nur eine Sekunde, dann war am Boden auch ein winziges Licht zu erkennen. Das war Ery.

»Adrien, er ist bereit, komm her«, flüsterte Evianna eindringlich und ließ konzentriert ihre Schultern kreisen, bevor aus ihren ausgestreckten Händen der dunkelgoldene Lichtstrahl hervorschoss, den Bree mittlerweile so gut kannte. Wieder zog die Säule sie an. Sie war ihrer beider Weg raus aus dem Ganzen.

»Bree soll zuerst gehen.« Adrien trat ebenfalls an den Rand der Insel und blickte hinunter zu seinem Bruder, weshalb er nicht sehen konnte, was Bree sah. Eviannas Kopf zuckte und für eine Millisekunde huschte ein Ausdruck über ihr Gesicht, der dafür sorgte, dass sich Brees Armhärchen aufstellten. Sie hatte etwas gehört, was ihre menschlichen Ohren nicht wahrnehmen konnten.

Obwohl alles in ihr danach schrie, zu fragen, was es war, biss sie sich auf die Lippe und sammelte sich dann, um das zu tun, was richtig war. Unter ihnen gab es nur eine Person, die in unmittelbarer Lebensgefahr schwebte, wenn sie entdeckt wurden. Und das war Adrien.

»Geh bitte«, sagte Bree eindringlich und griff nach Adriens Hand. »Dein Bruder steht da unten und geht ein gigantisches Risiko ein. Er wird dich als Ersten sehen wollen. Ich komme sofort nach.«

Adrien zuckte kurz zusammen, als sie ihre Hand aus seiner löste und ihm damit zu verstehen gab, dass er nicht zögern sollte.

Und doch tat er es, denn seine dunklen Augen ruhten schwer auf ihr, bis er sich endlich einen Ruck gab und auf Evianna und den von ihr erschaffenen Lichtstrahl zuging. Bree konnte sehen, wie das Gold der Magie sein Gesicht aufhellte und ihm gleichzeitig dunkle Schatten über die Wangen schickte. Er drehte sich noch einmal um, bevor er den ersten Schritt in die Säule machte, und sie lächelte ihn aufmunternd an.

Doch als Adrien tatsächlich in den Lichtstrahl trat und das Gold seinen Körper umfing, wurde ihr Herz so schwer, dass sie dachte, sie würde gleich umkippen. In ihren Augen sammelten sich Tränen, als Adriens Silhouette, die zu ihr gewandt war, sich langsam auflöste und gleich unten in der Stadt bei seinem Bruder auftauchen würde.

Wenigstens das hatte sie geschafft. Egal wie die Unsterblichen sie bestrafen würden, Bree wusste, dass es jetzt nur noch halb so schlimm wäre. Weil sie Adrien gerettet hatte. Denn obwohl sie nur ein Mensch war, konnte auch sie jetzt sehen, was Evianna schon vorher gehört hatte.

Sie kamen. Bewegungen huschten wie dunkle Geister und zu schnell für ihr Auge im Mondlicht über die Wiese zwischen dem Schloss und ihnen. Sie hatten sie gefunden.

Evianna stieß einen tiefen Seufzer aus und die Magie, die aus ihren Fingern pulsierte, erlosch, als hätte sie ein eigenes Leben gehabt.

»Hat er es geschafft?« Brees Stimme zitterte und es tat ihr so unglaublich leid, dass sie Evianna in all das hier mit hineingezogen hatte.

»Ja.« Die Unsterbliche klang so müde, als ob die Magie sie komplett ausgelaugt hätte. Doch Bree war sich sicher, dass es daran lag, dass sie ebenfalls wusste, dass sie einen Fehler begangen hatte.

Bree wollte gerade etwas sagen, da hallte ihr Name durch die Nacht und sie erkannte Kace' Stimme. Ihr lief ein Schauer über den Rücken, doch die Tränen, die sie gerade noch so deutlich hinter ihren Lidern gespürt hatte, wollten nicht kommen. Gleich würden sie hier sein und ihr graute jetzt schon vor Tarquins Zorn.

»Er wird nicht aufgeben, solange du hier oben bist.« Eviannas gemurmelte Worte drifteten zu Bree herüber und sorgten dafür, dass ihr Blick, der gerade noch auf die Wiese gerichtet war, zu der Unsterblichen zuckte. »Adrien wird nicht aufgeben und er wird Ery mit hineinziehen.« Sie sah Bree so plötzlich und eindringlich an, dass ihr ganzer Körper kribbelte. »Kace lässt nicht zu, dass ich dich jetzt noch runterschicke, aber wenn du hier oben bleibst, wird Adrien keine Ruhe geben, bis Ery ihn wieder hochbringt. Und das geht nicht. Sie hätten uns niemals finden dürfen, bevor du unten bist.«

Plötzlich erschien ihr die Nachtluft eiskalt.

»Bree, was hast du getan?« Sie wirbelte herum und sah Kace auf sie zu stürmen. Seine blonden Haare hingen ihm wirr in die Stirn und sein Gesicht zeugte von so viel Schmerz, dass es ihr einen Stich direkt ins Herz verpasste. Kurz vor ihnen bremste er ab und sah mit weit aufgerissenen Augen zwischen ihr und seiner Schwester hin und her.

Evianna war so schnell neben ihr, dass Bree erschrocken die Luft einsog. Wollte sie sie vor ihrem eigenen Bruder beschützen? Sie konnte nicht glauben, dass Kace ihr jemals etwas antun würde. Oder?

»Adrien interessiert sie eigentlich nicht. Er muss dich nur gehen lassen, dann ist er frei – und Ery auch. Er ist unsterblich, sie müssen ihm irgendwann verzeihen.« Ihre ersten Worte waren so leise, Bree sie kaum verstand, obwohl Kace' Schwester so nah bei ihr war, dass sie quasi in ihr Ohr sprach. Doch als Eviannas

Lippen den Namen ihres Partners als einzigen Teil des Satzes klar und deutlich formten, spürte sie, dass sich etwas verändert hatte. Dass in dieser Situation, in der sie fürchtete, Ery an den Kampf mit ihrer eigenen Familie zu verlieren, alles andere in den Hintergrund trat.

Doch Bree hätte sowieso keine Zeit für eine Antwort gehabt, denn im nächsten Moment spürte sie Eviannas Hände an ihrer Hüfte und ihr wurde die Luft aus den Lungen gepresst, als Kace' Schwester ihr einen so festen Stoß gab, dass Bree mehrere Meter zur Seite flog.

Obwohl ihr Körper wusste, dass sie keinen Boden mehr unter den Füßen hatte, verstand ihr Kopf erst, was gerade passierte, als sie Kace' gellenden Schrei hörte. Ihr Schwerpunkt kippte im Fallen so weit nach hinten, dass sie aus einer merkwürdigen Position sah, wie Kace auf sie zustürzte und die Hand nach ihr ausstreckte, wie um nach ihr zu greifen.

Wenn sie eines der großen Kleider getragen hätte, die zu dem Wettbewerb gehört hatten, hätte er vielleicht noch den Saum erwischt. Doch sie hatte sich für das Unperfekte entschieden, für Vertrauen und Aufopferung und die Kleidung der Diener, die zu Adrien gehörte und die ihr geholfen hatte, ihn zu retten.

Und so gab es nichts, was Kace' Finger greifen konnten. Sie glitten ins Leere und das Letzte, was Bree von den Inseln sah, war sein entsetzter Gesichtsausdruck. Vielleicht wäre er ihr hinterhergesprungen, doch sie sah, wie sein Vater ihn festhielt und ihr somit die letzte Chance raubte.

Kace war ein guter Mann und sie hätten glücklich miteinander werden können. Das war der Gedanke, den sie hatte, als die Dunkelheit so schnell an ihr vorbeirauschte, dass ihr ganzer Körper sich taub anfühlte.

Reflexartig versuchte sie sich in der Luft umzudrehen, um die

Erde sehen zu können, doch es gelang ihr nicht. Stattdessen zischte plötzlich goldenes Licht neben ihr durch die Schwärze und blendete ihre vor Schreck weit aufgerissenen Augen.

Der Strahl neben ihr schrie so laut danach, dass sie in ihn trat, wie noch nie einer zuvor, und Bree versuchte verzweifelt, sich nach ihm auszustrecken, aber die Luft um sie herum war so schwer, kettete ihre Glieder an den Fall, der sie nicht loslassen wollte.

Nur ihre Fingerkuppe berührte das Gold und ließ es wild in alle Richtungen auseinanderstäuben, als ihre Hand sich auf der Reise zur Erde durchs Licht zog. Sie spürte, dass es Kace' Magie war, die sie berührte.

Doch sie schaffte es nicht, so viel von ihrem Körper hineinzubewegen, dass er sie retten konnte.

Aber das war okay, denn Evianna hatte recht. Ohne sie war Adrien frei.

Kapitel 20

Jubel brandete über den Festplatz hinweg und war so laut, dass er die über und über mit Girlanden und Lampions behängten Bäume zum Beben brachte. Doch er war zu ekstatisch, zu viel, um nach den Geschehnissen der letzten Tage echt sein zu können.

Kace gab sich einen Ruck, streckte seine Hand aus und legte sie auf Lilliths Wange. Wenn schon alle so entschlossen waren, das Schauspiel der Zeremonie aufrechtzuerhalten, dann würde er es nicht zerstören. Sanft strich er seiner zukünftigen Partnerin mit dem Daumen über die weiche Haut und sah, wie ihre Mundwinkel sich zu einem zaghaften Lächeln hoben.

Er konnte nicht abstreiten, dass Lillith sehr hübsch war, und im Wettkampf hatte sie sich als guter und verlässlicher Charakter herausgestellt. Doch sie war nicht die Frau, die sein Herz ausgesucht hatte. Und das wussten sie beide.

Als er seine Lippen auf ihre senkte, musste er die Augen schließen, um nicht zu viel von seinen wahren Gefühlen preiszugeben. Sie hatte es nicht verdient, im Schatten seines Selbstmitleids zu stehen.

Die Menge nahm den Kuss als Anlass, noch mehr von ihrem instruierten Jubel zum Besten zu geben. Er hoffte nur, dass die Ältesten und seine Eltern die anwesenden Menschen gehen lassen würden, sobald der erste Teil der Zeremonie vorbei war.

Lilliths Lippen schmeckten süß. Er versuchte sich in das zarte Band zwischen ihnen beiden fallen zu lassen, er versuchte es wirklich. Aber als er sich wieder von ihr löste, wusste er, dass es nicht geklappt hatte. Kurz zuckte Enttäuschung über ihr Gesicht, doch Lillith war so stark, dass sie schnell wieder zu ihrem Lächeln zurückfand.

Er würde gut mit ihr klarkommen, da war er sich sicher.

Kurz drückte Lillith seine Hand und öffnete dann ihre Arme, als ihr kleiner Bruder mit wuscheligen braunen Haaren auf sie zugelaufen kam und sich hineinwarf. Kace konnte sich jedoch nicht lange auf die Szenerie konzentrieren, denn plötzlich stand seine Mutter vor ihm und schloss ihn in eine feste Umarmung. Ihre langen Haare kitzelten sein Gesicht und ihre Hände strichen unaufhörlich über seinen Rücken.

Während er über ihre Schulter hinwegsah, landete sein Blick wieder auf seiner Partnerin, die gerade von ihrem Vater in die Luft gehoben wurde. Ihr traditionelles weißes Kleid flatterte mit ihr in die Höhe, und als ihre braunen Haare ebenfalls durch die Luft flogen, wurde ihm unwillkürlich schlecht. Obwohl seine Augen weit geöffnet waren, schob sich plötzlich eine andere Szene vor das Bild des Festes. Bree, deren Haare ihr ins Gesicht gewirbelt wurden, während sie fiel, und seine Hand, die ins Leere griff.

»Ich bin so froh, dass alles sich gefunden hat, mein Sohn«, sagte Persephone und es kostete Kace all seine Willenskraft, ihr Strahlen zu erwidern, als sie einen Schritt zurücktrat. Seine Mutter war wohl die einzige Person hier, die sich keinen besseren Ausgang hätte vorstellen können. Sie war von Anfang an dagegen gewesen, dass Bree am Wettkampf teilnahm, und fühlte sich nun bestätigt.

»Es wird sich alles finden«, gab er so ruhig er konnte zurück.

Mehr Gefühle oder gar Widerworte standen ihm nicht zu. Er hatte seiner Familie schon jetzt so viele Sorgen bereitet wie kein Unsterblicher mehr seit Ewigkeiten.

Auch sein Vater kam, um ihm zu gratulieren, und im Hintergrund entfaltete sich das Fest zu seiner vollen Pracht. Egal wie sehr die anwesenden Menschen sie gerade hassten, das Essen und die Musik genossen sie trotzdem.

Kace jedoch zog es weg von den Feiernden, denn er suchte nach einer ganz bestimmten Person. Er fand Evianna am Rand der Insel, wo sie hinunter auf die Stadt starrte. Sie hatte die Arme um den Körper geschlungen und war mit dem Kopf nicht hier oben, denn sie zuckte zusammen, als er sich stumm neben sie stellte.

Sie hatten sich nicht mehr gesehen, seit Evianna Bree von der Insel gestoßen hatte. Kurz standen sie wortlos nebeneinander, lauschten der Stille zwischen sich und betrachteten die Wolken, die heute symbolisch für den Wirbelwind, der durch ihrer beider Leben gefegt war, unruhig durch den Himmel eilten.

Dann drehte seine Schwester ihren Kopf zu ihm und er konnte Tränen in ihren hellen Augen glänzen sehen. »Es tut mir leid«, sagte sie.

»Wieso hast du es getan?«, fragte er im Gegenzug und vergrub die Hände in den Taschen seines schneeweißen Sakkos.

Evianna sog die Luft ein. »Weil ich keine Hoffnung für irgendjemanden von euch gesehen habe. Weder für dich noch für sie. Solange Bree hier gewesen wäre, hätte euer Dreiecks-Drama seinen Lauf genommen – mit Ery in der Mitte. Glaubst du, er hätte einfach mit ansehen können, wie sein Bruder sein kurzes Leben dafür opfert, sie wiederzubekommen? Er hätte keinen Frieden gefunden und sich immer zwischen uns und ihnen entscheiden müssen.«

»Also hast du ihren Tod in Kauf genommen, für eine ruhige Zukunft mit Ery?.«

Evianna verlor die Kontrolle über ihren Gesichtsausdruck. »Hör auf, so etwas zu sagen. Ist meine Strafe nicht groß genug?«

Kace wollte sich selbst einreden, dass sein Herz hart war und ihre Tränen an ihm abprallten, doch er kannte seine Schwester seit hundert Jahren und sie hatten immer zusammengehalten. Er brauchte sie, um das hier durchzustehen.

Irgendwann in diesem wahnwitzigen Wettbewerb waren sie beide als Spielfiguren auf unterschiedliche Seiten des Brettes gestellt worden und trafen sich nun in der Mitte – mit gleichermaßen großen Verlusten. Denn Ery war seit dem Tag, an dem Bree gefallen war, nicht mehr zurückgekehrt.

Als Kace seine Schwester in die Arme schloss, spürte er, wie ihr zarter Körper vor Schluchzern bebte und schwor sich durchzuhalten, bis sie beide wieder glücklich waren.

Epilog

»Sie hat so viel für euch getan.« Erys Stimme klang in der Stille der Höhle fehl am Platz.

Die dunklen Ringe unter seinen Augen waren so tief, dass sie sich sogar durch seine schwindende Unsterblichkeit gegraben hatten, und es fiel Adrien schwer, ihm noch tiefere Wunden zuzufügen. Doch sein eigener Schmerz war noch so präsent, die Angst so fest in seinen Träumen verankert, dass er keine Nacht schlafen konnte, ohne mit dem Bild von Brees fallendem Körper in goldenem Licht aufzuwachen.

Deshalb schüttelte er den Kopf. »Sie hat es für euch beide getan, für dich, und das weißt du auch.« Adrien stand auf und klopfte sich den Staub von der Hose. »Aber ich werde dich nicht dafür verurteilen, dass du deine Partnerin liebst und dich danach sehnst, ihr zu verzeihen.« Er legte seinem Bruder eine Hand auf die Schulter, bevor er unter dem Dach aus Felsen hervortrat, unter dem sie übernachtet hatten. »Das habe ich noch nie.«

Was passiert war, war nicht Erys Schuld. Und irgendwann, wenn dieses kalte Gefühl aus seiner eigenen Brust verschwunden war, würde er auch ihm vollkommen verzeihen können. Schon jetzt wusste Adrien insgeheim, dass sein Bruder ihm an diesem Tag alles zurückgegeben hatte, was er über die Jahre für ihn getan hatte.

Der kühle Abendwind strich durch die Bäume um sie herum und Adrien atmete tief ein. Er hatte derartige Natur noch nie gesehen und dieser Zustand des Staunens würde sich in nächster Zeit wohl noch einige Male wiederholen. Denn ihr einziges Ziel war es, Distanz zwischen sich und die Stadt mit den schwebenden Inseln zu bringen, die bisher alles gewesen war, was sie gekannt hatten. Er wollte die goldenen Schatten, die die Inseln warfen, nie wiedersehen. Dank Erys Hilfe war es ein Leichtes gewesen, die Mauer und Wachen zu überwinden. Er war einfach über eine Stelle gesprungen, die weit entfernt von den Wachposten war, und dabei hatte das zusätzliche Gewicht eines Menschen auf seinem Rücken auch keinen Unterschied gemacht. Kurz nach ihrer Flucht war seine Magie noch vollständig da gewesen. Jetzt schwand sie nach und nach, bis er irgendwann wieder ein Mensch sein würde.

Adriens Magen knurrte und erinnerte ihn daran, dass sein Körper doch noch ein anderes, durchaus kurzfristigeres Ziel hatte. Suchend blickte er über die Bäume und lächelte, als jemand zu ihnen trat.

»Er bleibt noch bei uns, oder? Ich habe genug Pilze für uns drei gefunden.« Bree schloss von hinten ihre Arme um seinen Oberkörper und Adrien nahm ihre Hand in seine, um sie zu seinen Lippen zu führen und sanft zu küssen. Ihr leises Lachen machte ihn unendlich glücklich. Bree würde keinen Tag seines Lebens selbstverständlich für ihn sein.

»Er hat gesagt, er will bleiben, bis wir einen sicheren Ort gefunden haben.«

Bei dem Gedanken daran, dass Ery irgendwann wieder auf den Inseln leben würde, wurde ihm speiübel und er war dankbar für den Halt, den Bree ihm gab. Doch sein Bruder liebte seine Partnerin und würde sie niemals ganz gehen lassen können. Egal, was geschehen war.

Er drehte sich zu Bree um und schloss sie komplett in die Arme. Er wusste nicht, was er getan hätte, wenn Ery sie nicht im letzten Moment hätte auffangen können. Er konnte nicht einmal zulassen, dass der Gedanke in seinem Kopf Gestalt annahm. Dass sie sich trotzdem so viele Knochen gebrochen hatte und Ery ihr stundenlang seine übrig gebliebene Magie hatte einflößen müssen, um sie zu retten, war schon mehr gewesen, als er eigentlich hätte ertragen können.

»Sie wird alles dafür tun, dass es ihm gut geht«, murmelte Bree in sein Hemd. »Mach dir keine Sorgen.«

Adrien gab ihr einen Kuss auf die Stirn und ließ seine Lippen einen Augenblick dort verweilen. »Und du wirst ein langweiliges, kurzes Menschenleben mit mir leben müssen.«

Sie hob den Kopf und sah ihm in die Augen. »Ich könnte mir nichts Schöneres vorstellen.«

Ende

Danksagung

Es kommt alles so, wie es kommen soll. Das ist ein Lebensmotto von mir, das auf die Entstehung von *Sky High* ganz besonders zutrifft.

Eigentlich hatte ich gerade an einem anderen Projekt gearbeitet, als Vanessa vom Vajona Verlag mich gefragt hat, ob ich nicht noch ein Exposé für sie hätte. Spoiler: Hatte ich zu diesem Zeitpunkt eigentlich nicht.

Ich bin jemand, der sich zu hundert Prozent auf ein Buch konzentriert und sich währenddessen unterbewusst andere Ideen verbietet. Diese Frage hat meinem Kopf jedoch erlaubt, sich wieder für Neues zu öffnen und der Plot zur Geschichte von Bree, Adrien und Kace kam somit wortwörtlich über Nacht. Ich bin aufgewacht, zum Schreibtisch gegangen und habe wild in mein Notizbuch gekritzelt. Aus diesen Gedankenfetzen entstand am nächsten Vormittag der Wettkampf über den Wolken und alles drumherum. Ein großes Danke also an Vanessa und das Vajona-Team für diesen Schubs, ohne den es die Geschichte vielleicht nicht gegeben hätte!

Und ganz ähnlich wie bei diesem spontanen Start ging es mit dem Buch weiter – alles war getragen von einer Leichtigkeit, die ich vorher in der Art noch nicht kannte. Ich bin sehr gut mit dem Schreiben durchgekommen, was auch nötig war, denn parallel hatte ich ein Staatsexamen zu bewältigen. Das wäre dann auch die richtige Stelle, um meinem Freund und meiner Familie zu danken, die manchmal meine dünnen Nerven aushalten mussten und mich wie immer zu hundert Prozent unterstützt haben.

Außerdem wäre diese Geschichte nicht, was sie ist, ohne die wie immer mehr als wertvollen Kommentare meiner Testleserin und Freundin Ina und die süßeste Nachricht von allen, als meine Mama als erste mit dem Lesen fertig war. Ein riesiges Danke!

Der nächste Schritt bei der Entstehung dieses Romans hat mir wie bereits bei meinem ersten Buch wieder unglaublich viel Spaß gemacht, denn Melina zaubert im Lektorat ein klein wenig und macht so viele gute Vorschläge, dass man nur so durch die Überarbeitung fliegt. Als ich gehört habe, dass ich auch bei *Sky High* wieder mit ihr zusammenarbeiten darf, wusste ich, dass das Lektorat schaffbar sein wird und wir alle Problemchen gemeinsam austüfteln würden.

Und zu guter Letzt möchte ich allen danken, seien es Familie, Freunden und euch Leser*innen, die sich mit mir gemeinsam auf dieses Buch gefreut haben. Nichts motiviert einen mehr, als eine Geschichte mit Menschen teilen zu können.

Ich hoffe sehr, euch hat der Ausflug auf die schwebenden Inseln gefallen und wir lesen uns beim nächsten Buch wieder!

Eure Miriam

Liebesromane im VAJONA Verlag

Ein Soldat, der auf eine Frau trifft, die sein Leben grundlegend verändert ...
von *Vanessa Schöche*

UNBROKEN Soldier

Vanessa Schöche
456 Seiten
ISBN 978-3-948985-66-0
VAJONA Verlag

»Das Leben ist nicht nur kunterbunt, Ava.«
»Es ist aber auch nicht nur schwarz-weiß, Wyatt.«

Ava und ich kommen aus verschiedenen Welten.
Alles an ihr ist rein, farbenfroh und hell. Und damit nun einmal das absolute Gegenteil von mir und meinem Dasein. Während sie jede träumerische Aussicht aus ihren noch so kleinen Venen zieht, bin ich Realist.
Sie muss verstehen, dass nicht alles im Leben kunterbunt ist. Ava will mich retten. Das spüre ich ganz deutlich. Aber sie sollte begreifen, dass ich gar nicht gerettet werden will. Und noch viel wichtiger: Dass ich nicht gerettet werden kann, selbst wenn ich wollte.

Der fesselnde Auftakt einer royalen Geschichte von
Maddie Sage

Imperial – Wildest Dreams

Maddie Sage
488 Seiten
ISBN 978-3-948985-07-3
VAJONA Verlag

»Wem sollen wir in einer Welt voller Intrigen und Machtspielchen noch vertrauen? Lassen wir unsere Gefühle zu, stürzen wir alle um uns herum ins Verderben.«

Nach einer durchzechten Nacht reist Lauren gemeinsam mit ihrer feierwütigen Freundin Jane für ein Jahrespraktikum ins Schloss des Königs von Wittles Cay Island. Und das, obwohl ihr der Abschied von ihrer Familie alles andere als leichtfällt, denn diese ist ihr größter Halt, nachdem ihr Vater vor fast vier Jahren spurlos verschwunden ist.
Am Hof sieht Lauren sich jedoch mit zahlreichen Problemen konfrontiert, allen voran mit Prinz Alexander, dessen Charme sie wider Willen in den Bann zieht. Dabei ist der Königssohn bereits der englischen Prinzessin versprochen worden, die vor nichts zurückschreckt, um ihren Anspruch auf Alexander und den Thron zu sichern. Dennoch kommen sich Lauren und der Prinz immer näher, ohne zu ahnen, in welche Gefahr sie einander dadurch bringen. Bis plötzlich Laurens verschollener Vater auftaucht und sie feststellen muss, dass die Folgen seines Verschwindens weiter reichen, als sie je für möglich gehalten hätte.

Der packende Auftakt der WENN-Reihe
von *Jasmin Z. Summer*

Erinnerst du mich, wenn ich vergessen will?

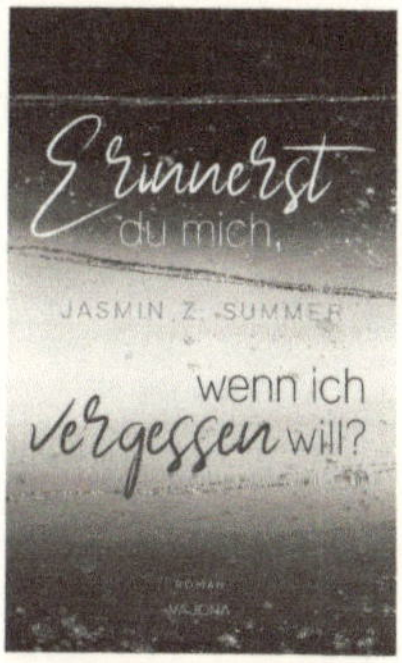

Jasmin Z. Summer
ca. 450 Seiten
ISBN 978-3-948985-72-1
VAJONA Verlag

»Sie will die Vergangenheit endlich ruhen lassen.
Doch dann kehrt er zurück und will sie genau daran erinnern.«

Sieben lange Jahre sind vergangen, seit Holly von ihrer ersten großen Liebe verlassen wurde. Ohne jegliche Erklärung, ohne jeden Grund. Doch mit Connors Rückkehr werden nicht nur all die unbeantworteten Fragen, sondern auch die dunklen Geheimnisse wieder ans Licht gebracht. Fragen, auf die sie schon längst keine Antworten mehr will, und Geheimnisse, die alles verändern könnten. Was, wenn die Gefühle noch da sind, aber das Vertrauen bereits zerstört ist? Und was, wenn eigentlich alles ganz anders war, als es damals zu sein schien?

Die leidenschaftliche **Es braucht**-Reihe von Jenny Exler ...

Es braucht drei, um dich zu vergessen

Jenny Exler
ca. 420 Seiten
ISBN 978-3-948985-76-9
VAJONA Verlag

»Momente wie diesen wollte ich in ein Marmeladenglas einschließen, es gut verpacken und mitnehmen, um es zu öffnen, wenn ich mich schlecht fühlte.«

New York, der Ort, an dem Träume wahr werden. In meinem Fall: An der Juilliard studieren und Tänzerin werden. Genauso wie meine Mom – vor ihrem Tod. Ich hatte nur mein Ziel im Blick. Jedenfalls bis dieser aufdringliche Schnösel Logan Godrick auftauchte und er mich wortwörtlich aus dem Rhythmus brachte. Für ihn ging es nicht um Perfektion, sondern um Leidenschaft. Logan öffnete mir die Augen, zeigte mir eine Welt abseits von Fleiß und Erfolg. Er half mir, meinen eigenen Rhythmus zu finden. Dieser aufdringliche Schnösel zeigte mir das Leben. Aber was passiert, wenn das Lied, das uns verbindet, mich zum Stolpern bringt? Wenn alles anders ist, als ich immer dachte? Wenn ein falsch gesetzter Schritt all die Lügen aufdeckt und alles zum Einsturz bringt?

Die koreanische **YOURSELF**-Reihe von
Mara Schnellbach ...

Tiefgründig. K-Dramen. Poesie.

A way to YOURSELF

Mara Schnellbach
ca. 420 Seiten
ISBN 978-3-948985-95-0
VAJONA Verlag

»Mutherz an.
Feiglingskopf aus.«

Die südkoreanische Tanzstudentin Seon Ahri genießt mit ihren Drillingsgeschwistern das Leben in der Stadt Daegu. In ihrem zweiten Studienjahr steht das Partnertanzen im Mittelpunkt zur Aufgabe und sie landet mit dem noch fremden Jeong Taemin in einem Team. Was für die beiden zunächst eine Herausforderung ist, wird plötzlich zu einem leichten Gefühl und sie beginnen sich schüchtern, aber sicher ineinander zu verlieben. Eine erste Liebe wie in all den romantischen K-Dramen – so scheint es.
Doch unvermittelt bricht das Leben über Ahri zusammen und reißt die Drillinge auseinander. Während sie verzweifelt versucht, ihr brechendes Herz zusammenzuhalten, will und kann Taemin die junge Tänzerin nicht vergessen. Zusammen versuchen sie wieder aufzustehen, um sich nicht selbst zu verlieren ...

Episch. Atemberaubend. Emotionsgeladen.

Der Auftakt einer noch nie dagewesenen Fantasyreihe

von *Sandy Brandt*

DAS BRENNEN DER STILLE – Goldenes Schweigen

Sandy Brandt
ca. 450 Seiten
Band 1
ISBN Paperback 978-3-948985-52-3
ISBN Hardcover 978-3-948985-53-0
VAJONA Verlag

»Früher hätte sich die Menschheit durch ihre Lügen fast ausgerottet – die Überlebenden haben geschworen, dass es nie wieder so weit kommt. Heute erscheint jedes gesprochene Wort narbenähnlich auf der Haut. Die Elite herrscht stumm, während die sprechende Bevölkerung als Abschaum gilt.«

Olive und Kyle kommen aus zwei verschiedenen Welten.
Die achtzehnjährige Olive lebt in einer Welt, die von absoluter Stille und Reinheit geprägt ist. Selbst unter der stummen Oberschicht gilt sie als Juwel. Kyle dagegen trägt tausende Wörter auf der Haut und ein gefährliches Geheimnis im Herzen.
Als sie gemeinsam entführt werden, sind sie überzeugt, der andere sei der Feind. Sie ahnen nicht, dass dunklere Intrigen gesponnen werden. Olive will ihr Schweigen wahren, um nicht der geglaubten Sünde zu verfallen. Und Kyle weiß, dass es für ihn tödlich enden wird, wenn das stumme Mädchen hinter sein Geheimnis kommt. Beide müssen entscheiden, welchen Preis sie für ihre Freiheit zahlen wollen – und ob sie einander vertrauen können …

Eine Steampunk-Fantasy-Reihe von *Nika V. Caroll.* Märchenhafte Elemente treffen hier auf spannendes und packendes Setting.

SPIEGELKRISTALLE – Über schwarze Schatten und Metallherzen

Nika V. Caroll
ca. 450 Seiten
Band 1
ISBN Paperback 978-3-948985-63-9
ISBN Hardcover 978-3-948985-64-6
VAJONA Verlag

»In dieser Geschichte gibt es keine Prinzessin, die aus einem hohen Turm gerettet werden muss – denn dies ist kein Märchen!«

Vor Tausenden von Jahren wurde die Insel Yumaj durch einen Fluch in zwei Teile gespalten – den gesegneten und den verfluchten. Während sich die einen als Auserwählte betrachten, sehnen sich die anderen nach Rache. Umgeben von magischen Maschinen und unvollkommenen Menschen ist dem Spiegelkönig jedes Mittel recht, um endlich wieder frei zu sein. Dabei sieht er seine einzige Chance darin, Akkrésmos freizulassen: Ein Monster, das die Welt ins Chaos stürzen soll.
Als die Schattentänzerin Eira und ihre Freunde von dem Plan des Spiegelkönigs erfahren, setzen sie alles daran, ihn von seinem Vorhaben abzuhalten. Doch dieser scheint jeden ihrer Schritte bereits zu kennen. Und bevor es Eira verhindern kann, ist sie tief in die Machenschaften der Insel verstrickt und längst Teil eines viel größeren Plans.

Folge uns auf:

Instagram: www.instagram.com/vajona_verlag
Facebook: www.facebook.com/vajona.verlag
Website: www.vajona.de